KB242840

아리스가와 아리스에게 바치는 일곱 가지 수수께끼

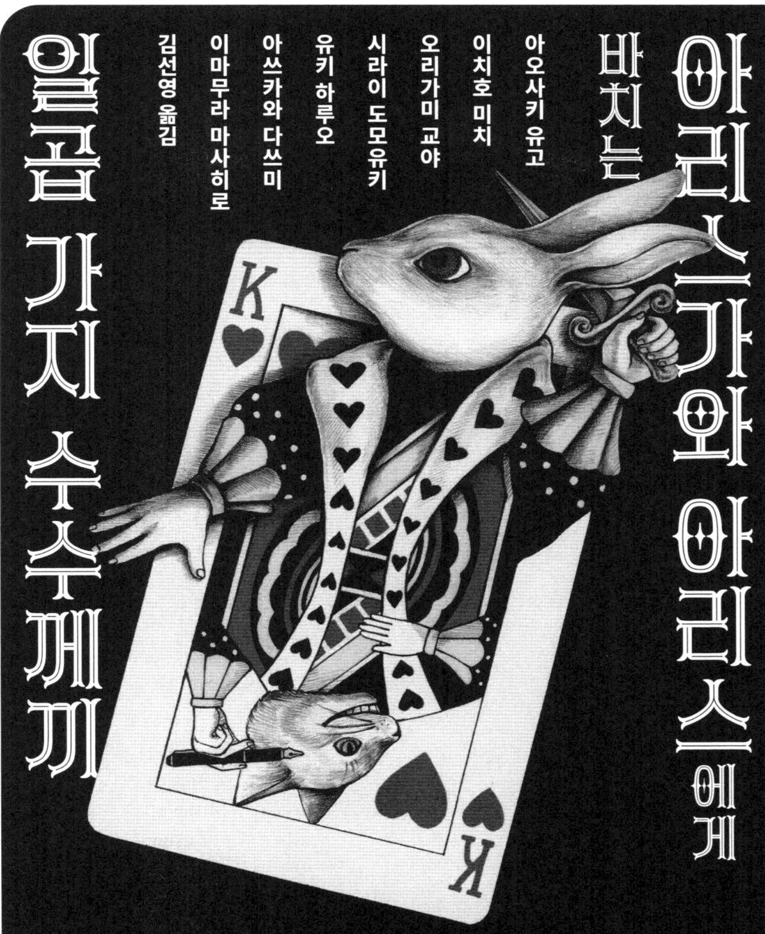
아리스가와 아리스에게 바치는
일곱 가지 수수께끼
아오사키 유고
이치호 미치
오리가미 교야
시라이 도모유키
유키 하루오
아쓰카와 다쓰미
이마무라 마사히로
김선영 옮김
K
Tribute to Alice Arisugawa
REAƎbie

들어가며

아리스가와 아리스 데뷔 35주년 기념 헌정이라는 과감한 기획에 일곱 명의 작가분들이 참가해 주셨습니다.

다들 한창 물이 올라 기세등등한 분들이라, 이런 앤솔러지를 기획해 줄 줄은 꿈에도 몰랐습니다(아직도 못 믿겠어요).

모두 《별책 문예춘추》(전자 잡지)와 《올 요미모노》 두 곳에 게재되었던 작품으로, 지면에 실렸던 문구를 인용하자면 아리스가와 데뷔 35주년이라는 뜻깊은 해에 작가 일곱 명이 모여 "'아리스가와 월드'를 자유롭게 구사한 단편을 겨루는 헌정 기획"입니다.

제가 표현해 온 캐릭터나 다양한 설정, 세계관을 사용한다는 제약을 전제로 한 작품입니다만…….

심심풀이 코너처럼 가볍게 읽을 수 있는 작품이 나올 줄 알았는데 "이런 기획에서 쓰기엔 아까운 트릭 아닌가?", "이렇게까지

한다고?” 싶은 명작들뿐이라 “기예가 뛰어난 작가들이 작정하고 유희를 즐기면 이런 작품이 나오는구나.” 하고 감탄했습니다.

참여 작가들의 팬은 물론이고 미스터리를 좋아한다면 ‘아리스가와 아리스가 어떤 소설을 쓰는지 모르는’ 분들도 즐겁게 읽을 수 있을 겁니다.

정말이에요. 직접 확인해 보세요.

아리스가와 아리스

차례

린 뱃줄 때비

아오사키 유고

아오사키 유고

1991년, 가나가와현 출생. 2012년 《체육관의 살인》으로 아유카와 데쓰야상을 수상하며 데뷔. 2024년 《지뢰 글리코》로 본격 미스터리 대상(소설 부문), 일본 추리작가협회상(장편 및 연작 단편집 부문), 야마모토 슈고로상을 수상. 그 밖의 저서로 '노킹 온 록트 도어 시리즈', '언데드 걸 머더 파르스 시리즈', 《새벽녘 첫차의 살풍경》, 《11글자 감옥 아오사키 유고 단편 집성》, 《가스등 들개 탐정단》(원작) 등.

1

느지막이 일어나 짧은 에세이 원고를 마무리하고 출판사에서
보내 준 증정본을 읽는다. 활동적이라고 하기는 어려운 하루가
될 예정이었다. 친구의 연락을 받기 전까지는.

갓길에 세운 블루버드에서 내리자 먼저 바닷가 특유의 짭조름
한 냄새가 풍겨 왔다. 도로 한쪽에는 바다를 따라 뻗어 있는 산
책로가 있고, 반대쪽에는 주택가가 보인다. 오사카부 가이즈카
시, 니시키4가. 해수욕장으로 유명한 니시키노하마공원 인근 매
립지에 세운 신도시다. 전화로 들은 '알파라인 니시키'라는 건물
은 외벽이 벽돌인 4층짜리 아파트였다.

소프트볼 시합을 하고 돌아가는 길인지 유니폼을 입은 아이들

이 출입 금지 테이프 앞에 모여서 아파트 쪽을 들여다보려고 열심히 까치발을 들고 있다. 내 입장에서는 그러면 안 된다고 야단칠 수는 없었다. 저 아이들 중에도 미래의 추리 작가가 있을지 모른다. 혹은 필드워크라 부르며 사건 현장에 출입하는 미래의 임상범죄학자가…….

아니. 그런 사람은 세상에 한 명이면 족하려나.

그 희귀한 직함을 가진 남자가 고물 벤츠 옆에 서 있었다. 새치가 눈에 띄는 머리. 코트 밑으로 느슨하게 맨 넥타이와 하얀 재킷이 보였다.

히무라. 그를 불렀다.

"대학은 얼씨구나 내팽개치고 나와도 되는 거야? 입시다 졸업 논문 채점이다 바쁜 시기잖아."

"작가 선생이야말로 요즘 바쁘신 줄 알았는데."

"……눈 밑에 다크서클이라도 있어?"

"얼굴을 안 봐도 알아. 올해부터 종합소득세 신고가 복잡해졌으니까."

분하게도 그 추리는 적중했다. 오늘 저녁부터 영수증을 정리할 생각이었다.

여객기가 실구름을 그리며 서쪽 하늘을 가로질렀다. 5킬로미터쯤 떨어져 있는 간사이 국제공항으로 가는 건지도 모른다. 나는 멍하니 그 비행기를 눈으로 좇았다. 오사카 연안은 대부분 공업지대이거나 관광시설이 차지하고 있어 조용한 주택가는 오히려 이질적인 존재였다. 석유 기업 CEO가 지속 가능 브랜드 제품을 두르듯, 대도시 그 자체가 어떤 변명처럼 보였다. 바다와 소음, 기름 냄새에 둘러싸인 초록빛 모형 정원.

그런 모형 정원에서도 범죄는 발생한다.

"그래서 이번엔 어떤 사건인데?"

"강도 살인, 시체 유기. 자세한 설명은 이제 들어 볼 건데, 용의자는 어느 정도 좁힌 모양이야."

"부교수가 나설 자리는 없어 보이는데?"

"그렇다면 다행이지만…… 약간 번거로운 문제가 생겼다더군."

"히무라 선생님, 아리스가와 씨. 죄송합니다, 매번 현장에 오시게 해서."

아파트 쪽에서 한 남자가 나타나 훤한 머리를 꾸벅 숙였다. 오사카 부경의 후나비키 경부다. 이런 계절에도 겉옷을 걸치지 않고 트레이드마크인 불룩한 배를 멜빵으로 꽉 조이고 있다.

잘 아는 얼굴이라 요란한 인사는 필요 없다. 히무라가 냉큼 본론을 꺼냈다.

"강도 살인이라던데, 이 아파트가 현장입니까?"

"예. 그런데 시체를 발견한 건 이쪽입니다."

가로수 사이를 지나 먼저 산책로로 안내해 주었다. 타일이 깔린 인도가 도로와 나란히 뻗어 있고, 낮은 울타리 바로 너머는 바다였다. 그렇지만 지평선까지 이어지는 망망대해는 아니다. 100미터쯤 앞에 또 다른 매립지가 있고 운송 회사 창고가 보였다.

"신고는 오늘 오전 11시경. 맞은편 해안 창고에서 일하는 종업원이 산책로 아래 피복석•에 걸린 여성 시체를 발견했습니다."

바로 저 밑입니다, 하고 경부가 가리킨 지점은 '알파라인 니시키' 바로 맞은편에 해당하는 장소였다. 아파트와 도로를 사이에 두고 겨우 15미터 거리였다. 울타리를 넘어가 보니 2미터가 넘는 아래쪽으로 피복석이 쭉 보였다.

"사망 확정 시각은 오늘 새벽 1시경. 이마에 커다란 타박 흉터가 있고, 사인은 그로 인한 뇌타박상입니다. 실내복으로 보이는 운동복을 입고 있었는데, 뭔가로 둘둘 휘감은 것처럼 옷으로 가려진 피부에 손목부터 허리까지 선형으로 멍이 들어 있었습니다. 폭은 4센티미터 정도. 로프 같은 물체로 묶여 있었던 흔적으로 보입니다."

경부는 도로로 돌아가 우리를 아파트 쪽으로 안내했다. 정면 현관의 자동 잠금장치를 열고 건물 안으로. 복도를 사이에 두고 양쪽으로 집이 있는 구조였다.

"이웃 주민에게 부탁해 바로 신원을 확인했습니다. 야스미 노도카, 26세. 근처 디자인 사무소 사원입니다. 이 아파트 108호에

● 바닷가 등에서 물과 접촉하는 둑의 경사면이 무너지지 않도록 포개어 쌓은 돌

혼자 살고 있었습니다. ……이 집입니다. 감식은 끝났으니 그대로 들어오시죠. 유류품도 일시적으로 원래 있던 자리에 돌려놓았습니다.”

108호는 1층 복도 안쪽, 아파트 뒷문 바로 옆이었다. 대문 양옆에는 접이식 자전거와 대만 고무나무 화분이 있었다. 우리는 경부를 따라 안으로 들어갔다.

구조는 주방 겸 거실에 침실 하나였는데, 거실 곳곳이 엉망으로 흐트러져 있었다. 선반 위에 있었을 소품들이 바닥에 흩어져 있고 협탁 서랍도 어중간하게 열려 있다. 거실 내부 새시가 열려 있어 베란다 너머로 아파트 정원이 보였다.

히무라가 바닥에 손을 뻗어 쓰러져 있는 액자를 주웠다. 나가이 식물원 일루미네이션을 배경으로 친구 사이로 보이는 두 여성이 나란히 브이 사인을 하고 있었다.

“왼쪽 여성이 야스미 씨입니다.”

짧은 머리에 안경을 쓴, 성실해 보이는 여성이었다.

카펫 위, 거실 중문 근처에 반경 20센티미터 정도 되는 핏자국이 있고 그 옆에 테가 찌그러진 안경이 떨어져 있었다. 협탁 밑에는 해외여행 기념품인지, 모아이 도자기상이 쓰러져 있었다.

“보다시피 이 모양이라. 문은 자동으로 잠겼지만 새시는 열려 있었고 금품도 사라졌습니다. 지갑 속 현금과 〈몬스터 나이츠〉라는 카드 게임의 레어 카드가 스무 장 정도.”

“카드?”

무심코 되물었다.

“‘몬나이’ 카드라고 못 들어 보셨습니까? 광고도 자주 나오는데. 해외에서도 인기가 있어 일부 레어 카드가 비싸게 거래된다나요. 야스미 씨는 어렸을 때 뽑은 레어 카드를 소중히 파일에 넣어 이 집에 보관하고 있었다는 게 여러 지인들의 증언으로 판명되었습니다. 현재 시세라면 가격은 장당 5만 엔 정도고요.”

“스무 장이면 백만 엔인가요……. 그러고 보니 최근 뉴스에 자주 나왔죠. 카드 판매점에 강도가 들었다고.”

“오사카에서도 그런 사건이 늘었습니다. 장난감 카드가 어째서 5만 엔이나 하는지 이해할 수가 없어요. 범인이 카드를 바로 팔아 치운다면 추적할 수 있을 텐데, 꼭꼭 숨겨 둘 가능성도 높죠. 초기 레어 카드는 계속 값이 오르는 모양이니.”

엉뚱한 주제로 빠졌다고 생각했는지, 경부는 현장 설명으로 이야기를 돌렸다.

“의류점에서 흔히 파는 울 장갑의 섬유가 거실 곳곳에서 검출되었습니다. 범인이 끼고 있었던 것 같습니다. 이런 상황과 피해자 상태를 대조해 보면 아마 범행의 흐름은 이럴 겁니다. 심야에 강도가 침입. 야스미 씨를 로프 같은 것으로 묶어 두고 금품을 뒤지고 있을 때 야스미 씨가 달아나려고 저항하는 낌새를 보였다. 범인은 가까이 있던 장식품으로 구타해 야스미 씨를 살해하고 말았다……."

"피해자는 몇 군데에 상처를 입었습니까?"

히무라가 카펫을 바라보며 질문했다.

"이마에 있는 치명상이 전부입니다. 정확히 말하면 하반신에는 찰과상이 여럿 있었지만 생활반응이 없는 것으로 보아 산책로에서 유기될 때 생긴 상처 같습니다."

"머리 상처는 한 군데뿐이었다는 말씀이지요?"

"그렇습니다. 뭐, 이런 걸로 맞으면 누구든 즉사할 거예요."

경부가 모아이 도자기상을 들어 올렸다. 그의 헤어스타일과 흡사한 머리 부분에 핏자국이 묻어 있다.

"예상하지 못한 사태에 당황한 범인이 새시를 통해 시체를 밖으로 운반한 것 같습니다. 야스미 씨 후두부에 묻어 있던 흙과 아파트 정원의 흙이 일치했습니다. 범인도 새시를 넘어 정원으로 나가 그대로 시체를 끌어안고 아파트 부지 밖으로. 그리고 도로를 가로질러 산책로에서 바다로 시체를 내던졌다……. 그런데 피복석이 계획을 방해한 거죠. 시체는 바다로 흘러가지 않았고 수면 위에 가슴 위쪽이 올라와 있었습니다. 저 산책로는 가로등이 적어 밤에는 상당히 어둡다고 하니, 범인은 자기 실수를 깨닫지 못했을 겁니다."

유기 순간을 상상해 보았다. 저 낮은 울타리 안쪽에서 어두운 바다로 여성의 시체를 내던지는 남자…… 혹은 여자. 시체 가슴

아래쪽은 물에 잠겨 있었으니 첨벙 물이 튀는 소리는 났으리라. 피복석 때문에 수면도 잘 보이지 않았을 터. 범인이 '시체는 완전히 가라앉았다'라고 착각했어도 이상할 건 없다.

"연락하셨을 때 용의자를 좁혔다고 하셨는데."

히무라가 용의자 문제로 말을 돌리자 경부가 얼굴을 찌푸렸다.

"그것 말인데 언뜻 야스미 씨가 새시 잠그는 걸 깜빡해서 그리로 범인이 들어온 것처럼 보입니다. 하지만…… 신발장 위에 이 집 여벌 열쇠가 있었어요. 그리고 그 열쇠에서도 울 섬유가 검출되었습니다."

"범인이 만졌다는 말씀입니까?"

"그렇습니다. 문 앞에 화분이 있었죠? 야스미 씨는 항상 그 화분 밑에 여벌 열쇠를 숨겨 두었답디다. 친한 사람들은 다 안다고 하고, 몰랐다 해도 물건을 숨기기에 뻔한 장소니 찾으려고만 하면 금방 찾을 수 있었겠죠."

조심성이 없었던 피해자에게 한 소리 하고 싶은 듯 경부가 한숨을 쉬었다.

"새시를 통해 침입했다면 여벌 열쇠를 집에 갖다 놓을 기회는 없겠네요. 그렇다면…… 범인은 여벌 열쇠로 문을 열고 들어와 외부에서 침입한 것처럼 꾸미려고 안쪽에서 새시를 열었다?"

"바로 그렇습니다. 아리스가와 씨. 그리고 살인이라는 우발적 범행에 정신이 팔려 여벌 열쇠를 제자리에 돌려놓는 걸 깜빡한 것 같습니다.”

경부가 문 쪽을 가리켰다.

“문으로 들어오려면 당연히 범인이 건물 안에 있어야 하죠. 이 아파트 출입구는 정문과 뒷문 두 군데고, 둘 다 자동 잠금장치가 설치되어 있습니다. 어젯밤 23시부터 오늘 아침 5시까지 개폐 기록은 없었습니다. 따라서 그 전부터 이 건물 안에 있었던 사람이 아니면 범행을 저지를 수 없었다는 뜻입니다. 어젯밤 외부인을 집에 초대한 주민은 제로. 아파트 안에 있던 사람은 29명입니다.”

“오사카 주민 880만 명 중에서 찾는 것에 비하면 비약적인 진전이군요. 하지만 아직 조금 많은걸.”

히무라의 혼잣말에 경부가 반응했다.

“안심하세요. 더 좁힐 수 있습니다. 저희는 구속에 사용된 로프 도구에 착안했습니다. 시체가 입고 있던 의복이 바닷물에 잠겨 있어서 섬유는 검출하지 못했고, 굵기도 알아내기 힘들죠. 하지만 피해자가 묶여 있었다는 점은 틀림없습니다. 그 점은 검시관도 보증했습니다. 이 집에 로프 대신 쓸 만한 물건은 없었고, 산책로 주변에서도 찾지 못했습니다. 범인이 가지고 달아난 것으로 보입니다.”

히무라가 그렇겠지요, 라고 동의했다.

“강도 목적이라면 로프 정도는 가져왔겠지요. 범인의 소지품이고, 그걸로 신원이 탄로 날 것 같아 회수했겠군요."

"그걸 찾아내면 범인 확정인가."

내 혼잣말에 경부가 고개를 끄덕였다.

"저희에게 유리했어요. 범인은 시체가 바다에 떠내려가 발견이 늦어질 거라고 단단히 믿고 있었을 겁니다. 게다가 오늘 아침은 소각용 쓰레기 수거일이었어요. 별로 경계하지 않고 증거품을 버리지 않았을까……. 그렇게 생각하고 아파트 쓰레기 배출 상황을 조사했습니다."

이쪽으로, 하고 경부가 다시 길을 안내했다. 우리를 데려간 곳은 정문 옆에 있는 관리실이었다. 철제 테이블에 여성 형사 다카야나기와 짧은 머리의 중년 남성이 앉아 있었다. 우리가 자기소개를 하기도 전에 남자가 어쩔 줄 몰라 하며 일어섰다.

"'알파라인 니시키' 관리인 야마구치라고 합니다. 아내와 함께 101호에 삽니다."

"야마구치 씨, 방범 카메라 영상을 다시 보여 주셔야겠습니다."

"물론이고말고요. 마음껏 보십시오."

다카야나기가 노트북을 열었다. 화면에 비친 것은 덮개가 달린 쓰레기 수거함이었다. 그 옆에는 위쪽이 열린 커다란 플라스틱 상자가 놓여 있다. 구석에 보이는 문은 방금 전 아파트 안에서 본 뒷문일까?

다카야나기가 설명했다.

"이 아파트 쓰레기 수거장입니다. 부지 안에서 여기만 방범 카메라가 설치되어 있었습니다. 삼 년 전에 근처 쓰레기 수거장에서 작은 화재가 연속으로 발생해 가이즈카 경찰서의 지침을 받아 설치했다는군요. 대부분의 아파트가 그렇듯 뒷문 바로 앞에 있는데, 시스템이 독특합니다. 부피가 크거나 분류하기 어려운 쓰레기는 쓰레기봉투가 아니라 옆에 있는 상자에 넣어 두면 야마구치 씨가 나중에 혼자서 분류한다고 합니다."

"'해결 상자'라고 합니다."

야마구치가 쑥스러운 기색으로 말을 이었다.

"아니, 분리수거 때문에 옥신각신하는 경우가 많아서 그냥 내가 다 해 줄 테니 두고 가라는 심정이랄까요. 쓰레기 때문에 다투다니 너무 싫잖아요. 큰 아파트도 아니라서 매번 나오는 쓰레기도 그리 많지 않고, 제가 분류를 좋아하는 편이라. 오륙 년 전부터 이 시스템으로 잘 돌아가고 있습니다."

우리는 영상을 보고 있었다. 말마따나 화면 속에 나타난 주민들은 쓰레기봉투를 수거함에 버리고, 이어서 아동용 장난감이나 비닐우산을 '해결 상자'에 던져 넣었다. 카메라가 대각선 위쪽에서 내려다보는 각도로 설치돼 있어 상자 내부도, 주민들의 얼굴도 잘 보였다.

이야기의 흐름상 경부가 무엇을 보여 주고 싶은지 눈치챘다. 나는 힘차게 물어보았다.

"있었나요? 저 상자에 로프 같은 걸 버린 주민이?"

"있었습니다. ……세 명."

기대를 저버리는 어중간한 숫자였다. 히무라가 조용히 물었다.

"실물은?"

"사건 발견이 11시라, 확보에는 실패했습니다. 이미 수거해 가서 소각장으로."

경부가 간절한 미소를 지었다.

"히무라 선생님…… 어느 게 범행에 사용된 증거품인지 알아낼 수 있을까요?"

2

히무라와 나는 머리도 식힐 겸 가이즈카역 앞까지 걸어가 '풍차'라는 카페에 들어갔다. 그곳을 선택한 이유는 고풍스러운 간판이 취향이라…… 그런 건 아니고 흡연이 가능하다고 적혀 있었기 때문이다.

어중간한 초저녁이라 둘 다 배는 고프지 않았다. 블렌드 커피를 한 잔씩, 인기 메뉴라는 과일 샌드위치를 한 접시 시켜서 함께 나눠 먹기로 했다.

히무라가 캐멀 담뱃갑을 꺼내며 입을 열었다.

"일단 '증거품 R'이라고 할까."

"뭘?"

"피해자를 묶는 데 사용한 도구 말이야. 로프(ROPE) 형태의 물체일 테니 R. 후보는 현재 세 가지. 이것도 호칭을 구분하는 게 토론하기 쉽겠군."

"안심해, 일본어의 표현은 다양하니까. 순서대로 끈, 밧줄, 로프로 하면 어때?"

"채택하지."

초로의 여성 주인이 두 잔 분량의 블렌딩 원두를 갈기 시작했다. 원두와 불을 붙인 캐멀의 향기가 넘실거리는 공간에서 우리는 관리인실에서 나눈 대화를 떠올렸다.

"첫 번째는 이 남자입니다."

다카야나기가 방범 카메라 영상을 빨리 돌렸다.

시간 표시가 오전 6시대를 가리키는 동안은 쓰레기를 버리러 오는 주민들도 거의 없어 인적 없는 수거장만 비추는 단조로운 장면이 계속되었다. 오전 7시가 지나자 영상이 1배속으로 돌아왔다.

뒷문에서 한 청년이 나타나 휴지와 음식물 쓰레기가 든 반투명 비닐봉지를 수거함에 던졌다. 그리고 한 손에 들고 있던 알람 시계와 둘둘 감은 마 끈 같은 물체를 '해결 상자'에 던져 넣었다.

줄무늬 긴팔 티셔츠에 샌들. 졸린지 눈꺼풀은 무겁고 머리카락도 뻗쳐 있다. 그는 쓰레기를 내놓고 바로 뒷문으로 돌아갔다. 집에서 다시 잘 셈인 것 같았다.

"나가타 도모키, 24세. 106호에 혼자 사는 은행원입니다."

"영상과 야마구치 씨의 증언으로 무엇을 버렸는지 알아냈습니다. 이쪽입니다."

경부의 설명에 이어 다카야나기가 사진 한 장을 책상에 내려놓았다.

100엔 숍 스티커가 붙은 열수축 필름에 나가타가 버린 것과 같은 끈이 들어 있었다. 제품명은 '다용도 마 끈'. 길이는 '20m'. 굵기는 연필 정도일까. 평범한 갈색에 군데군데 보풀이 일어난, 농사일에 쓸 법한 흔히 볼 수 있는 끈이었다.

"한 시간 뒤에 두 번째 용의자가."

다시 영상이 빨리 넘어갔다.

오전 8시가 지나자 플리스 점퍼를 걸친 중년 남자가 나타났다. 동그란 검은 테 안경에 가운데 가르마를 탄 헤어스타일이 개성적이다. 그는 둘둘 감은 밧줄 같은 물체를 '해결 상자'에 넣고 그대로 아파트 밖으로 나갔다. 다른 쓰레기나 짐은 갖고 있지 않았고 왼손은 계속 주머니에 넣고 있었다.

"하라 겐이치, 44세. 집은 202호. 영상 제작 회사 직원입니다. 아내와 함께 사는데 아내는 지금 여행 중이라고 합니다."

“버린 건 이것과 똑같은 제품이었습니다. 제조원은 건설업체가 주 고객인 비품 공장.”

두 번째 사진이 책상 위에 올라왔다. 제품명은 ‘안전용 수평 구명줄’.

“수평, 구명줄?”

“고공 작업을 할 때 몸에 감는 추락 방지용 로프, 소위 말하는 생명줄이야. 발판 위를 옆으로 이동할 때 쓰는 건 수평 구명줄, 창문 청소처럼 승강 작업을 할 때 쓰는 건 수직 구명줄이라고 하지.”

히무라가 설명해 주었다. 어디서 저런 지식을 얻어 오는 건지.

나는 사진에 얼굴을 바짝 들이댔다. 길이는 ‘15m’, 색깔은 눈에 잘 띄는 노란색. 방금 본 마 끈보다 짧지만 굵기는 엄지손가락만큼 굵어서 튼튼해 보였다. 제품명이 주는 이미지도 있어 내 머릿속에는 ‘밧줄’이라는 단어가 떠올랐다.

“마지막 한 사람은 오전 10시가 넘어서 나타났습니다.”

그로부터 두 시간만큼 영상이 앞으로 넘어갔다.

1배속으로 돌아왔을 때 수거함 앞에는 관리인 야마구치 씨가 서 있었다. 쓰레기를 버리러 온 주민 한 사람에게 뭔가 한마디 하는 것 같았다. 상대가 들고 있는 반투명 비닐봉지 속에 구긴 종이 팩이 흐릿하게 보였다. “두꺼운 종이는 소각 쓰레기가 아니라 재활용 쓰레기예요.”라고 내 뒤에서 본인이 설명했다. 과연 분리수거의 달인이다.

그 주민이 떠난 뒤, 영상 속에서 야마구치가 '해결 상자'를 돌아보았다. 커다란 비닐봉투를 한 손에 들고 쓰레기를 하나하나 분류하기 시작했다.

그때 뒷문이 열리더니 새로운 남자가 나타났다. 통통한 체격에 꾸깃꾸깃한 차이나 스타일 운동복을 입었다. 헤어스타일은 덥수룩한 장발. 입가에는 짙은 수염이 있다. 빈말로도 청결해 보이는 외모는 아니었다.

"가토 료타, 30세. 집은 305호. 근처 중화요리점에서 일합니다. 독신이지만 어젯밤은 207호에 사는 시나다 유라는 남자를 집으로 불러 술을 마셨다고 합니다."

"알리바이가 있단 말씀입니까?"

"아니요. 새벽 0시 이후에는 둘 다 잠들었다고 해서……."

히무라와 경부가 대화하는 사이에도 영상은 계속되었다. 가토는 아슬아슬하게 분리수거에 늦지 않았다는 듯이 야마구치에게 이것저것 건넸다. 봉투에 담은 소각용 쓰레기에, 바람막이, 캠핑 의자 그리고 대충 뭉친 하늘색 로프. 물건을 받는 야마구치의 입가가 움직였다. 가토는 고개를 꾸벅꾸벅 숙이며 달아나듯 아파트 안으로 돌아갔다.

"조금 더 일찍 버리러 오라고 가볍게 타일렀습니다."

관리인이 민망한 듯 보충했다.

"가토가 버린 제품은 이것입니다."

다카야나기가 세 번째 사진을 펼쳤다.

유명한 아웃도어 브랜드의 '반사 소재 텐트 로프'였다. 길이는 '10m', 굵기는 끈과 밧줄의 중간 정도. 산뜻한 하늘색으로 강도와 유연성의 균형을 맞춘 트렌드 상품 같은 느낌이다. 제품명처럼 '로프'라는 외래어가 어울린다.

"한 가지 더, 꼭 말씀드릴 점이. 가토 료타는 전과가 있습니다. 그래 봤자 고등학생 때 불량배들끼리 요란하게 싸움질을 한 게 다입니다만. 상해죄로 기소되어 집행유예를 받았습니다."

경부의 이야기를 들어도 그리 놀랍지는 않았다. 화면 속의 가토는 어딘지 모르게 문제아 같은 분위기를 가진 남자였다.

영상은 아직 끝나지 않았다. 가토를 끝으로 쓰레기를 버리러 오는 주민은 없었다. 야마구치는 익숙한 솜씨로 '해결 상자'에 버려진 물건들을 분리했다. 소각용 쓰레기로 보낼 수 있는 것은 비닐봉투에, 불가능한 것은 그대로 상자 속에. 세 개의 끈, 밧줄, 로프는 전부 비닐봉투 속으로 들어갔다.

"오늘 아침 주민들이 버린 로프 형태의 쓰레기는 세 개. 저게 전부입니다. 주민들이 버린 쓰레기봉투 속 내용물도 야마구치 씨가 일단 전부 확인했습니다."

"이상한 취미가 있는 건 아닙니다. 관리인의 의무로 수상한 물건이 있는지 일단 확인하거든요. 저희 아파트는 혼자 사는 분들이 많아서 내놓는 쓰레기봉투도 다 크기가 작다 보니 로프처럼 부피가 큰 물건이 들어 있으면 기억에 남았을 거예요. 하지만 오늘 아침에 그런 건 없었습니다.”

히무라는 천천히 팔짱을 꼈다.

“꼭 이 세 개 중에 흉기가 있다고 단정할 수는 없을 텐데요.”

“물론입니다. 다른 주민들 집에서도 로프 형태의 물품을 압수해서 검사하고 있습니다. 아파트 주변도 계속 수색하고 있고요. 하지만 아직까지 범행과 연관 있는 혈흔이나 의류 섬유 같은 찌꺼기가 묻은 로프 종류는 발견하지 못했습니다.”

“……세 사람 다 소지품을 버렸다고 증언하던가요? 자기도 모르는 사이 누가 현관 앞에 가져다 놓은 걸 기분 나빠서 버린 게 아니라?”

“전부 자기 물건이라고 증언했습니다.”

“이 지역에서는 무슨 요일에 소각용 쓰레기를 수거해 갑니까?”

“화요일하고 토요일, 일주일에 두 번 수거합니다.”

마지막 질문에는 경부가 아니라 야마구치가 대답했다. 그렇습니까, 하고 대꾸하면서 히무라는 철제 책상에 한 손을 짚고 혼잣말처럼 중얼거렸다.

“오늘은 토요일. 피해자는 독신……. 주말이 끼어 있으니 야스미 씨가 집에 없다는 사실을 주위에서 알아차리기는 어려워. 시신이 문제없이 바다로 떠내려가 발견이 늦었다면 사망 추정 시각도 알아낼 수 없지……. 그렇지만 화요일까지 기다리는 건 위험 부담이 커……. 다른 장소에 버리고 싶어도 최근에는 편의점이나 공원에도 쓰레기통이 별로 없으니까……. 젠장. 생각할수록 오늘 아침 쓰레기로 내놓는 게 최선이군.”

“그렇다면 역시 이 세 사람 중에…… 앗!”

나는 작게 외마디 소리를 질렀다. 재생되고 있던 영상 한구석에서 쓰레기 수거용 덤프트럭이 나타났기 때문이다.

수거업자가 모자를 슬쩍 젖히며 야마구치와 인사를 나누었다. 야마구치는 먼저 용의자들이 버린 끈, 밧줄, 로프가 든 비닐봉투를 업자에게 건넸다. 업자가 차량 뒤쪽으로 던진 그 봉투는 압착판에 눌려 금세 시야에서 사라졌다. 그 후로도 줄줄이 주민들이 버린 쓰레기봉투를 받아 압착했다. 어쩌면 저 안에 범행에 사용된 장갑이 묻혀 있을지도 모른다. 범인이 썼던 복면이나, 피를 닦아 낸 손수건이 섞여 있을지도 모른다.

거기 서……. 닿을 리도 없는 내 바람을 뒤로하고 수거차는 떠났다.

귀중한 증거품들은 이리하여 세상에서 사라졌다.

주문한 메뉴가 다 나왔다. 나는 커피를 한 모금 마셨고, 히무라는 반쯤 피운 캐멀을 재떨이에 비볐다.

“끈, 밧줄, 로프…… 어떻게 생각해, 히무라? 가장 다루기 쉬워 보이는 건 로프인데.”

마 끈은 가늘어서 사람을 묶는 용도로는 조금 미덥지 못하다. 반대로 밧줄은 너무 굵어서 다루기 불편할 것 같다. 그런 면에서 텐트용 로프는 범행에 적합해 보였다.

"가능성으로는 로프가 유력하지만 결정적인 판단 근거가 없어. 다른 측면에서 따져 볼까?"

"그럼 단독범인지 아닌지부터."

"단독범이야."

히무라는 확신하며 말을 이었다.

"현장에서 나온 장갑 흔적은 울 재질 하나뿐이었어. 도난당한 레어 카드는 아무리 거액이라 해도 백만 엔 정도니 두 명이 나누면 강도 범행의 보수로는 너무 적지. 아파트라는 한정된 생활권에서 공범 두 사람이 만났을 리도 없고, 무엇보다 범행이 거칠어."

"여벌 열쇠를 돌려놓지 않은 것 말이야?"

"그것도 있지만 피해자의 다리를 묶지 않았던 것도 그래. 그 때문에 피해자가 저항할 수 있었고, 범인은 살인에 이르렀어. 함께 지혜를 짜냈다고 하기엔 너무 엉망이야."

"처음부터 살인할 작정이었다면 어때? 강도나 레어 카드는 원한 가능성을 감추기 위한 공작이고."

산책하다가 떠오른 아이디어였다. 하지만 바로 부정당했다.

"흉기는 피해자의 집에 있던 장식품이었어. 그것도 교묘한 위장이라고 말하려고?"

“……어렵겠네.”

살인이 진짜 목적이었다면 조금 더 확실한 흉기와 살해 방법을 선택했으리라. 범행 순간에 실패하면 본전도 찾지 못하니까.

“그렇다면 내부범과 외부범이 바뀌었을 가능성은? 새시로 들어온 범인이 주민의 소행으로 꾸미려고 여벌 열쇠를 실내에 넣어 두었다…….”

“범인이 아파트 주민이라고 단정한 이유는 여벌 열쇠에서 장갑 섬유가 나왔기 때문이야. 우연히 운 좋게 검출되어서 범인이 만졌다는 걸 알아냈지만 검출되지 않았을 가능성도 있고, 피해자가 직접 가져온 것으로 보고 정밀 조사를 하지 않았을 가능성도 있어. 노리고 만든 상황으로 보기에는 불확정 요소가 너무 많아.”

“알았어, 알았어, 물러날게. ……그러고 보니 아파트 주민이 범인이라면 유기 후에는 산책로를 통해 아파트로 돌아왔겠지. 정문과 뒷문에 개폐 기록이 없다는 건 이상하지 않아?”

“현장에 새시가 있었잖아. 거기로 피해자의 집으로 돌아온 다음 문을 열고 복도로 나가서 자기 집으로 돌아간 거지. 문은 자동으로 잠겼고.”

“아, 그런가.”

“작가라고 억지로 사건을 복잡하게 만들지 마.”

“해결의 실마리를 제공해 본 것뿐이야.”

내가 쏜 탄환은 전부 막히고 말았다. 하지만 그렇게 되면 범행

과정은 경찰이 추측한 대로 흘러갔다고 봐도 될 것 같다. 심야의 강도. 우발적 살인. 그리고 시체 유기.

"히무라 선생님 의견은?"

"범인이 침입한 시점에 피해자가 깨어 있었는지가 궁금해."

"……아아. 새벽 1시였으니 피해자가 자고 있을 때 묶었을지도 모르겠네."

여벌 열쇠로 침입한 범인. 잠든 야스미 노도카를 묶어 두고 집을 뒤진다. 그러나 야스미 노도카가 그 소리를 듣고 깨고 만다. 충격과 당황. 야스미 노도카는 도주를 시도하고 범인은 도자기상을 휘두른다……. 그런 일련의 광경을 상상했다.

하지만 어제는 금요일. 요즘 세상에 이십 대 여성이 1시에 잠자리에 들까? ……판단하기 어려웠다. 피로가 쌓였다거나 미용을 위해서라면 일찍 잤을지도 모른다. 밤늦게까지 깨어 있는 소설가는 그쪽 상식을 모른다.

히무라가 이윽고 커피에 입을 댔다. •

"한차례 검토했으니 증거품 R로 돌아가자. 버리는 것 외에 파기하는 수법으로는 어떤 게 있을까?"

"불에 태우거나 땅에 묻거나…… 아파트에서 사니까 둘 다 어렵겠어. 미스터리 소설에서는 증거를 은멸할 때 흔히 위에서 소

• 히무라는 뜨거운 음료를 잘 못 마신다는 원작 설정이 있다.

화시키는 방법을 쓰는데.”

“로프를 우동처럼 후루룩 삼키라고?”

“가죽 구두도 삶으면 먹을 수 있다잖아.”

당연히 진심은 아니다. 농담을 던진 김에 계속 연상해 보았다.

“끈, 밧줄, 로프. 유의어를 모아 보니 생각나는 단편이 있어. 쓰즈키 미치오가 쓴 〈재킷 정장 수트〉. 안락의자 탐정 스타일의 퇴직 형사가 나오는 단편이야.”

“흐음, 어떤 내용인데?”

어느 살인 사건 용의자가 결백을 주장하며 “그때 나는 다른 장소에서 기묘한 남자를 보았다.”라고 알리바이를 주장한다. 그 남자는 수트를 입고 두 벌의 재킷을 품에 안고 있었다. 그리고 손목시계를 보면서 “아직 늦진 않겠군.”이라고 중얼거렸다……. 이야기의 주축이 되는 살인 사건의 수수께끼에 더해 수트 남성의 정체를 파헤치는 추리가 매력적인 작품이다. 소겐추리문고 《퇴직 형사》 1권 표지에는 그 ‘재킷 정장 수트 남자’의 일러스트가 있다.

결말을 언급하지 않으려 애쓰며 내용을 설명해 주었는데 도중에 흥이 깨졌다. 히무라가 수트 남자의 진상을 맞혔기 때문이다. “이 사건에 참고는 되지 않는군.”이라며 신랄한 판단까지 선사했다. 정말이지, 아직 퇴직하지도 않았으면서.

“그 밖에 끈이라고 하면…… 란포의 《D언덕 살인 사건》이 있지.”

“그거라면 꽤 오래전에 읽었어. 아니, 네게 빌렸던가? 설마 야스미 노도카가 그 이야기의 피해자와 똑같은 상황이었다고 말하고 싶은 거야?"

나는 어깨를 으쓱 움츠렸다. 이것도 참고는 되지 않을 것 같다. 사건 토론이라고 부르기도 민망한 푸념 대회는 일단 거기서 마무리했다.

네 조각으로 잘려 나온 과일 샌드위치를 두 조각씩 나누었다. 생크림은 단맛이 강하지 않고 키위와 귤의 신맛이 잘 부각되어서 단숨에 먹어 치웠다. 한 접시씩 주문할 걸 그랬다. 가볍게 근황을 주고받았지만 히무라하고는 연말에도 한 번 만나서 대화 소재가 별로 없다.

나는 작은 고민을 털어놓기로 했다.

"기존 소설 캐릭터를 작가가 아닌 다른 사람이 글로 쓸 수 있을까?"

"있지."

말이 떨어지기가 무섭게 히무라가 대답했다.

"누군가가 '여기에 돈키호테가 백 명 있다'고 쓰면 그런 거고, '뺨에 크림을 묻힌 아리스가와 아리스가 눈앞에 있다'라고 쓰면 그런 거야. 소설이란 게 그런 거잖아."

엄지손가락으로 뺨을 문질러 보았지만 아무것도 없었다.

"텍스트 중심 이론 같은 해석이네. 그런 뜻이 아니라 섬세한 성격이나 세세한 언행까지 표현할 수 있는가 하는, 캐릭터의 동일성에 대한 이야기야."

"동일성이라는 표현 자체가 모호하다고 생각하는데. 네 소설
에도 시리즈 캐릭터가 몇 명 있지만 처음 등장했을 때와 지금의
그 인물은 같은 사람이야? 일 년 전과 오늘은? 성격이나 언행은
변하는 거야, 작가의 마음속에서조차."

히무라는 연기를 토해 내며 내 진의를 물었다.

"갑자기 왜 그런 걸 물어?"

"요전에 추천사를 의뢰받아서 SF 신인상 수상작을 읽었는데."

"SF? 선생님은 활약 범위가 넓군."

"각 장르의 작가에게 코멘트를 받으려고 기획한 것 같아. 사실
그 장편 자체가 소설을 테마로 한 이야기였거든. 미래의 지구를
지배한 초월적인 지적 생명체가 인류의 심리 변화를 알기 위해
각 시대의 문호들을 재생해서 창작을 강요한다는 줄거리야. 특
이한 경력을 가진 가공의 작가가 차례로 등장하는 게 포인트인
데. 연애소설가, 판타지 작가, 호러 작가……, 미스터리 작가도
한 명 등장해."

그 미스터리 작가의 설정이 독특했다.

"그는 '패스티시의 천재'로 나와. 모든 선인(先人)들의 작품을 파
악하고 홈스나 푸아로를 되살려 내서 명성을 얻는다는 설정이
야. 그 SF소설에서는 미스터리 작가만 새로운 것의 창조가 아니
라 복각으로 실적을 쌓거든. 그럴 수도 있겠다 싶으면서도 이런

저런 생각이 드는 거야."

정보를 수집하고 검토해 논리적으로 수수께끼를 풀어낸다. 추리소설이라는 장르가 하는 일은 따지고 보면 그 해법의 반복에 지나지 않는다.

물론 트릭이나 수수께끼는 시대가 바뀔 때마다 새로 고안되고 이야기의 폭도 넓어졌지만 골자가 되는 부분은 19세기부터 변하지 않았다. 실제로 본격 미스터리는 선행 작품의 오마주나 어레인지가 다른 장르보다 활발하게 이루어진다.

"탐정 역을 맡는 캐릭터도 그래. 직업이나 성격으로 차별화하기는 하지만 수수께끼 풀이 자체는 누가 설명해도 마찬가지인, 개성 없는 장면이 되는 경우가 대부분이야. 애초에 누구나 풀 수 있는 수수께끼가 아니면 본격 미스터리로 성립할 수 없다는 딜레마도 있어. 결국 탐정 캐릭터들도 '모범 답안'을 독자에게 전하기 위한 장치에 지나지 않는 걸지도 몰라."

그렇기에 복각과 재현이 가능해진다.

그렇다면…… 추리소설에서 독창성이란 무엇일까?

추리소설가들의 필사적인 창작은 전부 대체 가능한 영역인 건 아닐까?

"내가 하는 일을 AI도 할 수 있지 않을까, 불안해진 거로군."

히무라의 쓴웃음을 보며 마시는 커피는, 씁쓸했다.

"현실 작가에게는 절실한 문제야. 물론 특이한 소재를 쓰면 유일무이한 작품은 되겠지만, 정통파를 좋아하는 나 같은 작가는 어떻게 의욕을 유지해야 할지…… 요즘 계속 고민이야.”

“재현 가능하다는 점이 그렇게 부정적인 일이라고 생각하지는 않는데. 아리스 네가 종종 말하잖아, 본격 미스터리는 논리의 힘을 그리는 이야기라면서? 논리란 결국 과학이야. 과학의 본질은 재현성에 있어. 어떤 사람이 발견한 법칙이나 현상을 다른 사람이 실험으로 재현할 수 있는가. 재현할 수 있다면 그것은 불변의 사실로 인정받지. 불가능하다면 유사 과학이야. 미스터리도 마찬가지 아니겠어?”

히무라가 벽에 걸린 그림을 가리켰다. 보티첼리의 복제화인지, 액자 속에서 천사들이 춤추고 있었다.

“이렇게 생각해 보면 어떨까? 하늘 어딘가에 미스터리의 신이 계시고, 논리의 힘으로 인간을 구원하기 위해 현세에 사도를 보내신 거야. 탐정들은 사명을 띤 선교사인 셈이지. 그래서 시대와 장소가 달라도 언제나 똑같은 가르침을 설파하는 거야. 개인이 아니라 집단인 거지. 오랜 시간을 들여 논리의 사용법을 인류에게 정착시키려고 매일 포교에 힘쓰고 있는 거야. 과학자와는 다른, 다소 독특한 접근 방식으로.”

“……그럴싸하게 들리는데.”

“그럴싸하게 말했으니까. 문외한인 내게 완벽한 어드바이스를 기대하지 마.”

나는 무신론자인 데다, 그렇게 덧붙이며 히무라가 웃었다. 내 입에서도 웃음이 흘러나왔다. 이 친구의 모난 성격에 걸맞은, 삐딱한 위로였다.

논리의 힘이라.

화제를 부교수의 전문 분야로 되돌렸다.

"끈, 밧줄, 로프…… 선택지는 세 개. 추리만으로 증거품 R을 맞힐 수 있어?"

"아직 모르겠어. 내일은 문제의 세 사람과 이야기해 보자고."

며칠 너희 집에서 지내야겠어. 히무라는 그렇게 말하며 두 번째 캐멀에 불을 붙였다.

3

이튿날, 일요일. 다시 '알파라인 니시키'를 찾은 우리는 세 명의 용의자들을 1층부터 차례대로 찾아갔다.

첫 번째는 106호에 사는 청년, 나가타 도모키. 마침 집에 있어서 우리를 거실로 안내해 주었다. 히무라의 직함을 듣고 신기하다는 듯 눈썹을 실룩거렸다. 복장은 어제 영상에서 본 것과 똑같은 줄무늬 긴팔 티셔츠였다.

"대학교수는 졸업하고 다시는 안 볼 줄 알았는데. 이렇게 빨리 재회할 줄은 몰랐네요."

나는 형식적으로 웃었다.

"선생님이 까다로우셨나 보네요."

"졸업논문을 계속 반려해서 결국 눈물 작전으로 통과했거든
요. 마작과 파친코에 빠져 있던 저도 잘못했지만. 은행에 들어가
니 놀 시간도 없어서 공허한 하루하루를 보내고 있습니다. 전 결
백하니 실컷 살펴보세요."

체념이 묻어난 말투에서 경찰 신문으로 받은 피로가 보였다.

쓱 둘러봤는데 놀 시간이 없다는 말은 약간 과장된 표현 같았
다. 카운터에는 SF 영화 모형이, 책장에는 만화책과 음악 잡지가
잔뜩 꽂혀 있고, 사고 나서 흥미를 잃었는지 바닥에는 의류점과
서점 쇼핑백이 놓여 있었다. 취미가 많은 남자의 방이었다.

히무라가 물었다.

"어제 버린 마 끈은 무슨 목적으로 구입하셨습니까?"

"뭐였더라…… 아, 맞아요, 두 달쯤 전에 친구가 이사를 도와
달라고 해서 필요할 것 같아 사 갔어요. 친구도 튼튼한 끈을 사
뒀서 결국 필요 없었죠. 집에 둬도 쓸 일이 없어서 버렸어요. 잡
지 같은 걸 묶을 땐 비닐 끈으로도 충분하니까."

"108호 야스미 씨와는 친분이 있었습니까?"

"같은 층에 사니 인사 정도는 나누었죠. 저는 이사 온 지 반년
밖에 안 된 신참이라 분리수거 방법 같은 것도 배웠고요. 하지만

딱히 친하다고 할 정도는……. 저희 집에 들인 적도, 그 집에 가 본 적도 없어요."

"동년배의 독신 여성인데요. 관심이 있지는 않았습니까?"

나는 일부러 눈치 없는 질문을 던져 보았다. 나가타는 불쾌해 하는 기색도 없이 고개를 가로저었다.

"처음에 넌지시 물어보긴 했는데 야스미 씨가 '최근에 애인이 생겼다'고 해서. 남의 애인을 빼앗을 정도로 연애에 굶주리진 않 았습니다. 아, 뭐 마실 거라도 드릴까요?"

히무라가 신경 쓰지 말라고 사양하고 계속 질문했다.

"108호에서 사건이 발생했을 때 나가타 씨는 취침 중이었다고 들었습니다만, 소음이나 비명을 듣지는 못하셨습니까?"

"사이에 빈집이 있기도 하고, 잔업을 마치고 돌아와 곯아떨어 졌거든요. 특별한 건 전혀. ……그러고 보니 제가 깨어 있었다면 범행을 막을 수 있었을까요."

나가타는 침실로 이어지는 미닫이문으로 시선을 던졌다. 몇 장의 벽 너머에 사건 현장인 108호가 있었다.

애도가 담긴 몇 초의 침묵이 흐른 뒤, 히무라가 차분하게 거실 한쪽 구석을 가리켰다.

"저 붉은색 종이봉투. 'TCG SHOP'이라고 적혀 있군요. TCG는 트레이딩 카드 게임을 뜻하는 거지요?"

"……그래서요?"

"야스미 씨 집에서 〈몬스터 나이츠〉 레어 카드가 사라졌습니다."

허를 찌르는 지적이었지만 예상한 내용이었던 모양이다. 나가타가 요란하게 한숨을 쉬었다.

"일반인들 눈에는 다 똑같아 보일지 모르지만, 카드도 종류가 다양해요. 제가 하는 건 〈블렌드 오브 더 매직〉이라는 해외 게임이에요. 몬나이에는 관심이 없습니다. 게다가 카드로 투기나 돈벌이를 하는 족속은 용서할 수 없어요. 유희를 위해 만든 건데."

"가르침에 감사드립니다."

히무라는 강의실에서 나가는 학생처럼 고개를 숙였다.

202호의 하라 겐이치는 살가운 사람이었다. 괜찮다는 우리의 사양에도 불구하고 녹차를 끓이고 화과자를 담은 접시를 내놓았다.

"제대로 된 매실 젤리를 드셔 보신 적 있습니까? 의외로 없죠? 최근에 먹어 보고 푹 빠졌지 뭡니까. 이것저것 먹어 봤는데 이 가게 젤리가 유독 맛있어요. 야마가타에서 주문했어요. 꼭 한번 맛 좀 보세요."

불쑥 찾아온 우리를 보고도 주눅 들지 않고 검은 테 안경 렌즈 너머로 싱글벙글 눈웃음을 짓고 있다. 식기와 가구는 대부분 편백나무 재질이었는데 나뭇결을 살린 자연스러운 디자인으로 통일되어 있었다. 취향이 확고하고 꼼꼼한 남자 같다. 아니면 배우자의 취향일까?

“하라 씨는 미디어 관련 일에 종사하신다 들었습니다만.”

“영상 제작 회사라고 하죠. 예능 프로그램 같은 걸 하청받는 거예요. 흔히 있잖습니까, 함정이나 번지 점프 같은 거요. 그거 말인데, 실은 리허설에서 스태프가 안전한지 먼저 확인하거든요. 바로 저희 같은 사람들이죠. 연예인들보다 저희가 더 몸을 던진다니까요. 지난주에도 손가락을 접질려서 아직도 이 모양입니다.”

하라가 왼손을 들어 보였다. 그제야 눈치챘는데, 새끼손가락과 약손가락에 붕대가 단단히 감겨 있었다. 쟁반이라도 받아 들걸 그랬다.

히무라가 김이 모락모락 나는 녹차를 홀짝였다.

“수평 구명줄을 버린 경위를 여쭤도 되겠습니까?”

“그것도 일 때문이었어요. 한 달 전에 다카미 산지에서 촬영을 했는데, 카메라맨 생명줄로 썼죠. 철수할 때 제 짐에 섞인 줄 모르고 가지고 돌아왔어요. 일용품으로 쓰기에는 너무 굵고, 회사 창고에 돌려놓기도 귀찮아서 버리기로 했죠.”

하라는 타이밍이 나빴다고 머리를 긁적거렸다.

“일찌감치 버렸어야 했는데. 어제 버린 탓에 이렇게 의심을 사고 말았네요.”

“방범 카메라 영상을 보고 조금 마음에 걸렸는데요. 소각용 쓰레기를 버리는 날인데 하라 씨는 구명줄만 버리셨죠?”

“요 며칠 쓰레기가 별로 없어서 화요일에 한꺼번에 버리려 했어요. 아내가 여행을 가서 지금 혼자 지내고 있거든요."

"구명줄을 버린 뒤에 어디론가 외출하신 것 같던데."

"공원 쪽으로 산책을. 휴일 아침은 늘 가는 편입니다."

"부인께서는 지금 어디에?"

"아리마 온천에 갔어요. 대학 여자 동기들하고. 저더러 같이 가자고 했지만 사양했습니다. 저는 모르는 사람들이니 좀 어색하기도 하고, 온천은 촬영으로 질리도록 가 봐서. 히무라 씨와 아리스가와 씨, 두 분은 어떤 관계이신지?"

"저와 아리스도 대학 동기입니다."

"그러십니까. 하지만 서로 일을 하다 보면 여행 가기가 쉽지 않지요. 주부는 속 편하다니까요, 정말."

나는 끄덕이는 시늉만 했다. 사건을 좇아 헤아릴 수 없을 정도로 함께 여행을 다닌다고 하면 그는 어떤 표정을 지을까?

"집사람 여행도 타이밍이 나빴어요. 범행 시각에 집에서 심야 방송을 보고 있었다고 해도 증명해 줄 사람이 없으니까요."

"야스미 노도카 씨와 교류는 있었습니까?"

히무라가 물었다. 하라의 대답은 나가타와 마찬가지로 '인사를 주고받는 정도'였다.

"착한 사람이었어요, 저 같은 아저씨하고도 편하게 대화해 주고. 아, 그러고 보니 두 달쯤 전에 잠깐 저희 집에서 차를 마시고 갔는데. 심심해하던 집사람이 야스미 씨를 불렀거든요. 야스미 씨가 어렸을 때 봤다는 〈오디오 스톡〉이라는 드라마 제작에 참여한 적이 있어 이런저런 이야기를 나누었죠. 생각나는 일은 그 정도네요. 믿을 수가 없어요, 이런 태평한 동네에서 살인이라니……. 아, 그거요, 이렇게 젤리를 접어서 포크로 꾹 찌르세요.”

매실 젤리 먹는 법을 배웠다. 야스미 노도카도 이렇게 친절한 응대 속에서 일방적인 잡담을 들으며 화과자를 먹었을까?

“〈오디오 스톡〉이라는 건 간사이 텔레비전에서 방송한 연애 드라마인데요. 야스미 씨가 살던 구레시에서도 방송했다니 뜻밖이었어요. 당시에는 실험적일 만큼 담담한 내용이었거든요. 여주인공이 한심한 남자들만 만나서 줄줄이 연을 끊어 가는 이야기예요. 야스미 씨가 지금은 주인공 심경을 이해할 수 있다며 웃었는데. 히무라 씨는 혹시 보셨습니까?”

“홋카이도 출신이라, 이쪽 방송은 전혀.”

“아리스가와 씨는요?”

“저도 연애 드라마는 거의…….”

하라는 그러십니까, 하며 녹차를 입으로 가져갔다. 야스미 노도카가 찾아왔을 때만큼 활기를 띠는 일 없이 202호의 티타임은 끝났다.

다음은 305호다. 한 층씩 올라가는 거라 엘리베이터를 탈 필요는 없다. 계단으로 향한 우리는 1층에서 올라온 한 인물과 맞닥뜨렸다.

덥수룩하게 뻗은 장발에 입가에 난 짙은 수염. 로프를 버린 세 번째 용의자, 가토 료타였다.

그 자리에서 간단히 자기소개를 하고 몇 가지 묻고 싶다고 했다. 가토는 우리를 수상쩍게 쳐다보더니 들고 있던 편의점 봉투를 보여 주었다. 캔 맥주 두 개가 들어 있었다.

"지금 시나다가 와 있는데 그래도 괜찮으시다면."

가토가 사는 305호 거실은 마치 아웃도어 용품 전시장 같았다. 텐트 폴대와 바베큐 화로가 떡하니 놓여 있고 벽에는 스키판과 스노보드가 세워져 있었다. 창가는 낚싯대와 루어 상자, 살림통 같은 낚시 도구 코너였고, 폭이 널찍한 선반에는 피켈, 나이프, 자일, 자전거 헬멧, 등산화 같은 것들이 잡다하게 처박혀 있었다. 야외용 물건들이라 하나같이 색이 요란해서 집 안 전체가 원색 모자이크화 같았다.

가토는 우리를 소파로 안내하면서 멋쩍게 귀를 긁적였다.

"시나다네 집이 취조실로는 더 어울릴 텐데……. 물건이 많아서 죄송합니다. 아웃도어 애호가의 숙명이에요."

"가토 씨가 정리할 줄을 몰라서 그래요. 어린애처럼 사들일 줄만 안다니까."

좌식 의자에 앉아 스마트폰을 만지작거리던 청년이 혼잣말처럼 중얼거렸다. 207호 주민, 시나다 유. 진회색 셔츠에 안경을 쓴 마른 체격의 남자였다. 왠지 어디서 본 듯한 인상이다. 기억을 더듬어 보다가 금방 깨달았다. 방범 카메라 영상 속에서 관리인 야마구치에게 잔소리를 들은 인물이다.

"네가 너무 깔끔쟁이야, 집에 아무것도 없잖아."

가토가 시나다의 머리를 쿡 찌르며 말을 이었다.

"게다가 누가 더 어린애 같은데? 이 녀석 말이죠, 채소는 입에도 안 댄다니까요."

"문제없어요. 매일 채소 주스를 마시니까……. 한 팩으로 하루치 영양소를 섭취할 수 있다고요."

"그런 걸 진심으로 믿는 녀석이 어딨냐?"

풋풋한 형제 같은 대화가 오가는 중에도 히무라의 시선은 거실을 관찰하고 있었다. 무엇을 주목하는지 나도 알 수 있었다. 자일에 로프……. 가토의 집에는 증거품 R의 후보가 잔뜩 있었다. 당연히 경찰이 전부 조사하고 아무 문제도 없다고 판단했겠지만.

"두 분은 전부터 친분이?"

히무라가 두 사람에게 시선을 돌렸다.

"죽마고우로 보였습니까? 둘 다 이 아파트에 산 지 사 년도 넘었지만, 솔직히 대화를 나누게 된 건 석 달 전부터예요. 아르바이트를 찾던 시나다가 저희 회사에 자리가 없는지 물어본 걸 계기로. 저희 회사는 빈자리가 없어서 결국 고용하지는 않았지만 어쩐지 죽이 잘 맞아서요.”

“저는 그냥……. 가토 씨가 일방적으로 친한 척하는 거잖아요.”

“왜, 부끄러워?”

다섯 살 정도 차이로 보였다. 털털하고 활동적인 선배와 주위에 끌려다니는 소극적인 후배. 흔한 콤비라고 하면 그만이지만 두 사람의 대화에는 어딘가 위화감이 있었다. 시나다는 눈에 띄게 낙담한 기색이었고, 그런 그를 위로하려고 가토가 과할 정도로 밝게 행동하는 것처럼 보였다.

“두 분은 사건 당일 밤에도 함께 계셨다고 들었습니다. 구체적으로는 몇 시부터 몇 시까지였습니까?”

“밤 10시쯤부터 이 집에서 술을. 꽤 많이 마셔서 12시쯤부터 둘 다 기억이 흐릿해서……. 아침 9시 넘어서 깼습니다.”

“두 분 다 이 거실에서 주무셨습니까?”

“따로 잤어요. 시나다는 소파에서 곯아떨어졌고, 저는 침실 이불 속으로 들어갔거든요.”

그렇다면 역시 알리바이는 증명할 수 없다. 시나다가 가토에게 협력해 위증했을 가능성도 없으리라. 공범이라면 ‘따로 잤다’는 말을 할 리가 없다.

“야스미 씨와 교류는?”

히무라가 핵심을 찌르자 가토의 표정이 어두워졌다.

“저는 전혀 없지만…… 시나다가 말이죠, 야스미 씨와 사귀었어요."

딱딱한 분위기의 정체를 알게 됐다.

나는 반사적으로 시나다를 쳐다보았다. 애인을 잃은 남자는 맥이 풀린 듯 말없이 고개를 떨구고 있었다. 어둡고 내향적인 분위기의 청년. 연애에 관심이 희박해 보여서 허를 찔렸다. 듣고 보니 야스미 노도카도 얌전해 보이는 여성이었고, 시나다가 스물다섯 살 안팎이라고 하면 연령대도 비슷하다.

"사귀었다고 해도 이미 헤어진 상태였어요. 노도카하고는 이 주 전에 싸워서 헤어졌습니다. ……처음부터 반쯤 장난 같은 관계였고 그리 깊은 사이는 아니었어요."

입으로는 그렇게 말하면서도 시나다는 어깨를 떨고 있었다.

"하지만 충격이 커서 아직 아무것도 손에 잡히지 않아요. 묶어서 살해하고 바다에 던져 넣다니……. 아무리 그래도 너무 잔인해요. 노도카는 부모님과 사이가 나빠서 오사카로 나와서 혼자 살아가려고 애쓰고 있었어요. 오로지 그것뿐인 성실한 여자였죠. 그런 일을 당할 이유가 없는데."

가토가 시나다의 등을 쓰다듬었다. 친구를 위로해 주려고 집으로 불렀는지도 모른다.

"상심이 크시겠습니다."

히무라는 그렇게 말하고 화제를 바꾸었다.

"가토 씨. 토요일 아침에 버린 로프도 아웃도어 용품입니까?"

“……예. 캠핑장에서 텐트를 칠 때 씁니다.”

“의자와 바람막이도 함께 버린 것 같았는데요.”

“보시다시피 물건이 너무 많아서요. 조금씩 정리하려고.”

“하지만 꼭 그날 버릴 필요는 없었을 텐데요. 밤늦게까지 술을 마시고 느지막이 일어난 아침에 용케 버릴 마음이 드셨군요. 이 중에서 버릴 도구를 골라내다니, 저라면 더 여유 있는 날이 아니면 어렵겠는데요. 영상으로 본 바로는 숙취도 심해 보이던데.”

가토가 매서운 눈빛으로 초면의 부교수를 노려보았다. 히무라는 단조로운 목소리로 사과했다.

“죄송합니다. 조금 신경이 쓰여서.”

“쓰레기를 버리러 가는데 불필요한 물건이 눈에 들어와 문득 버려야겠다고 생각한 것뿐입니다. 누구나 있는 일이잖아요. ……저를 의심하는 겁니까?”

“증거품을 찾아내고 싶을 뿐입니다.”

“똑바로 말씀하시죠. 형사들이 내가 전과자라서 미심쩍다고 한 거 아니야?”

가토가 용의자가 된 이유는 전과와는 상관없지만 히무라는 반론하지 않았다. 가토는 더 흥분해서 침을 튀길 기세로 해명했다.

“동네에서 여자 친구하고 놀고 있는데 다른 학교 녀석이 시비를 걸어서 지켜야 한다고 생각했을 뿐이야. 상대 몸집이 커서 적당히 봐줄 여유가 없었어. 그래서 그 녀석 뼈가 부러졌고, 그게

답니다. 난 잘못 없어요. 싸우지 않아도 되었다면 처음부터 그랬
을 겁니다.”

“동네라는 게 어딥니까?”

“히로시마 구레시입니다.”

“어쩐지 이쪽 말씨인데 억양이 특이하다 싶었습니다.”

냉정한 분석에 짜증이 났는지 가토가 말을 이었다.

“히무라 씨는 범죄학 선생이라고요. 그럼 말씀해 보시죠, 재범
률이 어쩌니 저쩌니들 하는데 모두 그럽니까? 한 번이라도 잘못
을 저지른 사람은 모두 영원히 범죄자입니까?”

“사람마다 다르다는 말씀밖에 못 드리겠군요.”

“반성하고 있다고 해도 믿어 주는 사람이 없어요.”

“믿어 주는 사람이 없으면 반성을 그만둘 겁니까?”

가토는 혀를 차더니 어디에 시선을 둘지 망설이다가 편의점
봉투를 들여다보았다.

“……담배 사 오는 걸 깜빡했네. 잠깐 실례하겠습니다.”

그런 말을 남기고 거실에서 나갔다. 시나다가 “가토 씨!” 하고
불렀지만 난폭하게 문을 닫는 소리만 돌아왔다.

극채색 거실에 침묵이 깔렸다. 시나다가 스마트폰을 가슴 주
머니에 넣고 쭈뼛거리며 고개를 숙였다.

“죄송합니다.”

“아닙니다. 말을 고르지 않은 제 잘못입니다. ……결례를 저지

른 김에 시나다 씨께도 여쭙고 싶은 게. 야스미 씨와 사귀었다고 하셨지요. 〈몬스터 나이츠〉 레어 카드에 대해서는 알고 계셨습니까?"

"알고 있었습니다."

"그걸 누군가에게 말씀하신 적은 있습니까?"

"……금요일 밤, 가토 씨에게 말했습니다."

시나다가 기어드는 목소리로 증언했다.

"비밀 재산이 트레이딩 카드라니 재미있어서 그만……. 가토 씨도 굉장히 관심을 가져서……."

"화분 밑 여벌 열쇠에 대한 이야기는요?"

"그것도 금요일 밤에, 이것저것 떠들다가 그만……. 헤어진 거냐, 그럼 다시는 만나지 못하는 거냐, 그렇게 묻길래 열쇠를 어디에 숨겨 두는지 아니까 마음만 먹으면 집에 들어갈 수 있다고, 농담 삼아……. 히, 히무라 선생님, 가토 씨가 그런 게 아니죠? 아니라고 말씀해 주세요. 가토 씨가 범인이면 노도카는, 어쩌면 저 때문에……."

"한 가지 더 묻고 싶습니다."

히무라가 말을 가로막듯 질문했다.

"무례한 질문입니다만, 야스미 씨 댁에 묵은 적이 있지요?"

"……뭐, 사귀었을 때는 자주 묵었죠."

"야스미 씨는 잘 때 안경을 벗습니까?"

예상치 못한 질문에 시나다의 얼굴에 쓴웃음과 당혹스러움이
오갔다.

"그야 그렇죠. 저도 벗는데요……. 다들 그러지 않습니까?"

히무라는 그 대답에 만족한 듯 인사를 하고 소파에서 일어섰다.

아파트 밖으로 나오면서 나는 조사 결과에 대한 소감을 정리
해 보았다.

"세 사람 다 저마다 수상한 구석이 있어. 나가타는 레어 카드
에 대해 잘 알고 있을 것 같아. 하라의 심증은 결백에 가깝지만
부인이 여행 중이라는 게 마음에 걸려. 범행 기회를 기다리고 있
었을지도 몰라. 가토는 범행을 저지르는 데 필요한 정보를 전부
갖고 있었어. 로프를 버린 이유도 억지스러워……. 그리고 구레
시. 하라가 야스미 씨도 구레 출신이라고 했지? 가토와 고향이
같아. 뭔가 사연이 있을까?"

히무라는 신음을 흘리더니 고민하듯 하늘을 올려다보았다. 서
쪽 하늘에는 오늘도 비행기구름이 한 줄기 지나가고 있었다. 하
늘색 캔버스를 똑바로 가로지르는 한 줄기 하얀 선.

"증거품 R 같은 구름이네."

나도 하늘을 보며 중얼거렸다.

"무슨 소리야?"

"금방 잡을 수 있을 것 같은데 손이 닿지 않잖아. 고약한 수수

께끼야. 동아줄을 내려 주려면 조금 더 잡기 쉬워야……."

바로 그때.

"히무라 선생님! 아리스가와 씨!"

아파트 안에서 아르마니 양복을 입은 남자가 달려왔다. 후나비키 팀의 젊은 형사, 모리시타다. 그 등 뒤에 중학생쯤 되어 보이는 소년이 바싹 붙어 있다.

"목격자를 찾았습니다. 205호 주민입니다. 금요일 밤, 25시경, 단지 내를 걸어가는 수상한 인물을 봤다고 합니다."

모리시타가 다독이자 소년이 조심스럽게 입을 열었다.

"아니, 창밖을 내다봤을 때 언뜻 봤을 뿐이라. 얼굴도 새까매서 전혀 알아보지 못했고……. 그 사람이 뭔가 커다란 걸 끌어안고 단지 밖으로 걸어갔어요."

"커다란 거라니, 구체적으로는?"

히무라가 묻자 소년이 어깨를 움츠리며 말했다.

"사람 같은……. 그때는 설마, 이불 같은 거겠지 하고 그대로 자 버렸어요. 이불을 버릴 때처럼 가운데에 뭔가 칭칭 감겨 있어서. 하지만 형사님이 야스미 씨가 묶여 있었다고 해서, 어쩌면……."

틀림없이 야스미 노도카의 시체다. 얼굴이 검었다면 범인은 복면을 쓰고 있었는지도 모른다.

심장이 펄떡거리는 것을 느끼며 물어보았다.

"뭐에 묶여 있었는지 기억하니? 색이나, 굵기나."

"거기까지는…… 죄송해요. 잠깐이었고, 어두워서. 다른 집에서 새어 나오는 빛 때문에 잠깐 보였던 것뿐이에요."

안타깝다. 증거품 R을 알아낼 수 있을 거라 생각했는데. 범행 시각이나 단독범이라는 건 증명되었지만 핵심에는 한 걸음 못 미치는 목격 증언이었다.

정말 고약한 수수께끼네. 나는 이를 갈며 소년이 보았을 범인의 모습에 세 개의 후보를 대입해 보았다. 끈. 밧줄. 로프…….

잠깐.

한 가지 생각이 번득 스쳐 가더니 엉망으로 뒤엉킨 혼돈 속에서 하나의 도구가 스르륵 빠져나왔다. 내 손이, 그 끝자락을 단단히 움켜쥐었다.

충격 속에서 조용히 말했다.

"히무라. 범인을 알아냈어."

"그래? 나도야."

모리시타가 "엇!" 하고 외마디 소리를 질렀다. 나는 놀라지 않았다. 언제나 수수께끼를 먼저 푸는 건 히무라였으니까. 내가 풀 수 있을 만큼 정보가 모였으니 히무라도 정답에 도달하는 게 당연했다.

하지만 가끔은 나도 맛보고 싶다. 사명을 띤 명탐정들처럼, 사건을 해결하는 영예를. 논리를 엮어 내는 카타르시스를.

"들어 봐. 일단 하라는 범인이 아니야. 왼손을 접질렀잖아. 그

손으로는 굵은 밧줄을 묶을 수 없어. 즉 하라는 야스미 씨를 묶을 수 없었어."

한 사람이 사라지고, 두 사람이 남았다.

"다음으로 목격 증언이 있지. 이 아이는 창문에서 새어 나온 빛에 비친 범인을 보았는데, 로프 색까지는 식별하지 못했어. 그렇다면 R은 로프가 아니야. 왜냐하면 가토가 버린 건 반사재가 들어 있는 로프였으니까."

반사재가 포함된 로프는 주차장이나 공사 현장 등 다양한 곳에서 쓰인다. 야간에도 광원을 강하게 반사해 어둠 속에서 선명한 흰색으로 떠오르는 특징을 갖고 있다.

하지만 소년은 그것을 보지 못했다.

따라서.

"남는 건 밧줄. 소거법으로 범인은 나가타 도모키야."

확신과 함께 선언했다. 옆에서는 모리시타와 소년이 놀라서 입을 떡 벌리고 있었다.

잠자코 듣고 있던 히무라가, 미소를 지으며, 내 어깨를 다독였다.

"어쩌나. 오답이야."

4

주택가에서 니시키노하마공원 산책로로 들어가 고기가와강을 가로지르는 다리를 건너면 눈앞에서 바로 모래밭이 1킬로미터 정도 이어진다. 여름에는 가족들로 붐비는 인기 피서지지만 겨울이라 인적이 드물었다. 오사카만에서 불어오는 차가운 바닷바람에 옷깃을 여미며 우리는 해변을 거닐었다. 평소 집에만 처박혀 있는 처지라 산책하기 좋은 계절은 아니지만 바다 공기가 상쾌했다.

히무라의 스마트폰이 울렸다. 히무라가 전화를 받는 사이 나는 해변에 올라온 빈 캔과 해조류를 바라보고 있었다. 통화를 마친 히무라가 한심스럽다는 투로 물었다.

"뭘 그리 두리번거려?"

"손 편지가 담긴 유리병이 떨어져 있을까 싶어서."

"낭만적인 취미로군."

바다에 온 미스터리 애호가라면 모두 찾아본다고 반론하지는 않았다. 그보다 전화 내용이 궁금했다. 히무라에게 물어보니 역시 후나비키 경부의 연락이었다.

"빙고야. 욕실 천장 위에서 도난당한 카드를 발견했어. 장갑과 복면도 함께 숨겨 두었다더군."

히무라의 조언을 들은 경찰은 아파트 내 한 집을 철저하게 수

색했다. 증거가 나온 이상 그 집 주민은 체포를 면할 수 없으리라. 사건은 막을 내렸다.

하지만 나는 아직도 모르겠다.

"어떻게 그 사람이 범인인 걸 알았어?"

"우선 마음에 걸리는 문제가 있었어. 피해자의 머리에 상처가 한 군데밖에 없었던 점 말이야."

"그렇게 이상해? 힘껏 때리면 일격으로도……."

"그게 아니야. 상처가 한 군데뿐이라면 다른 문제가 생겨. 범인이 야스미 씨를 어떻게 묶었는가 하는 문제가."

히무라는 자기 이마를 쿡쿡 두드렸다.

"이마 상처는 도자기상으로 때려 살해할 때 생긴 거야. 따라서 야스미 씨를 한 번 때려서 의식이 몽롱할 때 묶었을 가능성은 사라지지. 공범이 야스미 씨를 붙잡고 있었을 가능성도 없어. 소년이 목격한 인물은 한 명뿐이었으니까."

"심야에 저지른 범행이니 자는 사이에 묶은 것 아니야?"

"그럴 리 없어. 거실에 테가 일그러진 안경이 떨어져 있었잖아. 야스미 씨는 흉기에 맞았을 때 안경을 쓰고 있었다는 뜻이야. 취침 중인 사람은 안경을 쓰지 않으니까."

아. 뒤늦게 깨달았다. 젊은 사람의 생활 리듬을 고찰할 것까지도 없이 진상은 명백했던 것이다. 히무라가 안경에 대해 물어본 것도 이걸 확인했던 건가.

"폭행한 것도, 누군가에게 도움을 받은 것도, 잠들었을 때 습격한 것도 아니야. ……그렇다면 이렇게 생각할 수밖에 없지. 범인은 여벌 열쇠로 집에 침입해 아직 깨어 있던 야스미 씨와 맞닥뜨렸다. 그 직후, 찰나의 순간에 저항할 의사를 지워 버릴 정도로 그녀를 공포로 몰아넣어 구속했다. ……아무리 상대가 여성이라도 맨손으로 그럴 수 있을까? 범인은 칼을 가지고 있었을 거야."

"칼……. 하지만 야스미 씨를 죽인 흉기는 도자기상이었잖아."

"그건 범인이 레어 카드를 찾고 있었기 때문이야. 나이프를 손에 쥐고 집을 뒤질 수는 없잖아. 벨트 사이에 끼워 두었거나 근처에 내려놓았겠지. 달아나려는 야스미 씨의 행동을 막기에는 가까이 있던 장식품을 움켜쥐는 게 더 쉬웠던 거야. 게다가 야스미 씨는 재갈을 물고 있던 흔적이 없었어. 언제든지 비명을 지를 수 있었는데 아무도 듣지 못했지. 범인이 흉기를 들고 있었기 때문이야."

납득했다. 애초에 불법 침입 강도라면 칼 정도는 가지고 있었을 것이다. 소설가만큼 상상력이 풍부하지 않더라도 강도를 상상해 보라고 한다면 누구나 식칼이나 나이프를 쥐여 줄 것이다.

"칼로 위협해서 야스미 씨를 묶었다……. 아직도 전모를 모르겠어. 그 추리가 끈, 밧줄, 로프와 무슨 상관이 있어?"

"있지. 소년은 뭔가에 묶여 있는 시체를 목격했어. 아파트에서 산책로로 운반되었을 때 야스미 씨는 이미 사망했을 텐데, 몸은 여전히 묶여 있었다는 뜻이지. 그렇다면 범인은 산책로에서 야스미 씨를 바다에 유기하기 직전에 증거품 R의 존재를 기억해 내고 풀어서 회수했다, 그런 흐름이야."

"그렇겠지."

"그럼 묻겠는데……. 자, 아리스. 범인은 증거품 R을 어떻게 풀었을까?"

어떻게라니……, 입을 열려다가 몇 가지 사실을 깨닫고 할 말을 잃었다.

파도 소리와 히무라의 목소리가 그 공백의 빈틈을 채워 넣었다.

"산책로는 어두웠어. 범인조차 유기가 실패한 것을 깨닫지 못할 정도로. 그 어둠 속에서, 더군다나 울 장갑을 낀 상태에서 단단하게 묶은 매듭을 풀 수 있을까? 불가능해. 증거품 R 자체가 야광 성질이라면 모를까, 네가 추리할 때 언급한 것처럼 소년은 그런 반사색은 보지 못했어. 그리고 범인은 칼을 가지고 있었지. 그렇다면 풀 수 있는 방법은 한 가지. 자르면 돼."

둘둘 감긴 로프에 칼날을 대고 두세 번 앞뒤로 움직여 절단한다. 그 정도 작업이라면 눈으로 보지 않고도 가능하다.

어쩌면 피해자의 옷에 칼날이 닿아 다소 흠집이 생겼을지도 모른다. 하지만 그것도 곧 판별이 불가능해졌다. 유기되었을 때 피해자의 옷이 피복석에 쓸렸기 때문이다.

"절단했다면 증거품 R은 끈, 밧줄, 로프, 그중 어느 것도 아니야. 주민들이 버린 도구는 전부 한 줄로 이어진 온전한 상태였으니까."

어깨에서 힘이 빠졌다. 세 개의 후보를 두고 고민을 거듭한 스물네 시간을 돌려 달라고 하고 싶을 정도로 너무 명백한 논리였다.

하지만 아직도 이해가 가지 않는 점이 있다.

"그 논리를 따르더라도 수사가 출발점으로 되돌아갈 뿐이잖아. 어떻게 진범을, 시나다 유를 주목할 수 있었어?"

"범인 입장에서 생각해 봤어. 여러 개로 나뉜 가늘고 긴 증거품. 이걸 어떻게 처리할까? 몇 번에 걸쳐 소각용 쓰레기로 버리는 게 낫겠지. 하나하나는 작으니까 쓰레기봉투 속에 넣어 버리면 눈썰미 좋은 관리인에게 들킬 염려도 없고."

"토막 살인 시체를 처리하듯이?"

"험한 비유지만, 그런 셈이지. 내 관심은 다른 주민의 쓰레기봉투로 옮겨 갔어. 그러자 묘한 사실을 눈치챘지. 토요일 아침, 쓰레기를 버리러 간 시나다는 관리인에게 잔소리를 들었어."

나도 그 영상은 기억한다. 가토가 텐트용 로프를 버리기 직전. 관리인 야마구치가 시나다의 쓰레기봉투를 손가락으로 가리키고 있었다.

그때, 반투명한 봉투 너머로 보인 것은······.

"구깃구깃하게 접은 종이 팩이었어."

히무라가 말을 이었다.

"관리인이 '두꺼운 종이는 소각 쓰레기가 아니라 재활용 쓰레기'라고 주의를 주었다고 했지. 하지만 이상하지 않아? 시나다는 사 년 넘게 이 아파트에 살았고, 매일 종이 팩에 든 채소 주스를 마시는 습관이 있어. 가토가 '깔끔쟁이'라는 말도 했지. 그렇다면 종이 팩을 어떻게 버려야 하는지 알고 있었을 거야. 그런데 그날은 루틴을 깼어."

히무라는 물가에서 걸음을 멈추고 추리를 마무리했다.

"시나다는 증거품 R의 일부를 쓰레기봉투에 몰래 넣었지만 그날 버릴 쓰레기가 생각보다 적어서 밖에서 보일지도 모른다고 염려했던 것 아닐까? 봉투를 가득 채우려고 평소에는 버리지 않는 종이팩까지 담아야 했던 게 아닐까……. 그렇게 생각했지."

그리고 실제로 시나다의 집에서 증거를 발견했다.

"증거품 R도 찾았어?"

"그래. 흔히 파는 다용도 로프였어. 세 덩어리로 잘려 있었는데 이어 보니 2미터가 모자랐다더군. 그 2미터를 토요일 아침에 버린 거겠지."

여벌 열쇠를 숨겨 놓는 장소도 레어 카드도, 시나다는 알고 있었다. 가토에게 알리바이가 없듯이 시나다도 알리바이가 없다. 가토가 침실 이불 속으로 들어간 뒤에 자기 집으로 돌아가 준비를 마치고 다시 108호로 갈 수 있었다. 위협에 사용할 칼도, 어쩌면 가토의 집에 있던 아웃도어 나이프를 가져갔던 건지도 모른다.

시나다는 야스미 노도카의 생활 리듬을 파악하고 있있고 새벽 1시면 이미 잠들었을 거라 생각했으리라. 하지만 그날 밤 그녀는 평소보다 늦게까지 깨어 있었다…….

"우발적이라고는 해도 헤어진 애인을 죽여서 바다에 내던지다니…….”

"형무소에서 나온 시나다가 '뉘우쳤다'고 해도 믿어 줄 마음은 없어."

"동기는 뭐였어?"

"자기를 찬 야스미 씨에 대한 복수도 있었겠지만 나는 단순히 금전이었다고 봐. 야스미 씨가 시나다와 사귀기 시작한 게 반년 전. 시나다는 석 달 전에 새 일자리를 찾고 있었으니 실업 상태였다고 짐작해 볼 수 있지. 한심한 남자에게 휘둘리는 드라마의 여주인공을 보며 야스미 씨가 '심경을 이해할 수 있다'고 한 게 두 달 전. 그리고 시나다와 싸우고 헤어진 게 이 주 전이야. 연결해 보면 지난 몇 달 사이 시나다가 야스미 씨의 경제력에 의존하고 있었던 상황이 눈에 보이지."

"……듣고 보니. 잘도 알아차렸네."

"으스대고 싶지만 사실 그리 대단한 건 아니야."

히무라가 씨익 웃었다.

"끈, 밧줄, 로프 외에 네 번째가 존재한다는 걸 알아차린 것도, 동기를 짐작할 수 있었던 것도, 사실 아리스 네 덕분이야. 아파트 앞에서 네가 말한 한마디가 실마리가 되었거든. ……왓슨 역도 사명이 있는 걸지도 모르지."

기억을 더듬어 보았지만 짐작 가는 바가 없었다. 두 손을 살짝 들어 올리며 항복하는 시늉을 했다.

히무라가 비행기구름을 바라보며 답을 알려 주었다.

"끈, 밧줄, 로프. 전부 기다랗게 꼰 도구를 가리키는 단어지만, 일본어 표현은 다채롭지. 범용성도 높고, 모든 말뜻을 아우를 수 있는 네 번째 단어가 존재해."

그제야 겨우, 알아차렸다.

고약한 수수께끼라고 투덜거렸을 때 내가 했던 한 마디.

길게 꼰 도구를 가리키는 단어인 동시에, 파트너의 경제력에 빌붙은 한심한 인물이 매달려 있던 그것.

그건 바로…….

"동아줄."

플로지니 플로지

어치호 미치

이치호 미치

오사카 출생. 2007년 《눈이여 사과 향기처럼》으로 데뷔. 2022년 《스몰 월드》로 요시카와 에이지 문학신인상, 2024년 《빛이 있는 곳에 있어줘》로 시마세 연애 문학상, 《창궐》로 나오키상 수상. 또한 2022년에는 사쿠야코노하나상 '문예 기타 부문'도 수상했다. 그 밖의 저서로 '예스, 노, 또는 반반 시리즈', 《파라솔에서 파라슈트》, 《모래 폭풍에 별무리》, 《물거품 모자이크》 등.

근 한 달 만에 각종 마감에서 해방되어 근처 술집에서 속세의 공기와 술, 안주를 만끽했다. 틀어박혀 있는 동안 늦더위도 가셨겠지 했는데 시월의 밤은 여전히 후덥지근했다. 그래도 당당하게 외출할 수 있다는 사실만으로도 기쁘다. 얼근히 취해서 편의점에 들렀다가 이웃과 마주쳤다.

"어머, 아리스가와 씨, 잘 지내셨어요?"

"안녕하세요, 퇴근하시는 길인가 보군요."

무릎길이 원피스에 얇은 재킷을 걸친 마노 사오리의 장바구니를 보지 않도록 눈길을 돌리면서 인사했다. 독신 여성의 생활상을 보게 되는 건 겸연쩍다. 무엇보다 퇴근길인 듯한 그녀와 달리 나는 실내복과 별 차이 없는 차림새로 한잔 걸치고 나오는 길이라는 시점에서 이미 조금 민망했다. 아니, 아니다, 바로 몇 시간 전까지 아침이고 낮이고 밤이고 책상 앞에 앉아 있었으니 남들 눈치를 볼 필요는 없다. 머리로는 알지만 프리랜서의 자격지심 같은 게 이따금 고개를 내민다. 사회생활을 경험해 보지 않고 작가가 되었다면 이런 생각은 하지 않았을지 모른다. 하지만 회사원에게 회사원만의 고충과 자유가 있듯 프리랜서에게도 프리랜서만의 그것이 있음을 몸으로 배울 수 있었던 것은 다행이다.

"새로 나온 이 쿠키 맛있어요. 커피에도 홍차에도 잘 어울리거든요."

아리스의 자격지심은 알 턱이 없는 사오리가 밝게 말했다. 내일 아침 식사용 식빵과 달걀만 살 생각이었는데 그렇게 추천하니 궁금해졌다.

"그래요? 한번 사 볼까."

"꼭 드셔 보세요. 학생이 알려 줘서 저도 요즘 자주 사요."

"오늘은 이 시간까지 일하셨어요? 힘드시겠어요."

정기 고사 때문에 일이 많은 줄 알았는데 사오리의 대답은 "문화제가 코앞이라."였다.

"출산휴가에 들어간 선생님 대타로 연극부 고문을 맡고 있어요. 슬슬 무대 연습도 막바지라."

학교 행사에 딱히 찬란한 추억은 없지만 문화제라는 단어만으로도 살짝 가슴이 설렜다.

"어떤 작품인데요? 혹시 영어 연극?"

"그랬다면 제가 활약했을 텐데, 문화제는 보호자나 어린아이들도 와서요."

"아아, 그렇죠."

"조금 더 진중한 《도노 모노가타리》예요. 현대풍으로 각색해서."

"오, 그거 재미있겠는데요."

절대 빈말은 아니지만 어디까지나 가벼운 잡담 차원이었다. 그러자 사오리가 갑자기 진지한 표정으로 "정말 그렇게 생각하세요?"라고 되묻는 것이었다.

"아, 예, 그럼요. 《도노 모노가타리》는 학창 시절에 읽어 본 게 전부라 잘은 모르지만……."

뭐지, 뭐 말실수라도 했나? 쭈뼛거리며 대답했다.

"아리스가와 씨."

"예."

"꼭 좀 의논드리고 싶은 게 있는데 지금 잠깐 시간 괜찮으세요?"

밤 10시가 넘었는데, 보통 일이 아니다. 반년 전 사오리의 부탁으로 어떤 사건*에 휘말린 기억이 되살아났다. '해결'은 했지만 뒷맛이 씁쓸했다. 수수께끼는 풀었지만 산 사람의 후회는 풀지 못했다. 또 그런 경험을 하는 건 힘들지만 무슨 일인지 들어보지도 않고 거절할 수도 없다. "제가 힘이 된다면." 하고 응할

● 작가 아리스 시리즈 《긴 복도가 있는 집 長い廊下がある家》에 수록된 〈천공의 눈 天空の眼〉이라는 단편

수밖에 없었다.

아리스의 집은 최근 마감에 시달리느라 청소도 제대로 못 했고 늦은 밤에 사오리의 집에 가기도 거북해서 아파트 현관 로비에서 이야기를 듣기로 했다. 방문객들을 위해 일인용 소파를 마주 놓은 소소한 공간에 앉아 무릎 위에 편의점 비닐봉투를 얹었다. 마찬가지로 토트백과 에코백을 무릎 위에 얹은 사오리가 갑자기 살짝 웃었다.

"왜 그러세요?"

"죄송해요. 아까 편의점에 있을 때 머리가 복잡해서…… 아리스가와 씨의 의견을 들어 보고 싶다고 생각하던 참이었거든요. 그랬더니 그 타이밍에 나타나셔서."

"무의식의 부름을 받은 건지도 모르겠네요."

가볍게 농담했다가 이거 기분 나쁜 발언인가 싶어 후회했지만 사오리가 기쁜 표정으로 고개를 끄덕여서 다행인 셈 쳤다.

"만약 냉장이나 냉동 제품을 사셨으면 붙들기 미안하니 포기할 생각이었는데, 빵, 달걀, 쿠키여서 속으로 쾌재를 불렀어요."

싫지는 않았다. 오히려 몹시 기뻤지만 너무 기대가 커도 불안하다. 의식적으로 표정을 가다듬었다.

"의논하고 싶다는 게……."

"네, 아까 말씀드린, 제가 고문을 맡고 있는 연극부에서 트러블이 있었는데……."

사오리는 잠시 말을 끊더니 주위에 아무도 없는데도 목소리를 낮췄다.

"지난주에 교복을 도난당했어요."

"네? 학생 교복을요?"

하나 마나 한 질문을 하고 말았다.

"그렇다니까요. 도난당한 건 3학년 여학생이고, 교복은 아직도 못 찾았어요."

"교내에서 도난당했다?"

"예. 동아리 활동 중에는 모두 체육복으로 갈아입어요. 달리기나 스트레칭도 해야 하고, 대도구나 소도구도 만드니까요. 하지만 탈의실은 운동부에게 우선권이 있어서, 연극부는 미팅이나 대사 연습에 쓰는 일반 교실에서 옷을 갈아입어요. 연습이 끝나고 다시 교복으로 갈아입으려 했을 때는 이미 사라지고 없었대요."

"잠겨 있지 않았나요?"

"아니었어요. 귀중품은 각자 관리해서 제게 맡기거나 연습 장소로 가져가거든요. 조심성이 없다고 생각하시겠지만 지금까지 도난 같은 트러블은 없었어요. 지금은 일단 문을 잠그고 있어요. 부원들은 번거롭다고 불평하지만."

"굉장히 기본적인 말씀을 여쭙겠는데 경찰에 신고는 했습니까? 이런 표현은 좀 그렇지만, 훌륭한 절도 사건인데요."

사오리가 속이 탄다는 듯 고개를 저었다.

"학교 측에서 공개하기 싫어해요. 만약 외부에 알려지면 이미지가 실추되어 앞으로 추천 입학 전형을 앞둔 3학년에게 악영향이 없다고 장담할 수도 없고, 범인이 재학생일 경우에도 엄중한 대응을 요구하겠죠. 연극부원들을 단단히 입막음하고, 동아리 활동이나 교실을 이동할 때는 모두 교실 문을 철저히 잠그라는 지시가 내려왔어요."

"으음, 학교 측 사정도 어느 정도는 이해할 수 있지만 그래도 너무……."

"저도 같은 생각이에요."

사오리가 두 손으로 두 개의 가방을 꼭 끌어안았다.

"교감 선생님 입에서 '우리 학교의 명성'이라는 말이 나왔을 때, 아무 말도 못 하고 비참했어요. 하지만 일이 커지면 연극부는 부득이하게 활동을 정지시키겠다고 해서……. 3학년은 이번 문화제 공연으로 은퇴해요. 학생들에게서 마지막 무대를 빼앗을 수도 없고, 피해자가 된 부원도 일을 키우지 말아 달라고 애원하더군요. 그 학생이 대본을 썼으니 당연히 애착이 강할 거예요."

"그렇군요…… 그, 피해자라는 학생 말인데."

"다즈하라라고 해요. 다즈하라 시계호."

"다즈하라 학생의 부모님은 그래도 괜찮답니까? 제가 궁색한 건지도 모르지만 교복은 제법 비쌀 텐데요. 3학년 가을에 도둑맞았으니 고작 반년 때문에 새 교복을 사야 한다면 잠자코 있을 것 같지 않은데.”

“아, 그건 괜찮아요. ‘교복 은행’이라는 시스템이 있어서 졸업할 때 교복을 기부받아 희망하는 신입생에게 무상으로 물려 주거든요.”

“아아, 책가방도 그런다고 들어본 적이 있네요. 지속가능발전 관점에서도 좋은 제도예요.”

“예. 몇 년밖에 안 된 제 경험이지만 신청자가 계속 늘고 있어요. 학비는 감면받아도 역시 사립이라 교복은 물론이고 보충수업 비용도 만만치 않거든요. 그래서 교복은 가급적 삼 년 동안 아껴 입고 기부해 주면 좋겠는데 몰래 자수를 넣거나 와펜을 달기도 하고, 개중에는 인터넷으로 되파는 아이도 있어서……. 아, 죄송해요, 이야기가 엉뚱한 데로 빠졌네요.”

“자수라면, 일진들이 겉옷 등판에 넣는 화려한 글씨 같은……?”

진짜 몰라서 물었는데 사오리는 고개를 숙이고 어깨를 떨며 웃음을 참았다.

“설마요……. 자기 이름이나 남자 친구 이니셜, 아니면 최애 이름을 조그마하게.”

“아, 그렇겠네요, 죄송합니다.”

명성을 신경 쓰는 사립 여고에 그런 불량배가 있을 리 없었다.

“아뇨, 제가 괜한 소리를 해서…… 다즈하라는 교복 은행에서 새 교복을 받았어요. 그 학생의 경우 도둑맞은 교복도 헌옷이라 딱히 거부감은 없는 것 같았어요.”

거기까지 듣고도 아리스는 사오리의 ‘의논’ 안건이 어떤 것인지 감을 잡지 못했다. 설마 겨우 이 정도 정보로 범인을 찾아 달라는 건 아니겠지. 그런 건 히무라도 못한다. 아니, 혹시 의외로 가능한가? 아니, 아무리 그래도.

“아리스가와 씨.”

사오리가 진지한 목소리로 불렀다.

“예.”

“부원들을 만나 봐 주실 수 없을까요?”

“예? 도난 사건을 해결해 달라는 얘기가 아닌가요? 그건 어렵겠는데요.”

부득이하게 바로 거절할 수밖에 없는 부탁이었다.

“학교 쪽에서도 조용히 처리하고 싶은 거잖아요? 괜히 끼어들면 마노 씨 입장이 어려워질지도 모릅니다. 애초에 제삼자가 끼어들 여지도 없잖아요. 여고생과 독신 중년 남자라니, 요즘 시대에 가장 부적절한 조합이에요.”

“다음 주말이 문화제예요. 초대권으로 들어갈 수 있으니 제 몫을 드릴게요. 아리스가와 씨는 에이토대학 졸업생이죠? 저희 부원 중에도 에이토대학을 지망하는 학생이 있으니 대학 생활 이야기를 듣는다는 구실로 대화할 기회를 마련할 수 있을 거예요.”

“그렇지만 졸업한 지 십 년도 더 되어서 간극이…… 게다가 함구령이 깔린 도난 사건을 대놓고 물어볼 수도 없잖아요. 도무지 도움이 될 것 같지 않습니다.”

“아무래도 대타로 맡은 고문이다 보니 전 연극에 대해 조언도 못 해 주고, 학생들과의 신뢰 관계에도 자신이 없어요.”

“마노 씨는…… 연극부 학생들 중에 교복을 훔친 사람이 있다고 생각하시는 건가요?”

“그건 솔직히 뭐라 말씀드리기가…… 그래서 아리스가와 씨라면 제 눈에는 보이지 않는 걸 볼 수 있을 것만 같아서.”

“과대 평가입니다.”

“하지만 전에도 히로사와 일로 조언을 해 주셨잖아요.”

“그건…… 이미 지난 일이라 어쩔 수 없지만 괜한 참견을 했다는 생각도 없지 않아요. 제 행동이 수사 결과에 아무 영향을 주지 않았다 해도요. 수수께끼라는 건 정말 심보가 고약해서, 폭로한 다음에 ‘아차’ 싶어도 되돌릴 길이 없습니다.”

“하긴. 그레이 존으로 남겨 두는 게 나은 경우도 있고, 저도 뭐가 정답인지 모르겠어요.”

사오리는 고개를 깊숙이 끄덕이더니 입을 열었다.

“하지만 그런 일을 언제까지고 마음에 담아 두는 아리스가와 씨이기에 부탁드리고 싶었던 거예요.”

아리스는 팔짱을 끼고 천장을 올려다보았다. 그렇게 십 초쯤 꼼짝 않고 있다가 시선을 돌려 팔을 풀며 물었다.

"친구와 같이 가도 될까요?"

'……그래서 나더러 여고 잠입에 동행해 달라?'

"정당한 방법으로 들어가는 공식 방문이야."

'아저씨가 한 명 더 늘면 수상함만 두 배가 될 텐데. 아, 그만, 하지 말랬지, 옷에 구멍 나겠다.'

이 녀석, 고양이하고 놀면서 한 귀(반 귀?)로 흘려듣고 있군.

"부교수님이 말씀하는 진로 조언이 더 진정성이 있잖아. 대학에서 어린 여학생도 많이 대해 봤을 테고."

'어리다, 라는 한마디로 일반화하지 마. 그 나이대는 두세 살 차이면 완전히 다른 생물이야.'

"봐, 그렇게 함축적인 표현이 자연스럽게 나오잖아."

이번에는 실로 당당하게 하품 소리를 냈다. 어이.

'그래서 결국 이웃이 바라는 건 뭐야? 지금 얘기로는 도둑을 알아내도 내부 범행일 경우 경찰에 끌고 갈 수도 없다는 거잖아?'

"누구 소행인지 알아내면 좋잖아. 마노 씨와 피해자, 출산 휴가에 들어간 고문 선생님 가슴에만 묻어 두고 대처하겠다고 하더라. 교사로서 WHO보다 WHY가 더 신경 쓰이는 모양이야."

'흐음. 뭐, 가 줄 수는 있는데. 마침 이와테 출장 선물도 주고 싶고.'

"어, 이와테에 다녀왔어?"

‘그래. 강연회에 초청받아서. 간 김에 《도노 모노가타리》와 주술 특별전도 보고 왔지.’

그건 아리스도 몹시 가고 싶었지만 스케줄과 가타기리 편집자가 머릿속에서 허락해 주지 않아 눈물을 머금고 포기한 전시였기 때문에 그만 진심 어린 투정이 새어 나왔다.

“젠장…….”

‘민속학은 문외한인 내가 봐도 흥미로운 전시였어. 겸사겸사 먹은 도노 지방의 칭기즈칸 요리도 맛있었지.’

“언제까지 약 올릴 셈이야……?”

‘그 연극부가 《도노 모노가타리》를 한다면서? 그건 좀 보고 싶군.’

필드워크 소재로 쓰기에는 미묘한 의뢰를 받아 준 건 고마운 일이라 질투심은 일단 덮어 두고 약속 시간과 장소를 정했다.

“연극부 공연이 2시부터고 그 후 잠깐 시간을 마련하겠대. 1시쯤 적당한 카페에서 만날까?”

‘그러지.’

전화를 끊기 전, 고양이 울음소리와 ‘할머니●가 간식 줬잖아? 난 못 속여’라는 목소리가 들려왔다.

히무라가 사온 이와테 선물은 에도 시대 모리오카 번에서 있

● 히무라가 대학생 때부터 살고 있는 하숙집 주인 시노미야 도키에를 뜻한다.

었던 범죄를 소개한 기획전의 도록이었다. 강연도 거기서 초청한 것 같았다.

"선생님 작품 소재가 될까 싶어서."

"소재로 못 써도 엄청 재미있어 보이는데."

민속학보다 '잠자는 문지기'나 '잠든 주인을 암살하다'라는 부제에 흥분하고 마는 것은 어쩔 수 없는 일이다. 모리오카성 지도까지 부록으로 들어 있을 정도로 치밀해서, 지도를 펼치고 술잔을 기울이며 본문만 읽어도 밤새도록 질리지 않을 것 같다. 무심코 진지하게 읽기 시작하자 히무라가 나무랐다.

"그걸 읽을 때가 아니잖아. 도난 사건에 대해 상세히 알려 줘."

"미안."

일단 도록은 옆에 내려놓고 사오리에게 듣고 메모한 개요를 읽어 주었다.

"사건 발생은 지지난주 금요일. 비 오는 날이었어. 연극부는 미팅을 마치고 오후 3시 45분쯤 체육관에서 무대 연습과 대도구, 소도구 제작. 먼저 무대 연습을 하고 합창부와 교대했고, 무대 밑에서 다 함께 페인트칠과 바느질을 했다나 봐. 부원은 35명, 결석은 감기로 학교에 못 나온 2학년 한 명뿐. 5시쯤 십오 분간 휴식. 이때 3학년 다즈하라 시게호가 '쓰레기 버리는 김에 편의점에 다녀올게'라고 혼자서 체육관에서 나갔어. 본인 말에 따르면 지갑이 가방 속에 있어서 탈의실 대신 쓰는 3층 교실로 돌아갔고, 그때까지는 교복이 있었대. 다만 다른 학생들에게 확인한 건 아니니 그 행동이 사실인지는 알 수 없어. 그리고 학교 건물 뒤편 소각장에 쓰레기를 버리고, 뒷문을 통해 밖으로 나가 도보 삼 분 거리의 편의점에 가서 종이 팩에 든 카페오레를 사서 돌아왔어.”

“학교 안에 매점이나 자판기가 없어?”

히무라가 계속해서 물었다.

“그날은 분명 비가 제법 내렸을 텐데. 나도 빗줄기가 잠잠해질 때까지 대학에서 시간을 때운 기억이 있어. 그런 날 굳이 외출을 할까?”

“그건 안 물어봤는데 글쎄. 쓰레기도 버려야 했고, 즐겨 마시는 카페오레가 있는데 그 편의점에서만 팔았을지도 모르지. 뭐야, 벌써 다즈하라를 의심하는 거야?”

“네가 그 학생의 행동에 물음표를 달았기 때문이야. 그래서 그 다음은?”

“다즈하라는 이번에는 교실에 들르지 않고 쉬는 시간이 끝나기 전에 아슬아슬하게 체육관으로 돌아왔어. 다른 부원들이 ‘늦었네’라고 하자 ‘새로 나온 과자를 구경하느라 그만’이라고 대답했다고 해. 다즈하라 말고도 화장실이나 이런저런 이유로 체육관에서 나간 부원은 있지만 구체적인 인원이나 시간은 알 수 없어. 6시에 동아리 활동 종료, 다 같이 뒷정리를 하고 체육관에서 나왔어. 그때 같은 3학년 무라야마 아카네가 다즈하라에게 빌려

줬던 거울을 돌려 달라고 했어. 두 사람은 같은 반인데 점심시간에 다즈하라가 접이식 거울을 빌려서 교복 치마 주머니에 넣어 두고 깜빡했다는 모양이야. 그래서 교실로 돌아갔고, 그때 다즈하라의 교복이 사라졌다는 걸 알게 되었어. 1학년 부원이 체육관 문을 잠그고 있던 마노 씨를 부르러 갔고, 마노 씨는 서둘러 교실로 가서 부원들의 보조 가방과 교실 안을 조사했지만 교복은 나오지 않았어. 또 물음표를 달아야 하는데 가방을 열어서 조사한 게 아니라 '잘못 들어가 있는지 확인하라'고 말하는 데 그쳤다고 해. 보조 가방은 책가방과 함께 쓸 수 있는 숄더백 타입. 바닥이 넓어서 체육복이나 두꺼운 사전도 넣고 다닌다니까 뭐, 쑤셔 넣으면 못 숨길 것도 없지. 참고로 교복은 일반적인 남색 세일러 칼라. 리본은 전 학년 공통으로 흰색. 헌옷을 기부하는 제도가 있다 보니 학년별로 색을 바꾸지는 않는대. 인터넷 중고 거래 가격은 약 8만 엔 안팎."

"그런 것까지 조사했어?"

"마노 씨가 준 정보야. 판매 목적일 가능성도 있으니까. 다만 최근 등록 상품은 찾을 수 없었다나 봐. 불법적인 사이트나 비공개 SNS에서 거래했다면 이야기가 또 달라지지만."

"그런 가게에 직접 가져갔을 수도 있고."

"그날 마노 씨는 학생 주임에게도 의논했는데 시간도 늦었고 학원에 가야 하는 부원도 있어서 일단 입막음을 하고 그 자리에서 해산했어. 토요일에 다시 교직원들끼리 교내를 수색했지만 성과는 없었고, 교무 회의에서 신고하지 않겠다는 방침을 결정……, 사실상 상명하복이었겠지만. 참고로 월요일 아침, 교정 화단에 버려져 있는 거울을 직원이 발견. 주말은 휴일이라 언제 버려진 건지 명확하지 않아. 그러니까 거울만 돌아온 셈이지."

"그 거울이 무라야마 아카네의 소지품인 건 확실해?"

"작년 크리스마스에 남자 친구에게 받은 코프레에 들어 있던 한정 상품이래. 아, 코프레는 화장품 세트야."

"으스대지 마, 그 정도는 나도 알아."

"뭐, 그런 이유로 지금은 구할 수도 없고, 뒷면에 남자 친구하고 찍은 스티커 사진을 붙여 두었다고 하니 확실하겠지."

"그렇군."

"그래서, 어때?"

"뭐가?"

"이 이야기를 듣고 진상을 알아냈다거나……."

"알아낼 리 없잖아."

"그렇지?"

"은근히 기뻐 보이는 그 표정은 뭐야?"

"기분 탓이겠지."

"몇 가지 더 묻고 싶어. 먼저 외부 침입은 가능해?"

"정문에도 뒷문에도 경비원이 상주한다더군. 부지가 넓어서 어딘가 담장을 기어오르면 들어올 수는 있겠지만, 건물에 들어와서 어슬렁거리긴 어려울 거야. 특히 그날은 비가 와서 운동부도 복도나 계단에서 달리기 연습을 하는 바람에 평소보다 인구밀도가 높았다고 해."

"뭐, 교복을 노리고 글자 그대로 외부인이 잠입했다는 건 억지스러워. 그렇다면 역시 교직원도 포함해 내부의 범행이라는 뜻이 되는데⋯⋯. 네게 부탁한 이상, 마노 씨는 뭔가 짐작 가는 구석이 있는 것 아니야?"

"그게 문제야. 연극부 인간관계에 조금 문제가 있는지, 마노 씨는 그걸 걱정하더라고."

아아, 하고 히무라가 한숨과 함께 수긍했다.

"그 심정 잘 알지. 훨씬 규모가 작은 대학 강의실에서도 가끔 다툼이 일어나니까."

"그래? 어떻게 평정하는데?"

"가만히 지켜보는 게 기본이야. 개입을 원하면 이야기 정도는 들어 주지만. 마노 씨도 그랬겠지?"

"응. 마노 씨는 임시 고문이고 후방 지원 전담이라 부원들과 개인적으로 이야기해 볼 기회는 거의 없었다고 해. 하지만 그런 소극적인 자세도 이번 사건에 원인을 제공한 게 아닌가 걱정하더라."

"성실하군. 마노 선생님의 견해는?"

"교복을 도난당한 다즈하라 시게호는 같은 3학년 부원과 반목이 있었던 것 같아. 그 학생 이름은 고미야 리오. 다즈하라는 조용한 성격이라 무대에 오르는 것보다 대본이나 연출을 주로 맡는데, 고미야는 시선을 끄는 화려한 주인공 타입이었다나."

"배역을 둘러싼 라이벌은 아니었단 말이군."

"그래. 원인을 잘 모르나 봐. 어쨌거나 다즈하라를 눈엣가시로 여긴 고미야가 성격이 어둡다느니 화장도 안 해서 촌스럽다느니 하며 시비를 걸었고, 고미야를 따르는 부원들도 거들어서……. 이것만 들으면 음습한 집단 괴롭힘처럼 들리지만 기본적으로 다즈하라는 귀담아듣지 않았어. 다즈하라 편에 선 부원도 적지 않았고, 중립을 고수하는 부원도 있고……, 아슬아슬하게나마 파워 밸런스를 유지하고 있었대. 먼저 시비를 거는 건 고미야지만 아까 말한 것처럼 다즈하라는 흘려들었고, 다즈하라의 대본이나 연출은 연극부에서도 손꼽힐 정도로 뛰어나서 그 점은 누구나 인정할 수밖에 없었으니 기죽어 지냈던 것도 아니야."

"듣기만 해도 번잡한 집단이네. 하지만 '주인공 타입이었다', 어째서 과거형이지?"

"실은 고미야 리오는 이미 다른 학교로 전학갔거든."

"그게 무슨 소리야?"

"올해 6월이었대. 그러니까 마노 씨도 고미야를 직접 보지는 못한 거야. 지금 정보는 출산휴가에 들어간 고문 선생님이 마노 씨에게 해 준 이야기야. 오늘은 그 선생님 이야기도 들어 볼 수 있대.”

“범인 후보에서 완전히 제외되는 것도 아니군. 반대로 교복을 입은 어린 여성이라면 관계자가 아니더라도 쉽게 학교에 들어올 수 있으니까.”

“맞아, 고미야가 교복 은행에 기부하지 않았다면. 문화제 일정도 연습 내용도 알았을 테고, 다른 부원들에게 들키지 않게 다즈하라 시게호의 교복을 찾아낼 수도 있어. 약속한 건 아니지만 대충 옷을 벗어 두는 자리가 정해져 있었다니까. 교복을 훔쳤을 때 다즈하라 시게호의 물건이 아닌 거울을 발견하고 이건 사냥감이 아니니까 눈에 잘 띄도록 학교 화단에 버린 걸 수도 있지. 다즈하라의 소지품이 아니라는 걸 알고 있었는지, 거울에 붙어 있는 스티커 사진을 보고 알았는지는 모르는 일이고.”

“그 경우 동기는?”

“애초에 두 사람 사이에 무슨 일이 있었는지도 모르지만, 도를 넘은 집착이 부른 심술일까? 지금까지는 같은 학교, 같은 동아리라 참았지만 멀리 떨어졌으니 대담한 수법을 쓴 걸지도. 그러면서도 타격은 약한 느낌이란 말이야. 거울도 그렇지만 교복을 도둑맞아도 체육복을 입고 집에 가면 되고, 다즈하라의 교복도 애초에 헌옷이라 학교에서 대체품을 마련해 줄 거라는 건 재학생이라면 짐작할 수 있었을 거야. 다즈하라로서는 기분은 나쁘겠지만 실질적인 피해가 있는가 하면…….”

“그런 점도 신고를 미룬 이유겠지. 슬슬 가 볼까, 적당한 타이밍이야.”

“그래.”

카페에서 십 분쯤 걸어가니 목적지인 여고가 보였다. 교문에는 핑크색 풍선을 빼곡하게 붙인 아치가 있고, 건물 벽에는 ‘2학년 3반 크레이프 디저트’, ‘농구부 귀신의 집’ 같은 현수막이 잔뜩 걸려 있었다. 아리스는 연극부원들이 이 문화제를 마음껏 즐길 수 있기를 바랐다. 지금 이 순간, 이 장소에서만 체험할 수 있는 축제니까.

“히무라, 티켓 사야 돼.”

“아까 들어올 때 냈잖아.”

“그건 초대권. 가게에서 쓸 쿠폰이 필요하다고.”

“설마 놀러 온 거 아니겠지?”

“천만에. 매상은 기부금으로 쓴다니까 귀중한 초대권을 받은 이상 조금이라도 공헌해야지.”

“그런 거라면 뭐.”

천 엔씩 내고 각자 절취선이 있는 열 장짜리 쿠폰을 받았다. 카페 커피 쿠폰처럼 디자인도 제법 그럴싸했다. 슬리퍼로 갈아 신고 건물 안을 지나 체육관으로 향했다. 초대 손님들은 재학생의 가족이나 친구가 대부분이라 서른넷이라는 미묘한 나이의 남자 둘 조합은 은근히 눈에 띄었다.

"아, 긴장 돼."

아리스가 가슴 한복판을 손바닥으로 쓸었다.

"여학교는 역시 독특한 분위기가 있어. 절대 이상한 뜻은 아니지만, 전체적으로 여성의 향기가 난달까."

"우와……."

히무라가 유난스럽게 눈썹을 찌푸리며 한 걸음 물러났다.

"잠깐, 잠깐, 잠깐."

"경찰관님, 이 녀석 좀 잡아가세요."

"아니라니까. 화장품인지 꽃향기 같은 게 넘실거려서 코가 간질거린단 말이야. 재채기가 날 것 같아서 거북해. 가타기리 씨는 '취재 기분으로 다녀오라'고 압박하질 않나……."

여학교를 무대로 한 청춘물은 어때요? 유능한 편집자는 언제 어느 때나 소재 수집 경보를 잊지 않는다.

"아리스가와 선생님의 새로운 경지가 열릴지도 모르겠네."

"내가 여학교를 소재로 쓰는 건 어쩐지 조금…… 위험하지 않아?"

"왜? 아사이 씨*가 남학교를 무대로 소설을 쓴다면 이상하다

● 아리스가와 아리스가 인쇄 회사 영업 사원 생활을 마무리하고 전업 작가로서 처음 집필한 《바다가 있는 나라에 잠들다 海のある奈良に死す》에서 등장한 여성 추리 작가로, 아리스와 친분이 있으며 그의 소개로 히무라와도 면식이 있다.

고 생각하지 않을 거잖아."

"여성 작가가 쓰는 남고생은 현실적일 것 같지만, 중년 남자가 소녀의 심경을 묘사하기는 어려워."

서로의 목소리를 알아듣기 힘들 정도로 호객 소리와 웃음, 환성, 안내 방송으로 주위가 소란스러웠다. 실시간으로 안내 방송이 나왔다.

'문화제를 찾아 주신 여러분, 재미있게 구경하고 계십니까? 잠시 후 2시부터 체육관에서 연극부 공연이 있습니다. 꼭 보러 오세요! 가을이지만 아직 덥네요, 그래서 지금, 여름에 어울리는 곡을 틀겠습니다! 미조구치 수학 선생님이 신청해 주셨습니다, 우와! 구치 선생님 오타쿠잖아! 시작합니다, 노기자카46 〈걸스 룰〉……'

소녀들의 우정을 표현한 노래가 후렴에 접어들었을 때 히무라가 갑자기 걸음을 멈추었다.

"봐."

"뭘?"

"다 큰 성인 남자가 소녀의 심정을 가사에 담아냈잖아."

"저 사람만 할 수 있는 특기야."

"그런 거야?"

"그럼."

공연 시작 오 분 전에 체육관에 도착하니 빈자리가 거의 없었다. 간신히 뒤쪽 구석에서 비어 있는 두 자리를 발견해 앉았다. 이미 조명이 꺼진 체육관에서 "공연 시작에 앞서……." 하고 주의사항을 알리는 방송이 나오니 진짜 극장에 온 것처럼 흥분되었다.

막이 올랐다. 무대 오른쪽 스포트라이트 속에 넉넉한 흰색 우비와 하얀 장화를 신은 사람이 우두커니 서 있다. 후드에 가려 얼굴은 보이지 않았다.

우비를 입은 그 인물이 낭랑한 목소리로 설명하기 시작했다.

"옛날 옛적, 어느 마을에 가난한 소녀가 살았습니다. 어머니는 없고, 아버지와 둘이 살고 있었습니다. 아니, 아버지와, 말 한 마리와 살았습니다."

말 울음소리가 울려 퍼졌다.

"그 마을에서 말은 단순한 가축이 아니었습니다. 마구간은 집 안에 있고, 말은 사람들에게 가족이나 다름없었습니다."

오시라 님인가, 아리스는 속으로 중얼거렸다. 말과 사랑에 빠져 비극 끝에 한 쌍의 신이 된 소녀의 이야기. 《도노 모노가타리》에서도 특히 유명한 전설이지만 연극에서는 사오리가 말한 대로 상당히 각색되어 있었다.

주인공 소녀는 낡은 옷밖에 없어서 다른 소녀들에게 따돌림을 당하며 자란다. 아버지는 "놀 틈이 있으면 밭일을 도와라."라며 딸의 호소를 들어 주지 않는다. 딸은 말에게 고독한 심경을 털어 놓는다.

“어머니가 안 계신 것도, 집이 가난한 것도, 내 잘못이 아닌데.”

하지만 딸이 아름답게 자라자 그때까지 소녀를 업신여겼던 마을 사람들의 눈빛이 달라진다. 남자들은 머리 장식과 연지를 보여 주며 딸의 환심을 사려 했고, 아버지는 “헤픈 것.”이라고 구박했다.

“머리 장식도 연지도 필요 없어. 내 겉모습만 보고 다가오는 남자도, 아무것도 알아주지 않는 아버지도, 모두 싫어. 너만 있으면 돼. 인간보다 말이 더 좋다고 하면 무슨 꼴을 당할까? 잘못한 건 하나도 없는데, 좋아하는 걸 좋아한다고 말하지도 못해……”

딸은 살며시 말 모형을 끌어안는다. 이윽고 딸에게 혼담이 날아든다.

“너도 이제 시집갈 나이다. 언제까지고 말하고 놀 셈이냐?”

“어째서요? 항상 제가 남자하고 말 한 마디만 나눠도 화냈으면서, 어째서 갑자기 그런 말씀을 하는 거예요? 전 결혼하기 싫어요, 제 인생은 제가 스스로 결정해요!”

“그런 끔찍한 소리를 하다니, 이 불효자식! 자식은 부모 말을 듣고, 여자는 시집가면 남편 말을 듣는 게 도리다!”

절망한 딸은 말과 달아나려 하지만 한발 먼저 눈치챈 아버지가 딸을 억지로 시집보내고 말을 뽕나무에 매달아 죽인다. 혼례식 밤, 결혼 예복을 입은 채로 도망친 딸은 죽은 말을 붙들고 통곡한다.

"이 녀석, 몇 번을 말해야 알아듣느냐!"

아버지가 도끼를 휘둘러 말의 목을 베자 딸은 말 머리를 끌어안고 달아난다. 가짜 피를 숨겨 두었는지 하얀 예복이 순식간에 붉게 물들어 가는 연출은 처절하고 아름다웠다. 말 머리를 품에 안고 산속을 헤매던 딸은 이윽고 어떤 집에 다다른다. 그때 지금까지 해설 역할만 했던 우비 인물이 나타났다.

"가엾게도. 이 그릇으로 물을 떠서 말의 목을 씻어 주거라. 그래, 배가 고프지. 식사라도 하겠느냐?"

"아니요."

"그렇다면 이 그릇을 네게 주마. 이걸 가지고 마을로 돌아가면 편히 살 수 있을 게야. 아버지와 남자들 도움 없이도 살 수 있다."

딸은 또다시 "아니요."라고 고개를 젓는다.

"풍족한 생활도, 으리으리한 집도, 이 아이가 없으면 의미가 없어요. 그러니 그 그릇은 아버지에게…… 홀로 남을 아버지에게 드리고 싶어요. 저는 아버지에게 행복을 드리진 못했지만, 제 행복을 위해 노력했어요. 안녕히."

딸은 말과 함께 하늘로 올라갔고, 자기 행실을 후회하며 우는 아버지는 강 상류에서 떠내려온 붉은 옻그릇을 받는다.

"신기하게도 이 그릇으로 푸는 쌀은 영원히 줄지 않았습니다. 아버지는 행운을 누리며 부자가 되었지만 평생 그 고독과 후회가 사라지는 일은 없었습니다. 신들의 나라에서 부부가 된 딸과

말의 행복을 영원히, 영원히, 기도했답니다."

시작할 때처럼 스포트라이트가 서서히 작아지더니 막이 내려왔다. 박수가 일었다.

"대단하군."

히무라가 탄식했다.

"동감이야, 눈도 못 떼고 봤어."

체육관에 불이 켜지고 퇴장하는 인파를 거슬러 무대로 다가가자 사오리가 무대 옆 계단에서 내려오고 있었다.

"아리스가와 씨, 오늘은 무리하게 와 달라고 해서 죄송해요. 이분이 히무라 선생님이신가요? 안녕하세요, 마노라고 합니다."

"히무라입니다. 훌륭한 무대를 볼 수 있어 영광입니다."

"그렇게 말씀해 주시니……."

사오리는 눈가도 불그스레하고 목소리도 먹먹했다. 부끄럽다며 손가락으로 눈가를 훔친다.

"연습할 때 몇 번이나 봤는데, 막상 오늘 보니까 제가 더 감격해서, 학생들에게 놀림받았어요."

"훌륭한 연기였으니까요."

"고맙습니다. 꼭 직접 말씀해 주세요."

"마노 선생님, 학생들을 교실로 보내도 될까요?"

또 한 사람, 사오리보다 연상으로 보이는 여교사가 무대 옆 통로에서 고개를 내밀었다. 아리스, 히무라와 비슷한 또래일까?

“앗, 네, 부탁드릴게요.”

“알았어요. 자자, 다들 모여 있지 말고 그만 철수해. 다음 차례인 합창부한테 무대를 비워 줘야지.”

재잘거리는 소리가 서서히 반대편 통로로 흘러가듯 작아졌다. 밖으로 연결되는 문이 있는 거겠지. 동료 교사는 사오리 쪽으로 다가오더니 “내버려두면 언제까지고 떠든다니까.”라고 탄식했다.

“한껏 흥분했겠지요. 고모토 선생님, 며칠 전에 말씀드린 작가 아리스가와 선생님하고, 에이토대학 부교수 히무라 선생님이에요.”

“연극부 고문을 맡고 있는 고모토 아키코예요. 찾아와 주셔서 감사합니다. 조금 있다가 학생들과 이야기를 나눠 보시고 만약 뭔가 알아내시면 말씀 부탁드려요.”

“과연 도움이 될지.”

히무라는 신중하게 대답했다.

“만약이니까요. 그냥 진로 상담만이라도 감사한걸요. 에이토대학 선생님께 직접 말씀을 들을 기회는 흔치 않으니까요. 그런데 아리스가와 선생님.”

“예.”

“추리소설가 선생님이 오셨다고 하면 아이들이 긴장할지도 모릅니다. 오늘은 직업은 말씀하지 마시고 가명을 써 주실 수 없을까요?”

“아아, 그렇겠네요. 그럼 우에마치라고 할까요.”

“우에마치 대지(上町臺地) 할 때의 우에마치 말씀이군요,• 고맙습니다. 그럼 두 분 다 제 대학 선배 자격으로 와 주셨다고 할까요.”

듣고 보니 아키코도 에이토대학 졸업생, 두 사람보다 한 학번 아래라 이 부분은 거짓이 아니었다. 교실로 가기 전에 체육관 앞 복도에서 아키코에게 설명을 들었다.

“다즈하라와 견원지간인 부원이 있었다고요.”

“고미야 말씀이군요. 사사건건 반발했어요. 친위대라는 표현은 심하지만 어울려 다니는 학생과 함께 수상하게 굴긴 했어요. 고미야는 언행도 상당히 눈에 띄는 구석이 있어서, 문화제나 발표회가 끝나면 뒤풀이란 핑계로 친한 아이를 패밀리 레스토랑이나 스타벅스에 데려가서 한턱 쏘거나 화장품도 사 주곤 했던 모양이에요.”

“그거 통이 크네요.”

“예, 물론 로드 숍에서 파는 저렴한 화장품이지만요. 저희도 고민인 게 초중학생이라면 그런 교우 관계는 좋지 않다고 주의를 주지만 고등학생은⋯⋯. 게다가 물건으로 환심을 얻는 수법은 달리 말하면 자신감이 부족하다는 뜻이기도 하죠. 허세를 부리며 강한 척하지만 사실은 서툴고 외로움을 타는 아이이지 않을까. 한편으로 다즈하라는 조용하고 침착한 면이 있어서 고미

● 아리스가 거주하는 덴노지구를 포함하는 일대의 자연 지명

야의 허세를 꿰뚫어 보고 되도록 상대하지 않았던 것 같아요. 그렇게 되면 고미야 같은 타입은 점점 더 물러날 방법을 모른다고 할까요.”

‘부자일수록 다툼을 피한다’고 하는데, 물질적으로 풍족했던 것은 고미야 리오지만 정신적으로는 다즈하라 시게호가 부유했던 모양이다. 아키코의 이야기를 들으니 고미야 리오가 교복을 훔칠 배짱이 있었을지 의심스러웠다. 가장 큰 문제는 본인이 이미 전학을 가 버렸다는 점이다. 대화는커녕 이미지도 그려 볼 수 없다.

“일방적인 집착이었다고 해도, 애초에 고미야가 다즈하라를 눈엣가시로 여기게 된 원인이 있었습니까? 그저 마음에 들지 않았던 것뿐입니까?”

히무라가 물었다.

“당사자에게 직접 물어본 건 아니지만…….”

아키코는 머뭇거리며 입을 열었다.

“그 아이들 언니가 이 학교 졸업생인데, 절친이었다고 해요.”

“네?”

사오리도 처음 듣는 이야기인지 깜짝 놀란 듯했다.

“세 살 터울이랬으니 아이들이 입학했을 때 졸업한 거죠. 다즈하라 미호, 고미야 리나. 미호는 연극부였는데 얌전한 학생이었어요. 앞으로 나서기 싫어하는 건 자매가 비슷하죠. 언니는 특히

나 의상 제작에 재능이 있어서, 집에서 가져온 기성복을 리폼하는 것도 탁월했어요. 그래서 다른 아이들이 가정 실습 숙제까지 부탁하곤 했죠. 유카타나 머플러 같은……. 거절하지 못하는 미호를 대신해서 '직접 해'라고 쫓아내는 게 리나의 역할이었어요."

"그렇다면 리나도 연극부였나요?"

아리스가 물어보았다.

"아니요, 리나는 몸이 약해 결석도 잦아서 동아리 활동은 안 했어요. 리오처럼 개성 있는 예쁜 아이라 꼭 연극을 했으면 했는데. 본인도 관심은 있었지만 갑자기 쓰러져서 주위에 폐를 끼칠 가능성이 있다고 사양했어요. 그 대신 컨디션이 좋을 때는 연극부에 자주 나와서 미호를 돕기도 했어요. 그러니 부원이나 다름없긴 했죠."

"언니들이 친했으면 동생들이 반목할 필요는 없어 보이는데요."

"그게, 졸업을 앞두고 리나와 미호 사이가 틀어져서."

아키코의 설명은 이러했다. 미호는 미국 대학에 진학하려고 상환 의무가 없는 장학금 프로그램을 신청했고 당당히 합격했다. 한편 절친의 진로에 대해 아무 이야기도 듣지 못한 리나는 나란히 가까운 대학에 들어갈 거라고 믿고 있었다. 실제로 미호도 장학생으로 뽑히지 않았다면 그럴 셈이었던 모양이다. 수학 능력 시험이 끝나고 장학생 선발 결과가 나왔는데, 하필 제삼자가 그 사실을 리나에게 전했다고 한다.

"그러면 안 됐는데, 한 선생님이 리나에게 '네 단짝 대단하구나. 장학금으로 미국에 가다니'라고 말해 버린 거예요. 선생님도 미호가 노력한 성과가 기뻐서 들떠 있기도 했을 테고, 설마 리나가 아무것도 모른다고는 꿈에도 생각하지 않았겠죠. 하지만 리나는 몹시 상처 입었던 것 같아요."

"그런 일로 사이가 틀어지다니, 너무해요."

사오리가 안타깝다는 듯이 눈썹을 찌푸렸다.

"그러게. 차이는 있지만 언젠가 다른 길로 들어서서 각자의 인생을 살게 되죠. 인생에는 여러 단계가 있고 흐름에 따라 어쩔 수 없이 인간관계도 변화해요. 우리는 어느 정도 그걸 경험했으니 어쩔 수 없는 당연한 일이라고 생각하지만, 그 나이대 여자아이들에게는 세상이 무너질 정도로 큰 충격이었겠죠. 이건 제 억측이지만 리나는 소극적인 미호를 여러모로 돌봐 줬다는 자부심이 있었을 거예요. 병약해서 여러 제약이 있었던 리나는 어쩌면 그걸 존재 의의로 여겼을지도 몰라요. 하지만 미호의 진짜 모습은, 리나의 뒤에 숨어 움츠리고 있는 게 아니라 혼자서 진로를 결정해 행동할 수 있는 강한 아이였던 거죠."

그렇게 자존감 강한 미호였기 때문에 리나의 마음에 상처를 줄 수 있는 결단을 미리 털어놓지 못했던 것이리라. 누구의 잘못도 아닌 만큼 너무 서글픈 결렬이다. 타이밍이나 전달 방법만 달랐다면 지금도 절친으로 남아 있었을지 모르는데.

"그 점이 동생들의 관계에도 영향을 미치고 있다는 말씀입니까?"

히무라의 질문에 아키코가 고개를 끄덕였다.

"아마도요. 리오는 동아리 가입 때 자기소개에서 '언니가 동경했던 연극부에 들어오고 싶었다'라고 했어요. 평소 대화에서도 언니 이야기를 자주 했으니 상당히 사이가 좋았을 거예요. 하지만 시게호는 언니 이야기를 한 적이 없어서, 그쪽은 어쩌면……."

"알고 있었을 거예요."

사오리가 자그맣게, 하지만 확신에 찬 목소리로 말했다. "다즈하라는 우등생이지만 어딘지 모르게 어른을 경계한달까, 불신을 품고 있는 구석이 있어요. 제가 미숙해서, 믿음직하지 못한 교사라서 그런 줄 알았는데 어쩌면 언니 일이 원인인 게 아닐까요?"

"말실수를 한 교사 때문에 화가 나 있다고 추측하시는 거군요."

"그 정도는 아닐지도 모르지만요."

등장인물이 늘었다. 다즈하라 시게호는 언니의 죄책감을 물려받듯 리오의 적개심에 저항하지 않았다. 하지만 엉뚱한 화풀이를 참기에 이 년 반은 길다. 형제자매가 없는 아리스는 그 인내심을 이해할 수 없었다. 그 입장이라면 적당한 순간에 "작작 좀해!"라고 폭발할 것 같은데.

상상해 본 적이 없는 것은 아니다. 가령 어떤 사건에 휘말린다고 치자. 히무라에게 SOS를 보낸다. 히무라가 진상을 밝혀내고, 그 때문에 그 일에 얽혀 있던 누군가가 깊이 상처받아 아리스에게 원한을 품고 위해를 가하려 한다면.

'네가 그런 녀석만 데려오지 않았어도. 진상은 몰라도 됐는데.'

상상 속의 아리스는 침묵하고 있다.

"슬슬 교실로 가 볼까요?"

아키코의 목소리에 현실로 돌아왔다.

"죄송합니다, 그 전에 한 가지만. 도둑맞은 시게호의 교복 말인데 미호가 입던 옷일 가능성은 없나요? 미호가 교복 은행에 기부했고, 그걸 우연히 시게호가 물려받았을 가능성은……."

"자매니까 그냥 주면 되잖아. 교복 은행이 개입할 필요가 어디 있어?"

히무라가 대답했다.

"1지망 공립 학교에 떨어져서 급하게 입학하게 되었다거나."

아키코가 대번에 부정했다.

"그럴 리는 없어요. 미호도 교복 은행을 이용했어요. 처음 받았을 때 이미 삼 년 동안 입은 옷이었으니, 육 년이나 입으면 아무래도 낡은 구석이 눈에 띄죠. 못 입을 정도는 아니지만 새 교복을 입는 아이들과 너무 차이가 나면 가엾잖아요. 기본적으로 한 번만 물려주고, 그다음에는 외부에 기부합니다."

"그런가요, 알겠습니다."

사오리와 아키코의 뒤를 따라가는데 히무라가 작은 목소리로 물었다.

“뭔가 유쾌한 아이디어라도 떠올랐어?”

“유쾌한지는 모르겠지만…… 도노에서 주술 전시를 보고 왔다고 했지? 그런 가능성도 있을까 싶어서.”

“초목도 잠드는 축시*에, 세일러 교복에 못을 박아 놓는다는 거야?”

“효과가 있다고 믿으면 하지 않을까? 고미야 리나는 다즈하라 미호에게 복수하고 싶었다……. 엉뚱한 화풀이지만. 그런데 정작 본인은 미국으로 가서 손쓸 도리가 없으니 교복을 이용해 저주하려 한 거야. 머리카락이나 손톱을 구하는 것보다는 쉽잖아. 실행한 건 동생 리오. 뭐, 시게호가 교복을 물려받았을 가능성이 사라진 이상 가설에서 그쳤지만.”

“물려받은 교복이라 쳐도 동생이 이 년 반이나 입은 시점에서 주술 도구로서의 순도가 상당히 의심스럽잖아.”

“그거야, DNA도 비슷하니까.”

“오늘 컨디션도 최고군, 선생.”

“뜨뜻미지근한 눈빛으로 보지 마.”

어쩌면 어디까지나 리오가 시게호를 저주하려고……, 그런 가설을 내놓기 전에 교실에 도착했다. 말할 기회가 없어서 다행이다.

교실 안으로 들어가자 자리에 앉아 있던 부원들이 일제히 호기

● 오전 1시~3시. 이 시간 신사의 신목에 미운 상대를 빗댄 짚 인형을 못 박아 놓으면 상대가 저주로 죽는다는 미신이 있다.

심 어린 눈빛으로 아리스와 히무라를 쳐다보면서 "안녕하세요!" 하고 큰 소리로 인사했다. 역시 연극부. 한 단 높이 설치되어 있는 교단에 선 사오리와 아키코 옆에 전학생처럼 얌전히 섰다.

"여러분, 문화제 첫날 공연 수고 많았어요."

사오리의 목소리도 잡담을 나눌 때와는 전혀 다르게 에너지가 넘쳤다. 이웃이 프로가 되는 순간을 목격하다니, 귀중한 경험일지도 모른다.

"고모토 선생님도 보러 오셨고, 정말 훌륭한 무대였어요. 3학년은 내일이 마지막 무대입니다. 후회를 남기지 않도록 오늘보다 더 멋진 무대로 만듭시다."

"네!"

힘찬 목소리가 하나로 어우러졌다.

"……그리고 다들 아까부터 궁금했을 텐데, 오늘은 특별한 손님이 오셨습니다. 고모토 선생님의……."

"남편!"

어디선가 그런 목소리가 튀어나왔다.

"어? 둘이나 있잖아."

"한 명은 마노 쌤 남친. 누군진 모르지만."

탄산 거품 같은 웃음이 터져 나오자 아키코가 허둥지둥 "이 녀석들!" 하고 나무랐다.

"그만. 두 분은 제 대학 선배로, 왼쪽부터 우에마치 씨, 히무라 씨. 히무라 씨는 에이토대학에서 부교수로 계십니다. 우에마치 씨는……."

아키코의 시선이 잠시 허공을 헤맸다. 세부 설정이 허술했다.

"……평범한 회사원입니다."

어쩔 수 없이 아리스가 뒷말을 받자 이번에는 여기저기서 키득거리는 웃음소리가 났다. 우호적인 느낌이기는 했지만 식은땀이 흘렀다.

"우에마치 씨, 저희 부원들 공연은 어떠셨어요?"

"정말 훌륭했습니다. 감동적인 장면도 많았고, 해피엔딩은 아니지만 마지막 장면의 적막한 여운을 조금 더 느끼고 싶었을 정도예요."

"감사합니다!"

학생들의 완벽한 하모니가 돌아왔다.

"우에마치 씨, 고맙습니다. 히무라 씨는 어떠셨나요?"

"저도 우에마치와 마찬가지로 이야기에 사로잡혔습니다. 〈오시라 님〉과 〈환상의 집〉 전설을 합쳐서 현대적인 요소도 담아낸 흥미로운 대본이었습니다."

"어른들은 꼭 그런 걸 좋아하더라."

작고 나지막한 목소리가 들려왔다. 자리에 앉아 있는 소녀들 중 누가 그랬는지 판별할 수 없었다. 히무라는 아랑곳없이 말을 이어 나갔다.

“만약 또 《도노 모노가타리》를 소재로 쓸 거라면 다음에는 〈천인아〉가 어떨까?”

천인아? 그게 뭐지? 아리스의 머릿속에 퍼뜩 떠오른 것은 인간과 유사한, 원숭이였다. 분명 원숭이 요괴 이야기가 있었던 것 같은데. 어쨌거나 이 타이밍에 그런 말을 하다니 뭔가 의도가 있는 게 틀림없었다.

“두 분 다 고맙습니다. 자, 3학년은 특히 진로를 진지하게 고민할 시기죠. 그래서 선생님 말고 다른 어른들과도 이야기해 볼 기회를 마련하려고 오늘 이렇게 모셨어요. 지금부터 옆에서 가벼운 상담 코너를 열 거예요. 물론 1, 2학년도 대환영이니 두 분께 이것저것 물어보세요.”

대번에 통제가 사라지고 숙덕거리는 소리가 퍼져 나갔다.

“어?”

“어떻게 할래?”

“입시 문제도 가르쳐 주려나?”

“설마.”

아키코가 끼어들었다.

“선착순이야. 그럼 우에마치 씨, 히무라 씨는 옆 교실로.”

“아, 네.”

아리스가 문 쪽으로 가려는 순간, 한 학생이 일어섰다.

“아, 다즈하라부터 물어보겠니?”

아아, 이 아이인가. 귀를 전부 가리는 짧은 보브컷에 살짝 어른스러운 서늘한 이목구비. 사오리와 아키코의 이야기를 듣고 상상만 했던 다즈하라 시게호를 마침내 마주하고 멋대로 감개무량함을 느꼈지만 표정에 드러내지 않으려 애썼다. 그런 심경은 알 턱 없는 시게호가 높지만 차분한 목소리로 말했다.

"아니요. 반으로 돌아가야 하니 실례하겠습니다."

"하지만 좀처럼 없는 기회인데."

사오리가 넌지시 붙들려 했다.

"그래, 다즈하라. 대학 선생님하고 직접 얘기해 볼 수 있는 기회는 흔치 않아."

아키코의 지원 사격에도 시게호는 표정 하나 바꾸지 않고 "관심 없어요."라고 내뱉고 재빨리 교실에서 나갔다. 끈질겨, 라는 나지막한 악의가 또다시 흘러나왔다. 사오리가 미안한 눈치로 우리를 보았지만 어쩔 수 없다. 옆 교실로 가자 뒤쪽을 바라보도록 배치된 책상이 두 개 있었다. 아무래도 이게 아리스와 히무라의 지정석 같았다.

"어쩌지. 다즈하라 시게호하고 고미야 리오, 핵심 인물과 접촉할 수 없어서."

"경찰이 개입하면 신문도, 사실 대조도 편한데."

"공권력은 고마운 거구나……."

"위험한 발언은 그만둬. 뭐, 아리스가와 선생님이 여고생들의 실상을 조사하는 취재 현장에 따라왔다고 생각할게."

"그러고 보니 아까 말한 〈천인아〉란 게 뭐야?"

"아아, 그건……."

"저, 잠시 괜찮으세요?"

사오리가 반쯤 열린 교실 앞쪽 미닫이문을 가볍게 두드렸다.

"상담하고 싶다는 학생이 있는데…… 부담이 되지 않는 정도로 짧게 해 주셔도 됩니다."

"들여보내세요."

한껏 활기차게 대답하고 히무라에게 매달렸다.

"너만 믿는다. 난 요즘 대학 입시 정보는 하나도 모르니까. 가급적 진지하게 해 줘."

"어이, 쏙 빠지기야?"

"실례합니다!"

작게 속닥거리고 있는데 세 명의 학생이 들어왔다. 모두 3학년이고 에이토대학을 지망한다고 했다.

"혼자서는 긴장되어서, 같이 들어도 될까요?"

"물론. 자, 편하게 앉아요."

세 사람은 각각 지망 학부의 분위기와 취업 실적을 궁금해하더니 급기야 학식 추천 메뉴까지 물었고, 히무라는 아리스의 요구대로 그럭저럭 진지하게 대답했다. '믿음직한데?' 그렇게 태평하게 교직자다운 히무라의 모습을 바라보며 학생들의 말투와 동작을 자연스럽게 머릿속에 입력했다. 가타기리에게 들은 말이 있어서 그런 건 아니지만, 평소 접할 일 없는 집단과의 교류는 작품에 살리고 싶다.

"그런데……."

분위기가 제법 편안해졌을 때, 히무라가 입을 열었다.

"기하라 사키 학생? 아까 대본에 대해 뭐라고 했지?"

세 사람 중 가운데에 앉아 있던 소녀가 움찔 떨더니 표정을 굳혔다. 아아, 이 아이였나? 겨우 몇 초라 아리스는 발견하지 못했지만 히무라는 발언자를 성공적으로 찾아냈던 모양이다.

"그냥……."

"아니, 탓하려는 게 아니라 그냥 마음에 걸려서."

우물거리는 기하라 사키에게 히무라가 징그러울 정도로 다정한 말투로 물었다.

"어른들은 꼭 그런 걸 좋아한다고 했지? 부족한 어른으로서 젊은 친구들의 솔직한 생각이 궁금해서. 선생님도 젊은 사람들을 대하는 일을 하다 보니."

지금 '선생님'이라고 하셨어요?

기하라 사키는 망설였지만 "다른 선생님들한테는 절대 말하지 않을게."라는 말에 힘입어 "그건……."이라고 일단 입을 열더니 그다음부터는 거침이 없었다.

"다양성이나 젠더를 전면에 내세운 게 너무 뻔하잖아요. 그런 주제 의식만 드러내면 ‘요즘 젊은 친구들은 사회 문제에 관심이 많네’ 하고 칭찬해 줄 줄 알고 너무 노린 게 보여요.”

양쪽 옆에 앉은 학생들도 “맞아, 맞아.” 하고 강하게 동의했다. 히무라는 긍정도 부정도 하지 않고 그렇구나, 하고 끄덕거리기만 했다.

“대본을 쓴 건 다즈하라라고 아까 나가 버린 앤데, 너무 무례하잖아요? 고모토 선생님도 마노 쌤도 순진하다니까. 속은 시커먼 애인데.”

“다즈하라 때문에 나간 아이도 있는데.”

“음, 그건 흘려들을 수 없는 문제인데.”

히무라가 몸을 앞으로 내밀었다. 이건 거짓말이 아니다.

“그렇죠? 같은 3학년인데, 6월에 연극부를 그만두고 전학 가 버렸어요.”

다즈하라 시게호가 고미야 리오를 쫓아냈다? 어떻게 된 일이지? 끼어들고 싶은 마음을 꾹 누르고 잠자코 지켜보았다.

“그게 다즈하라 탓이란 건 무슨 뜻이니?”

“리오…… 그만둔 애가 몰래 말해 줬어요. 더 이상 다즈하라 얼굴을 보고 싶지 않다고.”

“뭔가 구체적인 트러블이라도 있었던 걸까?”

“그건 말해 주지 않았어요. 하지만 1학기 초부터 우울해 보였어요. 5월은 리오의 생일이 있어서 작년에도, 재작년에도 디저트 뷔페에서 파티를 했는데 올해는 그것도 안 했고…… 어지간 히 심각한 일이 있었을 거예요.”

“사람을 업신여기는 그 눈빛만 봐도 스트레스니까.”

“진짜, 진짜.”

거듭 비판하는 사이 흥분했는지 기하라 사키가 “이것도 비밀 인데, 얼마 전에 다즈하라가 교복을 도둑맞았어요.”라고 사건을 언급했다. “어?” 하고 히무라가 놀라는 시늉을 하자 소녀는 어째 선지 만족스러운 표정으로 고개를 들었다.

“아, 저희는 그런 짓 안 해요. 오히려 다즈하라의 자작극이 아 닐까 의심하고 있죠. 리오 일로 미움을 사고 있었으니 동정을 끌 고 싶었던 게 아닐까요? 교복은 학교에서 공짜로 받은 거였고.”

“당황하는 모습도 어색했잖아.”

“꼴불견이야.”

실컷 내뱉고 이성이 돌아오자 이번에는 말이 심했다고 생각했 는지, 세 사람은 “절대로 말하면 안 돼요.”라고 몇 번이나 다짐 을 받으며 교실에서 나갔다. 웃음소리와 발소리가 멀어진 뒤에 작게 불렀다.

“어이.”

“왜?”

“누가 ‘선생님’이라고?”

“하고 싶은 말이 그거야?”

히무라는 평소보다 단정하게 맨 넥타이 매듭에 손가락을 걸면서 투덜거렸다.

"부드러운 인상을 주지 않으면 이야기를 끌어낼 수가 없잖아. 험상궂은 용의자를 몰아세우는 게 더 쉽겠어."

"부드러운 가면을 쓴 보람은 있었어?"

"해결로 다가서기는커녕, 새로운 요소가 늘었지만."

고미야 리오의 전학 사유와 다즈하라 시게호의 자작극 의혹.

"전자는 나중에 고모토 선생님께 물어보면 알 수 있겠지. 오, 다음 상담 신청자네. 믿는다, 말랑말랑 선생님."

"너, 나중에 두고 봐."

몇 명의 (평범한) 상담을 거쳐 히무라 선생님의 진로 상담도 그럴싸해지기 시작했을 때 무라야마 아카네라는 3학년 학생이 들어왔다. 다즈하라 시게호에게 거울을 빌려준 학생이다. 히무라와 몰래 눈짓을 주고받았다.

"대학은 꼭 공학에 가고 싶은데, 부모님이 여대가 아니면 안 된다고 하세요. 어떻게 설득하면 좋을까요?"

"공학에 가고 싶은 이유는?"

"남자 친구를 사귀고 싶다거나 그런 이유는 아니지만, 여학교는 인간관계가 복잡해서 갑갑하달까……."

"그건 반에서? 아니면 연극부에서 그렇다는 거니?"

"연극부에서요. 아, 물론 기본적으로는 다들 착한 친구들이지만."

"다즈하라 학생이 교복을 도난당하는 소동이 있었다는 말은 들었는데."

기하라 사키가 입막음했는데도 히무라는 넌지시 사건을 언급했다. 정보원만 감추면 괜찮다는 걸까? 무라야마 아카네는 쓴웃음을 지었다.

"다들 입이 가볍다니까. 그날도 선생님이 엄청 단속했는데 주말이 지나고 나니 반 아이들 거의 다 알고 있었어요. 뭐, 보통은 그렇죠."

다즈하라 시게호와는 또 다른 의미로 어른스러운 아이라는 게 아리스가 받은 인상이었다.

"무라야마 학생의 거울도 갖다 버렸다지?"

"예. 좋아하는 물건이라 찾아서 다행이에요. 누가 만졌는지 모르니 처음에는 조금 찜찜했지만."

"다즈하라 학생도 거울만이라도 찾아서 마음을 놓았겠구나."

"맞아요, 늘 차분한 다즈가 그때는 굉장히 당황했거든요. '빨리 돌려줬어야 했는데'라고 몇 번이고 사과해서 '아니, 네가 더 큰일이잖아'라고 위로했어요."

"다즈하라 학생하고는 사이가 좋은 편이니?"

"그런대로요. 동아리에서는 의외로 많이 얘기해요. 무뚝뚝하고 고집스러운 면도 있어서 자주 오해받는데, 성실하고 뭐랄까……

믿음직한 느낌이에요. 만약 이 친구가 돈을 빌려 달라고 하면 빌려줄 것 같은?"

"이해하기 쉽게 비유해 줘서 고마워. 그래, 아까 하던 상담 말인데…… 우에마치 씨는 어떻게 생각해?"

"어?"

가명을 깜빡 잊고 있어서 순간 얼떨떨했다. 복수가 너무 빠른 것 아니야?

"으음……, 일단 남자가 섞여 있다고 해서 인간관계가 복잡하지 않다는 보장은 없어요. 선생님 경험으로는 성별과 상관없이 마찰이 없는 인간관계란 있을 수 없거든요. 단지 대학은 고등학교보다 훨씬 개방적이라 강의나 동아리 활동도 있고, 다른 대학과도 교류할 수 있죠. 다양한 그룹에서 학생에게 맞는 장소를 찾아가는 게 좋지 않을까요? 일단 본인 적성이나 목표를 우선해서 대학을 정한 다음, 만약 그곳이 공학이면 선생님께 조언을 구해서 부모님께 제대로 설명하고 설득해 보면 어떨까요? 공학이라 가고 싶은 게 아니라, 원하는 배움터가 공학이었다는 걸 똑바로 전달하면 이해해 줄 거예요."

"그런가, 그렇겠네요. 곰곰이 생각해 볼게요. 고맙습니다."

"천만에요."

무라야마 아카네가 교실에서 나가자마자 히무라가 의미심장한 시선을 던졌다.

“왜?”

“‘선생님’.”

“네 말투가 옳은 거야.”

그때 사오리가 찾아왔다.

“두 분 다 고생 많으셨어요. 방금 나간 무라야마가 마지막이에요.”

인사치레인 건 알아도 “다들 큰 도움이 되었다고 기뻐했어요.”라는 말을 들으니 싫지는 않았다. 거의 히무라 혼자 응대했지만.

“다즈하라 태도는 죄송해요. 그렇게 거부할 줄 몰랐는데, 결국 설득하지 못했어요.”

“갑자기 수상한 아저씨 둘이 찾아왔으니 그럴 만도 하죠. 고모토 선생님은 어디 계신가요?”

“실은 이미 가셨어요. 남편분께 아이를 맡기고 오셨는데 SOS를 청했다고.”

“아아, 힘드시겠네요.”

“두 분께 인사 전해 달라고, 미안해하셨어요.”

“그건 전혀 신경 쓰지 않으셔도 됩니다만, 기하라 학생 이야기 중에 조금 신경 쓰이는 점이 있는데.”

고미야 리오의 전학에 대해 묻자 사오리는 고개를 갸웃거렸다.

“그럴 리 없어요. 저도 자세한 건 모르지만 집안 사정 때문에 이사하는 거라고 들었어요. 3학년이라는 중요한 시기에 전학을 결심할 정도로 다즈하라와 사이가 틀어졌다고 생각하긴 어렵고, 그런 일이라면 고미야네 부모님께서도 가만히 계시지 않았겠죠."

다즈하라 시게호가 고미야 리오의 장기간에 걸친 공격적 언행을 기록한 증거를 방패 삼아 전학을 강요했을 가능성도 생각해 보았다. 언니의 과오를 물려받아 참아 왔지만 마침내 인내심이 한계에 도달했다. 증거를 공개해 문제가 드러나면 대학 입시에도 영향이 있으니 리오의 부모님도 잠자코 요구를 수용했다. 그렇다면 교복을 훔친 것은 고미야 리오의 복수, 혹은 기하라 사키의 말처럼 동정을 끌기 위한 자작극이었을까? 전부 상상에 지나지 않으니 입 다물고 있기로 했다.

"그럼 어째서 그런 거짓말까지 하면서 전학을 갔을까요?"

"추측이지만 분했던 게 아닐까요?"

"전학이요?"

"예. 연극부는 고미야에게 소중한 보금자리였을 거예요. 집안 사정으로 그곳을 떠나야 하다니, 자기 영역을 다즈하라에게 넘겨주는 것 같아 분했던 게 아닐까요? 지금은 자기를 따르는 아이들도 순식간에 다즈하라와 가까워질지도 모른다, 그러니까 떠나는 길에 선물로 마지막 심술을…… 제 일방적인 상상에 지나지 않지만요."

"아뇨, 설득력 있는 이야기예요."

"그러니 기하라 그룹도 고미야가 한 말을 진지하게 믿는 게 아니라, 그런 셈 쳐주는 게 그 아이들만의 우정이랄까, 의리랄까……. 떠벌리고 다니는 건 좋지 않지만요."

"그런 건가요, 소녀들의 감성은 복잡하네요. 덜렁거리는 중년 남자의 눈에는 찬란하게 빛나는 것 같기도 하고 속을 통 알 수 없는 존재 같기도……. 그런데 고미야 학생이 이사 간 곳은 어딘지……."

"담임 선생님은 아실지도 모르지만 요즘은 그런 개인정보 관리가 엄격해서요."

"그렇겠네요."

"예……."

사오리의 눈빛이 조심스럽게, 하지만 확실하게 어떤 성과를 기대하고 있었다. 부탁한다, 히무라. 뭐 없어? 아까 주고받은 대화 속에 내가 알아채지 못한 무언가가?

히무라를 향한 간절한 마음의 소리는 통하지 않았다.

"죄송합니다만 잠시 교내를 한 바퀴 돌아봐도 될까요? 모처럼 산 쿠폰을 버리게 될 것 같아서."

엉뚱하게 어째서 그런 태평한 소리를.

"예, 물론이죠. 편하게 둘러보고 오세요."

사오리의 온화한 미소가 아리스의 양심을 찔렀다.

"그럼 잠시. 무슨 일이 있으면 아리스가와에게 연락해 주십시오."

시끌벅적한 축제장에서 아리스는 목소리를 키웠다.

"뭐 좀 알아냈어?"

히무라도 지지 않는 성량으로 대답했다.

“그럭저럭. 너무 시끄러운데. 옥상을 개방한 것 같으니 거기로 가 보자.”

펜스로 둘러싸인 건물 옥상은 오전에 서예부 공연이 있었는지 다다미 석 장쯤 되는 거대한 종이에 당당한 붓글씨로 ‘청춘은 묵향’이라는 글귀가 적혀 있었다. 히무라는 오후의 햇살에 실눈을 뜨며 가망 없는 꿈을 중얼거렸다.

“담배를 피울 수 있다면 최고인데.”

“그보다 누가 교복 도둑인지 알아냈어?”

“아까 〈천인아〉 이야기를 꺼냈을 때 딱 한 명, 반응한 학생이 있었어.”

“그래, 물어보려고 했는데, 그 〈천인아〉라는 게 뭐야?”

“너도 분명 아는 이야기일걸.”

“뜸 들이지 마.”

“그럴 의도는 없어. 천인아가 연못에서 목욕하고 있는데 우연히 낚시하러 온 남자가 천인아가 벗어 둔 옷을 훔쳐서 달아났어. 천인아는 하늘로 돌아가지 못하고 남자 곁에서 살게 되었지.”

“아아, 날개옷 이야기였어?”

“정확히는 《도노 모노가타리》가 아니라 《도노 모노가타리 별책》에 실린 이야기지만.”

아리스도 옛날에 읽어 봤을 텐데 잘 기억나지 않았다.

"그렇군, 에둘러서 미끼를 던져 본 거야?"

"직구를 날릴 수도 없잖아. 다즈하라 시게호 한 사람만 얼굴이 굳었어."

"그야 단순히 당사자라 그런 거 아니야? 범인이 그 이야기를 몰랐다면 못 알아들었을 텐데."

"하지만 어딘가 반응이 어색했단 말이지. 그 후 우리를 거부하고 나간 점도 그렇고……."

"그럼 기하라 사키의 추측대로 다즈하라가 연기했다는 뜻일까? 무슨 목적으로? 교복은 어디에 숨겨 둔 거지?"

"아까부터 그걸 고민하고 있어."

히무라의 등 뒤에서 철망이 출렁거렸다. 아리스도 펜스에 기대어 시월의 하늘을 올려다보니 태양에 걸린 구름이 머금은 찬란한 무지개 빛이 아름다웠다. 날개옷 전설도 저런 데서 기인한 걸지도 모른다.

"도노 모노가타리 버전에서도 그림책처럼 남자의 아내가 되나?"

"아니, 조금 달라, 남자는 날개옷을 성주에게 바쳤다고 거짓말을 하지. 그렇다면 어쩔 수 없다고 체념한 천인아는 밭을 빌려서 연꽃을 심고 실을 뽑아서 베틀로 천을 짜."

"직접 만드는 거야? 굳세네."

"남자는 결국 훔친 날개옷을 성주에게 바치고, 천인아도 만다라 무늬 옷감을 짜. 이 부분이 수수께끼인데, 그것도 성주에게 바치거든. 성주는 천인아의 미모에 반해 측실로 삼지만 그녀는 매일 우울해하지. 그리고 여름이 되자 복날 세시풍속으로 옷감 손질을 위해 햇빛 아래 널어 둔 날개옷을 발견한 천인아는 그 옷을 입고 고향으로 돌아가.”

“역시 결말은 똑같네.”

“천인아는 손해만 보는 이야기지.”

“듣고 보니 학교 교복도 선녀의 날개옷과 통하는 구석이 있을지도 몰라. 그게 없으면 학교라는 나라에 들어갈 수 없다는 의미에서.”

“그러게, 선녀의 날개옷도 인터넷에 내놓으면 비싸게 팔릴 테고.”

“교복을 사서 뭐에 쓰려는 걸까?”

“그건 모르는 게 약이야…….”

별안간 히무라가 몸을 떼는 바람에 등을 기대고 있던 펜스가 출렁거렸다.

“히무라?”

“아니……, 슬슬 가 볼까.”

“어디에?”

“3학년 2반.”

“왜?”

“다즈하라 시게호가 그 반이야. 웃옷 가슴 주머니에 ‘3-2’라는 작은 배지가 달려 있었잖아.”

“그랬나? 아니, 진상을 알아냈어?”

“전부는 아니야.”

히무라는 성큼성큼 걸어가면서 대답했다.

“나는 우에마치 군만큼 망상이 특기가 아니라서.”

“야.”

“증거도 없으니, 뭐, 일단 부딪쳐 보자고.”

“평소 같지 않은데, 명탐정.”

“별세계나 다름없는 이런 장소에 뚝 떨어졌으니까.”

3학년 2반 교실 앞에는 ‘점술관’이라는 입간판이 설치되어 있
었다. 십오 분에 5백 엔으로 별자리 운세, 손금, 타로 카드를 선
택할 수 있고, 타로 카드 코너에는 ‘점술사 SHIGEHO’라는 이름
이 적혀 있었다. “지금이면 바로 들어갈 수 있어요!”라고 외치는
학생에게 히무라가 “두 명.”이라며 열 장짜리 쿠폰을 그대로 건
넸다.

“타로 카드를 보고 싶은데 가능할까?”

“물론이죠, 두 분 모십니다!”

창과 문에 암막을 쳐서 깜깜한 교실에 간접 조명이 간간이 있
어 그럭저럭 신비한 분위기가 감돌았다. 프라이버시를 고려한
건지 파티션으로 가린 점술 부스는 멀찍하게 떨어져 있었다.

“안녕.”

히무라가 인사하자 타로 카드를 들고 있던 다즈하라 시계호가 눈을 크게 떴다. 교복 위에 검은 망토를 걸친 차림새가 마치 마녀 같았다.

"점 좀 봐 주겠니?"

점은 믿지도 않으면서 시계호 앞에 놓인 의자에 앉는다. 시계호는 경계심을 감추지도 않고 퉁명스럽게 물었다.

"뭘 점치고 싶은데요?"

"그래…… 계속 사이가 나빴던 친구가 갑자기 SOS 신호를 보냈는데, 도와줘야 할까?"

아리스는 엇, 하고 반응할 뻔했다가 황급히 입을 꾹 다물었다. 시계호의 얼굴이 대번에 험악해졌다.

"뭐예요?"

"나야말로 네게 묻고 싶은데."

"……혹시 마노 선생님이 교복에 대해 말했어요? 저희더러는 말하지 말라고 했으면서 자기는 외부인에게 털어놓다니 최악이야. 역시 선생님은 다들 입이 싸다니까."

"아니야."

히무라 뒤에서 얌전히 대기하고 있을 작정이었는데 무심코 끼어들고 말았다.

"마노 선생님은 자기가 부족해서 그런 일이 벌어진 게 아닌지 걱정했어. 너나 다른 학생들이 말 못 할 고민이 있는 건 아닌지 걱정해서 그랬던 거야. 창작물과 작가의 인격을 안이하게 연결 지을 생각은 없지만 그런 대본을 쓸 줄 아는 사람이, 무대를 보고 눈물을 글썽거렸던 마노 선생님의 심경을 조금도 헤아리지 못하는 건 아니겠지?"

그만 목소리가 커졌다. 히무라가 집게손가락을 세우는 것을 보고 흠칫 놀라 입을 다물었다. 시게호가 책상에 놓인 카드 위에 두 손을 가지런히 얹고 고개를 떨구었다. 손가락을 바르르 떨고 있다. 다즈하라 학생. 히무라가 부드러운 목소리로 불렀다.

"교복을, 고미야 리오에게 빌려준 거지?"

시게호가 작게 끄덕거렸다.

"빌려줬다니, 왜?"

"아까 네가 그랬잖아, 뭐에 쓰려는 거냐고. 교복은 신분을 증명함과 동시에 학교 밖에서는 관혼상제 때도 입을 수 있는 만능 예복이기도 해. 그중에서도 긴급성이 있는 건 '장례식'. 고미야는 이 학교 교복을 입고 참석하고 싶었던 거야."

"고미야가 입던 교복이 있잖아. 혹시 교복 은행에 기부해 버려서?"

"근거 없는 추측이지만 아마 팔아 버린 게 아닐까? 집안 사정으로 갑작스러운 전학, 그동안 씀씀이가 좋았는데 생일 파티도 열지 않고 우울해했다……. 경제적으로 어려워져서 지금까지의 생활을 유지할 수 없게 되었다고 생각하면 앞뒤가 맞아."

히무라가 말을 이었다.

"꼭 교복이 필요한데, 비밀을 지켜 주면서 교복을 빌려줄 만한 상대가 다즈하라뿐이었던 거겠지. 얄궂은 일이지만 고미야에게 가장 신뢰할 수 있는 상대였던 거야. 지지난주 금요일, 다즈하라는 편의점에 간다는 핑계로 학교를 나갔어. 무대에서 사용한 것처럼 큼직한 우비를 입으면 곱게 접은 교복을 품에 숨겨도 들키지 않겠지. 쓰레기를 버리러 간다고 한 건 아마 양손에 쓰레기봉투를 들고 있으면 우산이 아니라 우비를 입을 필연성이 생기니까. 다즈하라는 학교 밖에서 고미야를 만나 교복을 건네주고 학교로 돌아왔어. 연습이 끝나고 급한 일이 있다고 둘러대고 체육복을 입은 채로 얼른 귀가할 작정이었겠지. 교복은 월요일 전에만 돌려받으면 돼. 거기서 오산은 무라야마에게 빌린 거울. 덕분에 교복이 없다는 걸 들키고 말았지."

시게호는 그래서 당황했던 건가. 고미야 리오와의 작은 비밀은 제삼자에게 들킨 순간부터 '사건'으로 탈바꿈했다.

"……그때는 정말 당황했어요."

시게호가 고개를 떨군 채로 중얼거렸다.

"경찰이라도 부르면 어쩌나 하고. 학교 측에서 그냥 넘어가기로 해서 겨우 마음을 놓았죠."

"내 추측이 맞았니?"

"네. 고미야는 작년부터 아버지 회사 실적이 계속 나빠져서 집까지 팔고 이사가게 되었어요. 언니는 작년에 대학을 중퇴하고 일하기 시작했다고 했는데. 동생만은 꼭 졸업시키고 대학에도 보내고 싶다며 상당히 무리를 했는지, 원래도 몸이 약한 사람이라 갑자기 역에서 쓰러져서 뇌출혈로 그대로……."

고미야 리나가 죽었다. 얼굴도 모르는 상대인데 심장을 푹 찌르는 듯한 충격과 고통이 치달았다.

"목요일 밤, 갑자기 고미야가 전화해서 깜짝 놀랐어요. 언니가 죽어서 내일 고별식을 치른다고. 그때 집안 사정도 얘기해 줬어요. 고별식과 장례식에는 돈을 빌려 달라는 아버지 부탁을 거절한 친척들도 올 테니까, 꼭 우리 학교 교복을 입고 싶다고, 전학 갔다는 걸 들키고 싶지 않다고 해서 그런 허세도 그 아이답다고 생각했어요. 그래서 몰래 학교를 빠져나와 건네줬는데……. 거울은 일요일에 갖다 달라고 해서 월요일 아침에 제가 화단에 두었어요. 아카네에게는 미안했지만 좋은 방법이 떠오르지 않아서."

"어째서 그때 교복도 돌려받지 않았지? 고별식이 금요일이었다면 토요일에는 출관이나 화장까지 끝났을 텐데."

시게호가 각오를 굳힌 듯 고개를 들어 히무라를 똑바로 쳐다보았다.

"교복은, 이제 없어요."

"뭐라고?"

"언니 관에 넣어 달라고 했어요. 그때까지 제가 입던 교복은,

고미야네 언니가 입던 옷이었어요."

그렇게 된 건가. 히무라가 중얼거렸다.

"다즈하라는 그걸 몰랐니? 아니, 그게 정말 고미야 리나 씨 교복이 맞아?"

나는 그렇게 물어보았다.

"치마에 작게 자수가 놓여 있었어요. 치맛주름 안쪽에 가려서 겉에서는 안 보여요. 학교에서 교복을 받을 때 '눈에 띄지 않는 곳에 자수가 있는데 괜찮니?'라고 물었는데 별것 아니라서 그대로 받았어요. 예쁜 자수라 푸는 것도 아까워서. 그런데 그게 제 언니가 고미야네 언니를 위해 놓아 준 자수라고……. 고미야는 언니가 자주 자랑해서, 입었을 때 바로 알아봤대요. 저희 자매는 그렇게 사이가 좋지 않아서 아무 말도 못 들었기 때문에 깜짝 놀랐죠. 고미야네 언니가 졸라서 제 언니가 연극부 의상을 만드는 짬짬이 몰래 놓아 주었대요. 하지만 대학 진학 문제로 서로 사이가 틀어져서 고미야네 언니는 교복을 기부해 버렸죠. 버리는 것보다 그게 언니에게 상처를 줄 거라고 생각했는지도 몰라요."

"어떤 자수였는지 물어봐도 될까?"

"영어로 'Dearest R'이에요."

누구보다 소중한 R…… 리나.

"여러 가지 색실로 수를 놓아서 정말 예뻤어요."

"디어리스트 링을 대신한 걸지도 모르겠네. 다이아몬드, 에메

랄드, 아메지스트, 루비, 사파이어, 토르말린. 여섯 종류의 보석을 일곱 개 나란히 두면 머리글자가 디어리스트. 어쩌면 보석과 실의 색깔을 맞췄을지도.”

“아, 맞을 거예요. 듣고 보니 D는 흰색이고 e는 녹색, 서로 다른 색이었어요.”

마치 천인아의 베틀질 같다. 은밀한 마음을 담은 날개옷은 고미야 리나를 거쳐 다즈하라 시게호에게. 그리고 날개옷을 잃은 고미야 리오에게.

“고미야네 언니가 쓰러지기 얼마 전에 저희 언니에게 화낸 것도, 교복을 기부해 버린 것도 굉장히 후회했다고 들었어요. 어려운 생활 속에서 언니와 함께한 고등학교 시절로 돌아가고 싶었던 건지도 몰라요. 그래서 고미야가 꼭 함께 태워 주고 싶다고 부탁해서……. 저도 그 교복은 있어야 할 곳으로 돌아갔다고 생각했어요.”

“말해 줘서 고맙구나.”

히무라가 명확하게 위로가 깃든 목소리로 말했다.

“혼자서 끌어안기에는 무거웠을 텐데.”

시게호의 눈동자가 대번에 촉촉해졌지만, 씩씩하게 참으며 고개를 저었다.

“후회는 하지 않아요. 하지만 연극부 친구들을 놀라게 하고, 선생님들께도 걱정을 끼쳐서 죄송해요.”

"우리는 뭐라 말할 수 있는 입장이 아니니 마노 선생님께도 지금 한 이야기를 해 주겠니? 분명 너를 탓하지는 않으실 거다."

"네."

시게호는 순순하게 끄덕였다. 자리에서 일어나려는 그녀에게 아리스는 꼭 묻고 싶었던 질문을 던졌다.

"넌 어째서 그렇게까지 필사적으로 고미야의 체면을 지켜 주려 했던 거니? 언니 일로 괴롭힘을 당했으니 미워해도 이상하지 않은데."

"화가 난 적은 몇 번이나 있어요. 하지만 어째서일까요? 그렇게 귀여운데도 물건으로 친구들을 낚는 자신 없는 모습이나 뻔한 허세를 부리는 모습, 그 아이의 그런 인간미를 저는 갖지 못해서 보고 있으면 대본 아이디어가 마구 샘솟거든요. 전화했을 때도 다 기어들어 가는 목소리로 '도와줘'라고……."

얄밉다니까, 라며 웃는 시게호는 어쩐지 하늘로 둥실둥실 떠오를 것처럼 보였다.

시게호에게 전말을 들은 사오리의 첫마디는 히무라와 마찬가지로 "말해 줘서 고마워."였다.

"교사로서 전면적으로 긍정할 수는 없지만…… 제가 다즈하라였다면 똑같이 행동했을지도 몰라요."

당초 방침대로 진상은 사오리와 아키코만 공유하고, 학교에는 보고하지 않겠다는 결론을 내렸다. 도난 사건 따위 학생들은 금방 잊을 테고 누구의 입에도 오르지 않을 것이다.

교문을 나설 때, 시게호가 종종걸음으로 쫓아왔다.

"저, 잠시만요……. 아리스가와 선생님."

"어?"

"선생님 소설 읽었어요, 팬이에요."

"혹시 처음부터 알고 있었어?"

"네. 가명을 쓰시길래 분명 교복 문제를 알아보러 왔겠구나 싶어서, 추리소설가가 진짜로 추리를 하다니 속으로 엄청 두근두근 조마조마했어요."

"그랬나, 아리스가와 선생님의 열렬한 독자를 예상하지 못한 건 고모토 선생님의 중대한 과실이로군."

히무라가 심각한 표정을 지어 보이며 말했다.

"시끄러워."

"없을 리가 없잖아, 그렇지? 정말이지, 그럴 리가 없는데."

"그만두라고 했다."

"후후…… 그런데 실제로 물어보는 건 히무라 선생님이라서 그것도 깜짝 놀랐어요."

면목이 없다.

"다음에 사인해 주시겠어요? 오늘은 책이 없어서."

"마노 선생님한테 부탁하면 언제든지."

"와아! 그리고 저기…… 언니 문제로 한 가지 고민이 있는데."

"응?"

"리나 언니가 돌아가신 걸 언니에게 알려야 할까요? 아니면 잠자코 있는 게 나을까요?"

마지막 순간에 최대의 난제를 던지다니. 아리스는 옅은 오렌지색으로 물들기 시작한 하늘을 바라보았다. 거기에 찬란한 구름은 이미 없었다.

"꼭 그래야 한다고 생각하지는 않지만…… 나라면 말할 것 같아. 리나 씨는 더 이상 언니를 싫어하지 않았다는 걸 알려 주고 싶으니까. 물론 알게 되어서 생기는 슬픔도 후회도 있겠지만, 두 사람의 추억은 그대로 따뜻하게 남을 거야."

시게호는 눈도 깜빡이지 않고 아리스의 말을 조용히 듣고 있었다.

"고맙습니다. 아리스가와 선생님은 창작물과 작가의 인격을 안 이하게 연결 지을 생각은 없다고 하셨지만, 저는 지금 진심으로 이해했어요. 이런 사람이 그런 소설을 쓰는구나 하고. 아리스가와 선생님의 책을 좋아해서 뿌듯해요. 앞으로도 계속 읽을게요."

"……나야말로, 고마워."

"저, 무대 쪽 일을 하는 게 꿈이에요. 언젠가 아리스가와 선생님의 작품을 상연해도 될까요?"

"와아, 그거 기대되는데. 어떻게 만들어 주려고?"

"뮤지컬로요."

"뮤……?"

"앗, 그날이 올 때까지, 구체적인 구상은 마음속에 담아 둘게요."

그런 연유로 미래에 찾아올 즐거움의 씨앗을 받았다.

"내 소설에 뮤지컬로 만들 수 있는 요소가 있어?"

"내게 묻지 마. 젊은 감성으로 각색해 주겠지. 넌 그때까지 사라지지 말고 계속 써야겠네."

"그러게. 열심히 베틀을 돌려야겠어."

자, 다음은 어떤 실로, 어떤 무늬를. 성주님 안목에 들지는 모르지만 수수께끼를, 비밀을 자아내자. 교복을 입었던 내가 꿈꾸는 미래에 있다. 오늘 만난 소녀들이 교복을 훌훌 벗어던지고 맞이할 앞날이 빛으로 가득하기를 기도한다. 마지막으로 학교 건물을 돌아보니 창문들이 거울처럼 저녁노을을 반사하고 있었다.

함무라 히데오에게 바치는
괴담

어리가미 교황

오리가미 교야

1980년, 런던 출생. 2012년 《영감 검정》으로 고단샤 BOX 신인상 'Powers'를 수상하며 데뷔. 2015년 《기억술사》로 일본 호러 소설대상 독자상, 2021년 《꽃다발은 독》으로 미라이야 소설 대상을 수상. 다른 저서로 《그녀는 그곳에 있다》, 《이웃을 의심하지 말지어다》, 《키스에 연기》, 《환상의 여인 뱀눈의 사키치 체포 수첩》 등.

8층짜리 건물 5층, 그 가게는 중후한 목제 문 너머에 있었다.

들어가면 정면에 커다란 창이 있고 그 앞에 테이블석이 두 개, 벽 쪽에도 두 개. 나머지는 카운터석이 전부인 작은 가게다. 가게 안 손님은 카운터에 있는 남자 한 명뿐, 테이블석은 전부 비어 있었다.

정통 스타일의 바 같지만 카운터 위 칠판에 오늘의 추천 요리와 안주 메뉴가 적혀 있다. 들은 대로 레스토랑을 겸한 바인지, 제대로 식사도 할 수 있을 것 같다. 식욕을 자극하는 메뉴를 보자마자 허기를 깨달았다.

카운터 안쪽에서 마스터가 편한 자리에 앉으라고 말해 줘서 카운터 근처 창가 자리에 히무라와 함께 마주 앉았다.

히무라는 맥주와 요리를 주문하고 가게 안을 둘러보더니 "분위기가 좋군."이라고 말했다. 그렇지? 하고 단골처럼 대답해 주고 싶지만 나도 오늘 처음 와 보는 가게다. 어제 서점 이벤트에서 만난 그곳 직원이 가르쳐 주었다.

쓰지라는 이름의 그 점원은 내가 담당 편집자 가타기리에게 "이번에는 올라온 김에 하루 더 있으면서 이것저것 조사 좀 하고, 학회 때문에 도쿄에 나와 있는 히무라하고 합류해서 한잔할 예정."이라고 말하는 것을 듣고 "그렇다면 좋은 가게가 있습니다."라며 이곳을 알려 주었다.

"음식도 맛있고 가격도 적당하고 시끄럽지도 않고, 창가에 앉으면 선로도 굽어볼 수 있어요."

그 설명에 히무라와 만날 저녁 식사 가게가 정해졌다.

아직 이십 대인 쓰지는 고맙게도 내 작품의 열렬한 독자인 것 같았다. 당연히 내가 철도 애호가임을 알고 이 가게를 추천해 준 것이다.

먼저 훈제 모듬 안주와 맥주로 건배했다. 마시고 있자니 갈색 양송이버섯 샐러드와 아코디언처럼 펼쳐진 틈새로 허브와 후추가 잘 어우러진 하셀백 감자도 나왔다. 둘 다 맛있다. 다른 요리도 믿어 볼 만해서 칠판에 적힌 아롱사태 술찜과 스카치 에그도 추가로 주문했다.

히무라보다는 자주 도쿄에 나올 기회가 있어 야경을 바라볼 수 있는 창문 맞은편 자리를 히무라에게 양보했다. 나는 몸을 틀어서 등 뒤 창문으로 경치를 굽어보았다.

쓰지가 말한 대로 완만한 곡선을 그리며 지면을 기어가는 선로가 보였다.

꽁치 등뼈가 떠올랐다. 한쪽 면을 다 먹고 뼈를 바르는 장면을 상상했더니 꽁치가 먹고 싶어졌다.

입구 문이 열리면서 손님이 들어오는 기척이 났다.

굳이 시선을 주지는 않았지만 "아리스가와 선생님."이라고 부르는 소리에 쳐다보았다. 가게에 들어온 손님은 내가 아는 얼굴이었다.

이 가게를 알려 준, 서점 직원이다.

"쓰지 씨. 안녕하세요."

"안녕하세요, 어제는 감사했습니다. 그쪽 분은…… 혹시 가타기리 씨가 말씀하셨던 학자 선생님이신가요?"

내가 자리에서 일어나려 하자 쓰지는 "아, 신경 쓰지 마세요."라고 하며 히무라에게 고개를 숙였다.

"○○서점에서 일하는 쓰지라고 합니다. 아리스가와 선생님께는 도움을 많이 받고 있습니다."

"히무라라고 합니다."

"아니, 도움을 받는 건 내 쪽인데."

이런 우연도 있네요, 하고 쓰지가 생글생글 웃었다. 내가 히무라를 데려올 줄 예상하고 가게에 왔을 테니 우연이라고 할 수는 없을 것 같지만 일단 그러게요, 라고 대답했다.

하쿠유샤 편집자이자 어제도 이벤트에 함께 참석한 가타기리는 예전부터 히무라가 범죄 관련 서적을 집필해 주기를 갈망해서 어제도 슬쩍 그 이야기가 나왔다. 그때 쓰지의 귀에도 내 친구가 '임상범죄학자'로서 범죄 현장에 나가 경찰 수사에 협력하는 연구 수법을 쓴다는 정보가 들어갔다. 그는 큰 관심을 가진 것 같았다. 좋은 가게를 알려 주고 같은 날 방문하면 소문의 명탐정을 만날 수 있을지도 모른다고 생각했으리라.

"합석해도 되겠습니까? 방해가 되지 않는다면."

내가 뭐라 말하기도 전에 히무라가 "그러시죠."라고 대답했다. 히무라가 개의치 않는다면 나도 거절할 이유가 없다.

쓰지는 맥주와 갈릭 필라프를 주문했다.

"아리스가와 선생님과 가타기리 씨에게 들었습니다. 히무라 선생님은 현실의 명탐정이라고요. 만나 뵙게 되어 영광입니다."

히무라가 내 쪽을 힐끔 보았다.

내가 먼저 얘기한 건 아니라고 일단 눈빛으로 호소했다.

"선생님이란 호칭은 그만두시죠. 히무라는 몰라도 저는 '아리스가와 씨'라고 부르세요."

"아니, 긴장되는데요. 원래 독자이고 팬이라……."

히무라가 해결한 사건 이야기를 듣고 싶어 하는 줄 알았는데 히무라의 성격을 눈치챘는지 그런 화제는 꺼내지 않았다. 맥주와 함께 추가 주문한 요리가 나와서 우리는 한동안 음식을 만끽했다.

어제 이벤트 이야기에, 내 신작 이야기, 거기에서 파생해서 다음 주에 개봉하는 미스터리 영화와 그 원작 소설 이야기가 나왔다.

두 잔째 맥주가 사라질 때쯤에는 그럭저럭 어색한 분위기도 누그러졌다.

"히무라 선생님도 추리소설을 즐겨 읽으시나요?"

"서점에서 일하시는 분 앞에서 떠들 정도로 자세히 알진 못합니다. 아리스가와의 소설은 읽었습니다."

"추리소설뿐만 아니라 괴기, 환상 장르도 미스터리라고 부르는데 그쪽은 어떠신가요?"

"그쪽은 깜깜합니다."

쓰지가 히무라에게서 내 쪽으로 시선을 돌리기에 싫어하지 않습니다, 라고 대답했다.

"이야기로 즐기지요. 관심이 가는 작품이나 화제작을 읽는 정도지만."

"아리스가와 씨는 호러도 쓰시죠. 철도 폐선에서 시체를 발견하는 이야기, 읽었어요. 그 작품과 약간 비슷하다고 할까, 친구가 아는 프리랜서 기자가 행방불명된 적이 있는데 그 이야기가 떠올라서 오싹했어요. 그 사람은 시체로 발견된 건 아니고 폐쇄된 역에 짐만 남아 있었다고 합니다만."

폐쇄된 역에 짐만 남기고 실종된 프리랜서 기자. 미스터리로 발전시킬 수 있을 법한 도입부다. 자세히 듣고 싶었지만 쓰지도 단순히 행방불명되었다는 정보밖에 모르는 것 같았다.

"실제 심령 스폿에 가 보거나 이런 실화를 듣는 건 좋아하시나요? 두 분 다 별로 안 무서워하실 것 같은데."

"글쎄요, 겁은 없는 편이지만 관심은 있지요. 무슨 일이 벌어지면 무서울지, 그다음은 어떻게 될지 상상하는 걸 좋아해요."

자발적으로 심령 스폿에 가지는 않아도 실제로 가 봤다는 사람의 이야기에 흥미를 느끼고, 우연히 지나가는 길에 "여기에서 유령이 나와요."라는 말을 들으면 이것저것 상상을 부풀리기는 한다. 구체적으로 무슨 일이 일어나는지 들으면 어째서 그런 현상이 생기는지, 어떤 인과 관계가 있는지 상상한다. 그게 즐거운 거지, 단순히 공포를 즐기는 건 체질에 맞지 않을지도 모른다. 작가의 천성이다.

"히무라 선생님은?"

"애석하게도 비전문가라서."

관심도 없고 믿지도 않는다고 딱 잘라 말하지 않는 것으로 보아 히무라도 조금은 배려해 주는 것이리라.

"쓰지 씨는 괴담을 좋아하시나요?"

"실은 그렇습니다."

계속 운을 띄우길래 그럴 줄 알았다. 너무 속 보였나요, 하고 쓰지가 머리를 긁적였다.

"부끄럽지만 학창 시절에는 심령 스폿 투어가 취미였어요. 친구 집에서 기묘한 일이 있었다는 말을 들으면 재워 달라고 끈질기게 매달린 적도 있고……. 몇 번은 으스스한 경험도 해 봤어요."

내가 관심을 보이며 몸을 앞으로 내밀자 쓰지가 기쁜 표정을 지었다. 처음부터 그 이야기를 꺼내고 싶었으리라.

"당시 함께 일했던 아르바이트 후배가 살던 아파트였죠. 뭐, 흔한 이야기이긴 하지만 한밤중에 갑자기 텔레비전이 켜졌다가 꺼진다거나 밤중에 탄내가 난다거나……. 어쨌거나 이래저래 오싹한 일이 많다고 불평하는 걸 들은 게 계기가 되어서."

쓰지가 살짝 목소리를 낮추더니 이야기를 시작했다.

후배가 그 아파트로 옮기고 얼마 후부터 기묘한 현상이 시작되었다고 한다.

먼저 꺼져 있던 텔레비전이 멋대로 켜지거나, 보고 있던 텔레비전이 멋대로 꺼지는 일이 연달아 일어났다. 둘 다 한밤중이었다.

리모컨을 잘못 건드렸을 가능성은 절대로 없다. 자고 있는데 갑자기 요란한 음량으로 심야 드라마가 나와 놀라서 벌떡 깬 적도 있었다.

그 후로 자기 전에는 텔레비전 전원 코드를 뽑아 뒀는데, 깜빡 잊기라도 하는 날에는 한밤중에 텔레비전 소리에 깨야 했다.

텔레비전만 그런 게 아니라 에어컨이 엉뚱하게 작동하거나 건

전지 타입의 라디오가 갑자기 켜질 때도 있었다. 사용할 때만 건전지를 넣고 전선도 뽑아 두는 방법으로 대처했지만 아무래도 불편했다.

그러던 어느 날, 누군가 아파트 분리수거장에 '마음대로 가져가세요'라는 종이와 함께 전기로 작동하는 장난감을 상자째 버렸다. 인기 애니메이션 주인공이 쓰는 무기도 있었는데 한때 매진될 정도로 인기 있는 제품이었다.

마음대로 가져가라고 했으니 망가진 건 아닐 것이다. 보아 하니 상자도 그리 낡지 않았다. 중고 거래 앱이나 인터넷 경매에 내놓으면 팔리지 않을까 생각하며 바라보고 있는데, 쓰레기를 버리러 나왔는지 옆집 여성이 "필요하면 가져가세요."라고 말을 걸어왔다.

민망해서 "아뇨, 아직 새것 같아서 신경이 쓰여서."라고 얼버무리자 여성은 작년 크리스마스에 아이에게 사 준 장난감을 버리게 된 사연을 알려 주었다.

"한밤중에 갑자기 작동해서 무섭다고, 아이가 싫어해서요."

자세히 들어 보니 그녀가 사는 옆집에서도 한밤중에 가전제품이 멋대로 작동하는 경우가 흔하다는 사실을 알게 되었다. 어린 아이와 함께 사는 그녀는 누가 집에 도청기라도 달아 놓은 건 아닌지 불안한 마음에, 알고 지내는 탐정에게 조사도 부탁했지만 아무것도 나오지 않았다고 한다.

후배는 그런 생각은 해 보지도 못했지만 나중에 인터넷으로 조사해 보고 도청기 전파가 가전제품에 영향을 미칠 수도 있다는 것을 알았다. 하지만 벽 한 장 너머 옆집을 전문가가 샅샅이 조사했는데도 도청기 전파를 찾아내지 못했다면 그의 집에도 없을 것이다. 애초에 남자 혼자 사는 집에 누가 도청기를 설치한단 말인가?

결국 도청기 전파로 인한 오작동이 아니라는 사실만 알아냈을 뿐, 괴현상의 원인은 여전히 알 수 없었다.

이 집만 그런 게 아니라 건물 자체에 뭔가 있는 게 아닐까 불안했지만 집세도 저렴하고 가전제품 오작동 외에는 딱히 피해가 없어서 그대로 살고 있다……. 후배는 쓰지에게 휴게 시간마다 그런 이야기를 들려주었다. 고민 상담까지는 아니고 단순한 푸념으로.

후배와 딱히 사이가 좋았던 것은 아니지만 쓰지는 이야기를 듣자마자 그 아파트에 재워 달라고 부탁했다.

"한심하다고 생각하지 말아 주세요. 그때는 심령이란 말을 들으면 마구 덤벼들 정도로 빠져 있었거든요. 유튜버처럼 촬영하는 것도 아니고 그저 직접 가 보는 것뿐이었지만."

쓰지는 그렇게 말하며 갈릭 필라프 접시에 남은 한 톨까지 스푼으로 싹싹 긁어 먹었다.

"재워 주는데 빈손으로 가기는 미안해서 근처 편의점에서 맥주하고 안주를 사 갔어요. 술을 마시며 늦게까지 호러 영화 DVD를 보고, 술이 떨어지면 또 사러 나가고……. 그런대로 즐거워서 괴현상이 벌어지지 않아도 괜찮다는 생각까지 들었는데.”

쓰지는 빈 접시를 차곡차곡 포개더니 테이블 위에 손을 얹고 깍지를 꼈다. 특별히 공포를 조장하는 말투는 아니었지만 잠시 말을 끊고 내 반응을 살피는 모습이 제법 그럴싸한 괴담 이야기꾼 같다.

“새벽 1시쯤이었을까요. 편의점에서 안주를 고르고 있는데 입구 자동문이 열렸어요. 이런 시간에 우리 말고도 손님이 있나 싶어서 별 생각 없이 눈길을 돌렸더니, 아무도 없는 거예요. 출입한 손님은 없는데 문은 열려 있어요. 점원은 힐끔 쳐다보더니 또 저런다는 반응이었죠. 무심코 후배와 얼굴을 마주 보았어요.”

나는 맞장구 대신 고개를 끄덕였다.

“그렇게 술과 안주를 사서 집으로 돌아왔더니 나갈 때 꺼 둔 텔레비전이 켜져 있는 거예요. 분명히 껐는데. 아무래도 오싹해서 호러 영화를 볼 마음이 사라졌어요.”

아르바이트를 그만두고 나서 그 후배하고는 소원해졌다고 한다.

“저는 그 하룻밤만 묵었지만, 그 후에도 괴현상은 계속되었다더군요. 가전제품 오작동 말고도 한밤중에 탄내가 난 적도 있다고 했어요. 옆집 여성도 어느 틈에 이사를 가 버렸다고……. 후배도 이사 갈 집을 알아보고 있었으니 이제는 그 아파트를 떠났을지도 모르겠네요.”

“어쨌거나 오싹한 집이네요.”

유령 소행인지는 차치하고 가전제품이 시도 때도 없이 오작동하면 정신 사나울 텐데. 내가 심령 현상을 부정도 긍정도 하지 않는 대답으로 쓰지에게 동조한 반면, 히무라는 말없이 맥주를 홀짝거리고 있었다.

“죄송합니다, 히무라 선생님은 지루하셨죠?”

“아니요, 그렇지 않습니다. 오히려 마음에 걸리는 점이 있어 생각에 잠겨 있었습니다.”

미안한 기색으로 머리를 긁적거리는 쓰지를 보며 히무라는 천천히 입을 열었다.

“후배분이 한밤중에 탄내를 맡았다고 했는데, 어떤 상황이었습니까?”

소문의 명탐정이 이야기의 세부 사항에 관심을 보여서 기뻤는지, 쓰지는 자세를 가다듬고 설명했다.

“한밤중에 불이 나는 꿈을 꿔서 벌떡 깼더니 정말 탄내가 났다고 했습니다. 커튼을 열어 보았지만 불도 연기도 보이지 않고 소방차 소리도 들리지 않았답니다. 켜 놓고 잤던 난방 기구가 꺼져서 추워서 깼나 보다, 환각도 아니고 있지도 않은 냄새를 맡은 건 악몽 때문이겠거니 하고 억지로 다시 잠을 청했다고 합니다. 일어난 후에도 어쩐지 냄새가 남아 있는 것 같았지만 그렇게 생각하니까 그렇게 느끼는 걸지도 모른다고…… 그랬어요.”

그만큼 냄새는 거의 빠졌다는 뜻이리라. 냄새가 기분 탓이 아니었다 해도 실제로 인근에서 화재 소동이 나서 밤새 소화되었다고 생각하는 게 자연스럽다. 괴현상이라고 할 수는 없을 것 같았지만, 나는 의견을 자제했다.

히무라는 이해했다는 듯 끄덕거렸다.

“혹시 괴현상의 원인을 알아내셨습니까?”

쓰지의 질문에 명확히 답해 주지는 않고 히무라는 두 번째 질문을 했다. 질문이라기보다 확인하는 말투였다.

“그 아파트 말입니다만, 혹시 고속도로 근처에 있지 않습니까?”

“아, 예. ○○ 나들목 출구 근처예요.”

나는 그 말을 듣고 히무라가 무슨 생각을 하는지 짐작했다.

나도 가전제품 오작동 원인으로 심령 현상 외에 몇 가지 짐작 가는 구석이 있었다. 쓰지의 이야기 속에서 일찌감치 기각된 도청기도 그중 하나였지만, 그 밖에도 비슷한 현상을 인위적으로 일으킬 방법이 있다.

히무라도 내가 눈치챘다는 것을 알아차렸다. 내 쪽으로 슬쩍 시선을 던지기에 손바닥을 펼쳐 뒷말을 양보했다. 수수께끼의 해명과 해설은 탐정이 할 일이다. 쓰지도 기대하고 있을 것이다.

“아파트에서 발생한 가전제품 오작동은 아마 트럭 무선이 원인일 겁니다.”

히무라는 차분한 목소리로 설명했다. 으스대며 떠들 만한 내용도 아니라는 심정이리라. 부교수로서 강의할 때와는 다른, 담담한 말투였다.

"밤새 장거리를 달리는 트럭 중에는 개조한 불법 무선기를 싣고 다니는 차량이 있습니다. 출력을 최대한 높여 두기 때문에 인근 가게나 민가의 가전제품에도 영향을 미치는 경우가 있지요. 그 때문에 텔레비전이나 에어컨이 멋대로 작동했을 겁니다."

쓰지도 설명을 듣고 깨달은 것 같았다.

"그런가, 그래서 옆집 장난감이나…… 편의점 자동문도?"

"옆집이나 인근 건물도 마찬가지로 무선 전파 영향을 받았겠지요."

오작동은 무선 전파 간섭으로 전자회로에 이상이 생긴 결과이므로 건전지로 작동하는 장난감도 영향을 받을 수 있다.

오작동이 낮이 아니라 심야에 발생한 것은 장거리 트럭이 고속도로 통행 요금이 할인되는 심야에 운행하기 때문이다. 트럭이 지나갈 때마다 가게 자동문이 열려서 고민이라는 이야기를 나도 들은 적이 있다.

"탄내가 났다는 건 억측에 지나지 않지만 옆집 전기스토브가 무선 전파 때문에 오작동해서 불이 날 뻔했던 게 아닐까요? 그렇게 생각하면 옆집 여성이 조용히 이사 간 것도 이해할 수 있습니다."

불을 낼 뻔했다는 죄책감으로 옆집에 한 마디 말도 없이 몰래 이사 갔을 것이다.

쓰지는 입을 떡 벌렸다.

"기대하는 답이 아니라서 죄송합니다."

"아, 아니요, 그렇지 않습니다. 원인이 뭘까 계속 궁금했는데 속이 다 후련합니다."

고개를 숙이는 히무라에게 쓰지가 다급히 그렇게 말했다. 쓰지의 입장에서는 기묘한 경험담을 부정당한 꼴이었지만, 다행히 마음이 상한 것 같지는 않았다. 오히려 괴담을 좋아하는 영혼에 불이 붙은 것 같았다.

"그 밖에도 몇 가지 경험한 게 있는데 들어 주시겠어요? 이것도 논리적으로 해석할 수 있다면 꼭 들어 보고 싶고, 그렇지 않더라도 어쩌면 아리스가와 씨 창작에 힌트가 될지도 모르니까요."

쓰지는 히무라에게서 내 쪽으로 시선을 돌리며 말했다.

"그런 이야기라면 언제든지 환영입니다."

내가 그렇게 말하자 쓰지는 환하게 웃더니 다음 이야기를 시작했다.

쓰지가 대학 1학년 때였다고 한다. 그는 한때 몸담았던 탁구 동아리 합숙으로 친구 몇 명과 함께 지바현에 있는 호텔에 묵었다.

여름 방학 성수기가 지나 호텔 가격이 저렴해지는 시기를 노려 낮에는 호텔 부속 스포츠 시설에서 연습에 힘쓰고, 밤에는 불꽃놀이나 담력 시험을 하며 놀았다고 한다.

2박 3일 여행의 마지막 밤은 파티였다. 밤 11시가 지나서 쓰지는 같은 학년 친구와 함께 모자란 술과 안주를 사러 호텔 밖으로 나가 산기슭에 있는 편의점으로 향했다. 술도 과자도 호텔 매점에서 살 수 있지만 값이 더 비싸다.

합숙 때문에 빌린 차가 있었지만 다들 취해서 운전할 수 있는 상태가 아니었다. 굽이굽이 휜 도로 가장자리를 걸어 편의점으로 갔다. 숲을 우회하는 길은 생각보다 멀어서 편도 이십 분 가까이 걸렸다.

회비로 계산을 마친 두 사람은 다시 같은 길로 돌아가는 게 귀찮아서 숲속을 가로지르기로 했다.

"먼저 말을 꺼낸 건 저였어요. 숲 저편에 호텔 불빛이 보여서 그 빛을 찾아가면 길을 잃을 염려도 없고, 시간도 절반이면 되거든요. 나무도 그리 울창하지 않고 듬성듬성 나 있어서 충분히 걸어갈 수 있을 줄 알았죠."

달밤이라 길이 어둡지는 않았다. 멀리 보이는 호텔을 목표로 걸음을 뗀 지 얼마 지나지 않아 두 사람은 눈앞에서 묘한 물체를 발견했다.

쓰지는 거대한 버섯인 줄 알았다. 나중에 들었지만 친구는 커다란 바위나 동물이 웅크리고 있는 줄 알았다고 한다.

조금 다가가 보니 둥그런 형체 위로 두 개의 돌기가 튀어나와 있었다. 쓰지가 귀 같다고 생각한 것과 거의 동시에 친구가 "곰이다."라고 중얼거렸다.

친구는 뒷걸음질을 쳐서 왔던 길로 되돌아가려 했다.

쓰지도 따라갈 뻔했지만 웅크린 곰이라고 하기에는 너무 작아 보였다. 새끼 곰이라고 하기에도 귀가 난 자리가 묘했다.

스마트폰 불빛으로 비춰 보니 확실히 곰처럼 생기기는 했지만 질감이 진짜 같지 않았다.

인형…… 아니, 곰 머리 탈이 땅에 떨어져 있었던 것이다.

쓰지는 깜짝 놀라 친구를 불러 세웠다.

"잘 봐, 인형이야."

어째서 그런 곳에 인형 탈이, 그것도 머리 부분만 버려져 있는 걸까? 영문을 알 수 없어 으스스하긴 했지만 진짜 곰과 달리 위험하지는 않았다.

이미 쓰지보다 몇 미터 뒤로 후퇴한 친구가 걸음을 멈췄다.

"어?"

"봐."

쓰지는 찬찬히 확인하듯 스마트폰 불빛으로 윤곽을 비추었다. 진짜 곰에서는 찾아볼 수 없는 부드러운 곡선 위로 볼록 튀어나온 두 개의 동그란 귀가 보였다.

그들에게 보이는 건 인형 탈의 뒤통수였지만 앞쪽으로 돌아가면 아이들이 좋아할 만한 깜찍한 눈, 코, 입이 달려 있을 게 분명했다.

친구가 뭐야, 하고 맥이 풀린 소리를 냈다.

쓰지도 웃으며 대답했다.

"그렇지? 진짜 쫄……."

쫄았다고 말하려다 숨을 삼켰다.

인형 탈 목 부분이 움직이고 있다.

조금씩, 하지만 확실하게, 두 사람 쪽을 돌아보려는 것처럼.

정확히 180도는 아니었지만 뒤통수만 보였던 인형 탈의 이목구비가 뒤쪽에 있는 두 사람 눈에도 보였다.

이대로 있으면 눈이 마주친다. 그렇게 생각한 순간, 두 사람은 동시에 몸을 돌려 달아났다.

친구는 달려가면서 저건 뭐야, 저건 뭐야, 하고 외쳐 댔지만 쓰지도 답을 알 턱이 없었다. 포장도로까지 돌아가 숲 쪽을 경계하면서 호텔로 돌아갔다.

고주망태가 된 선배들에게 말해 봤자 진지하게 들어 줄 것 같지도 않았고, 혹시나 보러 가자는 사람이라도 나와서 다시 돌아가게 될까 봐 알리지 않기로 했다.

다만 친구와 몇 번이나 확인했다.

"봤지?", "움직였지?"

쓰지는 혼비백산해서 몰랐지만 친구는 짐승 울음소리를 들은 것 같았다고 했다.

"흠, 그거 무서운 이야기군요."

쓰지의 이야기를 들은 히무라가 감상을 툭 던졌다.

"그렇죠?"

쓰지가 만족스럽게 고개를 끄덕였다.

나도 이 이야기는 무서웠다. 괴담이라서 그런 건 아니다.

인형 탈이 머리만 떨어져 있었던 것도, 그게 움직인 것도 기괴해서 무섭다면 무섭지만 그것이 실화고 한밤중에 비성수기 휴양지 산속에서 벌어진 일이라는 점을 감안하면 심령 현상과는 다른 해석이 성립한다.

아무도 들어가 있지 않은 인형 탈이 멋대로 움직였다면 심령 현상을 의심하는 심정도 이해할 수 있다. 하지만 인형 탈 속이 비어 있었는지, 그들은 확인하지 않았다.

두 사람이 머리만 보았다면 몸은, 땅 속에 있었으리라. 그리고 머리가 움직였다면 땅 속에 묻힌 사람은 살아 있었다는 뜻이다.

다시 말해 누군가 그 인물을 머리만 남겨 땅에 묻고 그 위에 인형 탈을 씌워서 숲속에 방치해 두었다는 뜻이다.

장난으로 끝날 문제가 아니다. 사적 제재, 징벌, 누군가에 대한 본보기, 이유는 모르겠지만 정상적인 사람이 할 짓이 아니다. 숲속에 계속 있었다면 그 비정상적인 가해자가 돌아와서 두 사람을 공격했을 가능성도 있다. 결과적으로 달아난 것은 옳은 판단이었다고 할 수 있다.

친구가 들었다는 울음소리도 땅에 묻힌 누군가의 목소리였으리라. 아마 도움을 청하지 못하도록 재갈 같은 것을 물려 두었거나 제대로 말할 수 없는 상태였을 것이다.

냉정하게 생각하면 알 수 있는 일이지만 일단 '심령 체험을 했다'라고 믿으면 그 외의 가능성은 생각할 수 없게 되어 보다 현실적인 가능성을 돌아보지 못하는 걸지도 모른다.

히무라는 바로 알아차렸겠지만 "당신, 그거 누가 봐도 살아 있는 사람이잖아요."라고 말하지는 않았다. 나도 말하지 않는다. 쓰지가 대학생 때 이야기라고 했으니 벌써 몇 년이나 지난 일이다. 이제 와서는 어찌할 방도가 없다. 도움을 청하는 사람을 알아보지 못하고 죽게 내버려두었다고 쓰지가 괜한 죄책감을 느끼면 안타까운 일이다. 언젠가 이 이야기를 들은 다른 누군가가 지적할지도 모르지만 지금 이 자리에서 그럴 필요는 없었다.

당시에 인형 탈을 뒤집어쓴 시체가 발견되었다는 뉴스가 나왔다면 두 사람도 봤을 테니 무사히 구출되었다고 믿고 싶다. 그대로 숨을 거둬 더 깊은 땅속에 묻히지 않았기를 바랄 뿐이다.

나중에 신문 기사를 검색해 봐야지. 머릿속에 메모했다.

"무섭다고 하시니 다행이네요. 더 있어요. 이것도 숲이라고 해야 하나, 산속에서 있었던 일인데⋯⋯, 아, 죄송합니다. 생맥주

하나 주세요. 두 분도 뭐 좀 더 드시겠어요?”

쓰지가 카운터를 돌아보며 손을 들어 마스터에게 주문했다. 우리도 생맥주를 추가로 주문했다.

술이 나오기를 기다리는 사이 쓰지는 히무라에게 시선을 돌리며 물었다.

“이런 얘기만 해서 불편하신 건 아니죠?”

“천만에요. 관심 있게 듣고 있습니다.”

신사적으로 고개를 가로젓는 히무라에게 쓰지는 다행이라며 싱글거렸다. 애써 선보인 두 번째 괴담이 무섭다는 평가를 받아 자신감을 되찾은 모양이다. 우쭐거린다는 표현은…… 너무 심술궂은가.

“앞으로 두 개면 끝나니 조금만 더 들어 주세요. 뭔가 알아내신 게 있으면 또 명탐정의 시점에서 수수께끼를 풀어 주시고.”

“말씀처럼 대단한 건 아니지만, 경청하겠습니다.”

“그렇게 많이 경험했어요? 이야깃거리로 가득한 보물 상자네요.”

내 말에 쓰지가 활짝 웃었다.

“하나는 제 경험이라고 해도 될지 미묘하긴 한데. 저는 이야기를 듣고 나중에 현장을 찾아간 것뿐이라……. 산악부 출신 친구가 산속에서 이상한 경험을 했다는 거예요.”

“산속 괴담인가요.”

괴담 중에서는 메이저 장르다.

쓰지가 고개를 끄덕였다.

"일단 그렇다고 봐야 할까요? 무섭다고 할까, 귀신에 홀린 게 아닌가 싶은 이야기예요. 그런 의미에서는 정통파 산속 괴담일지도 모릅니다."

마스터가 맥주를 가져왔다. 좋은 타이밍이다.

쓰지는 새로 나온 맥주를 한 모금 마셔 목을 축이고 이야기를 시작했다.

"산악부 출신이라고 해도 그 친구는 험한 산을 오르지는 않고 경치를 즐기며 산을 돌아다니는 게 취미예요. 대부분 혼자서 당일치기가 가능한 높이의 산을 올랐다고 합니다."

어느 날, 그는 간토의 어느 산속을 홀로 걷고 있었다.

반대편 경사면에는 차도도 있는 산이지만 정비된 길을 걸어서야 재미가 없다. 그는 옛 등산로라 불리는 경로로 산을 올랐다.

몇 년 전에 차도가 생겼지만 옛길도 아직 등산로로 쓰고 있을 텐데, 평일 낮이라 그런지 앞뒤로 다른 등산객들의 모습은 보이지 않았다.

잘 가꾼 산이라 걷기 쉬웠다. 새소리와 녹음의 향기를 즐기며 걷는데 슬슬 중턱까지 왔나 싶었을 때 안개가 끼기 시작했다. 방금 전까지 맑았는데, 산속 날씨는 변덕스러운 법이다.

앞이 보이지 않을 정도는 아니지만 이러다가 발밑도 보이지 않을 정도로 안개가 짙어지지 않는다는 보장도 없다. 일단 멈춰서 어딘가 안전한 곳에서 안개가 걷히기를 기다리는 게 나을 것 같았다.

어쩌나 고민하며 걸어가는데 앞쪽에 목조 건물이 보였다.

길가에 지은 자그마한 오두막이다.

등산로가 있는 산에는 등산객들을 위한 오두막이 있는 경우가 많다. 대개 산꼭대기와 중턱에 있는데 숙소와 식당, 매점을 겸하곤 한다. 하지만 그 오두막은 그런 시설이 아니라는 것을 한눈에 알 수 있었다.

눈에 띄는 안내판도 없는, 그저 간소하게 지은 목조 오두막이었다.

일단 손잡이를 돌려 보았는데 입구는 잠겨 있지 않았다. 고마운 일이다.

그는 오두막으로 들어가 짐을 내렸다.

오두막 안에는 아무것도 없었다. 남쪽을 바라보는 벽 위에 작은 창문이 하나 있어 밖에서 빛이 들어오기는 했지만 불빛이라고는 그것뿐이라 어두컴컴했다. 등산객용 휴게소치고는 담요나 침낭 같은 침구나 방석도 없어, 정말 건물만 덜렁 있는 느낌이었다.

그래도 산속을 몇 시간이나 걸은 등산가에게는 앉거나 누워서 쉴 수 있다는 것만으로도 고마운 일이다. 황량한 오두막 구석에 털썩 앉았다.

창밖으로 보이는 경치는 새하얬다. 안개가 짙어졌다.

오두막 안을 둘러보았지만 볼만한 건 딱히 없었다. 이용객의 사인이나 낙서라도 없을까 싶었지만 다들 얌전했던 것 같다. 북쪽을 바라보는 벽에 뭔가에 긁힌 듯한, 약간 눈에 띄는 흠집이 전부였다.

다만 입구 쪽 벽, 문손잡이 바로 옆에 고양이 얼굴 모양으로 손톱으로 판 흔적이 있었다. 아이 장난이리라. 윤곽뿐이고 눈, 코, 입은 없었다. 아마도 그리다가 부모에게 들켜 그만두었을 것이다. 그런 모습을 상상하니 괜히 미소가 번졌다.

챙겨 온 주먹밥을 먹고 쉬고 있는데 안개가 걷혀 짐을 지고 출발했다.

그리고 한 시간쯤 걸었다. 이제 삼십 분만 더 걸으면 정상에 도착할 것이다.

걸어가는데 또 안개가 끼기 시작했다. 더 이상 짙어지지 않기를 바라며 계속 걸어가는데 앞쪽에 오두막이 보였다.

어라?

숲속 경치는 다 비슷비슷해서 "아까도 비슷하게 생긴 나무 앞을 지난 것 같은데." 하고 일일이 따지지는 않지만 오두막의 유무는 착각할 수가 없다. 바로 한 시간 전에 쉬었던, 그 오두막하고 똑같이 생긴 건물이 또 길가에 있었다.

순간 길을 잃고 같은 장소로 되돌아왔나 착각했지만 그럴 리는 없었다. 외길을 쭉 올라왔기 때문이다.

그리 높은 산도 아닌데 이렇게 짧은 거리에 휴게소가 두 채나 있다는 건 이상하다. 이상하지만, 있는 걸 어쩌겠나.

오늘은 여기까지 오면서 아무도 마주치지 않았지만 시기에 따라서는 등산객이 제법 많아서 휴게소 한 채로는 부족했던 걸까? 그렇다고 해도 험한 산길도 아닌데 휴게소가 둘이나 필요할까? 화장실이 여러 개 있다면 그나마 이해가 가지만, 단순히 비바람을 피할 오두막인데.

오두막 앞에 서서 요리조리 살펴봐도 아까 들어갔던 오두막과 똑같아 보였다.

어쩌면 겉만 비슷하고 이쪽 오두막은 자재 창고라거나, 다른 용도로 쓰는 건물일지도 모른다. 그렇게 생각하고 살며시 문을 열어 보았다. 역시 잠겨 있지 않았다.

내부는 아까 들어갔던 오두막과 완전히 똑같았다. 아무것도 없이 휑하고, 남쪽을 바라보는 벽에 작은 창문. 비바람을 피하는 것 외엔 할 수 있는 게 없는, 휴게소가 아닌 다른 용도를 짐작할 수 없는 건물이다.

으스스한데.

두 채 다 휴게소라면 이렇게 가까이 지은 이유를 모르겠다. 아무리 생각해 봐도 두 채까지는 필요 없다.

그는 오두막 안을 둘러보다가 북쪽을 바라보는 벽에서 흠집을 발견했다.

평범한 흠집이다. 하지만 아까 그 오두막에도 같은 자리에, 비슷한 흠집이 있었다.

흠집을 본 순간 아까 본 광경이 떠오르자 오싹해서 가슴이 벌렁거렸다.

우연이라 해도 오싹하다. 어쩐지 안에 들어가기가 꺼려졌다. 휴식이 필요할 만큼 지치지도 않았다. 그대로 등산을 계속하려고 문을 닫으려다가 무심코, 바로 옆쪽 벽을 쳐다보았다가 후회했다.

그곳에는 또렷하게 파인, 고양이 모양 손톱자국이 있었다.

그는 달아나듯 오두막에서 뛰쳐나왔다. 뒤도 돌아보지 않고 목적지를 향해 정신없이 다리를 움직였다.

또 같은 오두막이 튀어나오면 어쩌지? 하지만 그는 무사히 정상에 도착했고 돌아갈 때는 반대편에 새로 난 널찍한 포장도로로 하산했다고 한다.

"똑바로 걸었는데 어째선지 같은 장소로 돌아온다……. 뭐 전형적인 괴담이죠. 안개 속이라는 게 또 절묘하잖아요?"

단숨에 이야기를 털어놓은 쓰지는 맥주를 마시고 숨을 돌렸다.

"술자리에서 그 얘기를 들었을 때는 길을 잃고 한자리에서 맴돈 것 아니냐며 다들 놀렸는데, 본인은 외길을 쭉 올라갔으니 절대 그럴 리 없다고 해서……그래서 그 친구에게 자세한 장소를 물어서 제가 직접 가 봤어요."

"행동력이 대단한데요."

나는 감탄해서 말했다. 빈말이 아니라 진심이었다. 집에만 틀어박혀 사는 작가는 도저히 흉내 낼 수 없는 가벼운 몸놀림이다.

"젊었으니까요. 이야기를 들은 게 이미 그 친구가 산에 오른 지 이 년쯤 지났을 때지만, 오래된 등산로는 아직 그대로 있었어요. 말로 들은 것보다 힘들긴 했지만 그날은 안개도 없어서 저도 오를 만한 길이었죠."

"오두막이 있었나요?"

"있었습니다."

내 질문에 쓰지가 분위기를 잡으며 끄덕였다.

"하지만 한 채뿐이었어요. 이야기로 들은 것처럼 산 중턱에 휑하니 껍데기만 남아 있는 작은 오두막이 있었어요. 벽에 난 흠집도, 고양이 낙서도 있었습니다."

스마트폰을 꺼내 앨범을 거슬러 올라가 사진을 보여 주었다.

목제 벽면에 난 흠집은 흐릿해서 사진으로는 알아보기 어려웠지만 고양이 얼굴 모양 낙서라는 건 알 수 있었다.

실화라는 걸 의심했던 건 아니지만 이렇게 사진을 보니 갑자기 현실미가 강해졌다. 쓰지는 히무라에게도 사진을 보여 주고 스마트폰을 테이블 구석에 내려놓았다.

"두 채 다 없었으면 기억이 잘못된 거라고 생각했을 텐데. 하지만 한 채는 정말 있었고, 내부도 들은 것과 똑같았어요. 그렇게 되니 친구가 경험한 일도 실제로 있었던 일이 아닐까 싶어서."

확실히. 나도 동의했다.

길을 잃어 자꾸 같은 자리를 맴돈다는 건 괴담이나 다른 경우에도 비교적 흔히 듣는 이야기지만, 산속 길을 똑바로 올라갔는데 그랬다면 역시 이상하다. 쓰지가 귀신에 홀린 게 아닌가 싶은 이야기라고 한 것도 이해가 갔다.

무서운 이야기인가 하면 미묘하지만, 실제로 경험한 본인은 오싹했으리라. 안개 낀 산속에 혼자 있을 때라면 더더욱 그랬을 것이다.

쓰지는 어떠냐는 듯이 히무라를 쳐다보았다.

히무라는 공손하게 말했다.

"흥미로운 이야기였습니다."

신사인 척하기는. 내 업무 관계자를 배려해 주는 걸 테니 하고 싶은 말이 있으면 하라고 말할 처지는 못 되지만.

쓰지도 히무라의 맞장구를 그대로 받아들이지는 않았다. 뭔가 말하고 싶은 눈치를 알아차렸는지 끈질기게 매달렸다.

"친구의 경험은 대체 뭐였을까요? 선생님은 뭔가 짐작 가는 바가 있습니까?"

히무라가 글라스를 기울이며 대답했다.

“아마 이런 사정이 아닐까 싶은, 현실적인 설명을 붙일 수는 있습니다.”

“꼭 듣고 싶습니다.”

쓰지가 거의 달려들 기세로 말했다.

“낭만이고 뭐고 없는데요, 기묘한 경험을 했다는 추억 그대로 남겨 두는 게 즐거울지도 모릅니다.”

“괜찮습니다. 친구는 무서워서 다시는 그 산에 오르고 싶지 않다고 했으니, 유령의 소행이 아니라고 말해 주면 기뻐할 거예요.”

눈으로는 히무라를 도전적으로 바라보면서도 입으로는 그렇게 말했다.

그럼, 하고 히무라가 글라스를 내려놓고 천천히 입을 열었다.

“친구분이 어떤 이유로 자기도 모르는 사이 길에서 벗어났다거나, 오르막길인 줄 알았는데 사실은 원을 그리는 길이었다거나, 그런 사실이 없다면…… 단순히 똑같은 구조의 오두막이 길가에 두 채 있었을 겁니다.”

나와 쓰지의 입에서 맥없는 한숨이 새어 나왔다.

그 반응을 예측하고 있었던 것처럼 히무라가 어깨를 으쓱 움츠렸다.

“맥이 빠지죠? 하지만 친구분이 환각을 본 게 아니라면 그렇다고 생각할 수밖에 없습니다. 한 채는 이 년 전에 철거되었을 겁니다.”

그래서 쓰지가 가 보았을 때는 한 채밖에 없었다. 단순한 이야 기다. 그렇다면 수수께끼도 그 무엇도 아니다.

"하지만 두 번째 오두막 벽에 똑같은 흠집과 낙서가 있었다잖 아?"

당혹스러운 기색의 쓰지를 대신해 내가 물었다.

백 번 양보해서 문지른 흔적 같은 거라면 우연히 비슷한 흠집 이 비슷한 자리에 있을 수도 있다. 하지만 고양이 낙서는 그렇지 않다.

"어느 한쪽 오두막에 흠집이나 낙서가 있는 걸 발견하고 나중 에 다른 쪽에도 똑같은 흠집을 내고 낙서를 한 거겠지. 오두막 주인인지 이용객인지는 모르지만 누군가 일부러 두 오두막을 비 슷하게 꾸민 거야."

"앗!"

내 옆에서 쓰지가 외마디 소리를 질렀다. 나도 소리는 내지 않 았지만 그제야 이해했다.

같은 장소에 흠집이나 낙서가 있었다고 해서 똑같은 건물이라 는 보장은 없다. 하긴 그렇다. 우연의 일치일 리 없으니 누군가 의도적으로 꾸몄다는 것도 듣고 보면 합리적인 설명이었다.

하지만 깊은 산속, 그것도 이용객이 적은 오두막에 일부러 그 런 장난을 치다니 보통은 생각해 볼 수 없는 일이다. 아무것도 모르고 두 오두막의 내부를 본 쓰지의 친구가 같은 건물이라고 착각하는 건 당연한 일이다.

"산속에서 걸어서 한 시간 거리에 똑같은 오두막이 두 채 있다는 것 자체가 드문 일이야. 외관이 똑같은 건 같은 건축 회사가 같은 설계도로 만들었거나 처음부터 정해진 세트로 만들었다거나, 그런 이유겠지만…… 모처럼 똑같이 생긴 건물이 한길 위에 있으니 이왕이면 흠이나 낙서 같은 특징도 똑같이 만들어서 이용하는 사람들을 놀래 주려고 한 거지. 특정 상대를 상정했을지도 모르고."

"무슨 목적으로…… 생각해 봐도 소용없나. 그냥 장난인가?"

"애초에 똑같이 생긴 건물이니까. 흠집이나 낙서를 더하는 건 큰 수고도 아니야."

이유야 어쨌든 오두막이 두 채 있었기 때문에 생각해 낼 수 있는 장난이란 뜻이다.

바로 알아차리지 못한 게 분하다.

아마도 오두막 주인이겠지만 '범인'은 미스터리 팬이거나 괴담 애호가일 게 틀림없다.

"도보 한 시간 거리에 오두막을 두 채나 지은 이유가 더 궁금해."

내가 애써 말을 돌리자 히무라가 대꾸했다.

"확실히. 아리스, 넌 어떻게 생각해?"

"그러게……."

여기서는 작가답게 낭만적인 대답을 선보이고 싶다. 나는 글라스를 내려놓고 팔짱을 꼈다.

"불필요해 보이는 휴게소가 가까운 거리에 두 채나 있었던 이유……. 알고 보면 그 산이 의외로 인기 관광지라 성수기에는 한 채로는 모자랄 정도로 사람들이 많이 찾아올 가능성도 있지만, 이왕이면 호러 쪽으로 생각해 볼까? 가령 그 지역에만 전해 내려오는 축제 의식에 필요하다거나……, 그 산에서는 절대 노숙하면 안 되는 어떤 이유가 있다거나. 아, 뭔가 정체 모를 생명체가 숲속에 살고 있어서 여차하면 그 놈에게서 몸을 숨기도록 곳곳에 오두막을 세웠다는 건 어때?"

"둘 다 별로네."

내 생각도 그렇다. 둘 다 어디가 이상한지 지적하는 것도 한심할 정도로 억지스럽다.

나는 순순히 가설을 취하했다.

"뭐, 산속에서 어떤 작업을 하는 사람들을 위해 세웠다고 생각하는 게 가장 자연스럽겠지. 휴식을 취하거나 기자재를 보관할 목적이었을 거야. 두 채가 있었던 건 여러 장소에서 작업했거나 작업 인부 수가 많았다거나 하는 이유일 거고. 재미도 뭣도 없지만."

쓰지의 친구도 잘 가꾼 산이라고 이야기했다.

그럴 거라고 히무라도 동의했다.

"작업이 끝나고 오두막은 불필요해졌어. 한동안 그대로 두었겠지만 이 년 사이에 한 채는 낡아서 그냥 두면 위험한 상태였기 때문에 철거했겠지. 간소한 구조였다고 했으니 나머지 한 채도 지금쯤 철거되었을지도 몰라. 태풍 같은 자연의 피해를 입고.”

결코 아웃도어파가 아닌 나도 대형 홈센터나 인터넷에서 조립식 로그하우스를 판매한다는 건 안다. 익숙한 사람은 두세 시간이면 조립할 수 있고 해체도 쉬운 물건이다. 단시간에 해체할 수 있는 건물이라면 짓는 것도 편리한 만큼 내구성은 취약했다고 해도 이상할 게 없다.

일단은 합리적인 설명이 나왔다.

산 소유주에게 문의해 보면 알 수 있을지도 모르지만 그렇게까지 할 일은 아니다.

“듣고 보니…… 그렇네요. 현실적인 해석입니다.”

쓰지는 받아들일 수밖에 없다는 듯이 말했다.

기묘한 경험을 그대로 간직할 줄 모르는, 눈치 없고 따질 줄만 아는 사람들이라고 생각했을지도 모른다. 의견을 구한 건 쓰지이지만 속으로는 기묘한 이야기로군요, 하고 공감을 얻고 싶었으리라.

쓰지는 자기 잔을 보더니 카운터 쪽으로 힐끔 시선을 던졌다. 맥주를 추가할지 말지 망설이는 것 같았다. 우리 잔에는 절반 정도, 쓰지의 잔에는 아직 3분의 1 정도의 술이 남아 있다.

쓰지는 결국 추가 주문은 하지 않고 우리 쪽으로 몸을 돌렸다.

“그럼 이건 어떠세요? 제 경험 중에서는 가장 심령 체험이라

할 만한 경험인데. 물론 이 이야기도 현실적인 설명이 가능하다면 꼭 들려주세요.”

입으로는 말하지 않았지만 그 눈이 마지막 승부라고 말하고 있었다.

“아껴 두신 얘기로군요.”

“경청하겠습니다.”

의외로 히무라도 관심을 보였다.

쓰지는 일단 허리를 들어 앉은 자세를 가다듬고 이야기를 시작했다.

그것은, 이런 이야기였다.

대학생이었던 쓰지가 여느 때처럼 심령 스폿 투어에 빠져 있던 시절에 있었던 일이다. 여름 방학으로 고향에 돌아가 있던 쓰지를 고등학교 때 친했던 동급생 가가와가 폐업한 유원지로 담력 시험을 가자고 꾀어냈다.

가가와의 중학교 선배로 토목공사 아르바이트를 하는 유모토라는 남자가 폐허가 된 유원지 해체 현장에 배치되어, 철거하기 전에 몰래 안내해 주기로 한 것이다. 원래 가가와와 유모토, 유모토의 친구 셋이서 갈 계획이었는데 그 친구가 갑자기 못 가게 되었다고 했다. 남자 둘이 가는 담력 시험은 시시하니 꼭 같이 가자는 것이었다.

중심부에서 차로 삼십 분쯤 걸리는 그 유원지에 쓰지는 초등학교 저학년 때 딱 한 번 가 보았다. 스릴 넘치는 놀이기구가 많은 것도 아니라서 몇 년 사이에 문을 닫은 것도 이해가 가는, 딱히 이렇다 할 특징 없는 유원지였다.

다만 피에로 간판이 있던 미러 하우스가 굉장히 무서웠다.

그 미러 하우스도 아직 철거되지 않고 남아 있다고 했다. 철거 전에 한 번 더 보고 싶다는 향수도 조금 있어, 쓰지는 가가와가 운전하는 차를 타고 폐업한 유원지로 향했다. 유원지 근처에 숙소가 있는 유모토는 현지에서 합류하기로 했다.

유모토는 먼저 도착해 있었다. 공사 현장에서 일하는 만큼 체격도 탄탄하고 피부도 햇볕에 그을어 가무잡잡했다. 운동부 선배 같은 인상이다.

철거 공사는 이튿날부터 시작한다고 했다. 유모토는 경비원도 없고 사람들도 오지 않으니 밤에 몰래 들어가도 들킬 염려는 없다고 장담했다.

사람 없는 매표소 앞을 지나 일단 셋이서 유원지 안을 여기저기 둘러보았다. 회전목마, 커피 잔, 제트코스터, 유명한 놀이기구가 일단 있기는 했다. 불량소년들이 아지트로 쓰는 건 아닌지 걱정했지만 마을에서 멀리 떨어져 있고 주위에 아무것도 없어서 그런지 상상했던 것보다 훼손 상태가 심하지는 않았다.

기억 속 피에로 간판은 떼어 버렸는지 보이지 않았다.

건물 정면 벽 양쪽 끝에 문이 없는 출입구가 두 개 있었다. 왼쪽 출입구 옆에 페인트로 쓴 'IN'이라는 글자를 겨우 알아볼 수 있었다. 왼쪽 입구로 건물에 들어가 안을 빙글빙글 돌아 오른쪽 출구로 나오는 구조인 모양이다.

그러고 보니 어렸을 적 왔을 때도 입구 앞에 줄을 서 있으면 먼저 들어간 손님들이 웃거나 비명을 지르며 바로 옆 출구에서 나왔더랬다. 그렇게 입장을 기다리는 손님들의 기대를 자극하기 위해 입구와 출구를 같은 벽면에 설치한 걸지도 모른다.

"한 사람씩 들어가 보자."

유모토가 그런 말을 꺼냈다.

확실히 낡은 미러 하우스는 담력 시험에 안성맞춤이었다. 당연히 예상할 수 있는 전개라 쓰지도 가가와도 순순히 따랐다.

페인트가 벗겨져 외관은 엉망이었지만 건물 자체는 튼튼해서 안에 들어가도 문제없다고 했다. 철거 공사를 맡은 유모토가 하는 말이니 그렇겠지. 유모토는 다만 거울이 깨진 곳이 있을지도 모르니 거울은 만지지 말고, 바닥도 조심해서 걸으라고 당부했다.

"무슨 일이 있으면 내 책임이 되니까. 회사에서 잘리기는 싫어."

불법 침입 사실이 알려지기만 해도 유모토는 해고당할 것이다. 쓰지와 가가와는 최대한 조심하겠다고 약속했다.

먼저 유모토가 펜 라이트를 들고 혼자 들어갔다. 유모토가 나오면 다음으로 펜 라이트를 받아서 가가와가, 가가와가 나오면 쓰지의 순서로 들어가기로 했다.

보통 담력 시험을 할 때는 끝까지 다녀왔다는 것을 보여 주기 위해 뭔가 증거가 될 만한 물건을 현장에 남겨 두거나 현장에서 가져오는 법이지만, 이 미러 하우스는 입구로 들어가 출구로 나오기만 해도 정규 루트를 통과했다는 증거가 된다.

쓰지와 가가와는 건물 앞에 서서 고등학교 추억담을 나누며 유모토가 나오기를 기다렸다.

가가와는 굳이 따지자면 겁이 많은 편이라 곧 혼자서 미러 하우스에 들어가야 하는 게 내키지 않는 눈치였다. 그럴 거면 담력 시험에 왜 왔나 싶지만 선배가 부르니 거절하지 못한 것이리라. 유모토는 강압적인 스타일 같았다. 어쩌면 가가와는 거북한 선배와 단둘이 있기 싫어서 쓰지를 부른 걸지도 모른다.

유모토가 미러 하우스에 들어간 지 오 분쯤 지났다. 생각보다 시간이 걸린다.

미러 하우스는 별로 크지도 않고 어른이 길을 잃을 정도로 복잡한 구조도 아니다.

어두워서 신중히 걷느라 그런가보다 하며 계속 기다렸지만 십 분이 지나고 십오 분이 지나도 유모토는 나오지 않았다.

늦네. 쓰지가 중얼거리자 가가와도 끄덕거렸다.

"이렇게 시간이 걸리진 않지? 기본적으로 아이들이 주요 고객이니까."

가가와는 불안해 보였다. 시선이 미러 하우스와 쓰지 사이를 오락가락했다.

"무슨 일이 있는 걸까?"

그렇게 중얼거리긴 했지만 들어가 보자는 말은 하지 않았다.

가가와가 유모토의 스마트폰에 전화를 걸어 보았지만 전원이 꺼져 있거나 전파가 닿지 않는 곳에 있다는 안내 음성만 나왔다. 옆에 있는 쓰지의 귀에도 단조로운 여성의 안내 음성이 들렸다.

"우리가 찾으러 오기를 안에서 기다리다가 깜짝 놀래 줄 심산인지도 몰라."

가가와가 아무 말도 하지 않아서 쓰지는 그렇게 말해 보았다. 가가와도 그 가능성은 생각하고 있었을 것이다. "그러고도 남을 사람이야."라며 얼굴을 잔뜩 찌푸렸다.

"들어가기 싫은데."

"겁을 주려고 기다리고 있는 거라면 우리가 끝까지 안 가면 화낼지도 몰라."

쓰지는 계속 빼는 가가와의 심경을 이해하면서도 그렇게 말했다.

"그렇겠지?"

가가와가 한숨을 쉬었다.

오늘 처음 보는 쓰지야 그렇다 쳐도 가가와에게 유모토는 고향 선배다. 안에서 무슨 일이 있었든, 유모토의 장난에 지나지 않든 어쨌거나 내버려둘 수는 없다.

둘 다 안으로 들어가면 유모토가 나왔을 때 서로 엇갈릴 가능성이 있다. 가가와가 들어가서 유모토를 찾고, 쓰지가 밖에서 기다리기로 했다.

펜 라이트는 유모토가 가지고 들어갔기 때문에 가가와는 스마트폰 손전등을 켜고 엉거주춤 미러 하우스로 들어갔다.

쓰지는 스마트폰을 쥐고 미러 하우스 입구와 출구 양쪽을 시야에 넣고 기다렸다.

오 분쯤 지나 가가와가 출구로 나왔다.

쓰지와 눈이 마주치자 어리둥절한 표정을 지었다.

"내가 들어간 사이에 선배가 나왔어?"

가가와는 안에서 유모토를 만나지 못했다고 했다. 쓰지가 나오지 않았다고 대답하자 가가와는 눈에 띄게 동요했다. 거짓말이지? 어째서야, 무서워. 떨리는 목소리로 우는소리를 했다.

"미러 하우스 안은 미로처럼 생겼지? 네가 지나지 않은 막다른 길에 숨어 있다거나……."

"왜 그런 짓을 해? 튀어나와서 겁주는 거면 몰라도."

하긴 그렇다.

이건 어쩌면. 가가와와 유모토가 한통속이 되어 나를 골탕 먹이려는 걸까?

하지만 가가와의 태도는 연기로 보이지 않았다.

쓰지가 곤혹스러워 하는 사이에 가가와가 먼저 비슷한 말을 했다.

"둘이 짜고 날 놀리는 건 아니겠지?"

황급히 부정했다.

"설마! 그럴 리 없잖아. 유모토 씨하고는 아까 본 게 처음인데. 오히려 내가 그런 생각을 하던 참이었어."

가가와는 맹세코 자기는 유모토와 그런 작당을 한 적이 없다고 했다. 지금은 서로를 믿는 수밖에 없다.

이번에는 가가와가 출입구를 지키고 쓰지가 안에 들어가 보기로 했다.

전에 이 건물에 들어간 건 어렸을 때라 내부 구조가 어떤지 기억이 가물가물했다. "유모토 씨!" 이름을 외치며 회중전등 대신 스마트폰을 손에 들고 깜깜한 건물 안으로 조심스럽게 들어갔다.

미러 하우스 안은 먼지가 가득했지만 우려했던 만큼 황폐하지는 않았다. 거울이 깨진 곳도 있었지만 그리 많지는 않았다.

멀쩡한 거울은 전부 먼지에 뒤덮여 표면이 탁했다. 모습을 똑똑히 비춰 주지는 않지만 희미하게 윤곽이 맺혀서 으스스하기는 해도 거울 미궁 느낌은 없고 그냥 미로나 다름없었다.

쓰지는 주로 발밑을 비추며 이따금 제자리에 멈추거나 다시 되돌아가기도 하면서 유모토를 찾아 막다른 길을 일일이 확인했다.

안으로 들어갈수록 점점 불안해졌다.

지금까지 걸어온 거리로 볼 때 절반 넘게 지났을 것이다. 하지만 어디에도 유모토의 모습이 보이지 않는다. 거울상에 현혹되지만 않는다면 미로는 결코 복잡한 구조가 아니었고, 몸을 숨길 장소는 없어 보이는데도.

게다가 어쩐지 누군가의 시선이 느껴졌다. 사방을 감싼 먼지투성이 거울에 스마트폰 불빛이 만들어 내는 자기 그림자가 어렴풋이 비치는 것도 으스스했다. 내 그림자인 줄 알았는데 자세히 보면 전혀 다른 사람이라면…… 그런 상상을 했다가 허둥지둥 눈길을 돌렸다.

"유모토 씨!"

일부러 밝은 목소리로 이름을 불러서 스멀스멀 솟아오르는 공포를 무시했다. 대답은 없다.

앞만 보고 걷자. 불빛 각도를 바꿔 시선을 들었다가 흠칫 놀랐다. 저도 모르게 비명을 지를 뻔했다.

정면에, 사람이 있다.

아니, 그런 줄 알았다. 하지만 그것이 거울에 비친 자기 모습이라는 것을 곧 깨달았다.

뭐야. 안도했지만 바로 이상하다는 생각이 들었다.

다른 거울은 전부 깨지거나 탁해져서 모습을 제대로 비추지 못했다. 두껍게 덮인 먼지 위에 흐릿하게 그림자처럼 비치는 정도였다. 하지만 정면 거울은 그의 모습을 뚜렷하게 비추고 있다.

그 한 장만, 어째선지 깨끗했다. 먼지가 거의 쌓이지 않았다.

그 대신 자잘한 흠집이 잔뜩 나 있었다. 그 탓에 거울상이 약간 흐릿해 보였다. 상당히 낡은 거울일 테니 흠집 자체는 이상한 일이 아니지만 비친 모습에 자잘한 흉터가 난 것처럼 보여서 어쩐지 오싹했다.

정면에 있는 거울 앞에서 길은 왼쪽으로 이어졌다.

어째서 이 거울만 다른 거울과 다를까? 가까이 다가가서 거울에 비친 자기 모습에 불빛을 비춘 순간, 거울 속 쓰지의 모습 위에 포개지듯 다른 누군가의 모습이 떠올랐다.

으악! 쓰지는 소리를 지르며 뒤로 펄쩍 물러나 정신없이 달아났다.

도중에 스마트폰을 떨어뜨리고 발로 걷어차기까지 했지만 다행히 앞쪽으로 날아가서 달리면서 주웠다.

뒤를 돌아보면 거울 속 그 형상이 있을지도 모른다. 그런 생각이 들어 한 번도 뒤를 돌아보지 않고 달렸다.

왼쪽으로 빠져나와 두 번쯤 모퉁이를 돌자 출구가 보였다. 굴러갈 기세로 밖으로 나오자 가가와가 달려왔다.

"나, 나, 나왔어. 뭔가 있어. 거울에 비쳤어."

"어? 어?"

선배는? 그렇게 묻기에 없다고만 대답했다. 미러 하우스 앞에 있기 싫어서 일단 다리를 움직여 그 자리에서 벗어났다. 가가와도 따라왔다.

손에 쥔 스마트폰을 보니 화면이 거미줄 모양으로 깨져서 쓸 수 없는 상태였다. 그것을 본 가가와도 쓰지가 장난치는 게 아니라는 것을 알아차린 듯했다.

가가와는 쓰지가 미러 하우스에 들어가 있는 동안에도 유모토는 밖으로 나오지 않았다고 했다. 쓰지는 구석구석 유모토를 찾아다녔지만 보이지 않았다고 말했다.

그리고 자기가 본 것도 이야기했다. 가가와는 자기가 체험한 것도 아닌데 창백해졌다.

"깨끗한 거울이 한 장 있었지? 먼저 들어갔을 때 못 봤어?"

없었다고 하면 더 무서울 것 같아 가가와에게 물어봤는데 "그러고 보니."라고 대답하는 것으로 보아 짐작 가는 구석이 있는 눈치였다.

겁 많은 가가와는 미러 하우스 안에서는 시종일관 고개를 숙이고 시선을 들지 않았다고 한다. 그래서 제대로 보지 못했는데 듣고 보니 딱 한 장, 유독 다리가 뚜렷이 비친 거울이 있었던 것 같다고 했다.

"게다가 무슨 소리가 났어. 쿵, 하고 벽을 치는 소리. 그냥 바람 때문에 나뭇가지 같은 게 어디 부딪치는 소리일 테니 신경 쓰지 말자고 암시를 걸었는데……."

말하는 사이 무서워졌는지 가가와는 그만 돌아가자고 졸랐다.

"몰래 나와서 먼저 돌아갔는지도 몰라. 남이 겁먹은 걸 보면서 즐기는 그런 사람이야."

교대로 출입구를 지키고 있었으니 그럴 일은 없다고 생각했지만 쓰지도 돌아가고 싶기는 마찬가지였다. 유모토가 아직 안에 있다면 두고 가는 게 마음에 걸렸지만 걱정하는 마음보다 이곳을 벗어나고 싶은 마음이 컸다.

한 번 더 가가와가 유모토에게 전화를 걸어 보았지만 역시 먹통이었다.

할 수 있는 일은 다했다, 그래도 찾지 못했으니 어쩔 수 없다. 스스로를 타이르며 쓰지와 가가와는 결국 유원지를 뒤로했다. 이튿날에도 연락이 안 되면 경찰에 신고하기로 하고 가가와의 차를 타고 와서 집 앞에서 헤어졌다.

며칠 후, 쓰지는 도쿄로 돌아왔다. 가가와에게서 다른 연락은 없었다.

"그래서 유모토 씨는 발견됐습니까?"

내가 묻자 쓰지는 고개를 저었다.

"모르겠어요. 경찰에 신고했다는 말도, 찾았다는 말도 못 들었습니다. 마음에는 걸렸지만 무슨 일이 있으면 가가와가 연락해 주겠지 하며 기다리는 사이 시간이 흘러 버려서. 먼저 연락해 볼까 싶기도 했지만 원래 자주 연락하는 사이도 아니었고……. 스마트폰이 부서져서 수리를 맡기느라 타이밍을 놓쳤다고 할까."

만약 유모토가 무사하지 않다는 이야기를 들으면 무섭고 꺼림칙할 테니 알고 싶지 않은 것이다. 무사하다고 해도 "날 두고 가다니!" 하고 엉뚱하게 원망이라도 사면 곤란하다고 생각했으리라. 그 심정은 이해한다. 가가와의 태도나 쓰지의 이야기로 볼 때 유모토는 별로 인망이 두터운 타입은 아니었던 모양이다.

쓰지는 어떠냐는 듯이 나와 히무라를 번갈아 보았다.

"그대로 행방불명되었다면 가가와도 어떻게 하는 게 좋겠냐고 연락했을 테니 찾긴 찾았을 거예요. 하지만 유모토 씨가 미러 하우스에서 사라진 일이나 제가 그 안에서 오싹한 그림자를 본 건 사실이니까 괴담이라고 해도 되지 않을까요?"

"그러게요. 발견된 유모토 씨는 완전히 다른 사람이 되어 있었다……. 그런 결말이라도 붙이면 더 완벽한 괴담이 될 텐데."

내가 쓰지에게 그렇게 대답하자 히무라가 재미있다는 듯이 한쪽 눈썹을 실룩 치켜올렸다.

"역시 작가로군. 그 밖에는 어떤 전개를 생각해 볼 수 있지?"

"이튿날 유모토씨는 아무 일도 없었던 것처럼 출근하고, 전날 밤 후배들과 폐허가 된 유원지에 몰래 들어간 사실 자체를 부정하는 거야. 그뿐 아니라 그 시간에 다른 장소에 있었다는 알리바이까지 있다……. 이런 건 어때? 유모토 씨가 끝내 돌아오지 않는 버전도 있겠지, 그는 처음부터 존재하지 않는 사람이었고 가가와 씨와 쓰지 씨 외에는 아무도 유모토 씨를 기억하지 못한다는 것도 흔한 패턴이야."

"흔한 패턴이라도 실제로 겪으면 무서워요."

쓰지가 끼어들었다. 그야 그렇겠지.

본인이 괴담이라고 말해 주기는 했지만 지인이 행방불명된 이
야기를 재미 삼아 언급하는 것처럼 보이기라도 하면 내 인간성
을 의심할 것 같아 일찌감치 해설 편으로 넘어가기로 했다.

"정말 유모토 씨가 사라졌다면 이런 이야기를 하는 것 자체가
실례겠지만, 아마 유모토 씨는 무사할 거예요. 그렇지?"

내가 대답을 구하자 히무라가 끄덕였다.

"아마도."

쓰지가 자세를 가다듬었다.

"그렇다면 이 이야기도 현실적으로 설명할 수 있다는 말씀이
군요. 저는 몇 년 동안 진심으로 심령 현상이라고 믿고 무서워했
는데."

"저는 우연히 알고 있는 어떤 사실 때문에 눈치챈 것뿐입니다.
……너도 아는 것 같군, 아리스?"

"트릭에 쓰려고 조사한 적이 있거든."

진상을 알아차렸다고 해서 자랑할 건 못 된다고 아주 못을 박
는구나. 그러지 않아도 이런 일로 우쭐대지는 않는다. 나는 '조
수'답게 탐정 히무라를 향해 손바닥을 펼쳐 다시 해설 역할을 양
보했다.

히무라는 쓰지에게 시선을 되돌리며 말했다.

"쓰지 씨는 그 미러 하우스가 어린 마음에 무척 무서웠다고 하셨죠. 먼저 들어간 사람들이 무섭다고 말하면서 나오는 모습도 기억하신다고. 그것만 들으면 마치 귀신의 집처럼 들립니다."

나는 맞장구를 치는 대신 고개를 끄덕였다.

거울 미로는 분명 조금 으스스한 분위기는 있지만 원래 일반적으로는 거울 반사로 자기 위치를 잃게 되는, 신비한 감각을 즐기는 곳이다. 하지만 어린 쓰지에게 그곳은 무서운 곳이었다. 그렇게 기억하는 이상 이유가 있을 터였다.

"그 미러 하우스에는 손님을 공포에 떨게 하는 장치가 있었던 게 아닐까요? 가령 귀신으로 분장한 직원이 미로 안에 숨어 있거나 쫓아오는."

쓰지가 외마디 소리를 질렀다.

"앗! 맞아요, 그랬어요. 틀린 방향으로 가면 막다른 길 안쪽에 피에로가 있어서……. 맞는 길로 가도 어디선가 피에로가 확 튀어나와서 달려들거나. 혼비백산 달아났던 기억이 납니다. 그 밖에도 바람이 불거나 웃음소리가 나는 장치가 있었던가……. 그렇게 대단한 장치는 아니었지만."

히무라의 지적으로 상세한 기억이 되살아난 모양이다. 빠르게 주절거리더니 뭔가 깨달은 듯이 목소리가 가라앉았다.

"하지만 예를 들어 거울에 유령을 비추는 장치가 있었다 해도 담력 시험을 했을 때 전기는 들어오지 않았으니 작동할 리 없어요. 작동했다면 그건 그것대로 무서운데요."

물론 조명도 꺼져 있었고요, 라고 덧붙였다.

히무라는 고개를 끄덕였다.

"예, 전기는 들어오지 않았겠지요. 하지만 다른 장치들은 아직 남아 있었습니다. 구체적으로는 쓰지 씨가 본 유일하게 맑았던, 흠집투성이 거울이."

먼지가 쌓여 제대로 구실하지 못하는 거울들 사이에서 유일하게 깨끗한 거울에 자기 모습이 뚜렷하게 비쳤다. 그 모습 위로 유령도 비쳤다고 했다. 그 이야기를 들었을 때 나도 감을 잡았다.

"아마 그 한 개만 매직미러였을 겁니다. 매직미러는 빛을 투과시켜야 해서 도료로 표면을 보호할 수 없죠. 그래서 일반 거울보다 흠이 잘 납니다. 모습이 잘 비치도록 표면을 닦아 놓은 건 유모토 씨였겠죠."

매직미러라고 해서 일반 거울보다 때를 덜 탈 리는 없다. 그 한 개만 깨끗했다면 누군가가 미리 닦아 둔 것이다.

"유모토 씨가? 그럼……."

"그렇습니다, 그 일은 유모토 씨가 꾸민 장난이었을 겁니다. 미러 하우스 안에는 비밀의 문이 있었을 테니까요. 전기가 들어오지 않아도 쓸 수 있는 문이었겠죠. 쓰지 씨가 거울 속에서 유령을 보았을 때 그 거울, 매직미러 뒤쪽에는 유모토 씨가 있었을 겁니다.”

쓰지는 피에로라고 했는데, 손님을 겁주는 역할의 귀신이 있었다면 그런 직원이 대기하거나 출입하기 위한 비밀 통로나 공간이 있어야 마땅하다. 매직미러 자체가 비밀 문이었는지, 근처에 다른 출입구가 있었는지는 모르겠지만 매직미러 뒤쪽에 사람이 숨을 공간이 있었던 것은 틀림없으리라.

“아마 철거 작업을 맡게 된 유모토 씨는 미리 현장을 둘러보았다가 미러 하우스에서 비밀 문을 발견했을 겁니다. 겁 많은 후배 가가와 씨를 놀려 주려고 처음부터 작정했던 게 아닐까요?”

가가와는 미러 하우스 안에서 고개도 제대로 들지 못했다고 했다. 그래서 유모토가 마련한 ‘유령이 비치는 단 한 장의 깨끗한 거울’ 장치도 알아차리지 못하고 지나쳐 버렸다. 무슨 소리가 들렸다고 한 것은 가가와의 주의를 끌기 위해 유모토가 낸 소리였을지도 모른다.

두 사람이 함께 들어올 줄 알았을지도 모르지만, 어쨌거나 가가와를 놀라게 하는 데 실패한 유모토는 목표물을 쓰지로 바꾸어 다시 기다렸다.

매직미러는 어두운 쪽에서 밝은 쪽을 내다보는 구조니 거울 안쪽을 어둡게 해 놓고 기다렸다면 스마트폰 손전등을 들고 다가오는 쓰지의 모습을 볼 수 있다.

적당한 타이밍에 유모토가 손에 든 펜 라이트를 켜면 안쪽과 바깥쪽의 밝기가 역전되어 쓰지가 보는 거울 면에 유모토의 모습이 떠오르는 것이다.

"제가 본 유령은 거울 반대편에 있었던 유모토 씨였다는 말씀이군요. 얼굴은 확인도 못하고 달아나서 전혀 몰랐어요……. 하아, 그랬나."

쓰지는 요란하게 한숨을 쉬며 의자에 기대어 천장을 올려다보았다. 그렇군요, 이해했습니다, 그렇게 말하더니 천천히 몸을 일으켜 히무라에게 시선을 던졌다.

"가가와는 왜 말해 주지 않았을까요? 설마 그 녀석도 몰랐을 리는 없겠죠?"

"담력 시험 직후에 유모토 씨는 가가와 씨에게 사실을 털어놓았을 겁니다. 그때 쓰지 씨 스마트폰이 부서진 걸 알게 된 유모토 씨가 변상하란 말을 들을까 봐 잠자코 있자고 했을지도 모르지요."

"어차피 다 지난 옛날 일이지만, 가가와도 제게 말해 줄 타이밍을 놓친 건지도 모르겠네요."

히무라의 설명이 합리적이라고 생각한 것 같았다. 쓰지는 밝은 표정으로 손을 들더니 마스터에게 새 맥주를 주문했다. 우리에게도 물어서 총 세 잔을. 오늘 밤은 이게 마지막 잔이 되리라.

"제 경험담은 이걸로 끝입니다. 지금까지 괴담회가 있을 때마다 해 왔던 이야기가 논리적으로 해체당해서 솔직히 부끄럽지만, 좋게 생각하겠습니다. 두 분 선생님 덕분에 오랫동안 간직해 온 수수께끼가 풀렸으니까요.”

조금 분해 보이기는 했지만 억지로 하는 소리는 아닌 것 같아 안심했다. 알고 보면 그리 놀라울 것 없는 일들뿐이라 기묘한 이야기로 그대로 남겨 두는 게 나았을지도 모르지만 본인이 그렇게 말해 주니 우리도 추리를 펼친 보람이 있다.

편안한 분위기 속에서 남은 안주를 먹고 있는데 카운터에 혼자 앉아 있던 손님이 일어나는 모습이 시야에 들어왔다. 짐은 그대로 두었길래 화장실에 가는가 했더니 우리 쪽으로 다가왔다.

어라, 하는데 우리에게 조심스럽게 말을 걸었다.

“저기. 불쑥 실례합니다. 대화가 들려서…… 엿들을 생각은 없었지만 신경이 쓰이는지라. 잠시 제 이야기를 들어 주실 수 있겠습니까?”

우리는 서로 얼굴을 마주 보았다. 뭐라고 대답해야 할지 몰라 가만히 있었더니 그 손님이 허둥거리며 웃옷에서 명함을 꺼냈다.

“저는 이토라고 하는데, 수상한 사람은 아닙니다. 물론 이렇게 말을 거는 시점에서 당연히 수상하다고 여기시겠지만…… 저기, 이런 사람입니다.”

회사원의 교본처럼 깍듯이 인사하면서 히무라에게 명함을 건넸다. 자기소개와 똑같은 이름이 적혀 있었다. 우리 대화를 듣고 관심을 가졌다면 기자일까 했는데 직함은 식품 회사 영업 담당

이었다.

"실은 저도 지금 유령에 시달리고 있습니다."

갑작스러운 고백에 나도, 히무라도, 쓰지도 순간 할 말을 잃었다.

예상도 못 한 일이다.

이토는 숙였던 고개를 다시 들고 간절한 눈빛으로 히무라를 바라보았다.

"기분 탓이거나 누군가의 장난이라고 믿고 싶은데, 도저히 그런 것 같지가 않아서…… 벌써 며칠째 잠도 제대로 못 잤습니다. 누구에게 의논해야 할지도 몰라서 난감하던 참이었습니다. 부디 조언을 주실 수 없겠습니까?"

처음 만난 상대가 이 정도로 저자세로 나오면 모르는 척할 수도 없다.

히무라는 동의를 구하듯 나와 쓰지를 흘깃 쳐다보았다. 내가 반대할 이유는 없었다.

사람을 돕는 일이다. 재미있는 이야기를 들을 수 있을지 모른다는 기대감도 있다. 내가 살짝 고개를 끄덕이자 히무라는 이토에게 말했다.

"조언이라니 당치도 않지만 저라도 괜찮으시다면 말씀해 보시지요."

이토는 과장스러울 정도로 "고맙습니다."란 말을 되풀이했다. 어지간히 난처했던 모양이다.

쓰지가 마스터에게 양해를 구해 옆 테이블에서 의자를 하나 가져왔다.

이토는 쩔쩔매며 자리에 앉더니 마스터에게 술이 아니라 자몽 주스를 주문하고 음료가 나오기도 전에 이야기를 시작했다.

"매일 밤 여자 유령이 머리맡에 나타납니다."

얼굴도 모르는 여자라고 한다. 낙낙한 니트에 하얀 스커트를 입고 머리카락은 어깨 길이다. 피투성이거나 얼굴이 엉망으로 망가진 유령처럼 한눈에 죽은 사람이라는 걸 알 수 있는 외모는 아니지만 뭐라 표현하기 어려운 불쾌한 느낌이라고 설명했다.

"축축하고 싸늘한 공기가 느껴진다 싶으면 어느새 여자가 말 없이 침대 옆에 서서 저를 탓하는 원망 어린 눈으로 뚫어져라 쳐다보고 있는 겁니다. 알아차려도 가급적 그쪽은 보지 않으려 하지만 기척이 느껴지는 데다 그 자리에 계속 서 있어서 신경 쓰여요. 항상 마지막에는 무심코 얼굴을 보고 마는데……, 눈이 마주친 순간 소름이 오싹 돋으면서 눈을 뜹니다. 그 반복이에요."

처음에는 그냥 꿈인 줄 알았는데 며칠이나 계속 되풀이되니 아무래도 으스스했다. 여자 유령은 꾸벅꾸벅 조는 사이에 나타날 때도 있고, 한밤중에 기척이 느껴져 눈을 떠 보면 머리맡에 서 있을 때도 있었다. 호텔에 묵거나 친구 집에서 신세를 져도 잠이 들면 나타난다. 덕분에 수면 부족에 시달리고 있다.

"다른 사람은 그 유령을 봤습니까?"

히무라의 질문에 이토는 고개를 가로저었다.

"아니요. 다른 사람과 함께 자도 저 혼자만 문득 잠에서 깨서 유령을 봅니다. 친구에게 밤새 지켜봐 달라고 해도 아마 제 눈에만 보이지 않을까 싶어요."

난처하네.

이건 쓰지가 말한 네 가지 경험담과는 종류가 다르다. 일단 유령의 출현을 증명하는 근거가 이토의 증언밖에 없다. 이토가 거짓말을 한다고 생각하지는 않지만 그에게만 보이는 유령의 존재를 부정하거나 긍정하기란 불가능하다.

호텔이나 친구 집에도 나타난다면 누군가의 장난일 가능성은 없으리라. 그렇다면 그것이 꿈이든 뇌의 이상이든 진짜 심령 현상이든 간에 이토의 앞에 나타나는 것은 실체 없는 무언가다.

그의 눈에 보인다면 그에게는 분명한 현실이니 "그건 당신 망상입니다."라는 말로 끝낼 수도 없다.

하지만 존재조차 확인할 길 없는 상대라면 히무라도 추리해낼 방도가 없지 않을까?

자몽 주스가 나와서 이야기가 중단되었다.

이토가 우리 이야기를 들었다면 마스터도 들었을 것이다. 하지만 역시 프로라고 해야 할까, 마스터는 시치미를 뚝 떼고 카운터 안으로 돌아갔다.

"왜 유령에 시달리게 되었는지 짐작 가는 계기는 있습니까?"

히무라가 묻자 의외로 이토는 있다고 대답했다.

"출근길에 교통사고 현장으로 보이는 교차점을 지납니다. 꽃다발이 놓여 있기에 한눈으로 보면서 지나쳤는데, 어느 날…… 낭만적인 영화를 보고 막연히 사람들에게 다정하게 대해야겠다고 생각하다가 마침 그때 일이 떠올라서."

근처 꽃가게에서 계절에 맞는 꽃을 사서 완전히 시들어 버린 조화 대신 놓아두었다고 한다. 그냥 변덕이었다. 그는 사고 현장에 새 꽃다발을 바치고 두 손을 모아 누군지 모를 상대의 명복을 빌고 좋은 일을 했다고 생각하며 상쾌한 기분으로 그 자리를 떠났다.

여자 유령이 나타나기 시작한 것은 바로 그날 밤부터였다.

"좋은 일을 했는데 어째서 주위를 맴도는 걸까요?"

쓰지가 이해할 수 없다는 듯이 고개를 갸웃거렸다.

친절한 마음으로 꽃을 바친 사람에게 부조리한 결과라고 생각한 모양이다.

"아, 어쩌면…… 다정하게 대해 준 게 기뻐서 따라온 걸까요? 가벼운 마음으로 유령을 동정하면 안 된다거나, 유래를 모르는 신사에는 기도하면 안 된다고들 하잖아요."

나도 처음에 그 생각을 했다. 섣불리 죽은 이를 동정하면 다정한 사람이니까 자기를 도와줄지도 모른다고 생각한 유령에게 씌어 버린다는 이야기를 들은 적이 있다.

하지만 이토는 침울한 표정으로 말했다.

"늘 원망스러운 눈으로 노려봐서…… 도저히 호의를 품고 있는 것 같지 않습니다."

"그렇다면 유령 스토커일 가능성은 없을까요……. 으음, 저는 이 정도밖에 떠오르는 게 없네요."

쓰지는 도움을 청하듯 히무라를 보았지만 히무라는 고개를 가로저었다.

"유감이지만 저는 도움이 못 될 것 같군요."

오히려 네 전문 분야 아니냐는 듯이 이쪽으로 시선을 던진다. 자연히 쓰지와 이토의 시선도 내게 쏠렸고. 나는 자세를 가다듬었다.

추리 작가로서 기대에 부응해야만 한다.

"이건 동기가 문제야. 유령은 어째서 이토 씨 주변에 나타나는가? 유령이 원하는 건 무엇인가?"

유령이 이토를 원망스러운 눈빛으로 보았다고 했는데, 어쩌면 그녀는 무언가를 호소하고 싶은 건지도 모른다.

함께 저세상에 가 달라는 부탁이라면 응할 수 없지만, 그게 아니라면 대처할 방법이 있지 않을까?

"그게 뭔지 알아내면 사라져 줄지도 모르겠네요."

쓰지가 맞장구를 쳐 주었다. 나는 고개를 끄덕였다.

"그 유령이 교통사고 피해자라고 가정한다면 그녀와 이토 씨의 접점은 꽃다발이야. 꽃다발을 바쳤을 때 이토 씨를 점찍은 거지.”

본인은 결코 호의적인 느낌이 아니라고 했으니 어떤 이유로든 그녀는 이토에게 부정적인 감정을 품게 되었다, 단적으로 말해 원망하게 되었다는 뜻이다.

“유령을 화나게 만들 행동은 하지 않으셨죠? 실수로 공물을 발로 차거나 밟았다거나, 괜한 소리를 했다거나.”

“꽃을 바치고 기도를 드린 것뿐입니다. 시간도 오 분 정도였고요.”

그렇게 짧은 시간이라면 원망을 사기도 쉬운 일이 아니다. 그렇다면…….

“실은 이토 씨는 잊고 계시지만 생전에 두 분 사이에 접점이 있었고……, 그게 정당한 이유인지는 일단 차치하고, 원한을 샀을지도 모릅니다. 꽃을 바쳤을 때 그녀의 영혼이 이토 씨를 알아보았다거나.”

“현장이 출근길에 있었다잖아. 일방적으로 원망하는 상대가 지나가면 바로 알아보지 않겠어?”

그랬지, 참.

히무라의 냉정한 지적에 나는 앞말을 취소했다.

유령으로 나타나는 여성과 이토가 정말 ‘초면’이라면…… 역시 이토가 꽃을 바치고 기도를 올린 몇 분 사이에 그의 주변을 맴돌 이유가 생겼다는 뜻이다. 그게 원한이든 호의든, 그렇게 짧은 시간에 무슨 일이 있었던 걸까?

"이토 씨를 좋아하게 된 건 아니더라도, 생판 남인데도 꽃을 바치는 다정한 사람이라 멋대로 도움을 기대한 걸지도 모르겠네요."

쓰지가 거들었다.

그럴지도 모른다. 이 사람이라면 도와줄 것 같다고 타깃으로 삼은 것이다.

"원망스러워 보이는 건 어째서 도와주지 않는 거냐고 엉뚱한 원한을 품은 건가? 그렇다면 말은 되네."

내 말에 이토가 반발했다.

"설마! 그런 이유로 저를 괴롭히다니 이해할 수 없어요. 그런 이유라면 꽃다발을 괜히 바쳤습니다."

"아니, 아니, 꼭 그렇다고 결론이 난 건 아니니까요."

쓰지가 위로했다.

하지만 만약 정말 '다정해 보인다'는 이유로 타깃이 되었다면 너무 부조리하다. 이토가 화를 내는 것도 당연했다.

아까부터 잠자코 있는 히무라에게 어떻게 생각하는지 운을 던져 보았다. 히무라는 글쎄, 하고 어깨를 으쓱 움츠렸다.

"엉뚱한 원한이라거나, 원망스럽게 보이는 표정에 이러저러한 이유가 있을지도 모른다거나. 그렇게 따지면 끝이 없을 거야. 의미를 부여하려면 얼마든지 가능하니 단순히 생각하는 수밖에 없지 않을까?"

그것도 일리 있는 말이다.

의미를 부여하지 말고 사물을 있는 그대로 받아들인다면……
유령이 원망스러운 눈으로 바라본다는 건 역시 원한을 품은 것
이다. 문제는 그 이유다.

"단순히 생각하면 어떻게 되는데?"

"난 도움이 안 된다고 말했다."

"그러지 말고 조금만 더 힌트를 줘."

"딱히 심술을 부리는 건 아니야. 비전문가라 얌전히 있는 거
지. 유령이 무슨 생각을 하는지 내가 어떻게 알겠어?"

명탐정이 그런 나약한 소리를 하다니.

"유령이라고 생각하니까 한 발 물러나게 되는 거야. 살아 있는
여성이라고 생각하면 되잖아."

소극적인 히무라에게 한 말이었지만, 막상 말하고 보니 이거
다 싶었다. 내가 봐도 핵심을 찌르는 발언 아닌가?

여성에게 꽃을 건네고 원망을 살 이유는 무엇일까? 싫어하는
거라면 이해할 수 있다. 호의가 없는 상대에게 받는 꽃은 민폐라
는 뜻이겠지.

하지만 밤마다 머리맡에 나타나 원망스러운 눈으로 바라본다
면…….

"……그런가."

단순하게 생각한다. 유령은 이토를 원망하고 있다. 접점이 꽃

다발뿐이었다면 꽃이 원망의 이유다.

나는 이토를 보고 말했다.

"새 꽃다발을 바쳤을 때, 원래 있던 꽃을 버리셨죠?"

이토가 당혹스러운 표정으로 끄덕였다.

"예……, 거의 다 시들어서."

역시. 나는 이토 쪽으로 똑바로 몸을 돌렸다.

"어쩌면 그게 원인일지도 모릅니다. 그 꽃은 그녀의 소중한 사람, 혹은 좋아하는 사람이 그녀를 위해 바친 꽃다발이었는지도 몰라요."

이토와 쓰지가 동시에 외마디 소리를 질렀다.

시들어 버린 꽃은 원래 가치가 없는 물건이다. 새 꽃으로 바꾸는 건 일반적으로는 선행에 해당하리라. 하지만 그녀에게는 시들어 버린 그 꽃이 둘도 없는 보물이었다면.

"그렇다면 저는 친절을 베풀 요량으로 말도 안 되는 오지랖을."

이토가 창백한 얼굴로 말했다.

"어쩔 수 없는 일이에요. 악의는 없었으니까……. 오히려 친절한 마음으로 한 일인데."

쓰지가 위로했지만 아무 효과도 없다는 건 그도 알고 있으리라. 이토의 의도야 어쨌든 그녀에게 소중한 꽃을 버리고 말았다는 게 문제다.

이토가 막막한 표정으로 말했다.

“어쩌면 좋을까요?”

모르겠다.

원망하는 이유를 알아냈다고 해도 상대는 유령이다. 과연 말이 통할지 의문이다. 어떻게 해결해야 할지 짐작도 가지 않는다.

“다음에 유령이 나타나면 사과해 본다거나…… 아, 이토 씨가 버린 꽃을 바친 사람을 찾아내서 한 번 더 꽃을 바쳐 달라고 하는 건요?”

쓰지가 제안했다. 긍정적인 성격은 훌륭하지만 전자는 애초에 들어줄 의사가 있는지도 알 수 없고, 후자는 상당히 어려울 것 같다. 목숨을 잃은 여성의 신원을 조사해서 그녀의 교우 관계를 조사하고, 특정 시기에 꽃을 바친 사람, 혹은 그녀가 연모했던 상대가 없는지 물어보고 다녀야 한다. 그렇게까지 해도 꽃을 바친 상대를 찾아낼 수 있을지 불확실하다.

“애초에…… 사죄든 설득이든, 유령하고 어떻게 커뮤니케이션을 취하지?”

“지금까지도 나타날 때마다 미안하다, 제발 오지 말아 달라고 계속 빌어 보았는데…… 전혀 못 알아듣는 것 같았어요. 제 잘못이 뭔지 몰라서 그랬는지도 모르지만.”

“손 놓고 있는 것보다야 해 보는 게 낫지 않겠습니까? 의외로 잘못을 시인하고 진심으로 사죄하면 통할지도 모릅니다.”

히무라가 마음에도 없는 소리를 했다.

히무라는 심령 현상을 믿지 않는다. 그러므로 사과하면 유령이 용서해 줄 거라고 생각할 리가 없다. 히무라는 유령이 이토의 뇌가 그에게 보여 주는 허상에 지나지 않으니 그가 스스로 납득하면 유령도 사라질 거라고 생각하는 것이다.

그런 의미로 히무라의 조언에는 일정한 근거가 있다고 볼 수도 있다.

어쨌거나 이토는 사과한다고 용서받을 수 있다고 생각하지 않는 눈치다. 즉 사과한다고 사라져 줄 리가 없다. 그렇다고 달리 어떻게 해야 할지 짐작도 가지 않는다.

히무라의 말대로 전문 분야가 아니다.

"이런 문제를 해결해 주는 전문가가 있다면 좋을 텐데."

"기도사나 영능력자 말이에요? 아리스가와 씨, 출판사 인맥으로 아는 분 없으세요?"

"전혀요."

기대에 찬 눈빛으로 바라보는 쓰지에게 부응하지 못해서 미안하지만, 나는 추리소설가다. 진짜 명탐정 친구가 있다는 것만으로도 상당히 희귀한 케이스다. 장르와 상관없는 영능력자와의 연줄을 기대해도 곤란하다.

어쩌면 좋을지 다 함께 머리를 맞대고 있는데 마스터가 빈 접시를 치우러 왔다.

맛있었다고 인사하자 마스터가 살짝 고개를 숙이며 말했다.

"외람된 말씀 같지만……."

마스터가 접시를 포개며 조심스럽게 입을 열었다.

"손님들 말씀이 귀에 들어와서요. 난처하신 것 같아 한 말씀 드리고 싶어서."

우리는 나란히 마스터를 쳐다보았다.

이토가 쓰지와 우리가 나누는 이야기를 엿듣고 말을 걸었으니, 마스터의 귀에도 들렸을 줄을 알았지만 이 사람까지 이야기에 끼어드는 전개는 예상하지 못했다.

마스터는 빈 글라스를 쟁반에 전부 엎으며 말했다.

"전에 저희 가게에 오신 다른 손님이 그런 일을 전문적으로 하는 탐정이 있다고 말씀하신 적이 있습니다. 들자 하니 심령 탐정이라나요……."

히무라가 한쪽 눈썹을 실룩였다. 수상하다고 생각하는 게 훤히 보였다.

하지만 이토는 알려 달라며 덥석 매달렸다. 지푸라기라도 붙들고 싶은 그 심정은 이해한다. 쓰지도 정말이에요? 굉장하네요, 하고 환성을 질렀다.

뜻밖의 방향에서 튀어나온 구원의 손길이다. 나는 전문가에게 맡기자고 히무라에게 눈짓을 보냈다.

히무라는 다시 어깨를 으쓱이더니 글라스에 남아 있던 맥주를 비웠다.

“연락처는 아십니까?”

메모하려고 스마트폰을 꺼낸 이토에게 마스터가 예, 라고 대답했다.

“전화번호가 특이해서 외우기 쉽거든요. 그래서 기억합니다. 분명…….”

이토는 서둘러 메모했다. 어째선지 쓰지까지 받아 적고 있다. 언젠가 진짜 심령 현상을 만났을 때를 대비하는 것이리라.

내게는 불필요한 번호다. 하지만 외우기 쉬운 숫자라 그런지 겨우 한 번 들은 전화번호가 묘하게 기억에 남았다.

분명 금방 잊어버리겠지만 어째서일까, 다시 떠올릴 날이 올 것만 같다.

언젠가, 필요해진다면.

히무라는 말없이 도쿄의 야경을 바라보고 있었다.

블랙 미러
사라진 도모유키

시라이 도모유키

1990년, 지바현 출생. 《인간의 얼굴은 먹기 힘들다》가 요코미조 세이시 미스터리 대상 최종 후보작으로 올라 2014년 데뷔. 2023년 《명탐정의 제물-인민교회 살인 사건》으로 본격 미스터리 대상 '소설 부문' 수상. 그 밖의 저서로 《도쿄 결합 인간》, 《잘 자, 인면창》, 《엘리펀트 헤드》, 《나는 괴이 너는 괴물》 등.

※ 아리스가와 아리스의 작품 《매직미러》의 진상 일부에 관계된 표현이 있습니다. 아직 읽지 못한 분들은 주의하시기 바랍니다.

1

친구에게 메시지를 받으면 마음이 무거워진다. 뭔가 폐라도 끼쳤나? 기분 상할 말이라도 했나? 잔뜩 긴장해서 십 분이나 들여 메시지를 확인한다. 그러면 대개 "요즘 어때?"나 "잘 지내?" 처럼 실속 없는 공갈빵 같은 글이 적혀 있다. 나는 가슴을 쓸어 내리지만 대답을 쥐어짜는 사이 이번에는 슬금슬금 화가 치민다. 어째서 이런 공갈빵 자식에게 내 근황이나 건강 상태를 알려야 하나? 고향집에 화재가 났다거나 난치병으로 시한부 인생 선고를 받았다고 해도 감당할 수 있단 말인가? 문자 입력과 삭제를 반복하는 사이 진지하게 고민하는 게 한심해져서 스마트폰을 주머니에 쑤셔 넣었다. 캔맥주를 따고 과자 봉지를 열었다. 그러다가 졸음이 쏟아져 스마트폰 알람을 맞추려다가 문득 정신을 차리고 최면에서 풀려난 기분으로 "그럭저럭."이라고 공갈빵 같은 답장을 보낸다.

평범한 친구에게도 이러니 오랫동안 연락하지 않은 친구에게 메시지라도 받으면 난리가 난다. 대체 무슨 목적으로 연락하는 건지. 돈이라도 궁한가? 의심스러운 투자라도 강요하려는 걸까? 그러고 보니 중의원 선거가 코앞이었지. 보험 회사에 취직했다고 페이스북에 쓰지 않았던가? 정신을 차리고 보니 호흡은 거칠고 겨드랑이가 땀으로 축축했다. 보통 그런 메시지는 확인하지 않고, 잔뜩 화가 치밀어 메신저 앱을 지워 버릴 때도 있다.

가가미 에이지에게서 사 년 만에 메시지를 받았을 때, 역시 나는 이성을 잃었다.

에이지와의 만남은 육 년 전으로 거슬러 올라간다. 당시 나는 센다이 도고쿠대학에 다니는 어엿한 대학생으로, 미스터리 연구회라는 동아리에 가입해 있었다. 이름부터 수상쩍은 데다가 물어보는 사람도 없는데 몇 세대 전 오컬트 잡학을 떠벌릴 듯한 지긋지긋한 이미지가 있지만, 내가 속해 있던 그곳은 노스트라다무스의 대예언이나 아폴로 음모론과 아무 상관 없는, 미스터리 애호가들의 모임이었다. 이런 문예 동아리는 중학생보다 조금 나은 수준의 촌스러운 대학생들이 모여 있는 게 다반사인데, 미스터리 연구회는 그 촌티를 달여서 발효시킨 곳으로 유령 회원을 포함해도 부원은 대여섯 명 수준. 늘 폐부 위기에 처해 있는 주제에 부원들은 신입생에게 전단지를 돌리지도, SNS로 활동 보고도 하지 않고 다른 문예 동아리를 시샘하며 무의미한 시간을 보낼 뿐이었다. 물론 전단지를 돌린다고 해서 레미제라블 같은 꼬락서니의 동아리에 관심을 보일 신입생이 있을 리 만무한 것도 사실이라, 과거에 고매한 선인들은 애독서에서 힌트를 얻어 캠퍼스 곳곳에 《허무에의 공물》 단행본을 흘리고 다녔다고 하는데, "수상한 사람을 발견하면 경비실에 연락해 주십시오."라는 당부를 떠올린 신입생이 경비원에게 신고하는 바람에 동아리 건물 주변 순찰만 강화되었다.

그런 무기력한 동아리다 보니 인간관계도 후지산 정상의 산소처럼 희박했는데, 에이지와 나는 이상하게 죽이 잘 맞았다. 둘다 빈번히 사람 목이 날아가거나 창자가 튀어나오는 소설을 좋아해서 종종 서로 책을 빌려주거나 부실에서 과자를 먹으며 감상을 주고받았다.

그런 에이지하고도 벌써 사 년이나 연락하지 않았다. 지금은 어떻게 지낼까? 나는 불안과 기대가 믹스 과자처럼 뒤섞인 기분으로 슬그머니 메시지를 확인했다.

먼저 사진이 눈에 들어왔다. A5 사이즈 잡지 왼쪽 페이지를 찍은 것이었는데 '제13회 유호 미스터리 대상 최종 후보작 결정!'이라는 제목이 떡하니 박혀 있었다. 그 밑에 소설 제목과 필명 네

쌍이 보였다.

‘헌책방에서 발견했어. 소설을 쓴다는 얘기는 안 했잖아!’

가슴이 욱신 아파 왔다.

대학 시절, 나는 계속 소설을 썼다. 남에게 말한 적은 없다. 부끄러웠기 때문이다. 주위 학생들이 아르바이트나 인턴십, 자원봉사에 정성을 쏟을 때 인생에 도움 될 일 없는 밀실 트릭이나 논리적인 범인 지적만 고민하는 나는 몹시 세상 물정 모르는 철부지처럼 느껴졌다. 같은 취미를 가진 에이지를 봐도 그런 생각은 변함없었다.

‘출간 기대하고 있을게!’

콧김을 뿜는 표정의 이모티콘이 붙어 있었지만 애석하게도 에이지가 헌책방에서 발견한 〈소설 유호〉는 일 년 전 것이었다. 다음다음 호에서 “시시하다”, “재미없다”, “소설의 기본을 갖추지 못했다”라고 잔뜩 깎아내리는 심사평을 본 이후로 나는 소설을 한 줄도 쓰지 못했다.

구글로 검색하면 최종 심사 결과는 금방 알 수 있다. 에이지도 내가 낙선했다는 건 알 것이다. 십 분가량 글자를 썼다 지웠다 반복한 끝에 이런 답장을 보냈다.

‘고마워. 뭐, 심심풀이라고나 할까. 느긋하게 힘내 볼게.’

이틀 후.

또 메시지가 왔다.

‘11월에 제사가 있어서 도쿄에 가는데. 한잔 어때?’

위화감을 느낀 것은 그때였다.

대학 시절의 에이지는 내향적인 시골 청년이라는 인상이라 식사도 술자리도 헌책방 구경도 내가 먼저 말을 걸었다. 술 생각이 간절할 때도 “요즘 통 안 마셨네.”, “밤에 한가해.” 하고 의미심장하게 중얼거릴 뿐, “한잔할까?”라는 말은 꼭 내 입을 통해 들으려 했다.

지난 사 년 동안 몇 겹 탈피했나? 하지만 세 살 버릇 여든까지 간다는 말도 있다. 설마 정말 투자 사기는 아니겠지? 스마트폰 하나로 몇백만 엔을 버는 방법을 알려 주려는 걸까?

앱을 열었다 닫았다 하며 사십 분 넘게 고민한 끝에 나는 시치미를 뚝 떼고 답장을 보냈다.

‘좋아. 어디서 만날까?’

2

우리의 회합은 성사되지 않았다.

에이지의 고모 제사가 일요일이었기 때문이다.

그날, 11월 26일은 절에서 제사를 마치고 외부로 식사하러 가서 중간에 빠져나오기 어렵다고 했다. 그렇지만 이튿날 27일은 월요일. 믿기 어려운 일이지만 나는 회사원이라 출근해야 했다. 에이지가 월요일 밤까지 도쿄에 머물러 주면 될 텐데, 허리가 아파서 참석하지 못한 친척이 제사가 어땠는지 궁금해해서 밤이 되기 전에 아오모리로 돌아가야 한다는 것이었다.

아무리 궁리해도 건배는 불가능했다. 그렇다면 하다못해 차라도 한잔하자 싶어 27일 오전에 도쿄역 근처에서 만났다.

내가 일하는 웹사이트 제작 회사는 니시신주쿠에 있다. 영업 사원을 제외하면 대부분 점심때가 지나도록 출근하지 않는다. 입사 2년 차인 나는 제2제작부 전화 응대를 맡고 있는데, 걸려오는 전화는 부동산 영업 전화뿐. 잠시 자리를 비워도 아무도 모를 것이다.

오전 10시. 유능해 보이는 어른들만 돌아다니는 야에스 지하 상가 안에서, 다단계 판매에 가장 어울리지 않을 듯한 PINKY PROMISE라는 카페 구석 자리.

"잘 지내는 것 같네."

나와 에이지는 그곳에서 사 년 만에 얼굴을 마주했다.

"실은 보여 주고 싶은 게 있어."

에이지는 조금 긴장한 기색이었다. 대본을 읽듯이 딱딱하게 말하더니 보스턴백 측면 지퍼를 열었다. 소매가 헐렁한 스웨터에 물 빠진 청바지. 안경은 학창 시절부터 변함없는 반무테.

"이건데."

에이지가 꺼낸 대학노트에는 깨알같이 작은 글씨가 빼곡히 적혀 있었다. 저도 모르게 시선을 돌려 빨대를 포장지에서 꺼냈다. 어차피 구글로 검색하면 첫 페이지에 나오는 검색 최적화 마케팅 소개서 같은 거겠지. 지금 당장 자리에서 일어날까, 도입부 정도는 들어 줄까. 망설이면서 빨대로 얼음을 휘젓고 있는데 에이지가 페이지를 펄럭펄럭 넘겼다.

"미스터리 연구회 연락장이야. 옛날 생각 나지?"

학생 식당 새 메뉴 감상에 1교시 필수 과목에 대한 원망, 자동차 학원 강사를 향한 욕설. 아무 말이나 적혀 있다. 연락장이라기보다 낙서장이다. 에이지가 집안 사정으로 대학을 그만두었을 때 이 공책을 선물했던 게 기억났다.

"이거 기억나? 함께 정했던 거."

에이지가 가리킨 페이지에는 '도고쿠대학 미스터리 연구회 선정 알리바이 트릭 베스트10!'이라는 굵은 글씨가 있었다. '밀실 살인', '인간 소실', '머리 없는 시체', '후더닛', '의외의 동기', '서술 트릭' 등, 다양한 테마의 베스트10 순위가 적혀 있다.

"밀실 살인 1위는 다카하시 가제코*의 《밀실의 개》였나. 뭘 좀 아는군."

그리움과 민망함에 그만 입가가 누그러졌다.

● 《46번째 밀실》에 등장하는 여성 추리소설가

"마카베 세이이치*의 《존재할 수 없는 열쇠》가 3위에 그친 건 수긍 못 하겠어. 일본의 딕슨 카가 저승에서 울겠다."

입으로는 투덜거리면서 에이지도 싱글싱글 웃고 있었다.

"알리바이 트릭 1위는 아카보시 가쿠**《알리바이의 종》. 이거 히로사키 교수 시리즈였나?"

"맞아. 미국인 아이가 나오는 작품."

"그게 1위는 너무한데. 《시계 장치 나그네》가 훨씬 훌륭해."

"소라치 마사야***는 《제3의 철로》가 4위에 올랐네."

"아사이 사요코가 쓴 《붉은 비》가 후더닛 소설이었나?"

"그런 요소도 있었어. 나라면 《1,200년 만의 복수》를 고르겠지만."

"후더닛 1위는 당연히……."

"야."

에이지가 머들러로 글자를 끼적거리며 운을 뗐다.

"요즘도 써? 소설."

"써. 덕분에 감봉당했어."

"뭐?"

<hr>

머들러가 툭 떨어졌다.

두 달 전. 에이지의 메시지를 받은 나는 한 가지 결심을 했다. 난생처음으로 소설을 쓴다는 것을 남에게 들켰다. 좋은 기회다. 이대로 상사의 눈치를 보고 거래처에 둘러댈 변명을 짜내다가 아저씨가 되는 건 시시하다. 지금이 바로 진심으로 도전할 때다.

회사 근처 편의점에서 공모전 정보지를 뒤져 보니 10월 말 마감인 신인상이 하나 있었다. 하쿠유샤 주최, 골드 애로우상. 쟁쟁한 수상자를 배출한 대표적인 추리소설 등용문이다. 명성에 비해 상금이 적은 게 옥에 티지만 인세로 만회할 수 있다.

컴퓨터 데이터 폴더를 뒤지는데 대학생 때 400자 원고지 300매까지 썼다가 내팽개친 알리바이 트릭 장편 소설이 나왔다. 골드 애로우상 규정 분량은 350매 이상. 50매 정도라면 어떻게든 써낼 수 있을 것이다.

그로부터 한 달. 근태 상황 화이트보드에 자국이 남을 정도로 '직퇴'를 남용하고, 부장이 떠넘기려는 발표 자료 작성을 "저는 조금 바빠서."라고 후배에게 미루며 간신히 370매짜리 장편을 완성했다.

다시 읽어 보니 제법 괜찮았다. 플롯이 독창적이고 트릭도 세련되었다. 하지만 거친 문장도 눈에 띄었다.

하루 더, 퇴고할 시간이 필요했다. 하지만 유급 휴가는 이미 다 써 버렸다. 이렇게 되면 최후의 수단이다.

이튿날 나는 회사에서 나와 맞은편 편의점 흡연실에서 말보로를 피우고 있던 동기 고다에게 말을 걸었다. 고다는 회사 비품으로 받은 스마트폰으로 틴더를 보고 있었다.

"내일 좀 부탁할게."

나는 목에 걸고 있던 카드를 떼어 내서 "터치해 줘." 하고 고다의 주머니에 쑤셔 넣었다. 고다는 건조 미역 같은 앞머리 너머로 나를 힐끔 쳐다보았다.

"스시히데 S 런치."

햇볕에 그은 손가락으로 화면을 넘긴다. 시추를 품에 앉은 여자가 왼쪽으로 사라졌다.

이 꼬부랑 앞머리 고릴라가 꿈쩍도 하지 않는 데에는 이유가 있다. 바로 얼마 전까지 대형 광고 대리점에 파견 나갔던 그는 그곳에서 얻은 명함과 직함을 이용해 틴더 매칭으로 아오야마나 롯폰기에 출몰하는, 이브 생 로랑 로고가 박힌 보철을 코에 넣은 듯한 여자들을 마구잡이로 만났다. 하지만 결국 초라한 제작 회사 영업사원이라 언동이 직함을 따라가지 못했다. 그래서 곧잘 정체를 의심받는다. 샤워하는 사이 여자가 스마트폰을 몰래 훔쳐보거나, 의심 많은 사람에게 미행당하기도 했다. 그러면 어떻게 행동할까? 정체가 탄로나지 않도록 일부러 예전에 파견 나갔던 광고 대리점으로 출근하는 시늉을 한다. 왕복 도보 삼십 분의 노력으로 두세 번 호텔에 갈 수 있다면 이득이라고 생각하는 것이다.

그렇지만 너무 오래 자리를 비우면 이번에는 소프트 모히칸 스타일의 영업부장에게 찍힐 수 있다. 그럴 때 그는 미리 우수한 동기에게 사원증을 맡겨 카드 리더기에 대신 터치해 달라고 부탁하는 것이다. 출근 기록만 있으면 모히칸도 트집을 잡을 수 없다. 나는 이 남자가 조만간 침대에서 칼을 맞지 않을까 기대하고 있지만, 그 행동력에는 몇 밀리그램의 존경도 품고 있었다.

그런 영악한 고릴라에게 드물게 내가 사원증을 맡긴, 이튿날.

나는 편의점에서 371매의 원고를 인쇄해 퇴고 작업에 들어갔다. 스마트폰 전원을 끄고 소설에 몰입했다. 먹지도 마시지도 않고 수정하기를 열한 시간. 마지막 페이지를 팔락 뒤집었을 때는 세 자루째 펜이 다 닳았고, 창문으로는 오렌지색 노을이 비쳐 들었다.

배에서 꾸르륵 소리가 났다. 아침부터 아무것도 먹지 못했다. 바나나 껍질을 벗기며 스마트폰을 켜자……

뿅! 뿅! 뿅! 뿅! 뿅!

알림음이 연달아 울렸다.

화면을 보고 핏기가 가셨다. 부재중 전화 기록이 주르륵 떴다. 단골 거래처 담당자. 제2제작부 선배와 부장, 임원 이름까지 있다. 잔뜩 얼어붙어 부장에게 전화를 걸어 보니 어제 오픈한 접착제 웹사이트에 누락된 정보가 있어 거래처에서 클레임이 들어왔다는 것이었다. 당장 수정해야 하는데 담당자와 연락이 닿지 않는다. 부장이 출근 기록을 확인하니 해당 사원은 회사에 나왔다. 하지만 모습이 보이지 않는다. 대체 어떻게 된 일인가?

"그래서 삼 개월 감봉."

나는 아이스커피를 단숨에 들이켜고 물방울이 맺힌 플라스틱 컵을 쟁반에 거칠게 내려놓았다. 축축한 손을 냅킨으로 닦았다.

"마감은 괜찮았어?"

에이지가 눈썹을 파르르 떨며 잔뜩 찌푸린 얼굴로 물었다. 웃어야 할지 동정해야 할지 모르는 것이리라.

"뭐, 간신히."

"그럼 됐잖아. 상을 타서 본때를 보여 줘."

종이컵을 든 손으로 주먹을 불끈 쥐어 보였다. 에이지 나름대로 친구를 격려하려는 것이다. 그대로 뜨거운 커피를 한 모금 마시더니…….

"앗, 뜨거!"

컵을 떨어뜨렸다. 쓰러진 컵에서 커피가 쏟아졌다. 테이블에서 바닥으로 갈색 액체가 퍼져 나간다.

"미, 미안."

냅킨을 뽑으려다가 이번에는 내 아이스커피 잔을 쓰러뜨렸다. 다행히 내용물은 뱃속에 들어가 있었지만 플라스틱 컵은 바닥을 데굴데굴 굴러 한 자리 건너편에 앉아 있는 회사원의 가방에 부딪쳤다.

"미나, 7번."

점장인 듯한 조끼를 입은 중년 남성이 점원에게 지시를 내렸다. 머리를 뒤로 묶은 젊은 점원이 총총히 다가와 키친타월로 바닥을 닦았다. 한 자리 건너편 회사원은 퉁명스러운 표정으로 에이지를 힐끔 쳐다보고는 아무 일 없었다는 듯이 엑셀 작업을 했다.

에이지는 바닥이 반짝반짝 깨끗해질 때까지 야단맞은 아이처럼 어깨를 움츠리고 있었다.

모처럼 감봉 이야기로 화기애애해졌는데 다시 처음으로 돌아가고 말았다. 이렇게 되면 안면 몰수하고 파고드는 수밖에 없다. 단도직입적으로 물었다.

"그쪽은 어때? 대학교 그만둔 지 벌써 사 년이잖아. 요즘 어떻게 지내?"

대학교 3학년 여름. 에이지는 학교를 중퇴하고 아오모리시의 고향집으로 돌아갔다.

계기는 어머니의 갑작스러운 사망. 아버지는 더 일찍, 에이지가 초등학생일 때 사고로 돌아가셨다. 처음 만났을 때부터 형편이 어려워 장학금을 신청했고, 지출이 겹칠 때는 신용카드 현금 서비스로 간신히 생활했다. 상속 절차가 끝나고 얼마간의 유산을 받았지만 2학기 학비를 내기에는 턱도 없었다고 했다.

아니.

이 설명은 잘못되었다. 엄밀하게 말하면 에이지 **혼자**였다면 대학교에 남을 수 있었기 때문이다.

에이지는 쌍둥이였다. 형의 이름은 고이치. 일란성으로 얼굴도 키도 판박이다. 아오모리에서 고등학교를 졸업하고 둘이 나란히 센다이에 있는 도고쿠대학에 진학했지만 관심 분야는 서로 달랐는지 형 고이치는 경제학부, 동생 에이지는 문학부에 들어갔다.

어머니가 돌아가시고 두 형제는 어떤 대화를 나누었을까? 심약한 에이지가 일방적으로 손해 본 건 아닐까 상상해 보았지만 진실은 알 수 없다. 분명한 사실은 형 고이치는 대학에 남았고, 동생 에이지는 아오모리로 돌아갔다는 것뿐이다.

그로부터 졸업까지 이 년. 나는 교내에서 고이치를 발견할 때마다 심호흡을 하고 흉한 감정을 억눌러야만 했다. 어째서 에이지만 대학 생활을 박탈당해야 했는지. 학생 식당에 울리는 털털한 웃음소리가 얄미워서 견딜 수 없었다.

"식품 공장에서 일한댔나?"

미스터리 연구회 송별회에서 돌아가는 길에 고향의 과자 공장에서 일할 생각이라고 말했던 게 생각났다.

"거긴 그만뒀어. 이 년 일했는데. 실은 사고가 나서."

무심코 에이지의 몸을 쭉 훑어보았다.

"아니. 내가 아니야."

눈썹이 살짝, 기운 없이 떨렸다.

"동갑내기 동료가 있었어. 그 녀석도 책을 좋아했지. 연애 소설을 좋아해서 린도 고이치* 작품을 전부 독파한 괴짜였는데."

우리하고 동갑인 남자가? 괴짜이긴 하다.

"그 동료가 사고를 냈어. 컨베이어 벨트를 청소할 때 절단기 전원을 끄는 걸 깜빡한 거야. 그래서 기계에 빨려 들어갔어."

"설마……."

"아니, 쿠키 반죽을 자르는 기계라 다치기만 했어."

에이지는 집게손가락을 감싸며 말을 이었다.

"공장은 다음 날 다시 가동했어. 하지만 나는 작업 라인에 다가갈 수 없었어. 작업장에 들어가면 핏빛이 눈에 선한 거야. 컨베이어 벨트 소리만 들어도 질식할 것 같았어. 두 주 쉬어 봤지만 결국 퇴직했어."

에이지가 억지로 뺨에 힘을 주고 어색하게 웃었다. 나는 경솔하게 감봉 처분 이야기를 한 것을 후회했다.

"형은?"

화제를 돌렸다.

"형은 잘 지내?"

"응. 잘나가는 모양이야."

● 작가 아리스 시리즈에서도 국명 시리즈로 세분되는 《영국 정원의 비밀》에 수록된 단편. 〈린도 고이치의 의혹〉에 등장하는 소설가

겨우 자연스러운 미소가 나왔다.

"졸업하자마자 오사카 제약 회사에 취직했는데, 어느새 독립해서 회사를 차렸더라고. 메디컬 포터 저팬이라는 곳인데."

"그게 뭐하는 데야?"

"해외 의약품을 수입한대. 발모제나 발기부전 치료제, 미용 외과 수술에 쓰는 마취약이나 항염증제를 주로 다루나 봐."

"그거, 괜찮은 거야?"

상당히 미심쩍은데.

"절차만 제대로 밟으면 합법이라더라."

에이지는 잘은 모르겠지만, 하고 뒷덜미를 긁적였다.

"그 녀석 완전 기고만장해. 서양 상인처럼 핑크색 넥타이를 매고 궐련을 피워. 쓰가루 사과를 먹고 자랐으면서 오사카 사투리를 쓰니 할 말 다했지. 어제가 고모의 세 번째 제사였는데 호스트처럼 이만한 반지를 끼고 와서 법회 스님께 한 소리 들었다니까."

엄지와 집게손가락으로 골프공만 한 동그라미를 만들어 보였다. 진짜로?

"그래도 내가 굶지 않는 건 그 녀석 덕이니까. 이 년 치 장학금도 대신 갚아 줬고, 너무 나쁘게 말하면 안 되겠지."

뽕! 스마트폰이 울렸다. 경비 정산에 대한 총무부 문의였다.

"시간 괜찮아?"

에이지도 스마트폰을 보며 물었다. 11시 30분. 12시에는 자리에 앉아 있지 않으면 월급이 더 깎일 것이다.

"슬슬 나갈까?"

차례로 계산하고 가게에서 나왔다. 에스컬레이터를 타고 올라가 야에스 중앙 개찰구 앞에서 헤어졌다.

"그럼."

마루노우치 방향 통로를 서둘러 지나갔다. 오랜만에 에이지를 만난 건 기뻤지만 안부 인사만으로 끝난 건 아쉬웠다. 다음에 또 기회가 있으면 대학생 때처럼 시답잖은 이야기를 나누고 싶다. 또 연락해 보자……. 그런 생각을 하고 있을 때.

"앗, 뜨거!"

굵은 목소리가 귀를 때렸다.

화려한 점퍼를 입은 남자가 커피 캔을 이 손에서 저 손으로 바꿔 들고 있었다. 자판기 온도 설정이 너무 높았던 모양이다.

매인지 독수리인지 모를 디자인이 그려진 점퍼 뒤쪽을 지나쳐 몇 걸음 더 가다가 문득 멈춰 섰다.

바로 몇십 분 전. 에이지는 커피를 마시려다 "앗, 뜨거!" 하고 컵을 떨어뜨렸다. 나는 당연히 컵에 든 커피가 너무 뜨거워서 실수한 거라고 생각했다.

하지만 그때 이미 가게에 들어간 지 삼사십 분도 더 되었다. 자리에 앉은 직후라면 몰라도 그때는 이미 커피가 미지근하게 식었어야 하지 않나?

신나게 실패담을 떠드느라 시간 감각이 이상해졌던 걸까? 하지만 에이지의 실수는 그뿐만이 아니었다. 냅킨을 뽑으려다가 이번에는 내 아이스커피 잔을 쓰러뜨렸다. 플라스틱 컵은 바닥에 떨어졌고 한 자리 건너편에 앉아 있던 회사원의 가방에 부딪쳤다.

아이스커피 잔이 그렇게 가벼웠던 건, 내가 이미 전부 마셔 버렸으니까. 얼음도 다 녹아서 없었기 때문이다. 역시 그건 자리에 앉은 후 일이십 분 사이에 벌어진 일이 아니다.

그렇다면 가능성은 하나.

에이지는 연기를 했다.

커피가 뜨거워서 그런 척하며 일부러 컵을 떨어뜨린 것이다.

두 달 전, 에이지의 문자를 읽었을 때 느낀 위화감이 되살아났다. 에이지는 어째서 내게 연락했을까? 대체 왜 그런 연기를 했을까?

3

인터넷 쇼핑 사이트 운영을 맡고 있는 문구 회사의 정례 회의에 참석해 요구르트를 먹고 화장실에 꼬박꼬박 가게 되었다는 광고부장의 이야기에 최선을 다해 맞장구를 친 다음, 의자 없이 카운터만 있는 가게에서 간 무를 얹은 메밀국수를 먹고 회사로 돌아왔다.

제2제작부 사무실에 들어간 순간, 주위에서 시선을 느꼈다. 셔츠에 장국이라도 튀었나? 저도 모르게 창문 유리를 쳐다보는데 부장이 잔뜩 찌푸린 얼굴로 손짓했다. "어이." 그 옆에는 임원 두 사람. 무슨 일이지?

"경찰 연락이야. 자네한테 물어보고 싶은 게 있다는군."

현기증이 났다.

단 한 번, 출근 기록을 속였다고 경찰까지 찾아오다니. 그런 일로 회사원을 체포하면 신바시나 오테마치에서는 남아나는 사람이 없지 않을까?

손끝이 떨렸지만 꾹 참고 부장이 건네준 메모를 보고 전화를 걸었다. 한 남자가 바로 받았다.

"귀사에서 십 분 거리에 있습니다. 그쪽에는 남들 시선도 있으니 괜찮으면 이쪽으로 와 주시겠습니까?"

아무래도 진짜인가 보다. 나도 일정이라는 게 있다고 버티고 싶었지만 퇴근할 때까지 근처에서 기다리면 곤란하다.

나는 화이트보드 일정표 앞에 한참 멍하니 서 있다가 '조사'라고 쓰고 회사를 나왔다.

상대가 지정한 카페에 들어가자 두 명의 남자가 동시에 일어났다.

"가나가와 현경 네부카와라고 합니다."

구레나룻이 긴 쪽이 명함을 내밀었다. 소속은 형사부 수사1과. 계급은 경부보. 영화 속 악역 같은 생김새를 상상하고 있었는데 사람 좋아 보이는 말상이라 지방 은행 영업사원 같은 분위기가 풍기는 남자였다.

"이쪽은……."

부드러운 목소리로 다른 한쪽을 소개하려 하기에 기선을 제압하려고 크게 말했다.

"서설은 됐습니다. 저는 선량한 시민이에요. 쓰레기 분리수거도 잘하고 연금도 꼬박꼬박 냅니다. 딱 한 번 동기에게 부탁해 출근 기록을 조작하기는 했지만……."

"저희는 미우라 해안 별장에서 발생한 살인 사건을 수사하고 있습니다."

네?

"가가미 에이지 씨를 아십니까?"

대답을 뻔히 알면서 네부카와가 그렇게 물었다.

"대학에서 같은 동아리였습니다. 설마, 에이지한테 무슨 일이라도?"

"안심하세요. 에이지씨는 무사합니다. 살해당한 사람은 노노시마 히사시. 오십 대 남성입니다."

"그럼 어째서?"

나를 찾아왔지?

"노노시마 씨는 사 년 전, 에이지씨의 어머니…… 가가미 유리 씨와 혼인신고를 했습니다. 짧은 기간이었지만 노노시마 씨와 에이지 씨는 호적상 부자지간이었습니다."

사 년 전이라면 어머니가 돌아가시고 에이지가 어쩔 수 없이 중퇴한 시기다. 노노시마라는 남자가 그 불운과 관계가 있는 건가? 만약 그렇다면 에이지는 그를 죽일 동기가 있었다는 뜻이다.

"두 분은 에이지가 그 남자를 죽였다고 생각하시는 겁니까?"

"27일, 에이지 씨와 만나셨지요?"

질문에 질문으로 답하다니.

에이지가 친척 제사로 상경하니 만나고 싶다고 연락해 왔고, 오전 10시에 야에스 지하상가 카페 레스토랑에서 만나 11시 30분쯤 도쿄역 야에스 중앙 개찰구 앞에서 헤어졌다고 순순히 설명했다.

"그날 에이지 씨 태도는 어땠습니까? 평소와 다른 점은 없었습니까?"

"그런 건……."

없었다고 차마 말할 수 없었다. 그날 에이지는 이상했다. 하지만 섣부른 소리를 했다가는 에이지가 괜히 의심을 살지도 모른다.

"증언을 들었다고 바로 단정 짓는 일은 없습니다. 저희는 반드시 사실 여부를 확인합니다."

내 고뇌를 꿰뚫어 본 것처럼 네부카와가 말했다. 점원이 아이스

커피를 가져와서 나는 어떻게 대답할지 궁리하며 빨대를 꽂았다.

"뭐, 조금 긴장한 것처럼 보였어요."

거짓말은 아니다.

"대화할 때 부자연스러운 점은 없었습니까?"

옆에 있던 다른 남자가 끼어들었다. 네부카와가 지방 은행원이라면 이쪽은 외국계 증권투자자 같은 분위기로, 공무원 주제에 해외 유명인처럼 경박해 보이는 재킷을 입고 있었다. SNS에 사우나 품평 포스팅을 올리며 섹시 모델 셀카에 '좋아요'를 찍을 것 같은 남자였다.

"예를 들면, 그래요. 당신과 에이지 씨의 기억에 서로 차이가 있다거나, 에이지 씨가 당연히 알고 있어야 할 사실을 잊어버렸다거나."

미스터리 독자의 센서가 반응했다. 에이지는 쌍둥이 형이 있다. 경찰은 두 사람이 뒤바뀌었을 가능성을 의심하는 게 아닐까?

"제가 만난 건 에이지 본인이었습니다."

남자는 쓴웃음을 흘렸다.

"근거는?"

"척 보면 알죠. 고이치하고 에이지는 행동도 말투도 완전히 다르니까요."

"연습하면 비슷해집니다."

"저희가 미스터리 연구회 멤버였다는 건 알고 계시죠? 에이지는 그날 미스터리 연구회 연락망을 가지고 왔어요. 거기에 당시 멤버끼리 정한 테마별 베스트10이 적혀 있었고요."

"그게 어떻다는 겁니까?"

"제가 알리바이 트릭 1위로 꼽힌 《알리바이의 종》보다 《시계 장치 나그네》가 더 훌륭하다고 했더니 에이지는 바로 4위 《제3의 철로》를 언급했어요. 《시계 장치 나그네》가 소라치 마사야의 작품이라는 걸 모른다면 그런 반응은 불가능해요. 그건 틀림없이 제 옛 친구이자 미스터리 애호가 가가미 에이지였습니다."

그렇게 말하면서 확신했다. 그 남자는 마카베 세이이치가 일본의 딕슨 카로 불리는 사실도, 아카보시 가쿠의 《알리바이의 종》에서 미국인 소년이 수수께끼를 푸는 열쇠가 된다는 사실도 알고 있었다. 그건 틀림없이, 진짜 에이지다.

네부카와는 옆에 앉은 섹시 모델 추종자에게 힐끔 눈짓을 보내더니 이렇게 물었다.

"한 가지만 더. 이건 모든 분들께 하는 질문입니다. 27일 오후 3시 20분부터 4시까지, 어디에 계셨습니까?"

노노시마가 살해당한 시간이리라. 나는 스마트폰으로 이틀 전 스케줄을 확인했다.

"12시가 조금 지나 회사에 도착해 그 이후로는 얌전히 일했습니다. 책상에서 견적이나 작성하고 있었겠지요. 동료에게 확인해 보세요."

네부카와는 수첩에 내 전화번호를 메모하더니 펜 끝으로 자기 명함을 가리켰다.

"협조해 주셔서 감사합니다. 뭔가 생각나면 언제든 연락 주십시오."

11월 27일, 오후 4시 7분.

자전거를 타고 미우라 해안역으로 가던 남성이 110번에 전화해 "비늘판 지붕 집 문밖으로 피 같은 게 흘러나오고 있다."라고 신고했다.

미우라 해안역 앞 파출소 순경이 134번 국도에 접한 주택을 방문했고, 현관에 쓰러져 있는 남성을 발견. 남성은 스패너나 토크 렌치로 보이는 금속제 둔기에 머리를 수차례 강타당해 그 자리에서 사망한 것으로 확인되었다.

실화 취재를 전문으로 하는 프리랜서 기자가 피해자 노노시마 히사시에게 과거 거액의 금전 트러블이 있었다는 사실을 언급했지만 대부분의 인터넷 뉴스는 수사본부의 발표를 그대로 전달하는 데 그쳤다.

믿고 싶지 않다. 그럼에도 불구하고 나는 확신했다.

노노시마 히사시를 살해한 범인은, 고이치와 에이지다.

적어도 에이지는 그날 노노시마가 살해당한다는 사실을 알고 있었다. 그래서 자기 알리바이를 증명하기 위해 나를 불러낸 것이다.

생각해 보면 나만큼 증인에 적합한 사람이 없다. 친척과 친한 친구의 증언은 용의자를 감싸기 위한 거짓말로 의심받기 쉽다. 완전한 타인의 증언은 그것이 **진짜** 에이지에 관한 정보인지 판단할 수 없다. 그런 면에서 사 년 만에 재회한 대학 시절 친구라면 걱정할 필요가 없다. 거짓말로 감쌀 정도로 친하지는 않지만 본인임을 확인해 줄 수 있다. 뜨겁지도 않은 커피를 일부러 쏟은 것은 나 말고도 몇 명 더 그 모습을 기억해 주길 바랐기 때문이리라.

에이지의 행동에 합리적인 설명을 붙이고 나니 이번에는 차츰 화가 치밀었다. 투자 사기는 아니었지만 일방적으로 이용당하기는 마찬가지다. 고이치와 에이지는 어떤 알리바이 트릭을 짜낸 걸까? 두 사람은 나를 사건에 끌어들여도 트릭이 탄로 날 리 없다고 판단했다는 뜻이다. 내가 어지간히 우습게 보였나 보다.

아무렇지도 않은 척 자리로 돌아왔지만 일이 전혀 손에 잡히지 않았다. 사람이 죽었는데 기획서나 쓰고 있을 때가 아니다. 정시 퇴근 시간인 6시가 되자마자 근태 상황판에 '퇴근'이라고 휘갈겨 적고 회사를 나왔다.

도쿄 메트로 마루노우치선을 타고 도쿄역으로. 야에스 방향 통로를 빠져나가 복잡한 지하상가를 가로질렀다.

카페 레스토랑 PINKY PROMISE는 퇴근길 취객으로 북적거렸다. 이틀 전, 오전에 왔을 때와는 완전히 다른 가게였다. 이렇게 이른 시간부터 술을 마실 수 있는 직장에 다니는 사람들이 부러웠지만 면접용 양복을 입은 젊은 여성이 중년 아저씨에게 흑맥주를 따르는 모습을 보고 얕은 생각을 반성했다.

가게 안을 둘러보고 혀를 찼다. 한잔 마시고 싶었는데 빈자리가 없다. 기도하는 심정으로 에이지가 앉았던 안쪽 자리를 살펴봤는데.

"아."

낯익은 남자가 혼자서 카레를 먹고 있었다. 해외 유명인들이 입을 법한 재킷을 반으로 접어 의자에 걸쳐 놓았다.

"이런 우연도 있군요."

잽싸게 시선을 피하려 했지만 한발 늦었다. 섹시 모델 추종남이 스푼을 내려놓았다.

"저, 한 번 더 그저께 일을 떠올려 볼까 하고, 그래서."

그만 변명 같은 소리를 하고 말았다. 남자는 내 얼굴을 지그시 바라보더니 가게 안을 둘러보고 앞쪽 의자에서 재킷을 치웠다.

"괜찮으시다면."

형사 맞은편 자리. 완전히 취조 아닌가? 저도 모르게 엉거주춤 물러날 뻔했지만 이런 녀석에게 겁을 먹는다고 생각하면 분통이 치민다.

"그럼 실례하겠습니다."

다리를 꼬고 앉아서 점원에게 코로나를 주문했다.

"저, 궁금한 게 있는데요."

"뭡니까?"

"경찰은 가가미 형제를 의심하고 있죠? 하지만 알리바이를 깨지 못해서 체포 영장을 못 받고 있는 거죠?"

"수사 내용은 밝힐 수 없습니다."

남자는 매몰차게 대답하고는 눈에 익은 종이컵을 들었다. 커피는 완전히 식은 것 같은데……. 그냥 뜨거운 걸 못 마시는 체질인가.

"그럼 저 혼자 떠들어 보죠. 도움이 될 것 같으면 본부에 전달해 주십시오."

"검토해 보겠습니다."

"에이지는 1인 2역을 해서 형의 알리바이를 만든 게 아닐까요?"

호로록. 남자의 입가에서 듣기 싫은 소리가 났다.

"사건 당일, 가가미 형제는 각자 도쿄역 근처에서 사람과 만날 약속을 합니다. 하지만 당일, 그곳에 있었던 건 동생 에이지 한 사람이었던 거죠. 에이지는 미스터리에 빠져 있는 친구와 헤어진 뒤에 재빨리 정장으로 갈아입고 핑크색 넥타이와 호스트나 낄 법한 반지를 끼고 형의 약속 상대가 기다리는 곳으로 갑니다. 그렇게 에이지가 형 몫의 알리바이를 만드는 사이 고이치가 미우라 해안에서 노노시마 히사시를 살해한 겁니다."

남자는 컵을 내려놓더니 두 손으로 입을 가리고 캑캑거렸다. 냅킨으로 입술을 훔치더니 불쑥 고개를 들었다.

"당신, 추리 작가입니까?"

심장이 펄떡 뛰었다.

"아닌데요."

지금은, 아직.

"그러십니까. 결례를 용서하십시오. 조금 놀란 모양입니다. 하늘의 안배라는 건 존재하지 않지만, 만약 제 마음이 조금 더 맑았다면 이곳에서 당신을 만났다는 사실에서 우연이 아닌 무언가를 느꼈겠지요."

"그렇다면 제 추리가……."

"그렇습니다."

남자가 반으로 접은 냅킨을 내려놓으며 말했다.

"틀렸습니다."

뭐?

"학생 때 선생님께서 문제를 꼼꼼히 읽으라고 하지 않았던가요? 당신이 가가미 에이지와 이곳 PINKY PROMISE에 있었던 건 오전 10시부터 11시 30분 사이. 노노시마 히사시가 살해당한 건 오후 3시 20분에서 4시 사이. 당신과 헤어지고 나서 미우라 해안으로 가도 이동 시간은 충분해요. 그래서야 아무 쓸모도 없는 알리바이죠. 당신은 스스로 발견한 답에 심취해 전제가 되는 사실의 확인을 게을리했습니다.”

남자가 갑자기 웃음을 터뜨렸다.

“이 정도면 병이야. 진지한 얼굴로 엉뚱한 가설을 말해 주는 파트너가 없으면 아무 생각도 못하는 체질이 되어 버린 모양이군.”

남자는 새치가 희끗한 머리를 넘기며 말을 이었다.

“혹시 시간 있으십니까? 조금 더 조용한 곳에서 한잔하시죠. 비용은 내겠습니다. 택시비도.”

언뜻 보면 태도는 온화하지만 거절을 용납하지 않는 말투였다.

이 인간은 뭐지?

“한 가지 정정하지요. 가나가와 현경에 저처럼 불경한 소리를 하는 형사는 없습니다. 저는 수사에 협력하는 민간인입니다.”

그러면서 명함을 내밀었다. 에이토대학 사회학부 부교수, 히무라 히데오라고 적혀 있었다.

4

젊은 남자가 달려왔다. 거친 숨을 몰아쉬고 체스터필드 코트를 펄럭이며.

JR 신오사카역, 3층. 히무라는 지하철 미도스지선 중앙 개찰구로 아르데 신오사카 쇼핑몰을 빠져나가 상행 에스컬레이터에서 내린 참이었다.

유아차를 밀고 있던 남자가 뒤를 돌아보고 손잡이를 오른쪽으로 틀었다. 세일러 교복을 입은 중학생이 보조 가방을 다른 쪽 어깨로 바꿔 맸다. 그렇게 인파 사이에 생겨난 길을 남자가 미친 듯이 달려갔다.

"현재 일반 열차 탑승 구역에서 배수관 고장으로 물이 새고 있습니다. 바쁜 시간에 죄송합니다만 통행에 주의해 주시기 바랍니다……."

히무라도 반사적으로 어깨를 틀었다. 거친 숨소리가 옆을 지나가나 싶더니…….

"악!"

지팡이가 바닥에 떨어지는 소리. 일흔 안팎의 여성이 크게 부딪혀 엉덩방아를 찧었다. 남자도 자세가 흐트러져 다리를 휘청거렸다. 히무라와 어깨가 부딪쳐 "으악!" 하면서 바닥에 손과 무릎을 찧었다.

"실례."

남자는 히무라에게만 사과하고 북쪽 출입구로 달려갔다. 전력 질주하면 붙잡을 수 있겠지만 지금 해야 할 일은 따로 있었다.

"괜찮으십니까?"

남자에게 부딪혀 쓰러진 여성에게 물었다. 여성은 허리를 다쳤는지 주저앉은 채로 일어나지 못했다. 애써 자세를 바꾸려는 것을 두 손으로 제지한 후 "잠시만." 하고 역무원을 불렀다.

"반복합니다. 현재 일반 열차 탑승 구역에서 배수관 고장으로 물이 새고 있습니다……."

히무라의 목소리는 기계적인 안내 방송에 묻혀 버렸다.

5

"살아 있는 피해자를 마지막으로 목격한 사람은 현장 별장에서 750미터 떨어져 있는 편의점에서 일하는 아르바이트생이었어. 방범 카메라 영상이 그의 증언을 뒷받침해 주었지. 노노시마 히사시는 오후 3시 8분에 편의점에 와서 블랙 위스키 미니병과 페트병 생수, 프라이빗 브랜드 마른안주와 육포 소시지를 사서 3시 10분에 편의점에서 나갔어."

위스키 잔에 든 얼음을 흔들며 히무라가 매끄럽게 말했다.

역시 대학교수. 발음하기 힘든 정보도 술술 쏟아 낸다. 지하상가 카페 레스토랑에서는 경박한 졸부처럼 보였던 재킷도 어두운 바의 조명 아래에서는 지적으로 보이니 신기한 일이다. 요즘은 텔레비전에 나오는 대학교수들도 하나같이 만화 속 악역 같은 꼬락서니인데, 그들에 비하면 봐 줄 만한 편…… 아니, 상당히 근사했다.

“피해자는 현관 안쪽에 엎드린 자세로 쓰러져 있었어. 시체와 신발장 사이에 편의점 봉투가 떨어져 있었고, 편의점에서 산 술과 안주가 그대로 들어 있었지. 범인은 노노시마가 편의점에서 돌아오기를 기다려 현관에 침입. 머리를 수차례 구타해 살해한 것으로 추정. 뇌 열상을 입었지만 사인은 과다 출혈이야.”

나는 스마트폰으로 메모하는 시늉을 하며 명함에 적힌 부교수의 이름을 구글로 검색해 보았다. 검색 결과는 대학 공식 사이트와, 논문 포털 사이트뿐. 텔레비전에 나오거나 온라인 강의는 하지 않는 듯했다. 필드워크의 일환으로 수사에 협력하고 있다는데, 물론 그런 정보도 찾아볼 수 없었다.

“어이, 명탐정. 듣고 있어?”

히무라가 손가락으로 카운터를 두드렸다. 나는 황급히 고개를 끄덕였다.

“술을 사러 갔다가 돌아오는 길에 습격당했다면서요. 몹쓸 범인이네요.”

“살인자는 다 몹쓸 인간이야.”

히무라는 진지한 얼굴로 그렇게 말하더니 나비넥타이를 맨 마스터에게 재떨이를 부탁했다. 일부러 쇼와 길을 지나 니혼바시에 있는 바를 찾아온 이유는 마음껏 니코틴을 섭취하기 위해서인 모양이다. 뒤쪽 테이블에서도 배불뚝이 영감이 궐련을 자르고 있었다.

"편의점에서 현장 별장까지는 도보 십 분 거리야. 3시 10분에 편의점에서 나와 다른 길로 새지 않고 바로 돌아갔다면 집에 도착한 시간은 3시 20분. 문 밖으로 피가 흘러나오고 있다는 신고가 들어온 게 4시 7분이니 범행은 그 사이에 벌어진 셈이 되지."

범인이 집 밖으로 새어 나간 피를 그대로 방치한 이유는 시체가 빨리 발견되도록 해서 범행 시간의 폭을 좁히고 싶었기 때문이리라. 수상하다. 알리바이 트릭의 냄새가 난다.

"그 시각에 고이치와 에이지는?"

"고이치는 자기 회사가 있는 오사카에 돌아가 있었고, 에이지는 아오모리로 향하는 도호쿠 고속 열차 안에 있었어. 둘 다 미우라 해안에서 노노시마를 살해하는 건 불가능해. 알리바이는 성립하는 것처럼 보여."

역시나. 알리바이를 깨려면 먼저 알리바이가 있어야 한다. 바라던 바다.

히무라가 캐멀에 불을 붙이더니 갑자기 교직원 같은 소리를 했다.

"현장 상황에 대한 질문은? 없다면 다음으로 넘어가지."

"어, 그러니까."

블랙 위스키, 물, 마른안주, 육포. 심부름 목록 같은 메모를 들여다보며 말했다.

"노노시마라는 사람은 과거에 금전 트러블이 있었다고요. 부자와는 거리가 있는 인상인데 그런 사람이 미우라 해안에 별장을 갖고 있었습니까?"

"별장 소유주는 교제 상대야. 하나와 후타바, 62세. 간사이 쪽에서 네 개의 술집 프랜차이즈를 운영하는 우수한 경영인으로 텔레비전이나 잡지에도 종종 나왔어."

'하나와 사장'이라면 예능 프로그램에서 본 적 있다. 말로 표현하기 힘든 화장을 하고 영국 왕비에게나 어울릴 듯한 챙 넓은 모자를 쓰고 있었다.

"노노시마는 일 년의 3분의 1을 그 별장에서 지냈어. 낚시에 서핑, 때로는 친구를 불러 파티도 열면서 즐거운 생활을 보냈던 모양이야."

데킬라 글라스로 건배하는 사진을 인스타그램에 올리고 '#친구들에게_감사'라는 태그를 붙였을 것이다.

"현장에 지문은?"

"노노시마와 하나와, 두 사람의 지인을 제외한 다른 지문은 없었어. 그들을 제외한 누군가가 범인이라면 그자는 장갑을 끼고 있었겠지."

"유력한 단서는? 사라진 안주나 피로 그린 위스키 회사 마스코트나."

"진지하게 해."

야단맞았다.

"주방 수도꼭지와 머그잔에 소량의 혈액이 묻어 있었어. 감식 중이지만 아마 피해자의 혈액이겠지."

"노노시마가 머그잔으로 물을 마셨다는 거예요?"

머리에서 피가 줄줄 흐르는데?

"물을 마신 건 범인이야. 노노시마를 살해하고 머그잔에 물을 따라서 마셨어. 그때 장갑에 남아 있던 피가 묻은 거야."

과다 출혈로 사망할 정도로 사람을 폭행하면 숨도 차고 목도 마를 것이다. 범인도 물을 마시고 싶었으리라.

"그 머그잔에서 범인의 타액이 검출되지는……."

"그 정도로 무지한 범인은 아니야. 머그잔 가장자리는 물로 씻어 뒀더군."

히무라가 글라스의 물방울을 닦아 냈다.

"피해자 정보를 알려 주실 수 있나요?"

"노노시마 히사시는 55세. 고향은 군마현, 행정구역 개편 전 미나가미마치라고 불렀던 지역. 다카사키의 상고를 졸업하고 카바레에서 웨이터로 몇 년 일했는데 손님과 계속 트러블을 일으켜 퇴직. 그 후 홋카이도 스스키노에서 후쿠오카 나카스까지, 전국의 유흥가를 옮겨 다니며 호스티스 스카우트나 성매매 알선을 하며 입에 풀칠을 했어. 허영심이 많아서 가품 브랜드 시계나 지갑을 썼고, 회사 기숙사를 자기 집이라고 떠벌리고 다녔지. 고향 친구들과 만날 때는 늘 돈을 펑펑 썼지만 실제로는 빚이 있었어."

되도록 멀리하고 싶은 타입이다.

"오 년 전, 노노시마는 아오모리시 노래 주점에서 가가미 유리를 만나 교제를 시작."

네부카와 형사에게 들은 이름이다.

"에이지의 어머니로군요."

담뱃불이 위아래로 움직였다.

"십이 년 전 남편을 사고로 잃은 유리는 건설 회사 사무직과 노래 주점 일을 병행하며 두 아들을 키웠어. 쌍둥이가 센다이의 대학에 들어간 뒤에도 몇 푼이라도 더 보내 주려고 상당히 검소하게 살았다고 해. 노노시마는 그런 유리에게 접근해 생활비를 보태 주겠다며 교제를 요구했지."

불길한 예감이 든다.

"노노시마가 노린 건 유리가 남편에게 상속받은 토지였어. 교제 두 달 만에 혼인신고를 올린 노노시마는 2천 평의 경작지를 담보로 돈을 빌려 자기 채무 변제에 썼어. 유리 앞으로 압류 통지서가 날아왔을 때 노노시마는 홀연히 사라지고 없었지. 구청에 제출한 혼인신고서는 위조 서류였어. 유리는 우울증과 패닉 장애에 걸려 삼 주 뒤 목을 맸어."

그리고 단둘만 남은 쌍둥이 중 한 사람은 대학에 남고 한 사람은 고향에서 공장에 취직한 것이다.

"살해당해도 마땅한 쓰레기인데요."

“지금 그 말은 못 들은 걸로 하지.”

아무 기복 없는 목소리였다.

“그 후 삼 년 동안 노노시마의 행적은 알 수 없어. 어디선가 오사카로 거점을 옮겼고, 우메다의 나이트클럽에서 만난 하나와 후타바와 교제를 시작했지.”

화려한 모자를 쓰는 유능한 사장이다. 물론 목적은 재산이었으리라.

“하나와는 사회 공헌에 열정적이라 올봄에도 새로운 사내 프로젝트를 기획했어. 가게에서 남은 식재료를 빈곤 가정에 배달하는 ‘푸드뱅크 하나와’가 바로 그거야. 이 활동을 위탁받은 게 드림 스케이프라는 NPO인데, 의약품 수입 대행 회사를 운영했던 가가미 고이치가 후원자로 있었어.”

점과 점이 이어졌다.

고이치가 만든 회사, 메디컬 포터 저팬은 탈모와 발기부전 치료제, 미용 외과 수술용 마취제, 항염증제를 수입했다. 에이지가 말해 줬을 때는 꽤나 수상하다고 생각했는데 고이치가 NPO를 지원했다는 말을 들으니 인상이 뒤바뀌었다.

어머니가 세상을 떠난 사 년 전, 고이치는 동생의 기회를 빼앗고 말았다. 줄곧 후회했으리라. 그래서 동생 장학금을 갚아 주고, 생활을 지원하고, 나아가 자기와 비슷한 처지의 청년을 지원하는 NPO에도 후원금을 내기 시작했다. 그 활동을 통해 어머니를 죽음으로 몰아넣은 원수와 마주친 것은 운명의 장난이라고 할 수밖에 없다.

"올해 6월, 드림 스케이프는 도지마에서 회의실을 빌려 총회를 열었어. 고이치는 그곳에서 하나와 후타바의 파트너로 참석한 노노시마 히사시와 재회했던 것 같아. 두 사람이 대화하는 모습을 봤다는 증언은 없지만 고이치가 어머니의 원수를 못 알아봤을 리 없어."

히무라는 글라스를 들어 동그라미 모양으로 바닥에 남은 물방울을 손가락을 닦아 냈다.

"반년 뒤, 노노시마는 살해당했다."

지하상가 카페 레스토랑에서 만났을 때 어딘가 긴장한 것처럼 보였던 에이지의 모습을 떠올렸다.

"고이치와 에이지의 사건 당일 행적을 알려 주세요."

"전날 11월 26일, 형제는 고모의 세 번째 제사를 위해 상경해 요쓰가야에 있는 소케이지라는 사찰을 방문했어. 아버지를 일찍 여읜 탓도 있어 도쿄에 사는 고모가 어린 두 사람을 아껴 주었다더군.

사찰 요리 전문 식당에서 식사를 마치고 친척들과 헤어진 뒤, 형 고이치는 니혼바시에 있는 비즈니스호텔로 향했어. 체크인은 오후 9시 15분. 체크아웃은 이튿날 27일 오전 10시 35분이야. 고이치는 그 후 지인이 경영하는 오테마치의 갤러리를 방문해. 이게

11시 15분. 십 분 정도 잡담을 나누고 갤러리에서 나와 그대로 도쿄역으로. 12시 정각에 출발하는 노조미 227호를 타고 신오사카로 향했다고 하더군. 이 진술이 사실이라면 고이치는 14시 30분에 신오사카에 도착한 셈이 돼. 역 방범 카메라 영상은 현재 확인 중. 고이치와 체격이 비슷한 인물은 발견했지만 단정할 수 있는 수준은 아니야.”

히무라는 메모도 보지 않고 말했다. 나는 황급히 스마트폰에 시각을 입력했다.

“오후 2시 50분, 고이치로 추정되는 인물이 신오사카역 북쪽 출입구에서 도보 십 분 거리에 있는 스자쿠 은행 신오사카 지점을 방문했어. 개인 금고에서 토지 권리증을 찾아 가방에 넣고 은행을 떠났다. 본인 말로는 운용할 목적으로 구입한 토지다, 신용 금고에 융자를 신청할 예정이라 권리증을 소지하고 있어야 했다고 해.”

“뭔가 냄새가 나네요.”

“조니워커가?”

“알리바이 트릭이에요.”

고이치는 도쿄에서 출발하기 전에 갤러리에, 오사카에 도착한 후에는 은행에 들렀다. 누가 봐도 작위적인 행동이다.

“스자쿠 은행을 방문한 게 다른 사람이었다고 생각하기는 어려워. 방범 카메라에 모습이 똑똑히 찍혀 있었고, 경비원도 그가 방문한 것을 기억하고 있었어."

히무라의 목소리가 조금 딱딱해졌다.

"다만."

"다만?"

"스자쿠 은행 개인 금고를 열기 위해서는 세 가지 조건이 필요해. 현금카드 삽입, 비밀번호 입력, 그리고 손가락 정맥 인증. 경비원 말로는 고이치는 조작할 때 상당히 애를 먹었다더군."

"엄청 냄새나잖아요."

콧물이 튀었다.

"가을 은행나무만큼 구린 냄새가 나요. 그거, 동생 에이지였던 것 아닐까요?"

"동생에게 카드를 빌려주고 비밀번호를 전달할 수는 있지만 손가락 정맥 인증은 방법이 없어. 쌍둥이도 혈관 모양은 달라. 지문처럼 본을 떠서 위조할 수도 없어."

"처음 개인 금고를 계약했을 때 손가락 정맥을 스캔했겠죠? 그때 이미 고이치와 에이지가 뒤바뀌어 있었을지도."

"고이치가 금고를 빌린 건 작년 12월이야. 그 후 한 번도 데이터를 갱신하지 않았어. 드림 스케이프 총회에서 과거의 계부와 재회한 게 올해 6월. 반년이나 뒤야. 사냥감이 나타나기 전부터 덫을 준비했다는 건 말이 안 돼."

그렇긴 하다.

"고이치는 권리증을 꺼내서 실질적으로는 오 분 만에 은행에서 나갔어. 미도스지선을 타고 에사카에 있는 자택으로 돌아갔다고 하는데 증거는 없어. 다만 은행에서 나가 바로 신오사카역에서 고속 열차를 타도 신요코하마까지는 두 시간 이상 걸려. 15시 6분 출발 노조미 30호에 올라타도 신요코하마역 도착 시각은 17시 14분. 3시 20분에서 4시 사이에 미우라 해안에서 사람을 죽이기란 불가능해."

안타깝게도 고이치의 알리바이는 확고했다. 그렇다면.

"에이지는?"

"26일, 고모의 세 번째 제사를 위해 상경한 것까지는 형과 동일해. 오테마치의 캡슐 호텔에서 하룻밤 묵었다는데 기록은 없어. 다만 이틀날 27일 오전 10시에 야에스 지하상가의 카페 레스토랑에서 친구를 만났다는 건 확실한 것 같더군."

히무라가 내 쪽을 보았다. 예, 접니다.

"그 친구와 11시 30분쯤 헤어진 뒤 역에서 몇 가지 용무를 마치고 14시 20분에 출발하는 도호쿠 고속 열차 하야부사 27호로 아오모리로 갔다고 해."

"몇 가지 용무라고요?"

왠지 수상쩍다.

"1번가 캐릭터 스트리트에서 한정 상품 인형을 사고, 개찰구 안쪽 기념품 가게에서 친척에게 줄 과자를 골랐다고 하더군. 이쪽도 방범 카메라 영상을 확인하고 있는데 에이지라고 단정할 수 있는 인물은 발견하지 못했어.

진술대로 하야부사 27호를 탔다고 해도 신아오모리역 도착이 17시 30분. 거기서 하차하고 주차장에 세워 둔 차를 몰아 옛날 행정 지명으로 나미오카에 있는 종숙부 댁을 방문했다고 해. 그게 정확히 한 시간 뒤 오후 6시 30분."

허리가 아픈 친척이 제사 이야기를 궁금해한다는 말은 들었다.

"나미오카는 아오모리시 중심부와 히로사키시 중심부 사이, 정확히 중간 지점이야. 신아오모리역에서는 차로 약 삼십 분. 그곳에 사는 종숙부도 에이지가 6시 반에 찾아왔다고 증언했어.

도쿄역에서 신아오모리역까지 소요시간은 약 세 시간. 에이지가 3시 20분에 미우라 해안에서 노노시마를 살해했다면 아무리 용을 써도 6시 반에 나미오카에 가기란 불가능해."

"친척이 증언한 거잖아요. 냄새가 나요."

"연말 지하철 막차만큼?"

"한여름 피규어 가게만큼요."

최첨단 기술이 형의 알리바이를 지켜 준 것과 반대로 이쪽은 너무 허술하다.

"에이지는 미리 종숙부와 입을 맞췄겠지요. 6시 반에 집에 왔다고 거짓말을 해 달라고 부탁해서 직전까지 하야부사를 타고 있었다는 알리바이를 만든 거예요."

"종숙부는 에이지에게 도쿄역 한정 고구마 푸딩 선물을 받았
어. 유통기한 표기로 보아 27일 오전 11시 이후에 개찰구 안쪽
기념품 매장에서 판매한 제품으로 확인되었어."

"경찰이 당일에 확인한 건 아니잖아요. 역에서 미리 사 두었다
가 나중에 가져간 거예요."

"실은 증인이 한 사람 더 있어. 종숙부 집 대각선 맞은편에 있
는 아파트에 에이지가 전에 일했던 식품 공장 동료가 살고 있어."

쿠키를 만들었던, 그 공장 말인가.

"친구가 멸치 라면을 먹으러 가자고 불러내서 오후 7시 전에
집을 나섰다고 해. 거기서 종숙부 집에서 나오는 에이지와 마주
쳤다더군."

히무라는 입가에 미소를 머금었다.

"이 남자가 너하고 비슷해. 소설을 좋아해서 작품을 출판사 공
모전에 보냈다고 하더군. 피비린내 나는 살인보다 아찔한 로맨
스를 좋아한다는 것 같았지만."

혹시 이십 대 나이에 린도 고이치 작품을 독파했다는 그 남자
인가?

"에이지는 그 남자에게 도쿄에서 오랜만에 만난 친구 이야기
를 했어. 하쿠유샤 골드 애로우상에 낙선했다는 이야기, 회사에
도 가지 않고 글을 쓰다가 들켜서 감봉 처분을 당한 이야기도 했
다더군."

그 자식, 남의 불행을 이야깃거리로 삼다니. 일단은 넘어가 준다. 쿠키 공장에서 함께 일했던 이 과거의 동료하고도 미리 입을 맞추었다는 건 아무래도 지나친 추측이리라. 에이지는 그날까지 내가 감봉 처분을 당한 줄도 몰랐으니 미리 입을 맞출 수도 없다.

하지만 그렇게 되면 고이치와 에이지는 둘 다 알리바이가 있다는 뜻이다.

"벌써 포기한 얼굴이네. 그래서는 프로 작가가 될 수 없어."

침묵하는 나를 보고 히무라가 기합을 넣어 주었다.

"머리를 써. 가가미 형제는 어떻게 알리바이를 만들었을까?"

무슨 말이라도 하려고 숨을 들이마셨다가 퍼뜩 깨달았다.

"잠깐만요. 경찰이 가가미 형제를 주목한 건 결국 동기가 있어서 그런 거잖아요. 하지만 두 사람에게는 알리바이가 있었어요. 노노시마는 여기저기서 금전 문제를 일으킨 모양이니, 미우라 해안에서 유유자적 사는 그를 보고 머리통을 깨 버리고 싶다고 생각하는 사람이 더 있었을 거예요. 그런데 선생님은 가가미 형제가 범인이라고 확신하는 것처럼 보이는데요."

"그래?"

"그렇지 않다면 이런 곳에서 저하고 술을 마실 리 없잖아요."

히무라가 큭큭 웃었다.

"맞는 말이야. 나는 그 두 사람 중 누군가가 노노시마를 살해했다고 생각한다."

“이유는요?”

“오사카에서 그 남자와 부딪쳤거든.”

어?

목구멍에서 이상한 소리가 새어 나왔다. 뒤쪽 테이블에서 궐련을 피우던 배불뚝이 영감이 콜록 기침을 했다.

“27일 오후 2시 반경. 나는 지하철 미도스지선 신오사카역에서 JR 신오사카역을 향해 걸어가고 있었어. 그런데 상행 에스컬레이터에서 내렸을 때 몹시 다급해 보이는 남자가 앞쪽에서 달려왔지. 남자는 노부인과 부딪쳤고 여성은 넘어졌어. 남자도 바닥에 손을 짚었는데 바로 일어나서 달려갔지. 노부인은 요추 압박골절로 지금도 우메다에 있는 병원에 입원해 있어.”

“그 남자가 가가미 고이치였다는 말씀이군요.”

“그건 모르겠지만 쌍둥이 중 한 명인 건 확실해.”

따지기는.

“요도가와 경찰서 순경이 이 남자의 행방을 쫓아 스자쿠 은행 신오사카 지점에서 개인 금고를 연 남자였다는 걸 알아냈지. 그런데 에사카에 있는 아파트로 찾아가 보니 어떻게 된 영문인지 먼저 와 있는 손님이 있었어.”

“가나가와 현경이었나요?”

“그래. 너도 잘 아는 네부카와 형사가 미우라 해안에서 발생한 살인 사건으로 신문하고 있었어.”

어째서 교토의 대학교수가 미우라 반도의 사건에 관여하는지 이상하다 했는데, 이제야 접점이 보였다.

"그렇다고 해도 선생님은 어째서 가가미 형제가 노노시마를 살해했다고 생각하시는 겁니까? 신오사카역 안에서 노부인과 부딪쳤다고 해서 미우라 해안 별장에서 사람을 죽였다는 증거는 안 되잖아요."

"당연하지. 다만 이때 깨달은 게 있어. 노부인과 부딪친 뒤, 고이치로 추정되는 남자는 비틀거리다 내 어깨에 부딪쳤어. 그때 코트에 손이 닿았는데, 조금 축축했어."

그래서 뭐.

"그날 간사이 일대는 맑았어. 신오사카역 주변에는 분수도 없고, 화장실에서 손을 씻고 물기를 닦을 위치도 아니었지. 그자의 코트는 어째서 젖어 있었을까?"

히무라가 위스키 잔에 맺힌 물방울을 튕겼다.

"힌트는 그날 일반 열차 탑승 구역 동쪽 개찰구 부근에 물이 새고 있었다는 점. 천장의 낡은 배수관이 파손되었던 모양이야. 고이치의 코트를 적신 건 천장에서 떨어진 물이겠지.

다만 그렇게 되면 또 다른 의문이 생겨. 신오사카역은 고속 열차와 일반 열차 탑승 구역이 다르거든. 고이치가 진술한 것처럼 노조미 227호를 타고 왔다면 이 물을 맞았을 리 없어."

그렇구나. 고이치는 중간에 노조미 호에서 내려 일반 열차로 갈아타고 신오사카에 도착했다는 뜻인가? 무슨 이유로?

"고이치는 그것에 대해 뭐라고 말하던가요?"

"여성과 부딪친 사실은 인정했지만 일반 열차 탑승 구역에는 간 적이 없다더군. 코트가 젖었다는 건 내가 착각한 거라고."

콧숨이 조니워커에 잔물결을 일으켰다. 수긍할 수 없는 모양이다.

"직감으로 말씀해 주셔도 되는데, 선생님이 부딪친 게 고이치였을까요?"

"어떻게 알아. 나는 그 녀석 친구가 아니야."

히무라는 잠시 위스키 잔에 시선을 떨어뜨리고 말을 이었다.

"하지만, 그래. 술김에 무책임한 소리를 하자면 그자는 고이치 본인이 아니었을까 싶어."

"그렇게 생각하는 이유는?"

"나하고 부딪쳤을 때, 그는 상당히 무리한 자세로 바닥에 손을 짚었어. 십여 분 뒤 스자쿠 은행에 나타난 남자는 개인 금고를 열 때 상당히 애를 먹었다고 했지. 나는 그자가 넘어졌을 때 손을 다쳤을지 모른다고 생각했어."

히무라가 카운터를 스윽 어루만졌다. 마치 칼날을 벼리듯이.

"아니나 다를까 어제 에사카 쪽 카페에서 고이치를 만나 보니 그는 오른손 집게손가락을 보호대로 고정하고 왼쪽 무릎에 커다란 파스를 붙이고 있었어. 둘 다 나와 부딪쳤을 때 다친 자리라고 하더군. 에이지는 아직 만나 보지 못했지만 조사하러 간 가나가와 현경 형사의 말로는 그쪽은 부상 입은 곳이 없어 보인다고 했어.”

앞뒤를 맞추려고 일부러 보호대를 두르고 파스를 붙였다고 생각하는 건 역시 억지스러운가. 멀쩡한 사람이 아픈 척할 수는 있어도, 진짜로 다친 사람이 멀쩡한 시늉을 하기는 어렵다.

“내 이야기는 충분하잖아. 네 아이디어를 말해 봐.”

히무라는 쌍둥이 체리를 반으로 갈라 한쪽을 입에 집어넣었다. 나는 뜸을 들이며 스마트폰 메모를 들여다보았다.

친구를 의심하고 싶은 건 아니다. 다만 고이치의 행동은 어느 정도 일관성에 있는 반면, 에이지의 행동은 명백하게 부자연스러운 점이 있다. 오전 11시 30분에 나와 헤어진 뒤, 14시 20분 출발 하야부사를 타기까지 세 시간 가까이 도쿄역에 머물렀다는 사실이다. 쇼핑에 그렇게 시간이 걸릴 리는 없다. 사실은 개찰구 안쪽에서 선물을 사고, 미우라 해안으로 간 게 아닐까?

환승 정보를 앱으로 검색해 보았다. 12시 6분에 도쿄역에서 출발하는 JR 도카이도 본선 아타미행을 타면 12시 32분에 요코하마역에서 하차해 12시 39분 출발 게이큐 본선 쾌속특급 게이큐 구리하마행 열차로 갈아탈 수 있다. 다시 13시 17분에 종점 게이큐 구리하마역에 도착한 뒤 13시 18분 출발 게이큐 구리하마선 미사키구치행 특급 열차로 갈아타면 13시 27분에는 미우라 해안

역에 도착한다. 노노시마는 오후 3시 20분에서 4시 사이에 살해
당했으니, 시간은 충분하다.

문제는 그 다음이다. 에이지는 오후 6시 30분에 아오모리현 나
미오카에 사는 종숙부의 집을 방문했다. 범행을 저지르고 15시
41분에 미우라 해안역을 출발하는 게이큐 구리하마선 특급 열차
를 탄다 해도 요코하마역에서 도카이도 본선으로 갈아타고 도쿄
역에 도착하는 건 17시 7분. 17시 20분에 출발하는 도호쿠 고속
열차 하야부사 39호를 타도 신아오모리역에 도착하는 건 20시
40분. 오후 6시 30분까지는 절대 맞추지 못한다.

차로 가면 어떨까? 스마트폰 홈 화면으로 돌아가 이번에는 지
도 앱을 켰다. 미우라 해안의 별장에서 수도 고속도로 완간선을
경유해 도쿄역으로 간다 치면 소요 시간은 한 시간 십 분. 규정
속도를 위반해도 한 시간은 걸릴 것이다. 3시 30분에 차를 타도
도쿄역에 도착하는 게 4시 30분. 전철보다 사십 분 정도 시간을
벌 수 있다. 하지만 시간표를 검색해 보니 신아오모리로 가는 다
음 열차는 17시 20분 출발 하야부사 39호, 아까와 같은 열차였
다. 이래서는 똑같은 결과만 나온다.

이렇게 되면 하늘 길을 따져 보자. 하네다 공항에서 아오모리
공항으로 날아가면 이동 시간을 상당히 단축할 수 있지 않을까?

교통수단을 비행기로 바꿔서 환승 정보 앱으로 다시 검색해
보았다. 15시 41분에 미우라 해안역에서 게이큐 구리하마선 특

급을 타서 16시 44분에 게이큐 가마타역에서 하차. 16시 49분 출발 게이큐 공항선 급행 하네다 공항 제1, 제2터미널행으로 갈아타고 17시 2분 종점에서 하차. 이건 가능성이 있을 줄 알았는데 하네다에서 아오모리로 가는 비행편이 1시간 30분 뒤, 18시 40분에 출발하는 JAL 149편밖에 없었다. 아오모리 공항에 20시에 착륙하니 역시 오후 6시 30분 안에는 절대 도착할 수 없다.

"종이 시간표 대신 앱이라. 요즘 알리바이 증명은 낭만이 없군."

히무라가 앞을 바라본 채로 푸념했다. 시선을 따라가 보니 카운터 안쪽의 검은 유리에 사람 모습이 비쳤다. 체리를 먹는 우아한 남자와 스마트폰 쪽으로 잔뜩 웅크린 촌스럽고 왜소한 남자. 검게 가공된 거울…… 블랙 미러다.

"내가 한 세대 전 추리 작가였다면 등 뒤에 유령으로 나타날 거야."

기대감을 완전히 잃은 표정으로 거울 속의 범죄학자가 씨를 뱉었다.

"우습게 보지 마시라고요."

나는 숏글라스를 기울여 조니워커로 내장을 적시며 말을 이었다.

"에이지의 알리바이는 6시 반에 나미오카에 사는 종숙부를 방문했다는 사실에 근거하고 있어요. 그렇다면 거기에 뭔가 비밀이 있다고 생각해야 마땅하죠."

"뭔가 비밀이 있다……. 초등학생도 할 수 있는 말이군."

"구체적으로 말하면 당연히 '체인지'죠. 종숙부를 찾아간 건 에이지를 가장한 형 고이치였던 겁니다."

뭐라 말하려는 히무라를 제지하고 지도 앱을 열었다. 신오사카역 주변을 띄우고 거기서 아오모리로 가는 경로를 조사했다.

"오후 2시 50분, 스자쿠 은행 신오사카 지점 개인 금고에서 알리바이를 만든 고이치는 바로 이타미 공항으로 갔습니다. 근처에 세워 두었던 차를 타고 11번 한신 고속도로 이케다선을 북상. 16시 30분 출발 JAL 2157편을 타면 17시 55분에 아오모리 공항에 도착해요. 다시 차를 몰면 6시 반에 종숙부의 집에 도착할 수 있습니다. 그렇게 고이치가 에이지의 알리바이를 만들고, 그 사이에 에이지가 노노시마를 살해한 거죠."

"진심으로 하는 소리야?"

"최근 고이치가 눈에 띄는 차림을 하고 다닌 건 이 체인지 트릭을 위한 거였어요. 겉모습에 확실한 차이가 나면 그만큼 흉내 내기도 쉬워지죠. 고이치는 그래서 핑크색 넥타이를 매고, 궐련을 피우고, 호스트 같은 반지를 꼈던 거예요."

어때, 다시 봤지? 실실 풀어지려는 입을 꾹 다물고 거울을 보니 히무라는 한층 더 무뚝뚝한 얼굴로 보랏빛 연기를 토해 내고 있었다.

"벌써 잊었나? 에이지는 종숙부가 사는 집에서 나와 예전 동료였던 연애소설 애호가와 이야기를 나눴어. 에이지는 그에게 네가 감봉 처분을 받은 얘기를 했고. 고이치가 동생인 척했다면 네 실수담을 어떻게 알지?”

“그건⋯⋯.”

방법이라면 있다.

“도쿄역에서 저하고 헤어진 다음 에이지가 전화나 문자로 형에게 전달했겠죠.”

“일부러 친구가 회사에서 농땡이 친 이야기를 형에게 보고했다? 로맨스 애호가 청년이 멸치 라면을 먹으러 외출한다는 걸 사전에 예상할 방법이 없어. 거기에 맞춰서 이야깃거리를 마련해 두는 건 불가능해.”

틀렸나.

하지만 진실에 다가가고 있다는 느낌은 든다. 그렇다면⋯⋯.

“반대였던 거야.”

거울에 비친 내가 카운터를 두드렸다.

“스자쿠 은행 신오사카 지점에 나타난 건 핑크색 넥타이를 매고 호스트처럼 반지를 낀 동생 에이지였어요. 은행에서 나와 이타미 공항에서 JAL 2157편을 타면 오후 6시 반에 나미오카에 있는 종숙부 집에 도착할 수 있죠. 로맨스 애호가 친구에게 제 얘기를 할 수 있었던 건 그게 진짜 에이지였기 때문이에요. 그렇게 에이지가 고이치의 알리바이를 만들고, 그 사이에 고이치가 노노시마를 살해한 겁니다.”

"학습 능력이 우리 고양이보다 못하군."

히무라가 냉담한 태도로 담배를 비벼 끄며 말했다.

"일 분 전과 똑같은 전철을 밟고 있어. 에이지가 고이치인 척했다면 그는 어떻게 개인 금고를 열 수 있었지?"

스툴에서 굴러떨어질 뻔해서 허둥지둥 카운터를 붙잡았다. 궐련을 피우는 영감님이 또 기침했다. 콜록.

"아까부터 둘이 뒤바뀌었다는 말만 하고 있잖아. 더 엉뚱한 아이디어를 기대했는데."

히무라는 가차 없었다. 평소 수업이나 세미나도 이런 식으로 하겠지. 나는 한숨을 쉬고 글라스 바닥에 남아 있던 조니워커를 들이켰다.

"외람되지만 일개 작가 지망생을 붙잡고 그런 말씀을 하는 선생님도 좀 그렇잖습니까? 저는 미스터리를 좋아하지만 딱히 샘물처럼 트릭이 솟아나는 건 아니라고요. 그런 사람은 벌써 프로가 되었겠죠. 선생님은 미스터리를 좋아하는 친구가 없죠?"

히무라가 후후 웃으며 입가를 누그러뜨렸다.

"그렇게까지 말한다면 대학교수다운 질문을 해 주지. 넌 어째서 작가가 되고 싶은 거지?"

"그야……."

갑작스러운 질문에 당황했지만 답은 바로 떠올랐다.

"작가는 꿈이 있으니까요."

"꿈?"

"상사에게 아첨할 필요도 없고 거래처에 꾸벅꾸벅 고개 숙일 일도 없고. 베스트셀러 작가가 되면 벤츠도 탈 수 있고, 고급 아파트에서도 살 수 있잖아요."

히무라가 실룩 웃더니 몇 개비째인지 모를 캐멀을 입으로 가져가다가 바로 뗐다.

"연장자로서 조언해 주지."

"뭡니까?"

"넌 작가가 될 수 없어."

뭐?

"베스트셀러를 꿈꾸기 전에 눈앞의 인생을 직시해. 어중간한 생활은 아무 득도 안 돼. 또 감봉당해서 고급 아파트가 멀어질 뿐이야."

이 인간, 멀쩡해 보이지만 상당히 취한 모양이다.

"말씀이 과하시네요. 말해 두겠는데 제가 감봉당한 건 그냥 농땡이를 부리다가 그런 게 아니에요."

어린애 취급이 성질을 건드려서, 아무리 봐도 엉뚱한 반론이었지만 그런 소리를 했다.

"허, 어떤 악행을 저질렀길래?"

"저희 회사는 사원증을 카드 리더기에 터치해서 출근 시간을 기록하는데 퇴고할 시간이 절대적으로 부족해서 동기에게 사원증을 주고 대신 찍어 달라고 했어요. 그랬는데 그걸 들켜서.”

“아하.”

히무라가 벌레를 내쫓듯 손을 흔들었다.

“업무 태만이 아니라 그 과정에서 저지른 규칙 위반이 처분 사유에 해당한 건가. 일본 기업 아니랄까 봐…….”

말이 끊겼다.

히무라가 정면 거울을 응시하고 있다. 그 시선을 따라 거울을 쳐다보니.

“설마…… 그렇게 된 건가.”

무채색의 남자가 집게손가락으로 슬며시 입술을 어루만졌다.*

“그래서 범인은 사람을 죽이고 머그잔으로 물을 마셨던 거야.”

6

서걱서걱. 마스터가 얼음을 깎는 소리가 울렸다.

히무라는 스마트폰을 한 손에 들고 가게를 나가 층계참에서 누군가에게 전화를 걸었다. 아마도 가나가와 현경 형사일 테지.

정확히 한 시간 뒤. 가게로 돌아온 히무라는 신입사원처럼 ‘그

<hr>

● 히무라가 숙고할 때의 버릇

만 퇴근해 보겠습니다'라는 표정을 짓고 있었다.

"수수께끼를 풀었군요."

이대로 가게 내버려두면 안 된다. 나는 스툴 쿠션을 두드리며 말했다.

"진정해."

히무라는 발개진 손바닥에 입김을 불더니 얌전히 자리에 앉아 마스터에게 따뜻한 물을 부탁했다.

"역시 에이지가 그런 건가요?"

"범행에 협력한 건 확실하지만 주범은 아니야. 기소당해도 집행유예겠지."

"그, 그럼 주범은……."

"형 고이치다."

마스터가 머그잔을 내려놓았다. 히무라는 두 손으로 컵을 감싸며 거울에 비친 나와 눈을 마주쳤다.

"범인이 노노시마를 살해하고 현장에 있던 머그잔으로 물을 마셨다는 점이 마음에 걸렸어. 사람을 죽이면 숨도 차고 목도 마르겠지. 부득이하게 물을 마실 수밖에 없었다는 건 이해할 수 있어. 하지만 이 범인은 수사 지식이 있어. 지문을 남기지 않도록 장갑도 꼈고, 타액을 남기지 않도록 머그잔을 행구기도 했어. 거기까지 머리가 돌아가는데 어째서 현장의 머그잔을 사용했을까? 시체 옆에 떨어져 있던 편의점 봉투에는 술, 안주와 함께 생

수 페트병도 있었어. 그거라면 현관에서도 마실 수 있고 페트병 째로 가져가면 타액도 남지 않아. 무엇보다 살해할 정도로 증오한 인간이 쓰던 머그잔을 쓰지 않아도 되지.”

그건 그렇다.

“범인이 일부러 주방으로 가서 머그잔으로 물을 마신 이유는 뭘까? 페트병에 든 물을 마실 수 없었기 때문이야.”

저도 모르게 팔짱을 꼈다. 이래서야 문제를 전환한 것뿐이다. 그렇다면 범인은 어째서 페트병에 든 물을 마실 수 없었을까?

“플라스틱 알레르기가 있었다거나? 아니면 음료 제조사에 개인적인 원한이 있었다거나.”

“일일이 말도 안 되는 소리로 이야기의 맥을 끊지 마. 사람을 살해했어. 그렇게 시시한 문제를 신경 쓸 때가 아니야. 페트병에 든 물을 마시지 못한 건 물리적으로 불가능했기 때문이다. 즉 페트병을 열 수 없었던 거야.”

히무라가 마스터에게 양해를 구하고 카운터에 있는 빈 위스키 병을 집었다.

“병을 열려면 한 손으로 본체를 잡고 다른 손으로 뚜껑을 비틀어야 하지. 범인은 그럴 수가 없었어. 어느 한쪽 손이 자유롭지 못했으니까.”

그런가. 점과 점이 이어졌다.

“고이치는 손가락을 다쳤죠.”

신오사카역 탑승 구역에서 여성과 부딪쳤을 때, 고이치는 무리한 자세로 바닥에 손을 짚었고 이튿날 집게손가락에 보호대를 차고 있었다.

"그렇긴 한데 상황은 그렇게 단순하지 않아. 내가 고이치로 추정되는 남자를 신오사카역에서 본 건 오후 2시 반쯤이었어. 그리고 바로 도카이도 고속 열차를 타도 3시 20분에서 4시 사이에 미우라 해안 별장에 갈 수는 없어."

혼란스러웠다.

범인이 머그잔으로 물을 마신 사실은 그 정체가 고이치임을 가리키고 있다. 하지만 정작 고이치는 여전히 알리바이가 있다. 어떻게 된 일이지?

"머리로만 생각하지 말고 구체적으로 이미지를 떠올려 봐."

히무라가 오른손을 펼치며 말했다.

"고이치가 보호대를 차고 있던 건 오른손 집게손가락이야. 사람의 손가락은 다섯 개. 나머지 네 손가락으로 페트병을 잡으면 왼손으로 뚜껑을 열 수 있어."

"그럼 어째서 페트병을 열 수 없었던 거죠?"

"한 손가락이 아니라, 아예 한 손을 쓸 수 없었기 때문이지."

차에 치이기라도 한 것처럼 손바닥뼈가 산산조각 났다는 말인가? 하지만 그런 부상을 입었다면 숨길 방도가 없다. 지금까지 등장한 인물 가운데 손을 다친 사람은 고이치뿐이었다.

“노노시마를 살해했을 때 고이치는 한 손을 쓸 수 없는 상태였어. 하지만 그건 일시적인 상태에 지나지 않았고 이튿날에는 집게손가락을 제외하고 정상으로 돌아왔지. 보통 그런 일은 잘 없어. 생각해 볼 수 있는 건 인위적인 요인이야. 다시 말해.”

히무라는 주사기 밀대를 누르는 시늉을 했다.

“마취야. 범인은 오른손에 국부마취를 했어.”

그러고 보니 고이치의 회사, 메디컬 포터 저팬은 미용 외과 수술에 사용하는 마취제도 수입했다. 하지만.

“어째서 그런 짓을?”

“당연히 아파서 그랬지. 범인은 마취하지 않고는 견딜 수 없을 정도로 집게손가락을 크게 다쳤어.”

서걱, 서걱, 서걱. 마스터가 얼음을 깎는 소리가 울린다.

설마.

“손가락을 절단했던 거야.”

에어컨 온도가 5도는 떨어진 것 같았다.

7

“사건 당일, 11월 27일. 고이치는 지인이 경영하는 갤러리에 얼굴을 비쳤고 에이지는 대학 때 친구와 커피를 마신 뒤 각자 도쿄역으로 향했어. 아마 역 화장실 안이었겠지, 고이치는 시선이 미치지 않는 어떤 곳에서 오른손을 마취했다. 두 사람은 같은 도카이도 고속 열차를 타고 열차 안 화장실에서 만났어. 거기서 고이치는 오른손 집게손가락을 뿌리부터 잘라 낸 거야.”

퍽! 마스터가 쥔 페티 나이프가 커팅보드에 부딪쳤다.

“소, 손가락이라니, 그리 쉽게 잘라 내지 못할 것 같은데요.”

“당연하지. 뒷일을 생각하면 예리한 나이프로 똑바로 잘라야 해. 고이치는 최근 궐련을 피웠다고 했지. 근거 없는 상상이지만 시가 커터를 사용했던 게 아닐까?”

저도 모르게 뒤쪽 테이블에 있는 영감님에게 시선이 가서 얼른 눈을 돌렸다. 저 영감님도 가지고 있다. 궐련 끝에 동그란 구멍을 내거나 단두대처럼 커터로 잘라 내는 도구다.

“잘라 낸 손가락은 랩으로 싸서 보냉제를 채운 용기에 넣었어. 절단면에는 거즈를 대고 실로 단단히 묶어 뒀지. 오른손 절단면도 똑같이 처치하고 장갑을 껴서 손가락이 없다는 걸 감춰.

작업을 마친 두 사람은 화장실에서 나와 시치미를 떼고 헤어졌지. 고이치는 신요코하마역에서 내려 미우라 해안으로. 에이지는 형의 손가락을 갖고 열차에 남아 오사카로. 도착하기 전에 옷을 갈아입고 형으로 분장한 에이지는 신오사카역에 도착하자마자 스자쿠 은행으로 갔어.

나와 부딪쳤을 때 에이지의 코트가 젖어 있었던 건 보냉제를 담은 용기를 품에 숨겨 두었기 때문이야. 얼음을 담은 글라스에 이슬이 맺히듯, 손가락이 든 용기도 표면이 젖어 있었지. 그게 코트에 스며든 거야."

히무라가 위스키 잔을 어루만졌다. 물방울이 한 줄기 실처럼 흘러내렸다.

"에이지는 스자쿠 은행에 도착해 시치미를 떼고 개인 금고로 갔어. 그리고 용기에서 형의 손가락을 꺼내 정맥 인증 센서에 댔지. 경비원은 고이치가 금고를 여느라 애를 먹었다고 증언했는데, 그렇게 보였을 만도 해. 남의 손가락을 센서에 갖다 댄 거니까."

"그래도 금고를 열 수 있어요?"

"열려. 손가락 정맥 인증 센서가 하는 일은 손가락에 적외선을 쏘는 거야. 헤모글로빈은 적외선을 흡수하니까 정맥 위치에 그림자가 생기거든. 그걸 센서로 판독하는 구조지. 지혈만 해 두면 잘라 낸 손가락으로도 금고를 열 수 있어. 그렇게 에이지가 오사카에서 알리바이를 만드는 동안 고이치가 미우라 해안에서 노노시마를 살해한 거야."

히무라가 진상을 간파한 순간을 떠올렸다. 그때 나는 감봉 처분을 받은 이유, 동기에게 사원증을 카드 리더기에 대신 찍어 달라고 부탁해서 출근한 것처럼 속였다는 설명을 했다.

고이치가 한 짓은 내 행동과 다르지 않다. 다만 한 가지, 공범자에게 건네준 게 카드가 아니라 자기 손가락이었을 뿐.

"원래는 고이치가 별장 인터폰을 눌러 노노시마가 문을 열도록
할 계획이었겠지. 하지만 노노시마가 편의점에 가는 바람에 집에
돌아왔을 때 습격하게 되었어. 한 손으로 끝장내야 하는 게 조금
힘들지만 불시에 둔기로 내리치면 가능할 거라 판단했겠지.

범행 후에는 어디선가 동생에게 손가락을 받아서 병원에서 접
합 수술을 받으면 돼. 에이지는 이타미 공항에서 아오모리로 가
면 자기 알리바이도 확보할 수 있으니까."

"고이치가 병원에 자기 손가락을 들고 가서 치료를 받았단 말
인가요? 아무리 그래도 수상하게 여길 것 같은데요."

"자기 손으로 잘랐다고 솔직하게 말할 필요는 없어. 공장에서
사고가 났다고 둘러대면 돼. 위조 보험증을 쓰면 나중에 들켜도
꼬리를 잡힐 일도 없어. 절단 부위에는 흉터가 남겠지만 커다란
반지를 끼면 언뜻 봐서는 알 수 없지."

또 기억이 근질거렸다. 에이지가 식품 공장을 그만둔 계기는
연애소설을 좋아하는 동료가 당한 사고였다. 그 동료는 컨베이
어 벨트를 청소할 때 쿠키 커터 전원을 깜빡 잊고 끄지 않았다.
어쩌면 그 남자도 손가락이 잘려서 접합 수술을 받았는지도 모
른다.

여러 사실들이 하나의 답을 가리키고 있다.

남은 문제는 시간이다. 나는 원고를 퇴고하는 마음으로 환승
정보 앱을 켰다.

두 사람이 12시에 도쿄역을 출발하는 노조미 227호를 탔다면 신요코하마역에 도착하는 건 12시 17분. 고이치는 그 십칠 분 동안 자기 손가락을 절단했다는 뜻이다. 각오만 되어 있다면 시간은 충분했으리라.

신요코하마역에 도착해 고속 열차에서 내린 고이치는 미우라 해안으로 향했다. 한 손으로는 운전을 못하니 일반 열차를 타는 수밖에 없다. 12시 29분에 출발하는 요코하마선 쾌속 사쿠라기초행을 타고 가다가 요코하마역에서 게이큐 본선 미사키구치행 특급 열차로 갈아타면 13시 47분에 미우라 해안역에 도착한다. 노노시마가 살해당한 건 오후 3시 20분에서 4시 사이. 중간에 추가로 마취 주사를 놓아도 시간은 충분하다.

한편 에이지는 어떨까. 노조미 227호가 신오사카역에 도착하는 게 14시 30분. 고이치로 추정되는 인물이 스자쿠 은행에 나타난 게 오후 2시 50분이니 이쪽도 문제없다. 나머지는 개인 금고를 열어 형의 알리바이를 만든 다음, 어디선가 형과 합류해……

"어라?"

구글로 손가락 접합 수술을 검색해 보았다. 역시, 이상하다.

"왜 그래? 총명한 스마트폰이 내 추론에 불만이라도 있다고 하나?"

"아니, 그게."

몇 초 망설이다가 스마트폰 화면을 보여 주었다.

“손가락을 다시 접합할 수 있는 한계는 상태가 아무리 좋아도 여덟 시간이래요.”

“알아.”

“개인 금고를 열려면 용기에서 손가락을 꺼내야 하니 아무래도 상태가 조금은 나빠지겠죠. 다시 붙일 수 있는 타임 리밋은 여섯, 일곱 시간이 최대 아니었을까요?”

“그랬겠지.”

“고이치가 손가락을 절단한 건 12시에서 12시 17분 사이. 이 요령으로 생각해 보면 접합 수술이 가능한 건 대략 오후 7시까지예요. 확실하게 붙이려면 6시까지는 병원에 가고 싶었겠죠.”

“맞아.”

히무라는 차분했다. 나는 점점 오기가 생겼다.

“문제는 동생이 어디서 형에게 손가락을 돌려줬느냐예요. 가령 에이지가 신오사카역 사물함에 손가락을 넣어 두고 고이치가 그걸 회수하는 방법은 어떨까? 재빠르게 범행을 마친 고이치가 15시 41분 미우라 해안역을 출발하는 게이큐 구리하마선 특급 열차를 탔다고 쳐도 신요코하마에 도착하는 게 16시 49분. 16시 58분에 출발하는 노조미 241호에 겨우 올라타도 신오사카에 도착하는 건 19시 6분이에요. 거기서 손가락을 꺼내 병원에 달려간들 수술하기에는 이미 늦었을 텐데요.”

“그건 그렇지.”

"그럼 빨리 손가락을 돌려받기 위해 에이지가 요코하마 쪽으로 되돌아오면 어떨까요. 스자쿠 은행에서 나와 15시 6분에 신오사카역을 출발하는 노조미 30호를 타면 17시 14분에는 신요코하마에 도착할 수 있죠. 그곳에서 미우라 해안에서 돌아온 고이치에게 손가락을 건넵니다. 고이치가 바로 병원에 달려가면 절단 후 여섯 시간 이내에 수술을 받을 수 있어요. 손가락이 다시 붙을 가능성도 높겠죠.

다만 이 경우 에이지에게 문제가 생겨요. 노조미 30호에서 내리지 않고 신요코하마역에서 도쿄역으로 바로 가도 도착은 17시 33분. 환승 편이 좋지 않아 아오모리로 가는 다음 열차는 18시 20분에 출발하는 하야부사 41호예요. 신아오모리역에 도착하는 건 21시 37분. 이래서는 도저히 오후 6시 반에 나미오카에 사는 종숙부를 만나러 갈 수 없어요. 항공편도 마찬가지고요. 신요코하마역에서 하네다 공항으로 아무리 빠르게 차를 몰아도 아오모리로 가는 다음 비행기는 18시 40분 출발 JAL 149편. 아오모리 공항에 착륙하는 게 20시니 역시 6시 반 안에는 도착 못 해요."

"검증 고마워. 타당한 지적이야."

"역시."

"지금 건 그 스마트폰에 한 말이야."

히무라가 미지근하게 식은 물을 천천히 마시며 말을 이었다.

"그 문제에는 고이치도 에이지도 골머리를 앓았겠지. 하지만 두 사람은 답을 찾아냈어. 알리바이를 확보하면서 타임 리밋 전에 손가락을 전달할 방법을 만들어 낸 거야.”

히무라가 의미심장하게 말하더니 문득 아득한 곳으로 시선을 던졌다.

“요고 호수 별장에서 있었던 살인 사건*을 알고 있나?”

기억나는 게 없다. 그 호수가 어디에 있는지도 몰랐다.

“몰라도 상관은 없어.”

히무라가 머그잔을 내려놓았다.

“단순한 이야기야. 고속 열차에 태워 보낸 거야.”

아직도 모르겠다.

“미리 몇 번째 칸 어디라고 약속해 두고, 거기에 용기를 숨겨 두면 돼. 쓰레기를 줍는 척하면서 좌석 밑에 테이프로 붙여 뒀던 게 아닐까? 노조미호가 신오사카역에 정차해 있는 동안 용기를 숨겨 두면 두 시간 만에 신요코하마까지 운반해 주지. 고이치는 그걸 받아서 병원에 달려가면 되었어.”

황급히 스마트폰을 조작했다. 에이지가 15시 6분에 신오사카역을 출발하는 노조미 30호에 용기를 숨겨 두면 고이치는 17시 14분에 신요코하마에서 손가락을 회수할 수 있다. 접합 수술을 받을 수 있는 시한도 아무 문제 없다. 에이지는 신오사카역에서

● 쌍둥이 용의자의 알리바이 트릭을 풀어 가는 《매직미러》에 나오는 사건

차로 이타미 공항까지 가면 16시 30분에 출발하는 JAL 2157편을 탈 수 있다. 아오모리 공항에 도착하는 게 17시 55분이니 바로 나미오카로 가면 6시 반 안에 도착한다. 이쪽도 아무 문제 없다.

"마스터."

히무라가 손가락으로 계산하는 시늉을 했다. 마스터가 고개를 끄덕이고 수기로 전표를 썼다.

나는 혼자 눈앞의 블랙 미러를 바라보고 있었다.

거울에 비친 남자는 나와 똑같은 얼굴이다. 하지만 그에게는 없는 것이 있다. 색이다.

마치 고이치와 에이지의 관계 같았다. 대학을 졸업하고 취직해서 오사카 번화가에 회사를 차린 형. 대학을 중퇴하고 시골로 돌아가 일마저 중도에 그만둔 동생. 똑같이 생겼는데도 한 사람은 색채가 풍부한 세상에서, 또 한 사람은 색이 없는 세상에서 살았다.

두 사람은 쌍둥이라는 사실을 이용해 트릭을 실행했다. 서로 역할을 바꿔도 성립되는 트릭이었다. 고이치는 에이지가 손가락을 절단하도록 만들 수도 있었을 것이다.

하지만 고이치는 스스로 불리한 선택을 했다.

그는 계속 후회했던 게 아닐까? 동생을 색이 없는 세상으로 내몰고 만 것을. 그래서 동생의 장학금을 대신 갚아 주고, 빈곤 가정을 지원하는 NPO를 지원하고, 나아가 어머니의 원수를 눈앞에 두고 스스로 손가락을 잘라 내는 역할을 맡은 것이다.

"이제 됐나?"

히무라의 목소리에 정신이 돌아왔다.

"오늘은 너무 많이 떠들었군. 다른 데서는 말하지 마."

그렇게 말하며 카드를 지갑에 넣는다.

평소 같았으면 순순히 인사를 하고 가게에서 나갔으리라. 하지만 이때는 마치 다른 세계에 빠진 듯한, 허황된 고양감에 사로잡혀 있었다.

나답지 않게 스마트폰을 꺼내 메신저 앱을 열었다.

"저, 실례지만 저도 조금은 도움이 되었죠? 이쪽에서 또 사건이 생기면 연락 주시겠어요?"

히무라는 무뚝뚝한 얼굴로 힐끔 쳐다보았다.

"착각하지 마. 너는 우연히 사원증을 맡겨서 출근 기록을 조작한 불량 회사원이지, 도움이 된 건 그 환승 정보 앱뿐이야."

그는 캐멀 상자를 주머니에 넣으며 쌀쌀맞게 덧붙였다.

"나는 친구의 고마움을 통감하고 있던 참이라고."

8

인터폰이 울렸다.

문을 열자 양복을 입은 남자가 서 있었다. 경찰일까? 아니, JR 로고가 붙은 모자를 쓰고 있다. 고속 열차 차장이다.

멀거니 서 있는 내게 남자가 "이걸 받으십시오" 하고 나무 상자를 내밀었다. 뭘까? 반사적으로 뚜껑을 열었다가.

"으악!"

상자를 떨어뜨릴 뻔했다. 듣도 보도 못한 허여멀건 거머리 같은 벌레가 가득 들어 있었다. 다 죽었는지 꼼짝도 하지 않는다.

대체 이게 뭐지? 쭈뼛쭈뼛 들여다보았다가 숨이 턱 막혔다. 전부 몸이 잘려 있었는데 단면에 하얀 뼈가 보였다.

이건 벌레가 아니다.

사람 손가락이다.

뽕! 지이잉. 스마트폰 알림음과 본체 진동 소리가 함께 들렸다. 눈을 뜨니 익숙한 다다미방이었다. 바닥에 굴러다니는 맥주 캔. 과자 봉지. 끈적거리는 손가락으로 화면을 터치해 보니 누군가의 SNS 포스팅을 알리는 알림 문자였다.

하품을 하면서 눈앞의 노트북을 보았다. 색이 없는 남자가 눈곱을 떼고 있었다. 잔업을 마치고 돌아와 신작을 쓰려고 워드 프로그램을 열었는데 차가운 맥주의 유혹에 지고 말았던 모양이다. 고속 열차 차장이 잘린 손가락을 가져다주다니, 성의라고는 찾아볼 수도 없는 꿈이다. 악몽을 소재로 한 호러 소설로 히트를 친 작가도 있지만 결말이 "뿅! 지이잉."이라면 SNS 소재도 못 될 것 같다.

12월 1일, 부교수와 위스키를 마신 이틀 뒤. 가나가와 현경은 고이치와 에이지를 체포했다.

현경 수사원이 요코하마 시내 종합병원을 샅샅이 탐문해 27일 저녁 고호쿠구에 있는 병원에서 손가락 접합 수술을 실시한 사실을 알아냈다. 건강보험 심사평가원에 문의한 결과, 위조된 건강보험증이었다는 사실이 밝혀졌다. 형사가 담당의에게 사진 몇 장을 보여 주었고 담당의는 그 안에서 고이치의 사진을 골랐다고 한다.

어느 인터넷 뉴스에도 히무라의 이름은 없었지만 그가 사건을 해결로 이끌었다는 사실은 명백했다.

'넌 작가가 될 수 없어.'

화면에 떠 있는 nnnnnnnn을 지우는데 어디선가 그 남자의 목소리가 들려왔다.

'베스트셀러를 꿈꾸기 전에 눈앞의 인생을 직시해.'

그때는 화가 났지만 정신이 맑은 지금이라면 알 수 있다. 히무라의 말은 본질을 꿰뚫고 있었다.

나는 회사 생활이 우울해서, 이런 하루하루가 계속된다고 믿고 싶지 않아서, 다른 생각을 하고 싶어 소설을 썼을 뿐이다. 그런 인간이 쓰는 이야기의 수준이 어떨지는 안 봐도 뻔하다.

문득 처음 소설을 썼을 때를 떠올렸다. 고등학교 3학년 봄이었다. 지금이니 알 수 있지만 그 작품은 엉망이었다. 프로 작가라면 분명 가장 먼저 파기할 소재일 것이다. 물론 공모전에서도 떨어졌다.

하지만, 즐거웠다.

키보드를 두드릴 때마다 머릿속에 맴돌던 단어들이 연결되어 이야기가 생겨난다. 그 사실에 흥이 나서 몰입했다. 그때 내 머릿속에는 벤츠도 고급 아파트도 없었다.

한 번 더, 그 즐거움을 맛보고 싶다.

눈을 감고 공상의 나래를 펼쳤다.

문을 두드리는 소리가 들렸다. 택배인가? 물론 시체다. 그것도 그냥 시체가 아니다. 절단된 시체다. 어디가. 손가락? 시시하다. 머리다. 머리 없는 시체다. 어째서 머리가 없는가? 아주 끔찍한 이유면 좋겠다. 뭘까?

식용 목적의 시체였다면? 인간 공장에서 배달된 시체. 얼굴이 붙어 있으면 밥맛이 떨어지니 미리 머리를 잘라 버리는 것이다. 이거 괜찮은데. 최고다.

눈을 떴다. 키보드를 두드리려다가 손을 멈췄다.

이런 짓이 다 무슨 소용이지?

시시하다. 재미없다. 소설의 기본을 갖추지 못했다. 또 그런 혹평을 받을 게 뻔하다.

"후후."

알게 뭐람.

뿅! 알림음이 울렸지만 무시하고 소설을 쓰기 시작했다.

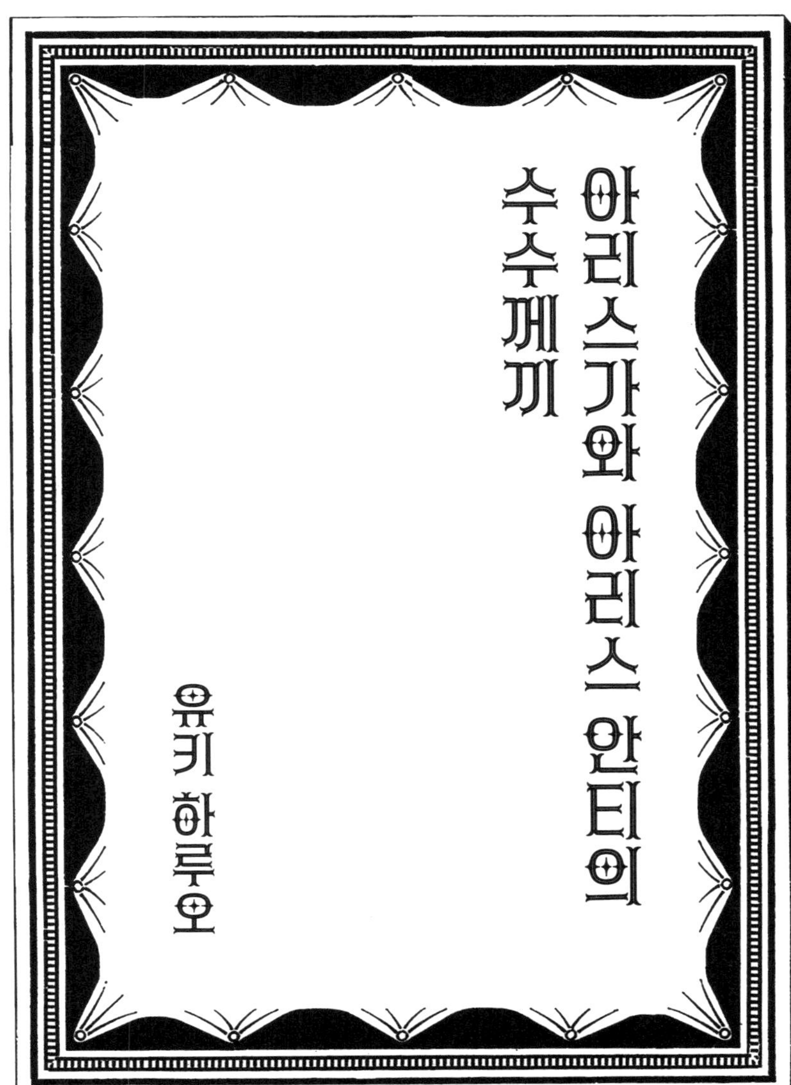

하리스가와 하리스 안티의
수수께끼
야키 하루오

유키 하루오

1993년생. 2019년 〈교수상회의 후계인〉으로 메피스토상을 수상, 같은 해 타이틀을 개정한 《교수상회》로 데뷔. 2022년 발표한 《방주》가 각종 미스터리 랭킹을 석권, 서점대상 후보에도 오르는 화제작이 되었다. 그 밖의 저서로 《서커스에서 온 집행관》, 《시계 도둑과 악인들》, 《십계》, 《살로메의 단두대》가 있다.

1

　도쿄에서는 이동 시간만 거의 하루가 걸렸다. 아침 9시에 시나가와역에서 담당 편집자 미토베 씨와 회의를 하고, 고속 열차로 오카야마로 가서 다시 일반 열차와 버스로 환승했다. 버스 운행 대수가 적어서 정류장에서 두 시간 넘게 시간을 때워야 했다.

　해가 질 무렵 버스에서 내리자 강 건너편에 숙박 예정인 온천 호텔이 보였다. 멀리서 봐도 콘크리트에 갈라진 금이 뚜렷이 보이는, 한껏 낡은 5층짜리 건물이었다. 휘 둘러보아도 주변에 다른 높은 건물은 없었다.

　"뭐야, 지도를 볼 것도 없네요. 자, 그럼 저기까지는 걸어가야 하니."

“아아, 네.”

미토베 씨는 지금부터 찾아갈 건물을 한번 보더니 냉큼 걸음을 뗐다. 나는 숄더백 무게에 학을 떼면서 뒤를 따랐다. 호텔은 강 바로 맞은편이지만 멀리 돌아서 다리를 건너야 했다.

2월이라 추위도 최고조였다. 평일이라 주위에 관광객은 보이지 않았다.

호텔 유리문을 열자 미토베 씨는 스마트폰을 꺼내 예약 메일을 찾았다.

“체크인하고 오겠습니다.”

“아, 잘 부탁드립니다.”

여행 준비는 미토베 씨가 도맡았다.

짐을 내려놓고 바로 저녁 식사를 하러 가자고 한다. 근처 양식집이라는데, 귀찮은 일을 전부 떠맡긴 이상 그의 계획에 트집을 잡을 생각은 없다.

호텔과 같은 도로에 위치한 그 양식집은 바로 몇 분 거리였다. 외벽 회반죽이 온통 벗겨져서 이 또한 한눈에 상당한 세월이 느껴지는 건물이었다. 지도 앱 리뷰만 보면 평가가 극단적이었다.

창문으로 가게 안을 들여다보니 손님은 없었다. 여행 성수기도 아니고 동네 사람들이 오기에는 이른 시간이다.

“예예. 어서 오세요.”

문에 달아 놓은 벨이 울리자마자 여성 점원이 인사했다. 서비스는 정상적인 것 같아 안도했다.

창가의 작은 테이블석으로 안내받았다. 메뉴를 펼치자 고물 디지털카메라로 찍었는지 화질이 엉망인 요리 사진이 쭉 붙어 있었다. 심사숙고는 접고 튀김 정식을 2인분 주문했다.

주문을 마치자 담당 편집자는 물수건과 물컵이 있는 테이블에 두 팔을 얹고 내 쪽으로 몸을 내밀었다.

"뭐 좀 떠올랐어요? 이동 시간이 제법 길었는데."

"아니, 전 흔들리는 곳에서는 머리가 안 돌아가서요. 계속 조수 역할 이름만 고민했습니다."

"뭘로 정하셨어요? 이름요."

"아직 못 정했습니다."

이것은 취재 여행이다. 대체 무엇을 취재하러 왔는가 하면, 나도 잘 모르겠다.

신작 장편을 의뢰받았다. 재작년과 작년, 구약성서 일화에서 타이틀을 따온 클로즈드 서클 소설을 썼는데 비슷한 작품을 한 편 더 써 달라는 것이었다.

아이디어라 부를 만큼 쓸 만한 아이디어를 찾지 못하고 언젠가 텔레비전 여행 프로그램에서 보았던 시골 동네를 염두에 두고, 어떻게든 그 순간만 모면하려고 작은 산간 마을을 무대로 설정했다는 이야기를 했다. 그랬더니 담당 편집자가 현지에 가 보자고 제안했다.

사실 나는 취재 필요성을 못 느꼈다. 실제 장소를 참고로 해야 하는 이야기도 아니고, 흔히들 말하는 '여행에서 영감을 받아 창작에 불이 붙는 경험'도 기대하지 않았다. 지금까지 그런 경험은 해 본 적이 없다.

하지만 여행은 가고 싶어서 "좋네요, 뭔가 아이디어가 나올지도 모르고요."라고 대답했다. 미토베 씨는 일정을 척척 짰고 출판사가 비용을 부담하는 3박 4일 여행이 성사되었다.

나는 출발 전에 신작 아이디어를 정리해 두었다가 취재 여행 중에 마치 현지 풍경에서 아이디어를 얻은 것처럼 설명할 계획이었다. 그렇게 해서 이 여행을 최대한 안락하게 만들 속셈이었다.

그런데 결국 구상에 아무 진전 없이 오늘까지 빈손으로 오고 말았다. 이렇게 된 이상 어떻게든 이곳에서 아이디어를 짜내야만 한다. 재고 확보에 실패한 전매상 같은 기분이다.

"뭐, 이번 달에 플롯을 완성하면 석 달 정도면 쓸 수 있잖아요? 그러면 딱 좋은 시기에 낼 수 있어요."

"예. 어떻게든 되면 다행인데."

나는 뭐라도 있는 것처럼 시선을 돌려 창밖을 보았다.

미토베 씨는 그런 내 행동을 웃음기 하나 없이 바라보고 있다. 작은 동물의 어리석은 생태를 관찰하는 듯한 눈빛이다.

미토베 씨와는 알고 지낸 지 삼 년이나 됐지만 코로나 때문에 직접 얼굴을 볼 기회는 지금까지 손에 꼽을 정도였다. 매사에 철저하고 업무 처리는 믿음직하지만 감정을 드러내는 일이 적어 개인적으로는 어떤 소설을 좋아하는지도 아직 모른다.

신작의 방향성에 대한 의견을 두어 마디 더 나누었다. 그러는 사이 내 관심은 아이디어 발견보다 그의 추궁을 피할 방법으로 기울어 갔다.

낯선 땅, 처음 와 보는 가게에서, 다른 손님도 없다 보니 대화가 가게 안에 크게 울렸다. 아무래도 겸연쩍었다.

그때 아까 주문을 받았던 점원이 안쪽에서 나왔다.

"죄송한데요, 메뉴 사진에는 감자가 들어 있는데 지금 재료가 떨어져서. 그래도 괜찮으세요?"

"아아, 그런가요. 상관없습니다. 괜찮지요?"

미토베 씨를 따라 나도 고개를 끄덕였다. 애초에 메뉴 사진에 감자가 있는 줄도 몰랐으니 불만은 없다.

점원도 대수롭지 않게 여기는 기색이었다. 이 가게에서는 이런 일이 흔한 모양이다.

점원이 주방으로 가서 다시 주문을 전달하더니 무슨 이유인지 또 우리 테이블로 돌아왔다. 그리고 오른쪽 손바닥을 입가에 대고 목소리를 낮추는 시늉을 하면서 실제로는 그다지 작지 않은 목소리로 물었다.

"저기, 혹시 출판사 분이세요? 미스터리 얘기를 하셨죠?"

우리 대화가 다 들린 모양이다. 우리가 아까 털털하게 반응해서 말을 걸어도 괜찮을 거라고 판단한 모양이다.

"아아, 응, 예, 아니, 잠깐……."

미토베 씨가 말해도 되는지 내게 눈빛으로 물어본 다음, 자기는 문예 담당 편집자고 나는 몇 년 전에 데뷔한 미스터리 작가라고 설명했다.

"와, 그럼 이 부근을 무대로 쓰시는 거예요? 살인 사건?"

"아니, 어쩌면 이런 분위기를 가진 장소를 배경으로 쓸지도 몰라서 한번 와 본 겁니다."

괜한 소리를 하지 않도록 주의했다. 섣불리 이곳을 무대로 쓸 거라고 밝히면 괜히 숙제만 더 생긴다. 게다가 사건 현장으로 쓰고 싶어서 견학 왔다는 말에 기뻐할 사람은 없다.

"그러시구나. 이 동네는 평범한 온천 지대인데 달리 볼만한 게 있는가 하면, 딱히 없거든요. 등산 코스 출발점이라 성수기에는 등산객이 많은데, 겨울에는 정말 한산해요.

그래서 뭐 하는 분들인가 궁금했는데 소설 취재라고 하시니 이해가 가네요. 확실히 미스터리 무대로 쓰려면 유명한 관광지보다 이런 곳이 더 분위기가 맞으니까요."

그런 법인가? 아직 아무런 아이디어도 없어서 불안해졌다.

그건 그렇고 나를 알아보지는 못하는 것 같았지만 말투로 보아 점원은 미스터리를 어느 정도 읽어 본 것 같았다.

"어때요? 이 부근에 뭔가 미스터리한 이야깃거리는 없습니까?"

장단을 맞춰 줄 요량으로 그런 소리를 했다가 바로 후회했다.

너무 시시한 질문이었다. 신작 구상이 귀찮아진 나는 담당 편집자와 다시 대화가 재개되지 않도록 무심코 그녀를 붙든 것이다.

"미스터리한 이야깃거리요? 이 동네에서? 으음…… 있나?"

점원은 당혹스러운 목소리로 말하더니 팔짱을 끼고 고개를 갸웃거리며 고민하는 시늉을 했다. 진지하게 뭔가 생각해 내려는 기색이었다.

침묵이 길어질 것 같아 역시 그런 건 없겠지요, 이상한 걸 물어봐서 죄송합니다, 하고 질문을 취하하려 했다.

그런데 나보다 그녀가 먼저 입을 열었다.

"한 가지, 있기는 있는데…… 살인 사건 같은 게 아니라도 괜찮아요? 사실 범죄라고 할 수도 없는 이야기인데. 일단 미스터리하긴 할지도."

"오오. 물론이죠, 어떤 이야기든 좋습니다. 그보다 굉장하네요. 미스터리한 이야기가 그리 흔한 건 아닌데."

내가 물어봐 놓고 무슨 소리람.

"아니, 정말 느낌만 그래요, 느낌만. 진짜 시시한 이야기인데. 하지만 지금 살짝 든 생각이지만, 미스터리 관계자가 들으면 재미있을지도 몰라요.

저기, 아리스가와 아리스라는 사람 아시죠? 작가라고 했으니까."

“아? 네. 압니다, 물론.”

갑자기 너무 친숙한 이름이 나와서 깜짝 놀랐다. 미스터리로 먹고사는 이상 모를 수가 없다.

“아리스가와 선생님이 어떻다는 겁니까?”

“아, 물론 본인하고 무슨 상관이 있다는 건 아니에요. 만나 본 적도 없거든요. 갑자기 가족 얘기를 꺼내서 민망한데, 제 사촌 이야기예요.

그 사촌이 아리스가와 아리스를 엄청 싫어했거든요. 하지만 어째선지 작품은 전부 읽는 거예요. 보통은 싫어하는 작가의 책을 전부 읽지는 않잖아요? 지금 생각해도 영문을 모르겠다니까요.”

2

“아, 잠깐 점장님께 허락받고 올게요.”

우리에게 눈높이를 맞춰 엉거주춤한 자세로 이야기하던 점원이 일단 주방으로 돌아갔다. 이야기가 길어질 것 같아 잠깐 빠져도 되는지 허락받으러 간 모양이다.

우리 쪽으로 돌아온 그녀는 옆자리에서 의자를 가져와 테이블의 비어 있는 쪽에 앉았다.

“죄송해요, 무례하게 앉아 버려서.”

"아니요. 천만에요."

그녀는 먼저 자기소개를 했다. 이름은 후쿠나가 아이, 29세라고 한다. 이 마을에서 태어나 고등학교를 졸업, 이웃 도시에서 전문대를 다닌 두 해를 제외하고는 계속 이곳에서 살았다고 한다.

이곳은 어렸을 때부터 다녔던 가게라 아르바이트할 때도 편의를 많이 봐준다는 이야기까지 했다.

"제 사촌도 이 동네에 살았거든요. 몇 년 전에 떠났지만. 집은 여기서 걸어서 십 분이 채 안 걸리는 곳인데, 지금은 작은외삼촌 혼자 살고 계세요."

"그 사촌이 아리스가와 선생님을 몹시 싫어하는데도 작품은 전부 읽었단 말입니까?"

"그렇다니까요."

"전부라니, 일부 시리즈만 읽은 게 아니라 정말로 전부요? 작품 수가 상당히 많은데요. 단독 저서만도 50, 60권은 될 텐데."

"뭐, 읽는 모습을 본 건 아니니 증거가 있는 건 아니지만, 얘기만 들어 보면 그런 것 같았어요."

후쿠나가 씨는 사촌의 에피소드를 들려 주었다.

"그 사촌하고는 옛날에는 자주 만났어요. 집도 가깝고 사이도 평범하게 좋았고. 그 애 집, 책이 엄청 많거든요. 작은외삼촌이 소설을 굉장히 좋아해서. 그 책들을 읽었을 테니 사촌도 소설을 잘 아는 것 같았어요.

저는 요즘은 조금 읽는 편이지만 옛날에는 책에 별로 관심이 없었어요. 가끔 화제가 되는 책을 사촌 집에서 빌리는 정도일까.

그런데, 저기, 몇 년 전이었죠? 아리스가와 선생님 소설이 드라마로 만들어졌잖아요. 〈히무라 히데오의 추리〉라고."

"아아, 예, 그랬죠. 어…… 처음은 팔 년 전이었던가요? '작가 시리즈'를 드라마로 만든 게."

맞은편에 앉은 미토베 씨에게 물었다.

"맞아요. 첫 방송이 2016년 1월 17일이었던가."

그는 이런 날짜들을 묘하게 잘 기억해서 스마트폰을 보지도 않고 술술 말했다. 〈임상범죄학자 히무라 히데오의 추리〉*가 지상파로 방송된 것이 팔 년 전 이맘때였다.

"그래요, 겨울이었어요. 그 전에도 아리스가와 아리스라는 이름은 알고 있었어요. 작은외삼촌이 좋아해서, 그 집 책장에 그런 이름으로 된 책이 있었다는 건 기억하고 있었거든요. 굉장히 인상적인 이름이잖아요. 하지만 우연히 드라마를 보고 관심을 갖게 되었어요."

팔 년 전 1월 17일. 이미 전문대를 졸업하고 고향에서 느긋하게 지내며 일자리를 찾고 있던 시기였다고 한다.

<hr>

● 사이토 다쿠미가 히무라를, 구보타 마사타카가 아리스 역을 맡아 2016년과 2019년에 걸쳐 본편 총 13화와 외전 단편 3화가 방송되었다.

"그날 밤은 옆 동네 친구하고 노래방에 갈 예정이었어요. 그런데 나가려고 할 때 갑자기 눈이 내려서, 차를 몰고 가기는 위험할 것 같았죠. 어쩔 수 없이 노래방은 취소하고 집에서 텔레비전을 보는데 히무라 히데오 1화가 나왔어요.

평소 같으면 잘 시간이라 멍하니 보고 있었는데, 꽤 재미있어서 원작은 어떤 느낌일까 궁금해졌어요. 그래서 사촌에게 물어보기로 했죠."

그 사촌이라면 원작을 읽었을 것 같았고 추천작도 알려 줄 것 같았다고 한다.

"이틀쯤 지나 사촌을 만나러 갔어요. 그 집 말인데 굉장히 크거든요. 작은외삼촌이 옆 동네에 볼링장하고 레스토랑을 갖고 있어서.

본채하고 별채가 있는데, 본채에는 도서실이 있었어요. 회의실이라고 해도 될 만한 크기인데 벽이 전부 책장으로 된 방이에요. 거기서 사촌을 만났죠."

평일이었지만 둘 다 한가한 처지라 낮 시간에 만나 이런 대화를 나누었다고 한다.

'야, 궁금한 게 있는데. 아리스가와 아리스라는 작가 알지?'

'그야 알긴 하는데. 왜?'

'드라마를 시작했더라고. 원작이 궁금한데 뭐부터 읽으면 돼?'

‘뭐? 읽으려고?’

사촌은 떨떠름한 얼굴로 책장 한 구석을 쳐다보았다. 그곳에는 아리스가와 아리스의 단행본과 신서, 문고가 쭉 꽂혀 있었다고 한다.

도서실의 장서는 사촌의 소유물이 아니라 작은외삼촌이 모은 책이었지만 도서실이라는 이름처럼 가족들은 자유롭게 장서를 읽을 수 있었다. 후쿠나가 씨도 종종 그곳에서 책을 빌렸다고 한다.

‘이름은 대충 알고 있었는데, 한 권도 읽어 본 적이 없어서.’
‘아니, 읽을 필요 없어. 진짜로. 아리스가와 아리스는 정말 읽을 가치가 없어.’

책장에 기대어 있던 그가 후쿠나가 씨에게 등을 돌리더니 내뱉듯 말했다.

‘아니, 책이 이만큼이나 나왔으면 잘 팔린다는 뜻이잖아? 드라마도 나왔고. 그렇게 재미없을 리는 없을 텐데.’
‘아이 너, 세상 물정을 모르는구나. 세상일이란 게 그렇지가 않아. 때로는 하나도 재미없는 책이 이유 없이 각광을 받잖아. 아리스가와 아리스는 정말 전부 그 패턴이야.’

게다가 재미만 없는 게 아니야. 읽은 시간이 아까운 거면 또 모르는데, 그런 게 아니야. 뭐라고 하지, 읽으면 수명이 줄어들 정도로 재미없다니까.'

'그게 무슨 소리야? 저주받은 책이라는 거야?'

'그래, 정말 그렇게 표현해도 될 수준이야. 저주받은 책.'

'제대로 읽은 건 맞아? 뭔가 엄청 대충 떠드는 것 같은데.'

'읽었어, 읽었다니까. 그냥 읽은 것도 아니고 전부 읽었어. 제대로 읽어 보고 하는 말이야.'

'전부? 정말? 그럼 이건 어떤 이야기야? 이 《스웨덴 관의 비밀》이라는 거.'

후쿠나가 씨는 사촌의 어깨 너머 책장에 꽂혀 있는 책등이 파란 문고본*을 가리켰다.

'아아, 그건 눈 속의 밀실 사건이야. 우라반다이에 있는 로그 하우스에서 밀실 살인 사건이 벌어지는 이야기. 드라마화된 히무라 히데오도 나와.'

'흐응. 재미있어 보이는데.'

'그럴 것 같지? 전혀 그렇지 않다니까. 정말 놀라울 정도로 재

● 작가 아리스 시리즈를 다수 출간한 고단샤 문고본의 표지 특징

미없어. 줄거리만 봐도 충분하다니까. 나머지는 인터넷 통신사 계약서를 읽는 거나 마찬가지야.'

'그래? 그럼 이건?《쌍두의 악마》, 굉장히 두꺼운데?'

책등이 노란 문고본*이다.

'맞아. 두꺼워서 최악이야. 히무라 히데오가 아닌 다른 시리즈로 에가미 지로라는 탐정 캐릭터가 나오는데.

고치현 깊은 산속에 기사라라는 자산가가 세운 예술가들이 모여 사는 마을이 있는데, 대학 추리소설 연구회 멤버들이 그곳을 찾아가. 그 마을로 여행을 가서 돌아오지 않는 멤버가 있거든. 그랬는데 강물이 불어서 다리가 무너지는 바람에 연구회 멤버들이 각각 다른 장소로 갈라지는 거야. 강 이쪽하고 저쪽으로.

그렇게 두 개의 클로즈드 서클이 만들어지는데, 양쪽에서 다 살인 사건이 벌어진다……? 뭐 그런 이야기.'

'꽤 복잡한 설정이구나? 그럼 길어질 만도 하네.'

'아니, 아니야. 이런 건 단편이면 돼. 전혀 읽을 가치가 없어.'

'그럼 이《유령 형사》**는? 제목 괜찮은데?'

● 학생 아리스 시리즈를 출간한 도쿄소겐샤 소겐추리문고의 표지 특징
●● 아리스가와 아리스의 작품군 중 'NON 시리즈' 대표작이다.

다시 책등이 파란 책들 사이에서 한 권을 가리켰다.

'제목이 끝이야. 책등만 봐도 돼. 내용은 정말, 종이 낭비라는 말밖에 할 수 없어.'

"왠지 중간부터 재미있어져서 이건? 이건? 하고 책장에서 보이는 제목을 전부 말해 봤는데, 뭘 물어도 계속 그런 식이었어요. 왜, 연예인들이 흔히 주제를 정해 두고 머리글자를 제시하면 재빨리 그 글자로 시작하는 단어를 말하는 게임을 하잖아요? 거의 그거였다니까요. 아리스가와 작품을 물어보면 줄거리하고 어째서 그게 재미없는지 바로 대답하는 거예요."

결국 후쿠나가 씨는 기가 막혀서 이렇게 말했다고 한다.

'세상에, 그렇게 재미없다면서 뭘 그리 열심히 읽었어?'

'아니, 뭐라고 해야 하나, 어쩌다 보니 읽고 말았어. 정말 후회돼. 그거 아닐까? 인쇄한 책에 중독성 있는 뭔가를 발라 놓은 게 아닐까? 그러지 않고서야 이렇게 팔린다는 게 이상해. 출판사도 한통속이야.'

'뭐? 책에 마약을 발라 놨다는 소리야?'

'아니, 잘은 모르겠지만.'

'작은외삼촌은 아리스가와 아리스의 열성 팬 아니었어? 그건

어떻게 설명할 건데?'

도서실의 주인인 작은외삼촌은 특히나 아리스가와 작품을 열심히 읽어서, 같은 책을 두 권씩 살 정도라고 한다.

'그러니까…… 그래, 아버지도 아리스가와 아리스의 앞잡이야. 어쨌거나 아리스가와 아리스는 출판계 최대의 어둠이야. 금기 중의 금기. 아마 무서워서 업계에서 아무도 규탄하지 못하는 거야. 세상이 미쳐 돌아가. 읽히지 않는 게 상책이야. 난 이미 늦었지만.
금서라고 들어 봤지? 나는 기본적으로 언론 통제 행위를 일절 반대하지만, 아리스가와 아리스의 책은 예외를 인정해야 한다고 생각해. 정부가 솔선해서 사회에서 말살해야 마땅해.'

그의 표정은 진지하기 그지없었다.
"그래서 어쩔 수 없이 그대로 돌아왔어요. 영문을 모르겠죠?"
확실히 어디까지 사실로 받아들여야 할지 판단이 곤란한 이야기였다.
미토베 씨가 말했다.
"아리스가와 씨 작품은 저희 출판사에서도 냈는데, 일단 책에 중독성 물질을 바르는 일은 절대 없습니다."

“그럼요. 당연히 알죠. 결국 그때는 그걸로 끝이었어요. 다만 드라마는 습관처럼 계속 보고 있었는데, 최종화가 끝난 다음…… 그해 3월이었죠? 그때쯤 사촌이 독립해서 떠났어요.

그래서 다시 작은외삼촌 댁에 가서 도서실 책장에서 빌려서 읽어 봤죠. 아리스가와 아리스. 엄청 재미있었어요.”

“그랬군요. 재미있죠?”

당연하다.

“어느 걸 읽었습니까?”

“어, 제법 많이 읽었어요. 처음 읽은 게 《46번째 밀실》이었고, 그 다음 국명 시리즈도 쭉. 그리고 학생 아리스 쪽도 장편은 전부 읽었어요.

시리즈가 아닌 작품도 좋았어요. 단편집이나. 〈등용문이 너무 많다〉는 완전 제 취향이에요.”

“아아, 그거 좋죠. 《줄리엣의 비명》에 들어 있는 작품이죠.”

나는 솔직하게 공감했다.

“그런데 그렇게 되니까 더더욱 사촌이 대체 무슨 소리를 했던 걸까 궁금하지 않겠어요?

제대로 읽었다는 사촌의 말은 진짜 같아요. 읽어 보고 알았는데 일단 내용에 대한 설명은 맞긴 했거든요. 다만 감상이 왜 그 모양인지 이해할 수 없었죠.”

이 설명만 들으면 작품 평이 너무 엉망진창이라 화를 낼 의욕도 생기지 않는다. 《쌍두의 악마》가 단편? 말도 안 된다.

"사촌이라는 분은 평소에도 그렇게 독서 감상이 특이한 분이었나요?"

"아니, 절대 그렇지 않았거든요. 옛날부터 종종 책을 추천해 줬는데 제 취향도 잘 알고 괜찮은 책을 골라 줘서, 꽤 신뢰하고 있었어요.

그래서 왜 아리스가와 선생님에게 적개심을 드러냈는지 정말 이해가 안 가요."

모든 작품을 제대로 읽어 보고 사회에서 말살해야 한다고 말한 것이다.

그런 괴팍한 독자도 드물다. 어지간히 집요한 안티라는 뜻일까? 그렇다면 조금 더 거슬리는 비평을 할 법도 한데.

"사촌분은 독립하셨다고요. 지금은 어떻게 지냅니까?"

"지금 일본에 없어요. 캄보디아에 가 있는데. 이것도 가족 얘기라 조금 그렇지만…… 작은외삼촌이 거의 이십 년 전에 이혼하셨거든요. 작은어머니가 캄보디아에서 일하는 사람하고 재혼해서 계속 외국에 살고 있어요. 사촌은 생각한 바가 있어 그쪽 일을 돕기로 했다면서 갑자기 여기를 떠났고요."

"허, 그랬습니까? 그럼 그 후로 거의 못 만나셨나요?"

"거의라고 해야 하나, 한 번도 못 봤어요. 일 년에 한 번 정도 일본에 돌아오긴 하는 것 같은데 여기까지는 안 와서요.

아주 가끔 연락은 하는데. 새해 안부 인사나. 아, 제가 아리스가와 선생님 책을 몇 권 읽고 메시지를 보낸 적이 있어요. '아리스가와 아리스 읽어 봤는데 완전 재미있던데'라고. 메시지를 읽어 놓고 무시하더라고요. 저도 애초에 그 애가 무슨 생각을 하는지 알 수가 없어서, 그 이상 깊이 따지지는 않았어요."

그런 경위로 사촌의 행동은 팔 년 남짓한 세월 동안 수수께끼로 남아 있었던 것이다.

기묘한 이야기라 실체가 없다. 사촌이 괴짜였다고 하면 그만이지만 다른 사정이 있을 것 같기도 하다.

"별것 아니라면 아니지만 계속 궁금하긴 했거든요. 미스터리한 이야기 맞나요, 이거?"

"맞는 것 같습니다. 훌륭한 수수께끼예요. 다만 어떻게 해석하면 좋을지. 당장 떠오르지 않네요."

나는 미토베 씨에게 시선을 던졌다.

역시 이렇다 할 해답을 찾지 못한 건지, 신작 장편 이야기가 어중간하게 끊겨서 신경 쓰이는 건지, 뭐라 말할 수 없는 표정을 짓고 있었지만 대화가 끊긴 것을 알아차리고는 무난한 대꾸를 했다.

"아리스가와 씨도 글을 오래 쓰시다 보니 다양한 독자가 있나 봅니다. 아무래도."

이윽고 주방에서 "아이! 요리 다 됐다!"라는 소리가 날아왔다.

"아, 죄송해요. 이야기는 이걸로 끝이에요. 그럼 요리 가져다

드릴게요."

그녀는 자리에서 일어나 의자를 옆 테이블에 돌려놓고 주방으로 갔다.

튀김 정식은 메뉴에 있던 어설픈 사진보다 훌륭하고 맛있었다.

계산할 때 카운터에서 후쿠나가 씨가 깜빡 잊고 있었다는 듯이 물었다.

"그러고 보니 사흘 동안 묵으신다고 하셨죠? 내일 계획은 뭐예요?"

"어, 그냥 이 부근을 구경하려고요. 재미있는 게 없는지. 그래서 뭘 쓸지 천천히 생각해 볼까 하고……."

'천천히'라고 말하면서 미토베 씨의 눈치를 살폈다.

"맞아요. 그럴 예정입니다."

그가 사무적인 목소리로 말했다.

"시간 있으면 아까 말씀드린 작은외삼촌 댁에 가보실래요? 정말 애서가라 출판 관계자를 만나면 기뻐하실 거예요. 게다가 집 구조가 꽤 재미있거든요. 이것저것 복잡하게 설계해 놔서, 별채는 디자인이 옛날 유럽 스타일이에요. 그리고 골동품이나 만년필도 모으시니까 혹시 관심 있으면 구경하는 것도 의외로 즐거울 거예요.

아, 하지만 모셔 가려면 일단 작은외삼촌에게 여쭤보긴 해야 하니, 허락부터 받아야 하지만."

"맞다, 작은외삼촌 댁이 근처라고 했죠."

구미가 당기는 제안이었다. 무슨 글을 쓸지 정하지 못했으니 어차피 무슨 구경을 해도 마찬가지다. 방금 전에 들은 이야기 때문에 아리스가와 아리스를 싫어하는 사촌이란 사람이 궁금하기도 했다.

후쿠나가 씨가 작은외삼촌에게 물어보고 우리가 묵는 호텔로 연락을 주기로 했다.

3

이튿날. 아침 식사를 마치고 오전 9시쯤 주변을 둘러보려고 호텔을 나섰다.

취재가 이 여행의 본래 목적이지만 당장 하는 일은 그냥 구경이다.

미토베 씨와 함께 근처 댐까지 삼십 분쯤 걸어가서 주위를 한 바퀴 돌고 산속 산책 코스를 따라 작은 신사에 갔다가 마을이 한눈에 보이는 전망 좋은 곳에서 잠시 쉬었다.

길에서 신기한 것을 발견하면 "어쩌면 트릭에 쓸 수 있을 것 같네요."라고 말해 보기는 하지만, 이것은 미스터리 작가의 일반적인 입버릇이라 큰 의미는 없다.

걸음을 뗄수록 불안이 쌓였다. 태평하게 취재 여행을 온 이상 이곳에서 보고 들은 것을 소재로 작품을 써내야 하는데, 아니나 다를까 구상은 제자리걸음이었다.

올가을 안에만 출간할 수 있으면 된다고 했다. 그때까지 맞추는 게 불가능하다면 유예 기간은 얼마나 될까? 그러고 보니 아리스가와 아리스의 《말레이 철도의 비밀》 후기에 편집자가 준비해 줘서 태국과 말레이시아로 6박 7일 취재 여행을 갔는데 탈고까지 그로부터 사 년 반이 걸렸다는 내용이 있었다. 내 경우 3박 4일 국내니까 그것보다는 죄(?)가 가볍겠지.

하릴없는 생각이 머릿속을 점령하는 바람에 좀처럼 다음 작품 생각이 들지 않았다.

점심때를 지나서 일단 호텔로 돌아갔다.

열쇠를 받으러 프런트로 가니 후쿠나가 씨가 남긴 연락 메모가 있었다. 작은외삼촌이 저녁 6시쯤 집에 돌아오니 그 이후라면 만나서 이야기를 나눌 수 있다는 것이었다.

"어떻게 할까요? 가 볼까요?"

미토베 씨가 내 의향을 물었다. 그는 이럴 때 작가에 대한 배려의 일환으로 자기 의견은 말하지 않고 선택을 맡기는데, 이 취재 여행에 의무감을 느끼고 있는 지금은 조금 숨이 막혔다.

"그럼 흔한 기회도 아니고, 재미있는 저택이라고 하니."

메모에 연락처가 적혀 있어서 미토베 씨가 전화해 보았다.

후쿠나가 씨가 오후 5시 반에 호텔로 와 주겠다고 했다. 만나서 집까지 걸어갔다. 후쿠나가 씨의 작은외삼촌은 마쓰무라 씨라고 했다.

"죄송합니다, 안내까지 해 주시고."

"아뇨, 이 정도야. 저는 기본적으로 진짜 한가하거든요. 오늘은 가게도 휴일이고. 저야말로 여행 중이신데 일부러 와 달라고 해서 죄송해요.

작은외삼촌께 출판 관계자가 와 있다고 했더니 역시 엄청 관심을 보이시더라고요. 그러니까 뭐, 괜찮으시면 이것저것 들려주세요."

그런 대화를 하며 온천 마을을 걸었다.

밖은 이미 어둡고 추웠다. 창백한 가로등이 규칙적으로 뻗어 있다. 인적은 적지만 주변 상점이나 민가에서 저녁 시간 특유의 바쁜 기척이 흘러나와 적적하지만은 않았다.

강 상류를 향해 큰길을 한참 걸었다. 건물이 점점 줄어들었을 때 오른편으로 꺾인 샛길이 보였다.

"이쪽이에요. 조금만 더 가면 돼요."

후쿠나가 씨가 가리킨 방향에 밭을 사이에 두고 숲에 둘러싸인 커다란 2층 저택의 실루엣이 보였다. 창가에는 불이 켜져 있었다. 밤인데도 훌륭한 건축물임을 알 수 있었다.

50미터쯤 걸어 저택 앞까지 가보니 숲처럼 보인 것은 담을 따라 심은 훌륭한 정원수였다.

문에는 '마쓰무라'라는 팻말이 걸려 있었다. 그 문을 지나니 정원에 자갈을 깔아 놓은 곳이 있었는데 주차 구역 같았다.

"아, 작은외삼촌이 아직 안 돌아오셨나봐요. 뭐, 곧 오실 거예요."

"지금은 다른 분은 안 계십니까?"

"엔도 씨라고, 집안일을 도와주시는 분이 있어요. 오래전부터 도와주셔서 거의 가족이나 다름없는 분이에요."

건물은 주위 경치에 비하면 이질적인 노출 콘크리트 양식이었다. 넓은 정원을 둘러보니 오른쪽에 건물이 하나 더 있었다. 그쪽은 1층짜리 건물로 앞쪽에 있는 건물과 달리 고풍스러운 서양식 건물이었다. 어제 들은 바로는 별채가 있다고 했으니 아마 그것이리라.

후쿠나가 씨는 노크도 하지 않고 본채 현관을 열었다.

안으로 들어가니 복도 안쪽에서 자그마한 초로의 여성이 우리 쪽으로 다가왔다.

"엔도 씨, 어제 말씀드린 손님이에요."

"아아, 예, 안녕하세요, 어서 오세요."

엔도 씨는 우리가 민망할 정도로 깊숙이 고개를 숙였다.

"뭐라도 내올까요?"

"앗, 그럼 아무거나. 커피 괜찮으세요?"

후쿠나가 씨가 우리를 돌아보며 물었다. 우리는 교과서 대화 예문처럼 신경 쓰지 말라고 대답했다.

후쿠나가 씨는 우리를 도서실로 안내해 주었다. 응접실도 있지만 어제 이야기한 것도 있고 모처럼 왔으니 여기서 기다리기로 했다.

들은 대로 12평쯤 되는 방이었다.

사방의 벽에 바닥부터 천장까지 닿는 책장이 있고, 중앙에는 카페처럼 동그란 테이블이 있었다. 책장은 선반이 꽤 깊어서 대형 화집도 꽂을 수 있었다. 4×6판보다 작은 책은 앞뒤 두 겹으로 꽂혀 있었다.

제법 훌륭한 도서실이다. 권수로만 따지면 이보다 많은 책을 가진 독서가도 드물지 않지만 콘크리트 벽에 철근으로 고정한 책장이 세련되었다. 쭉 꽂혀 있는 책은 대부분의 일반 서점과 같은 방식으로 배치해 단행본은 작가별, 문고와 신서는 출판사별로 꽂혀 있었는데 한 치의 오차도 없이 철자순으로 정리되어 있었다.

장서는 역시나 미스터리로 분류되는 작품이 많았다. 태평양

전쟁 후부터 2000년대 초에 데뷔한 작가가 메인이었지만 에도가와 란포상 같은 건 최신 수상작도 있어서 신간도 빠짐없이 읽는 것 같았다.

한편으로 질서정연하기는 하지만 작품은 이가 빠진 게 많았다. 요코미조 세이시는 《혼진 살인 사건》, 《옥문도》, 《이누가미 일족》, 《팔묘촌》 외에 《유령남》이나 《사신의 화살》도 있는데 《악마가 와서 피리를 분다》가 없다. 마쓰모토 세이초는 《눈의 벽》과 《점과 선》이 없다.

이 집 주인은 책을 쌓아 놓고 보는 타입이 아닌 듯했다. 읽을 작정으로 책을 사서 다 읽은 것들이 쌓여 완성된 것이 이 도서실인 것이다. 어차피 제대로 읽지도 않을 전집을 잔뜩 사서 책장을 압박하는 나와는 다르다.

"보세요, 저기예요. 아리스가와 선생님 책."

후쿠나가 씨가 가리킨 곳은 가장 안쪽 책장의 천장 부근이었다.

다가가서 책장을 올려다보니 말마따나 그곳에는 아리스가와 작품이 전부 꽂혀 있었다.

장관이다. 《월광 게임》 단행본부터 《긴 복도가 있는 집》 문고 신장판까지, 그의 저서가 쭉 꽂혀 있다.

나도 아리스가와 작품은 대부분 읽었지만 단행본과 문고까지 전부 가지고 있지는 않고, 정돈을 하지 않아 책장 여기저기에 흩어져 있다. 이렇게 모든 판형이 빠짐없이 모여 있는 광경은 처음

보았다.

"이거 정말 대단한 팬이 만든 책장이네요."

장서에서는 수집가적 성격을 찾아볼 수 없었는데 아리스가와 작품에 한해서는 한 치의 타협도 없었다.

"게다가 이게 다가 아니에요. 작은외삼촌은 기본적으로 살 때는 두 권씩 샀어요. 그러니 별채 서재에 아리스가와 씨 책이 한 세트 더 있는 거죠."

어제도 그런 이야기를 들었다. 둘째가라면 서러울 애독자다.

다른 책과 비교해도 뚜렷이 아리스가와 작품만 특별 취급이다. 판형과 상관없이 한곳에 모아 둔 것도, 안쪽 책장의 높은 곳에 꽂아 둔 것도, 생각하기에 따라서는 감실에 모셔 둔 거라고 볼 수도 있었다.

"그렇게 저는 팔 년 전, 드라마를 보고 여기에 책을 빌리러 왔다가 사촌에게 아리스가와 아리스는 전혀 읽을 가치가 없다는 영문 모를 소리를 들은 거죠."

후쿠나가 씨는 책장 앞에서 당시 강변했던 사촌의 자세를 흉내 냈다.

실제 상황을 눈으로 보고 어제 들은 이야기를 떠올려 보니 사촌의 행동은 그냥 괴짜의 변덕이라는 말로 끝나지 않을 것 같았다. 이곳 장서에는 주인의 경의가 담겨 있다. 사촌은 명확한 이유가 있어 그것을 부정한 게 아닐까?

"사촌이란 분은 아버님과 사이가 어땠습니까? 여쭤봐도 될까요?"

"아, 네. 다 지난 일이니. 뭐, 사이는 별로 좋지 않았던 것 같지만 그렇게 엄청 나빴던 것도 아닐 거예요.

아, 제가 사촌 이름을 말씀드렸던가요? 유이치라고 해요.

유이치는 외동아들인데 어렸을 때 부모님이 이혼하셔서, 상당히 오랫동안 작은외삼촌하고 둘만 살았어요. 작은어머니가 외국에 갈 때 유이치를 데려가기는 힘드니까 이곳에 남게 됐을 거예요.

그래서 속에 품은 생각이 있었는지 작은외삼촌과 이야기할 때면 사춘기 감성이라고 할까, 데면데면한 구석이 항상 있었어요. 성인이 되고 나서도. 다만 그렇게 험악한 느낌은 아니었어요."

유이치는 초등학교부터 고등학교까지 계속 이곳 학교를 다녔고 대학은 사이버 대학에 들어가서 근처 공장에서 아르바이트를 하며 집에서 공부했다고 한다. 그랬는데 팔 년 전 결심을 굳히고 어머니의 재혼 상대가 일하는 캄보디아에 가기로 했다는 것이다.

후쿠나가 씨는 연락은 거의 없지만 아마 잘 지내는 것 같다고 했다. 힘들면 일찌감치 우는 소리를 하며 돌아오고도 남았을 거라는 이유였다.

"아리스가와 선생님 책을 그렇게 싫어했던 건 역시 작은외삼촌 때문이었을까요? 작은외삼촌이 엄청 좋아하니까 그 반동으로 싫어졌다, 그런."

"부모가 미우면 아리스가와 아리스까지 밉다는 건가요?"

그렇다면 아리스가와 선생님은 억울하기 짝이 없는 일이다.

엔도 씨가 커피를 가져다주었다. 도서실 중앙 테이블에서 커피를 마시며 집주인의 귀가를 기다렸다.

4

후쿠나가 씨가 읽은 아리스가와 작품의 감상을 듣거나 신장판 문고를 뒤적거리는 사이 이윽고 자동차 타이어가 자갈 위를 지나는 소리가 들렸다.

"아, 작은외삼촌이 돌아오셨네요. 잠깐 기다리고 계세요."

후쿠나가 씨는 그런 말을 남기고 도서실에서 나갔다.

옷매무새를 가다듬으며 살짝 긴장해서 기다리고 있으려니 잠시 후 문이 열렸다.

후쿠나가 씨와 함께 들어온 사람은 쉰이 넘어 보이는 남성으로 회색 셔츠에 캐주얼한 재킷을 입고 있었다. 기름한 턱수염에 테가 컬러풀한 안경을 쓰고 있었다. 레스토랑과 볼링장을 경영한다고 하더니 복장도 자유로운 것 같았다.

"오, 안녕하십니까. 잘 오셨습니다."

그는 온화하게 미소 지으며 우리를 향해 고개를 숙였다. 사업

가인데도 장사꾼 같은 분위기는 없는 세련된 동작이었다.

우리도 황급히 고개를 숙였다.

"갑작스럽게 찾아와서 죄송합니다."

남의 집에 쳐들어간 입장이라 미토베 씨는 명함을 꺼내 인사했다. 명함이 없는 나는 그의 소개를 받아 인사했다.

"예, 말씀은 들었습니다. 조카가 먼저 말을 꺼냈다고 하니, 저도 꼭 들러 주셨으면 해서."

작품은 읽어 보지 않았지만 내 이름을 알고 있어서 빈집에 들여 준 것이었다.

미토베 씨가 도서실을 둘러보며 말했다.

"여긴 정말 훌륭한 방이네요. 편집자 입장에서는 자기가 만든 책이 이런 곳에 꽂혀 있다고 생각하면 정말 기쁘거든요."

"아이고, 여긴 말이죠. 제가 음식점을 하다 보니 인테리어에 조금 까다로워서요.

어떻습니까, 여기는 다 보셨으면 별채로 안내할까요? 제 서재인데 작품 무대로 써 주셔도 되고요. 아, 맞다. 잠깐만요, 엔도 씨?"

문을 열고 이름을 부르자 엔도 씨가 복도에서 달려왔다.

"부르셨어요?"

"별채 난방은 괜찮나?"

"예. 따뜻해졌습니다."

"그래. 고맙네."

"제가 또 도울 일이 있나요? 차 한 잔 더 드릴까요?"

"그만 가 봐도 돼. 알아서 할게. 아이도 있으니까."

엔도 씨는 인사하고 안쪽으로 물러났다.

"엔도 씨는 벌써 이십 년 가까이 집안일을 도와주고 계십니다. 아침에도 식사 전에 와서 정원 청소도 해 주고, 그대로 저녁때까지 머물다가 제가 일을 마치고 돌아온 다음에야 돌아가거든요. 정말 고마운 분이죠."

엔도 씨는 근처에 산다고 했다. 특히 이 집에 아들이 있었을 때는 집안일을 챙길 여력이 없어 큰 도움을 받았다고 한다.

마쓰무라 씨의 뒤를 따라 복도 안쪽으로 들어갔다. 뒷문으로 가는 것 같았다.

가는 길에 코트를 입고 작은 가방을 든 엔도 씨를 보았다.

뒷문을 지나 밖으로 나가 정원을 열 몇 걸음 걸어가니 화단 두 개가 보였다. 그 사이로 난 포장로 끝에 별채 현관이 있었다.

멀리서 본 인상과 같이 아르누보 스타일의 서양식 건물이었다. 섬세한 장식이 있는 출창에서 오렌지색 불빛이 새어 나오고 있었다.

그 창문만 봐도 상당히 신경 쓴 건물이라는 것을 알 수 있었다. 요즘은 이런 건물을 지어 주는 시공업자를 찾는 것도 일이다. 건물 자체는 그리 크지 않지만 그래도 분명 상당한 비용이

들었을 것이다.

"사실 방이 모자란 건 아니에요. 하지만 도락으로 지어 버렸죠. 서양의 고전 미스터리를 읽으며 자라다 보니 옛날부터 이런 걸 동경해서. 짓고 나니 생각보다 관리가 힘들지 뭡니까. 옛날 사람들은 어떻게 살았는지 모르겠어요."

현관 옆에는 갈퀴와 빗자루, 제설 도구가 놓여 있었다. 전부 현대적인 실용품으로 이곳만큼은 고풍스러운 서양식 건물의 분위기와 약간의 타협을 본 것 같았다.

마쓰무라 씨는 현관문 손잡이를 잡았다. 안쪽은 작은 현관홀이었는데 맞은편 정면과 오른쪽에 문이 있었다. 신발을 신은 채로 올라오라고 했다.

오른쪽 방 문을 열었다.

따사로운 열기가 문에서 새어 나왔다. 실내를 들여다보니 맞은편 벽 중간에 주물로 만든 묵직한 장작 난로가 있고 오렌지색 불꽃이 활활 타오르고 있었다.

6평 쯤 되는 서재였다. 바닥에는 대리석 타일에 중앙아시아 제품으로 보이는 카펫이 깔려 있다. 방 가운데에는 큼직한 흑단 책상이 있고 벽 가에 배치한 장식장도 역시 흑단이었다. 전부 튼튼하고 중후한 재료를 사용했다.

"이것도 오백 년쯤 된 가구들인데 일단 전부 해체해서 사포질로 깨끗하게 다듬은 다음 다시 조립해 달라고 직공들에게 부탁했어요."

마쓰무라 씨는 책상 모서리를 붙잡아 흔들며 말했다.

조명은 세 개였는데 머리를 부딪치면 졸도할 법한 철제 갓이 덮여 있고 어린아이 팔뚝만큼 굵은 사슬로 천장에 매달려 있었다. 책상 위의 루페, 책장에 장식한 파이프도 전부 연륜이 묻어나는 것으로 보아 어디서 구해 온 골동품인 것 같았다.

"굉장하군요. 손이 안 간 데가 없는데요."

나도 이런 골동품을 해외 경매 사이트에서 조사해 본 적이 있다. 금액이 비싸거나 수송 절차가 복잡해서, 애써 한두 개 손에 넣어 봤자 부질없다 싶어 포기했다.

"일부러 옛날 디자인으로 지었으니 옛날 물건으로 실내를 통일하려고 수집했습니다. 실은 난방도 벽돌 난로를 만들고 싶었는데 화재가 무서워서 장작 난로로 참았어요. 유리문이 달려 있는 게 안전하니까요."

나는 실내를 한 바퀴 둘러보았다. 양해를 구하고 스마트폰으로 실내 사진을 찍었다.

"에어컨도 없군요. 철저한데요."

"잘 보셨습니다. 여름은 시원하니까 괜찮고, 겨울도 장작 난로뿐이에요. 에어컨을 달면 아무래도 분위기가 좀. 이 부근은 조금만 나가면 다 숲이라, 간벌목을 얻어와 그걸 말려서 장작으로 씁니다."

마쓰무라 씨가 방 안쪽에 있는 창문을 열었다.

그러자 차양 밑에 30센티미터 길이로 다듬은 장작이 난잡하게 굴러다니고 있었다.

"이런 식이죠. 본채 근처에 장작 창고가 있긴 한데 그쪽에 다 들어가지 않는 장작은 이렇게 정원에 대충 던져 놓습니다. 매일 엔도 씨가 창고에서 장작을 가져와서 불을 피워 주시죠."

장작 난로 옆에 커다란 양동이가 있고 장작이 가득 담겨 있었다.

"좋네요. 정말 우아합니다."

"뭐, 우아하달까, 유별난 거죠. 안 해도 될 불편을 일부러 감수하는 거니까요. 다만 설계는 솔직히 조금 잘못했어요. 옆방은 세면대도 있어서 침실로 쓸 계획이었는데 결국 전혀 안 쓰고 있거든요. 너무 추워서. 단열에 더 신경 썼어야 했는데 옛날 설계 방식에 집착하느라.

그래서 잘 때는 결국 본채으로 돌아갑니다. 여긴 정말 그냥 서재예요. 이렇게 황당한 집을 지어 버렸으니 그렇게라도 겨우 쓰는 거죠. 이런 도락에 오기를 부리게 되더라고요, 제가."

하지만 불편을 즐길 여유가 있는 동안은 우아하다고 해도 될 것이다. 게다가 본격 미스터리의 잣대로 말하면 이 건물 설계는 충분히 합리적인 범주에 든다.

마쓰무라 씨는 창문을 닫고 뒷짐을 지고 실내를 둘러보더니 잠시 후 뭔가 생각났다는 듯이 말했다.

"맞다, 만년필이라도 보여 드릴까요? 괜찮으시다면."

그가 만년필을 수집한다는 건 어제 후쿠나가 씨에게 들어서 알고 있었다.

나는 관련 지식이 전혀 없다. 모처럼 생긴 기회라 구경하기로 했다.

마쓰무라 씨는 흑단 장식장 아래쪽 서랍을 열어 기다란 상자를 줄줄이 꺼내 책상 위에 늘어놓았다.

"열심히 모았던 건 벌써 이십 년 전 일이지만요."

수집품을 꺼내 보는 것도 상당히 오랜만인지 이따금 어라, 이런 것도 있었나, 하고 중얼거렸다.

백 자루는 족히 되어보였는데 몇만 엔으로 살 수 있는 것부터 백만 엔을 넘는 한정품까지 국내외 브랜드 제품이 골고루 있다고 했다. 자랑할 만한 만년필을 열 자루 정도 상자에서 꺼내 주었다.

모든 요소를 고풍스러운 취향에 맞춘 방이었지만 예외가 두 가지 있었다.

하나는 책상 위에 놓인 최신 노트북. 현대인의 서재인 이상 없을 수는 없다.

또 하나는 장식장의 아리스가와 작품이었다.

제일 오래된 책도 89년 출간*이라, 장정이 서재와 조화를 이룬

* 학생 아리스 시리즈 첫 번째 장편 《월광 게임―Y의 비극 '88》을 뜻한다. 사건의 무대는 1988년이지만 1989년 1월에 간행되었다.

다고 말하기는 어렵다. 그래도 굳이 눈에 잘 띄는 곳에 꽂아 두었으니 상당히 우대하는 셈이다. 손이 닿는 자리에 모아 두는 것을 중시한 느낌이었다.

미토베 씨가 그 책들을 바라보며 말했다.

"마쓰무라 씨는 언제부터 아리스가와 씨 책을 읽으셨습니까?"

"으음, 《외딴섬 퍼즐》이 나왔을 무렵부터였죠. 그러니 정말 초기부터. 그전에는 굳이 따지자면 해외 미스터리를 읽는 편이었는데, 현대 일본을 무대로 이런 엘러리 퀸 스타일의 작품을 읽을 수 있다니 기뻐서 말입니다. 그리고 얼마 후에 나온 《매직미러》가 너무 좋아서. 걸작 아닙니까? 데뷔작부터 내리 세 작품을 읽어 보고 완전히 빠져 버렸어요. 그 이후부터 전부 사고 있죠. 다른 작가의 책은 굳이 두 권까지 사지 않지만, 이 작가는 조금 애착이 깊어서요."

《매직미러》는 걸작이다. 나도 이견은 없다.

"참고로 2016년에 방송된 드라마도 보셨습니까? 히무라 히데오가 나오는."

"아아, 봤지요. 나중에 OTT로 볼까 하다가 그래도 첫 방송 정도는 실시간으로 보려고 출장 일정을 앞당겼어요. 이 집에는 텔레비전이 없거든요. 호텔에서 봤지요."

1월 18일부터 1박 2일로 도쿄 출장을 갈 예정이었는데 드라마를 보려고 일부러 하루 일찍 호텔에 묵었다고 한다.

"그러고 보니 작은외삼촌, 유이치는 결국 아리스가와 선생님 책을 좋아했던 거예요, 싫어했던 거예요?"

후쿠나가 씨가 느닷없이 물었다. 애초에 그녀의 사촌이 어떤 이유에선지 강렬한 아리스가와 아리스 안티였던 것이 우리가 이 집에 초대받은 계기였다.

마쓰무라 씨가 쓴웃음을 흘렸다. 사정은 어제 들은 모양이었다.

"아아, 뭐라고 하나, 죄송합니다. 아들이 묘한 소리를 하는 바람에."

사실 마쓰무라 씨 입장에서 보면 굳이 손님과 함께 토론할 문제도 아니지만 우리가 출판 관계자라 그런지 은근히 미안해하는 기색이다. 딱히 책임을 느낄 문제도 아닌 것 같은데.

"하지만 말입니다. 아리스가와 선생님께 무슨 억하심정이 있는지. 그 녀석이 중학교 1학년인가 2학년 때 제가 추천하긴 했어요. 《스웨덴 관의 비밀》이었나. 재미있으니 읽어 보라고요."

"감상은 들으셨나요?"

"아뇨, 별말 안 하더라고요. 굳이 부모에게 책이 어땠다는 말은 보통 안 하죠. 하지만 다른 책도 몇 권 읽는 눈치길래 재미있었나 보다 했죠."

몇 권은커녕 후쿠나가 씨 짐작으로는 모든 작품을 읽었을 거라 했다. 그런데도 그는 아리스가와 아리스를 출판업계의 흑막이라며 규탄하는 음모론자가 된 것이다.

"이유가 뭐였을까요? 제게 불만이 있어서 아리스가와 선생님께 괜한 화풀이를 한 걸까요? 그것도 영 엉뚱한데.

저도 그 정도로 원망을 살 짓을 한 기억이 없거든요. 그 녀석이 싫다고 한다면 저야 별 도리가 없지만."

마쓰무라 씨의 말이 빨라졌다. 말투에 서운함도 묻어났다. 혼자 지낸 시간이 길다고 하니, 팔 년이나 못 만난 아들의 기묘한 행동 이야기가 갑자기 튀어나와 심란한 것이리라.

"엄격하게 키운 게 불만이었을지도 모릅니다. 자기 앞가림만은 하기를 바랐거든요. 어찌저찌 먹고 사는 모양이니 그러려니 하지만, 캄보디아에 갈 줄은 꿈에도 몰랐어요."

사정은 알 길이 없지만, 집을 나가 어머니가 있는 나라로 간 아들에게 생각하는 바가 있을지도 모른다.

그는 어째서 아리스가와 작품을 증오했을까? 객관적 합리성이 없는 그냥 감정적 문제라면 고민해 봐도 무의미하다.

5

마쓰무라 씨는 우리에게 저녁 식사를 권했지만 사양했다.

슬슬 물러나려는데 아쉬운 듯 실내를 둘러보던 미토베 씨가 작은 외마디 소리를 질렀다.

"앗!"

"왜 그러십니까?"

마쓰무라 씨가 물었다. 무슨 일인가 싶어 나도 고개를 갸웃거렸다.

"아드님이 아리스가와 씨 작품을 그토록 헐뜯은 이유를 한 가지 발견했어요."

"오오, 그러십니까?"

수수께끼를 풀었다고 한다. 저렇게 말하는 이상 근거가 희박한 추측이 아니라 웬만큼 설득력 있는 추론일 터였다.

이래저래 궁리는 해 보았지만 나는 딱히 떠오르는 게 없었다. 결국 이건 마쓰무라 씨 아들의 변덕 때문에 생긴 결과다……. 미스터리를 쓰는 입장인데도 그런 해석으로 마무리하고 싶다는 생각마저 들었다.

그렇지만 정작 미토베 씨는 사건을 해결한 탐정다운 자부심은 찾아볼 수 없고 오히려 거북해 보였다. 사람들의 시선이 쏠리자 점점 더 불편한 기색을 드러냈다.

"유이치가 무슨 생각으로 그랬는지 알아내셨다는 말씀입니까? 꼭 들어보고 싶군요."

"아니, 물론 알아낸 이상 입 다물고 있는 것도 찜찜하니 말씀드리겠습니다. 말씀은 드리겠는데, 지나가는 얘기처럼 가볍게 들어 주시겠어요? 증거는 없습니다.

나중에 증거가 나올지도 모르지만 어쨌거나 차분히 들어 주세요. 책임은 질 수 없는 일이라.”

말투로 보건대 의외로 불온한 내용인 것 같다.

서설을 마친 미토베 씨가 설명을 시작했다.

“이 이야기에서 수수께끼는 역시 어째서 아리스가와 씨 작품을 혹평하면서도 전부 읽었는가 하는 점이겠지요.

그 ‘혹평’이 진심인지가 관건이겠지요? 정말 작품을 낮게 평가했는지, 아니면 마음에도 없는 말을 한 건지.

하지만 평범하게 생각해 보면 마음에도 없는 말을 했을 겁니다. 혹평의 이유가 엉망진창이었다고 했으니까요. 그렇다면 어째서 그런 짓을 했는지가 문제인데, 후쿠나가 씨가 아리스가와 씨 작품을 추천해 달라고 찾아갔을 때 전후로 있었던 일이 몹시 수상합니다.

포인트는 드라마지요. 어떤 의미로는 〈임상범죄학자 히무라 히데오의 추리〉가 방송된 게 이 수수께끼를 낳은 핵심 계기일지도 모릅니다.

먼저 후쿠나가 씨는 히무라 히데오가 나오는 드라마를 보고 작품에 관심이 생겨 이틀 후 이곳을 방문하셨죠. 원래 친구하고 노래방에 가려고 했는데 눈이 내려서 취소하고 집에 있게 되어서 드라마를 보게 되었다고요.

마쓰무라 씨도 드라마를 보셨지요? 집에 텔레비전이 없어서 도쿄로 출장 가는 김에 호텔에서 보셨죠.

당시 이 저택에는 마쓰무라 씨와 아드님 두 분이 살고 계셨고, 낮에는 엔도 씨라는 분이 집안일을 도와주러 오셨습니다. 그런 상황이었던 게 맞습니까?"

마쓰무라 씨와 후쿠나가 씨가 고개를 끄덕였다. 이미 두 사람에게 들은 이야기였다.

"이때 아드님은 두 달 뒤에 캄보디아로 갈 예정이었습니다. 이것저것 준비하던 시기였죠.

마쓰무라 씨는 경제적으로 상당히 여유가 있어 보이는데, 아드님을 그렇게까지 적극적으로 지원하지는 않으셨죠. 사이버 대학에서 공부하면서 아르바이트까지 했다고 하니까요."

"뭐, 그건, 그렇긴 합니다만. 물론 정말 힘들 때는 어떻게든 도와줄 생각이었어요. 캄보디아에 가는 것도 저는 굳이 찬성하지 않았고요."

"예, 그러셨겠지요. 그걸 염두에 두고 드라마가 방송된 팔 년 전 1월 17일을 돌아봅시다. 그날 밤 마쓰무라 씨는 도쿄의 호텔에 묵었으니 집안일을 도와주시는 엔도 씨가 귀가하면 이 집에는 아드님만 혼자 남습니다.

그리고 마쓰무라 씨는 별채 서재에 각종 귀중품을 보관하고 계시죠. 가령 만년필 컬렉션이라던가.

그렇다면 아드님께 조금 나쁜 마음이 생기는 것도 전혀 있을 수 없는 일은 아닐 겁니다. 만년필을 빼돌려 몰래 팔아서 향후 자금에 보태려고 했다거나.”

그렇게 설명할 때 미토베 씨는 마쓰무라 씨의 안색을 신중히 살폈다.

마쓰무라 씨가 언짢아하는 기색은 없었다. 그는 두 손으로 뒤통수를 감싸고 천장을 올려다보며 중얼거렸다.

“……그럴 수 있어.”

아버지가 보기에도 그런 생각을 해도 이상하지 않은 아들인 것이다.

“그렇습니까. 그렇다면 일단 그런 가정으로 말해 보겠습니다.

엔도 씨가 퇴근하고 집에 혼자 남은 아드님은 이곳 별채에 왔습니다. 아버지가 집을 비워 찬찬히 만년필을 고를 기회였던 거지요.

마쓰무라 씨가 만년필을 열심히 수집했던 건 벌써 이십 년 전 일이죠. 그러니 한두 자루쯤 사라져도 운 좋으면 들키지 않을 수도 있고, 언젠가 들키더라도 두 달만 있으면 캄보디아에 가니까 흐지부지 잡아뗄 수 있다는 계산이 있었는지도 모릅니다.

만약 아드님께 만년필 지식이 없었다면 빼돌릴 물건을 고르는 데 시간이 걸리겠지요. 스마트폰으로 이것저것 값어치를 조사해서 어느 걸 가져갈지 정했을 겁니다.

그런데 그날 밤은 또 한 가지 문제가 있었습니다. 눈이 내렸던 겁니다. 그래서 후쿠나가 씨는 노래방에 가지 못하고 집에 발이 묶였어요.

그때 아드님은 어떻게 했을까요? **별채에 와서 만년필을 고르고 있는데 눈이 내렸다면**?"

마쓰무라 씨가 신음을 흘렸다.

나도 그제야 미토베 씨의 논리가 향하는 방향을 알 수 있었다.

"눈을 밟고 본채로 돌아갈 수는 없습니다. 발자국이 남으면 밤중에 별채에 침입했다는 사실이 탄로 나니까요. 의심을 받으면 만년필이 사라진 것도 들킬지 모릅니다.

그럼 발자국을 남기지 않고 별채를 탈출하려면 어떻게 해야 할까? 이튿날 아침까지 기다리는 수밖에 없습니다. 날이 밝고 엔도 씨가 오면 별채 현관에 있는 제설 도구를 챙기러 오겠지요.

그러면 눈밭에 엔도 씨의 발자국이 남습니다. 까치발이라도 하고 그 발자국 위를 걸으면 별채에 침입했다는 증거는 남지 않습니다.

그렇게 아드님은 이 별채에서 하룻밤을 보내게 된 겁니다.

그런데 문제가 있죠. 추위 말입니다. 눈도 내렸으니까요. 별채에 있는 난방 장치는 장작 난로뿐입니다. 연료가 되는 장작은 매일 엔도 씨가 창고에서 가져오신다고요. 하지만 그날 마쓰무라 씨는 댁에 안 계셨습니다. 그러니 장작을 가져다 놓지 않았어도 이상하지 않죠.

그랬다면 아드님은 난처했을 겁니다. 하룻밤을 보내야 했으니까요. 원래는 만년필만 골라서 바로 나갈 작정이었으니 실내복 차림으로 느긋하게 침입했을지도 모릅니다. 못 견딜 정도죠.

하지만 다행이라고 해야 하나, **이 별채에는 연료 대신 쓸 수 있는 재료가 있었습니다.**"

우리 네 사람은 장식장 한곳을 쳐다보았다. 그곳에는 아리스가와 아리스 작품 한 세트가 꽂혀 있었다.

"2016년 1월이었으니 당시에는 《자물쇠 잠긴 남자》가 최신 작품이었을까요? 아리스가와 씨 작품은 그 무렵에도 단행본에 신서, 문고까지 전부 더하면 백 권도 넘었을 겁니다.

그걸 태워서 난로 불을 지폈겠지요.

책만으로는 부족했을지 모르지만 창문을 열면 차양 밑에 창고에 미처 넣지 못한 장작도 굴러다닙니다. 축축했을 테니 쉽게 불이 붙지는 않았겠지만 백 권이나 되는 책을 착화제로 쓰면 어떻게든 되지 않았을까요?"

"그런가. 확실히……."

마쓰무라 씨는 그렇게 중얼거리며 장작 난로를 뚫어져라 바라보았다. 그 앞에선 아리스가와 작품을 태우는 아들의 모습을 상상하는 것 같았다.

"그렇게 추위는 면했지만 문제가 있었습니다. 장식장에서 책이 통째로 사라진 셈이니 채워 넣어야 하죠. 마쓰무라 씨는 도쿄에서 이틀을 묵었죠? 그러니 모레까지는 장식장에 원래대로 책을 꽂아 놔야 합니다.

아마 아드님은 마쓰무라 씨가 돌아오기 전날 밤 도서실에 있던 다른 한 세트의 아리스가와 씨 책을 별채로 옮겼을 겁니다.

그럼 이번에는 도서실 책장에서 아리스가와 씨 책이 사라지게 됩니다. 그것도 어떻게든 속여야 하죠.

아드님은 책을 연료로 쓸 때 표지와 띠지는 태우지 않고 남겨 놨을 겁니다. 도서실에서 두께가 비슷한 책을 골라 표지와 띠지를 씌워 책장에 도로 꽂아 놓습니다. 그러면 언뜻 아리스가와 씨 책이 두 세트 온전히 있는 것처럼 보이죠. 책은 두 겹으로 꽂혀 있었으니, 안쪽에서 대신할 책을 빼면 빈자리도 금방 알아차리지는 못할 겁니다.

그렇게 표면적으로는 별채에 침입한 흔적을 지울 수 있었습니다. 물론 내용물이 다른 책을 도서실에 그대로 두면 언제 누가 이변을 알아차려도 이상하지 않죠. 아리스가와 씨 책을 전부 사들여야 했습니다. 숫자가 숫자다 보니 상당한 지출이지만 만년필만 무사히 빼돌리면 그래도 남는 장사라고 생각했겠지요.

이것이 아드님 행동의 전모라고 생각합니다만 한 가지, 상상 못한 사태가 발생했습니다. 드라마를 본 후쿠나가 씨가 아리스가와 씨 책을 빌리러 온 거죠.

방송 이틀 후였다고 했죠? 즉 아드님이 별채에 침입한 이틀 후니, 새로 주문한 책이 도착하기 전이었을 겁니다.”

“그럼 제가 빌리러 갔을 때 도서실에 꽂혀 있던 건 표지하고 띠지만 같고, 속은 완전히 다른 책이었다는 말씀이에요?”

“예. 후쿠나가 씨가 절대 펼쳐 보지 못하도록 아리스가와 아리스는 악의 두목이라는 엉뚱한 소리를 할 수밖에 없었을 겁니다.”

그랬구나, 하고 후쿠나가 씨가 중얼거렸다.

마쓰무라 씨도 한숨을 토하며 책상에 두 손을 짚고 어깨를 축 늘어뜨렸다. 두 사람의 행동이 미토베 씨의 이야기를 긍정하고 있었다. 이 가설에 유이치의 성격을 대조해 볼 때 부자연스러운 점은 없는 모양이다.

“이런 추론이라 말씀드려도 될지 망설였습니다. 하지만 조건이 너무 완벽해서.”

“아니, 맞는 것 같습니다. 아이고, 골치야.”

마쓰무라 씨는 머리를 싸맸다.

그러자 미토베 씨가 갑자기 뭔가 생각났다는 듯 말했다.

“맞아요, 상황 증거가 하나 더 있을지도 모릅니다.”

우리는 도서실로 돌아갔다.

“실례하겠습니다.”

미토베 씨가 그렇게 말하며 손에 든 책은 《모로코 수정의 비밀》 문고본이었다. “인기 폭발 ‘국명 시리즈’ 신작, 작가의 눈앞에서 벌어진 수수께끼의 독살 사건! 아리스가와 본격 추리의 황홀함에 빠지다!"라는 띠지가 붙어 있었다.

서지 정보를 펼쳐 보고는 이렇게 말했다.

"아, 역시. 이거 2015년 12월에 찍은 3쇄예요. 아마 드라마화 타이밍에 중쇄한 분량이겠죠. 띠지도 바뀌었을 텐데, 초판 띠지가 붙어 있어요.

오래된 판본에 새 띠지를 두르는 경우는 종종 있지만 그 반대 경우는 보통 없거든요."

"오호라. 아니, 애초에 저는 이 문고본이 나오자마자 책을 샀으니 2015년 판본일 리가 없어요."

우리는 책장에서 몇 권을 더 꺼내 서지 정보를 확인했다. 역시 마쓰무라 씨가 수집했다고 보기에는 너무 최근 판본이 많았다.

"책을 새로 산다 해도 굳이 똑같은 판본을 찾아내기는 힘드니까요. 어차피 서지 정보는 잘 보지도 않을 테고, 자기는 외국에 갈 테니 거기까지 철저하게 챙기지는 않았겠지요."

후쿠나가 씨가 말했다.

"더 따질 필요도 없네요. 이래서야 유이치가 안 그랬다는 게 더 이상하겠어요."

"아아……, 그러게."

마쓰무라 씨가 탄식했다. 손님 앞이라는 것도 잊은 맥없는 목소리였다.

도서실 안이 갑갑해서 숨이 막혔다. 우리는 생판 남이니 어설프게 위로할 수도 없다.

이윽고 보다 못했는지 후쿠나가 씨가 스마트폰을 꺼냈다.

"작은외삼촌, 지금 전화해 볼까요? 유이치한테."

"응? 지금?"

"작은외삼촌은 말하기 껄끄럽잖아요? 게다가 혼자 있을 때 전화했다가 더 어색해지면 기운 빠지잖아요. 제가 걸어 볼게요. 받을지는 모르겠지만."

"그게 그러려나……."

마쓰무라 씨가 미적지근하게 대답했다.

"캄보디아는 시차가 몇 시간이었더라? 일은 끝났으려나."

후쿠나가 씨는 통화 앱에서 오래전 통화 이력을 선택해 발신 버튼을 터치하더니 바로 스피커로 바꾸었다. 호출음이 도서실에 울려 퍼졌다.

우리가 들어도 될 이야기 같지 않았다. 자리를 피해야 할까? 하지만 고민할 틈도 없이 전화가 연결되었다.

'어? 아이? 여보세요?'

졸음이 묻어나는 당혹스러운 목소리였다. 거의 연락하지 않았다고 하니 아닌 밤중에 홍두깨 같은 전화이리라.

후쿠나가 씨는 목소리를 높여 일부러 밝게 말했다.

"아, 유이치? 오랜만이야!"
'어? 응. 오랜만이야. 어쩐 일이야?'
"좀 궁금한 게 있는데. 저기, 만년필 어쨌어?"
'뭐? 만년필?'
"얼마 받았어?"

스피커에서 덜거덕거리는 잡음이 났다. 스마트폰을 놓친 것 같았다. 후쿠나가 씨가 웃음을 겨우 참았다.

'어떻게 알았어?'
"순순히 자백하네. 작은외삼촌 서재에서 집어 갔지?"
'아버지한테는 비밀로 해 줄래? 어떻게든 할 테니까. 혹시 이미 들켰어?'
"아니, 못 해. 들켰다고 해야 하나, 지금 옆에 계셔. 이거 전부 듣고 있어."

다시 스마트폰을 떨어뜨리는 소리가 났다.

"그리고 작은외삼촌 책으로 장작 난로에 불을 붙였지? 참고로 지금 출판사 분도 계셔."

'어? 왜? 무슨 일이 벌어지고 있는 거야? 솔직히 아리스가와 아리스가 그렇게 소설을 많이 써 주지 않았으면 얼어 죽었을 거야. 진짜 추웠어. 그 책들은 전부 새로 사 뒀으니 좀 봐 줘. 기본적으로 다 새 책으로 샀어.'

"그걸 변명이라고 하는 거야? 얼어 죽었을 거라니, 딱히 갇혀 있었던 것도 아니잖아. 그냥 네 사정이지."

'아니, 그렇긴 하지만 어쨌거나 매출에는 기여했잖아. 엄청 기여했다고. 새 책으로 못 구한 것도 있지만.《아리스가와 아리스 밀실대도감》만 해도 최근 도쿄소겐샤에서 복간했다던데, 그 전에는 의외로 희귀했다고.《아리스의 난독》같은 것도 그렇고. 어디서 복간 좀 해 주면 좋을 텐데. 나도 그걸 보고 사사자와 사호를 읽었거든.'

그러자 그때까지 잠자코 있던 마쓰무라 씨가 겨우 끼어들었다.

"유이치, 다음에 돌아오는 건 언제냐?"
'으악! 아니, 잘못했어요, 잘못했어요. 4월. 4월에 돌아가요.'
"일본에 돌아온다는 뜻이냐? 한번 집에 들러라."
'알았어요. 돌아간다니까. 집에. 그때 제대로 설명할게.'
"몸은 안 상했고?"

‘안 상했어, 안 상했어. 괜찮아요.’

그 말을 끝으로 마쓰무라 씨는 입을 다물었다. 후쿠나가 씨가
다시 뒤를 받았다.

"아리스가와 선생님한테 뭐 하고 싶은 말은 없어? 출판사 분
도 계신데."

뭐 저런 질문이 다 있나 생각하는데 유이치가 냉큼 대답했다.

‘아니, 전부 새 책으로 새로 샀습니다! 그리고《수사 선상의 노
을》* 정말 좋았어요. 외국에 있어서 전자책으로 읽었어요. 학생
아리스 다섯 번째 장편 좀 빨리 내 주세요. 데뷔 35주년 축하드
립니다.’

혼자 실컷 떠들고는 뚝 끊었다.

"잘 지내는 것 같죠?"

"뭐, 그런가?"

악행이 탄로 나기는 했지만 어쨌거나 오랜만에 대화한 유이치
는 이 집에서 살던 시절 그대로인 것 같았다. 두 친척은 시선을
주고받으며 한동안 향수를 곱씹었다.

● 2022년에 발표한 작가 아리스 시리즈 장편으로 2024년 11월 기준으로 아리스가와 아리스의
최신작이다.

6

잊고 있던 우리 존재를 기억해 낸 후쿠나가 씨가 조금 뜬금없이 이렇게 말했다.

"그러고 보니 미스터리 아이디어를 찾으러 오셨던 거죠? 어떠셨어요? 뭔가 수확은 있었나요?"

"수확이요? 글쎄……."

내 머릿속 아이디어를 수확이라고 부른다면, 성과는 없다.

"지금 이 이야기는 어때요? 소설로 쓸 수 없어요?"

"네? 뭐, 마음만 먹으면 단편은 되겠죠. 하지만 내용에 조금, 제약이 있을 것 같은데……."

"어, 그래요? 상관없을 것 같은데."

정말로?

옆에서 듣고 있던 마쓰무라 씨까지 이렇게 말했다.

"뭐, 아들의 실없는 장난이지만 모처럼 풀었으니 이야기로 만들어 주셔도 됩니다. 경찰에 갈 사건도 아니고, 누군지 알 수 없게 써 주신다면 문제없겠지요."

"그런가요? 하아……."

이 취재와는 또 다른 의뢰로 단편을 쓸 일이 있었다. 그쪽에 이 이야기를 쓸 수 있다면 크게 도움이 된다.

그러고 보니 작가 아리스 시리즈의 아리스가와 아리스는 히무라의 필드워크를 자기 작품에 쓰지 않는다는 신조가 있었다. 소설가는 무릇 픽션을 써야 하는 법이니까.

하지만 단편 마감이 2월 하순이다. 시간이 별로 없다.

만약 아무리 발버둥 치며 고민해도 아이디어가 떠오르지 않으면, 그때 이 이야기로 위기를 타파하자. 나는 그렇게 결심했다.

"혹시나 쓰게 될지도 모르겠습니다. 아리스가와 선생님께서 화내지 않으셔야 할 텐데, 괜찮겠죠? 아마?"

편집자의 얼굴을 쳐다보며 눈치를 살폈다.

"제가 어찌 압니까."

미토베 씨가 무표정하게 대답했다. 다른 출판사 일이니 당연하다.

마음을 바꿔 저녁 식사를 얻어먹기로 했다.

마쓰무라 저택에서 물러났을 때는 오후 9시가 다 되었다. 얼음장 같은 밤길을 걸어 호텔로 돌아가면서 나는 당면한 가장 심각한 문제, 클로즈드 서클 아이디어에 아무 진전도 없다는 현실을 곱씹었다.

데뷔 35주년. 그곳에 도달하려면 지금 같은 고뇌 속에서 삼십 년 넘게 계속 글을 써야 한다. 상상해 보니 아찔했다.

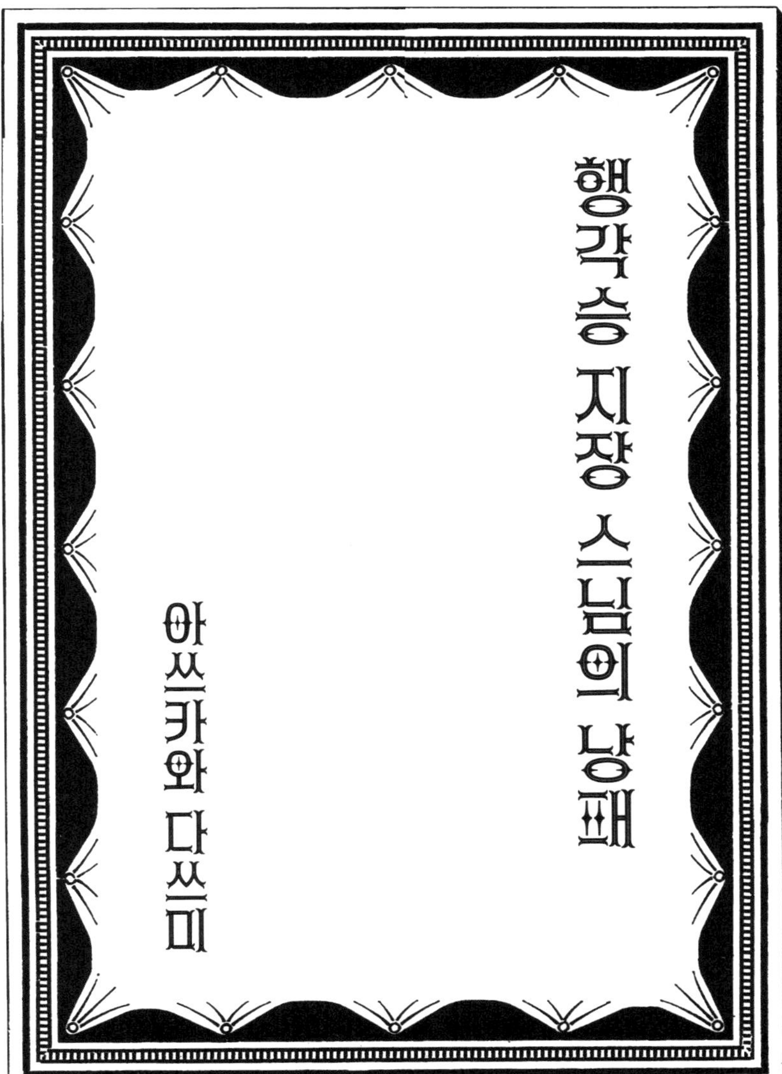

행각승 지장 스님의 낭패
아씨카와 다쓰미

아쓰카와 다쓰미

1994년 도쿄 출생. 2017년 신인 발굴 프로젝트 'KAPPATWO'를 통해 《명탐정은 거짓말을 하지 않는다》로 데뷔. 2023년 《아쓰카와 다쓰미 독서 일기—이리하여 미스터리 작가는 논한다 '신예 분투편'》으로 본격 미스터리 대상 '평론·연구 부문' 수상. 그 밖의 저서로 《홍련관의 살인》으로 시작하는 '관 사중주' 시리즈, 《투명인간은 밀실에 숨는다》, 《오후의 종소리가 울릴 때까지》, 《버닝 댄서》 등.

※ 이 작품에서는 아리스가와 아리스 단편집 《행각승 지장 스님의 방랑》의 결말을 언급하지만 각 단편의 트릭을 밝히지는 않으므로 아직 읽지 않으신 분들도 편하게 보실 수 있습니다. 또한 〈브라질 나비의 비밀〉과 유사한 상황이 나오지만 이쪽도 원작의 트릭은 밝히지 않습니다.

1

이 가게의 마지막 불이 꺼졌다.

그런 문장을 생각하면 낭만적인 기분이 들까 싶었는데 그렇지도 않았다.

나, 아오노 료지는 거의 기계적인 동작으로 수명을 다한 대여 비디오테이프의 바코드를 찍고 있었다.

나는 동갑 친구와 함께 동네에 다섯 개 있는 비디오 대여점 중 하나를 운영하고 있었다. 하지만 시대의 흐름을 거역하지 못하고 다섯 개였던 가게는 네 개가 되고, 세 개가 되고, 마침내 마지막 방어벽인 우리 가게도 오늘, 문을 닫는다. VHS에서 DVD, 블루레이라는 흐름까지는 따라갈 수 있었지만 OTT 서비스로 옮겨 갈 줄은 미처 예상하지 못했다. 지금은 비디오 가게를 찾거나 연체 요금을 걱정하는 일 없이 집에 있는 텔레비전으로 영화를 볼 수 있다. 아니, 젊은 사람은 텔레비전도 안 산다나. 나는 솔직히 상상도 할 수 없다.

"정말 괜찮은 거예요, 이거?"

VHS 테이프를 가득 담은 바구니를 가져온 것은 뜻밖에도 순박해 보이는 청년이었다.

"이런 가격으로……."

VHS 테이프는 개당 50엔. 폐점 세일이라 가능한 재고 처분 가격이다.

이 청년도 예전의 나처럼 영화 애호가일까? 〈발자국〉, 〈사이코 킬러〉, 〈장미의 총탄〉 같은 것들이 바구니에 들어 있다. 미스터리를 중심으로 전부 DVD로 제작되지 않았거나 OTT에서 방영하지 않는 귀중한 작품. 상당한 수집가로 보였다.

"폐점 세일 상품이니까요. 작동 보장이나 반품, 교환은 불가능합니다."

청년이 눈을 깜빡였다.

"괜찮습니다. 구할 수 있다는 것만으로도 기적이니까요."

무심코 씨익 웃었다. 어차피 접어야 한다면 젊은 사람에게 넘기고 싶었다.

계산을 마치고 나가는 청년 뒤로 백발 남자가 나타났다.

"안녕하십니까."

낯익은 얼굴이었다. 이 남자는 분명……

"아아, 도코카와 씨. 오랜만입니다."

도코카와가 고개를 꾸벅 숙였다. 정수리가 조금 시원하다. 늘 베레모를 썼는데 이제는 그만둔 모양이다.

그는 이 동네 출판사에서 저서를 몇 권 발표한 자칭 풍경 사진 가로, 동네에 하나뿐인 사진관도 운영하고 있다.

"방금 나간 청년, 훌륭하네요. 저런 모습을 보면 마음이 맑아 진다니까요."

도코카와는 그렇게 말하며 적적한 미소를 지었다.

"뭐라도 사시려고요?"

"아아, 이걸."

도코카와가 계산대에 내려놓은 것은 〈레다〉라는 프랑스 영화 의 비디오테이프였다.

"스탠리 엘린이 쓴 원작을 좋아하거든요. 그쪽 제목은《니콜라 스 마을의 열쇠》."

"아하."

"이 가게가 문을 닫는다는 소문을 듣고 가만히 있을 수가 없어 서…… 왜, 오랜 단골 가게였잖아요. 그러니 뭐라도 사는 게 의 리죠."

"고마운 말씀입니다."

50엔짜리 동전을 받았다. 도코카와는 어째선지 꿈지럭거리며 그 자리에 서 있었다.

“저기. 오늘 가게 문을 닫은 후에 시간 있습니까?”

잠시 망설였다. 폐점 시간까지는 삼십 분. 정리 작업을 친구에게 부탁하면 한잔 못 할 것도 없다. 어차피 본격적인 철수 작업은 내일부터다.

“좋습니다. 근처에서 조금 기다려 주셔야 하지만…….”

“그럼요. 어디 카페에라도 들어가 있을게요.”

2

차가운 겨울바람에 뼈가 시린 밤이었다.

나와 도코카와는 한잔 걸칠 가게를 찾고 있었다. 이십여 년 전에는 ‘에이프릴’이라는 술집에서 함께 마신 사이였다. 우리만 그랬던 게 아니다. 그때는 술친구가 여럿 있었다.

“사모님은 어떻게 지내십니까?”

“요즘 무릎이 안 좋아서 집에만 있습니다. 아오노 씨 가게에 간다고 했더니 안부 전해 달라더군요. 한잔하러 가는 것도 미리 허락을 받았죠.”

나는 피식 웃었다.

미시마, 네코이, 도코카와 부부 그리고 나. 이 다섯 명이 '에이프릴'의 토요일 밤 고정 멤버였다.

오늘 밤에 마실 가게를 찾으며 우리는 멤버들 근황을 주고받았다. 미시마 씨는 진료소 문을 닫은 후 어떻게 지낸다느니, 마스터는 '에이프릴'을 접고 어디선가 다른 가게를 연 모양이라느니 하며.

아니, 술친구라면 또 한 사람.

"지장 선생은 어때요. 그 후 아무도 소식을 모르는 겁니까?"

"예. 통 알 길이. 분명 오늘도 어디선가 방랑하고 있겠지요."

우리는 얼굴을 맞대고 웃었다.

정말 방랑하고 있는지는 아무도 모른다. 이십여 년 전에 만났을 때 45세 정도로 보였으니 지금은 그도 지긋한 나이일 것이다.

행각승 지장 스님.

띠처럼 접은 가사를 목에 두르고, 등에는 궤짝을 지고, 손에는 금강 지팡이, 허리춤에는 뿔피리를 찬 수수께끼의 남자. 그는 토요일 밤에 홀연히 나타나 '보헤미안 드림'이라는 칵테일을 마셨다. 그리고 두 잔째 칵테일을 비울 때쯤 으레 자기 '경험담'을 말하는 것이었다.

수수께끼로 가득한 이야기.

그가 주인공인, 탐정의 기록을.

"저는 그 이야기가 좋았는데. 그거 말이에요, 호쿠리쿠 만찬회에서 한 남자가 독살당한 이야기."

"그러고 보니 그런 이야기도 있었지요. 참 별난 이야기였어요. 그렇게 따지면 전 깨진 유리창 문제가 좋았는데."

"그런 얘기가 있었어요?"

"왜 있잖아요, 에어컨을 싫어하는 남자가 살해당한."

"아아." 나는 그제야 기억해 내고 고개를 끄덕였다. "그렇게 상황을 설명해 주셔야 알아듣죠."

"하지만 그 이야기가 재미있는 건 단서가 되는 유리창 때문이잖아요."

여느 마니아들처럼 도코카와의 눈이 반짝 빛났다. 지난 이십여 년 동안 추리소설 애호가의 연륜도 쌓인 모양이다.

어쩌면 이것도 그 행각승 때문일까.

"덴마 박사 이야기도 좋았죠."

"아아, 얄미운 발자국 트릭이었죠."

"맞아요, 그날 밤……."

나는 그렇게 말하다가 입을 다물었다.

행각승이 들려 주는 이야기는 전부 한 편의 훌륭한 추리소설이었다. 하지만 실화라고 생각하는 사람은 아무도 없었다. 그 시절 우리는 실화든 아니든 개의치 않았다. 재미있는 이야기라는 사실만 중요했지, 행각승의 이야기를 안주 삼아 맛있는 술을 마실 수 있으면 그만이었다.

그랬는데, 우리는 오지랖을 부렸다.

‘여러분, 저분 이야기를 늘 어떻게 생각하면서 들으십니까?’

행각승이 돌아간 뒤에 마스터가 단골손님들을 상대로 그렇게 물어본 것이 시초였다.

다들 입을 모아 누가 진짜라고 믿겠느냐, 픽션이라면 저렇게 짜내는 것도 힘들겠다, 마음대로 떠들어 댔다.

그때 “사실은 추리 작가 지망생일지도 모른다.”라는 말을 했던 게 도코카와였다.

그게 화근이 되었을까. 그날 이후로 행각승은 우리 앞에서 모습을 감추었다. 더는 ‘에이프릴’에 모습을 보이지 않고 어디론가 떠나 버린 것이었다. 믿느냐 믿지 않느냐를 따진 순간 아련한 한 자락 꿈처럼 손안에서 사라져 버리고 말았다.

그런 뜬구름 같은 천사였다.

도코카와가 힘없이 웃었다.

“저는 말이죠, 제 탓이 아니었나 생각합니다.”

“지장 선생이 떠난 것 말입니까?”

“네. 추리 작가 지망생이 아니냐는 소리를 하는 바람에…….”

“지나친 생각이에요. 게다가 그날 밤 있었던 일이 원인이라면 저희 다 잘못이 있습니다.”

실제로는 아무 상관 없을지도 모른다. 단순히 이 동네에서 다른 곳으로 떠났을 가능성도 있다.

하지만 도코카와도 같은 생각을 했다는 것을 알고 조금 안도했다. 그날 있었던 일이 계속 마음에 걸려 잊지 못하고 있었던 것이다.

"그런 분은 좀처럼 없거든요."

"그런 분이요?"

"지장 선생처럼 맞장구치는 사람이 있든 없든 사건이고 수사고 추리고 전부 혼자 떠드는, 그런 안락의자 탐정 말이에요. 아무래도 잊을 수가 없어서 이것저것 책도 읽어 봤지만 대부분 지장 선생 같지가 않아요. 안락의자 탐정이라고 하면 일반적으로는 밖에 한 걸음도 나가지 않고 사건을 해결한다는 의미로 쓰이거든요. 수사하던 사람이 탐정에게 의견을 들으러 간다거나, 그런 것들뿐이에요. 진짜인지 가짜인지 모르는 아리송한 이야기가 딱 좋은데. 지장 선생을 제외하면 제 갈증을 달래 준 유일한 작품은 바로네스 오르치라는 작가가 쓴 《구석의 노인 사건집》뿐이었어요."

'구석의 노인'은 사건 개요도 수사 성과도 전부 혼자 말한다고 한다. 듣는 이가 기자인데도 해당 사건에 아는 바가 전혀 없어서 해외 평론서에는 '기자가 신문도 안 보는 모양'이라는 비판이 실리기도 했다고 한다.

"하지만 그 기자도 불쌍해요. 뭐라고 한 마디라도 하려 하면 바로 '구석의 노인'이 말을 끊거든요. 나이 많은 남자가 여기자의 말을 계속 끊는 것도 요즘 시대에는 잘 안 맞으려나.”

도코카와의 비평을 들으며 살짝 쓴웃음을 흘렸다.

“저긴 어때요?”

도코카와가 앞쪽을 가리켰다.

고풍스러운 네온사인 간판이 보였다. 가게 이름은 ‘풀스 메이트(Fool's Mate)’. 체스 용어였던 것 같은데. 첫판부터 최소한의 수로 외통수로 몰아넣는 것. 술집 이름으로는 제법 짓궂다.

“가 본 적 있으세요?”

“없습니다. 하지만 이름이 좋잖아요.”

“그런가요?”

“‘에이프릴’에 ‘풀’이면 만우절이니까요.”

유치한 언어유희, 결국 말장난이지만 오늘 기분에는 어울린다. 게다가 지장 선생도 이런 말장난을 좋아했다.

강가에 있는 빌딩 2층으로 올라가 가게 문을 열었다. 다른 손님도 있어서 조금 북적거렸는데 그게 또 좋았다. 안내받은 안쪽 카운터석에 앉았을 때 화장실 문이 열렸다.

나는 무심코 화장실에서 나온 남자를 쳐다보았다.

그리고 그대로 얼어붙었다.

행각승이 있었다.

그것도 그날과 변함없는 모습으로.

3

“뭘로 주문하시겠습니까?”

마스터가 딱딱한 목소리로 우리에게 물었다. 화들짝 정신이 들었다. 대체 얼마나 오래 굳어 있었던 걸까?

“아, 아아, 죄송합니다. 어, 하이볼을.” 나는 눈앞에 있는 병을 가리켰다. “메이커스 마크로.”

“아, 그럼 저도 같은 걸로.”

도코카와도 재빨리 덧붙였다. 그도 당황하고 있었다.

행각승은 우리에게서 한 자리 떨어진 곳에 앉았다.

나는 마음을 가다듬고 다시 가게 안을 둘러보았다.

카운터석이 대략 여덟 자리. 안쪽에 테이블이 두 개 있다. 아담하고 분위기가 좋은 가게였다.

입구 쪽 카운터석에는 젊은 남자가 셋. 그들과 우리 사이에 바로 그 남자. 띠 가사를 두른 차림새가 영락없는 행각승이다.

테이블석 하나를 손님들 짐칸으로 내주었는지 궤짝과 금강 지팡이 같은 도구는 전부 거기에 놓여 있었다. 다른 테이블석에서는 노부부가 기분 좋게 잔을 기울이고 있었다. 영감님은 카운터석이 보이는 자리에 앉아 입가에 미소를 머금고 행각승을 바라보고 있었다.

행각승 차림을 한 남자를 바에서 우연히 만날 확률은 얼마나 될까? 그것만으로도 기묘한데, 무엇보다 이해할 수 없는 사실이 있었다.

눈앞에 있는 행각승의 얼굴이, 과거의 행각승과 똑같았던 것이다.

이 바의 출입문은 타임 터널일지도 모른다. 이십여 년의 시간을 초월해 행각승과 다시 재회했다…….

"꿈이 아니죠?"

옆에 앉은 도코카와가 속닥속닥 물어서, 그런 낭만적인 상상은 안개처럼 사라졌다. 나도 도코카와도 잔뜩 나이를 먹었고, 도코카와는 정수리도 시원했다.

"저도 어찌 된 영문인지."

"아니, 저 사람이 '지장 선생'이 맞다 쳐도…… 저쪽도 이십 년 나이를 먹어야 정상이잖아요?"

그렇다. 그게 문제였다.

우리가 처음 만났을 때 행각승은 아마도 마흔다섯 안팎. 약간의 오차는 있겠지만 지금은 육십 대여야 한다. 그런데 도저히 그 나이대로 보이지 않았다.

역시 그는 '미스터리의 천사'였단 말인가? 천사라면 나이도 먹지 않겠지…….

그런 황당무계한 생각이 마음속을 스쳐 갔다.

"지장 스님, 다음 잔은 뭘로 하시겠습니까?"

행각승은 잔을 앞으로 밀어내며 말했다.

"보헤미안 드림을 한 잔 더."

또다시 충격을 받았다.

이름. 그리고 그가 마시는 술.

전부 과거에 '에이프릴'에서 보았던 광경과 일치했다.

행각승은 지금 분명 "한 잔 더."라고 했다. 그렇다면 지금 주문한 게 최소 두 번째 잔이라는 뜻이다.

대체 어떻게 된 일이지?

하이볼 맛이 느껴지지 않았다. 술이 묽은 게 아니라 머릿속이 혼란스러워서 혀가 고장 난 것이다. 우리는 판박이 같은 움직임으로 하이볼을 기울이며 행각승 앞에 놓인 보헤미안 드림을 바라보고 있었다. 저 잔을 비웠을 때 무슨 일이 생길까? 그것이 궁금했다.

"이봐요, 스님, 아까 하던 얘기 더 안 해 줄 거예요?"

술 취한 청년 하나가 행각승에게 졸랐다. 회사원으로 보이는 정장 차림의 남자였다.

나는 세 청년을 찬찬히 살펴보았다. 서로 직업도 직종도 다른지 셋 다 복장이 제각각이었다.

첫 번째는 지금 행각승에게 말을 건 정장 차림의 남자. 일단 '정장'이라고 부르자. 세 사람 중에서는 가장 싹싹해 보였다.

두 번째는 캐주얼한 셔츠에 안경을 쓴 남자. '안경'이라 부르기로 했다. 행각승을 뚫어져라 관찰하는 게, 어쩐지 눈매에 빈틈이 없어 보인다.

세 번째는 티셔츠와 청바지라는 편안한 차림으로 계속 고개를 숙이고 있는 남자다. '새우등'이라는 별명으로 부르기로 했다.

'정장'의 질문에 때마침 행각승이 대답했다.

"아까 하던 얘기라면……."

"그거 있잖아요! 살인 사건에 휘말렸다던 거."

"살인 사건에?"

나는 저도 모르게 소리를 질렀다가 화들짝 놀라 입을 가렸다.

"아저씨들도 같이 들어요." '정장'이 상쾌하게 웃었다. "이 스님, 정말 재미있다고요. 전국을 방랑하다가 온갖 사건에 휘말린다면서……."

"엇, 어어……."

괜히 민망해서 고개를 숙이고 있는데 행각승이 나를 똑바로 쳐다보았다.

행각승은 부드러운 미소를 머금고 있었다. 어쩌면 나와 도코카와의 얼굴을 보고 알아봐 주지 않을까 했지만 그런 기미는 없었다.

"다들 듣고 계신다고 생각하니 긴장되지만……."

행각승은 쑥스럽다는 듯이 웃더니 세 청년에게 시선을 돌렸다. 그리고 글라스에 든 보헤미안 드림을 비우고 천천히 이야기를 풀어냈다.

"그럼 나비에 얽힌 사건 이야기를 해 볼까요? 이게 또 기묘한 사건인데……."

4

이하, 지장 스님의 이야기.

맑은 5월의 어느 날이었다.

수행 중에 세토 내해의 어느 작은 섬을 찾아가고 있었다. 근처를 지나가다가 벗의 존재가 떠올랐기 때문이다.

그가 사는 집으로 향하는 길에 숲속에서 우연히 한 남자를 만났다.

"꼼짝 말아요."

남자의 말에 나는 엉거주춤한 자세로 얼어붙는 수밖에 없었다.

"꼼짝 마세요……."

눈앞의 남자가 잠자리채를 들고 내 쪽으로 슬금슬금 다가왔다. 혹시 저걸로 나를 잡으려는 건가, 엉뚱한 망상을 하고 있는데 남자가 에잇 하고 채를 휘둘렀다.

잠자리채가 두건을 스쳤다.

"잡았다!"

남자가 유난스러운 목소리로 기뻐했다. 잠자리채 안에는 나비가 들어 있었다. 하늘색 날개가 아름다웠다.

"그렇게 희귀한 종입니까, 그 나비가?"

내가 묻자 남자는 웃었다.

"아뇨, 하지만 이건 얼마든지 있어도……."

5

"잠깐만요."

그때 '새우등'이 재빨리 끼어들었다.

"하늘색 날개가 특징이라면 아사기 왕나비인가요? 아까 세토내해라고 하셨으니까, 아사기 왕나비 동산이 있는 야마구치현 스오오시마섬이 무대인가요?"

바의 공기가 경직되었다.

'새우등'이 빠르게 쏟아 낸 질문의 정보량에 압도당한 것도 있지만, 무엇보다 행각승의 입이 얼어붙었기 때문이다.

"어……, 아니…… 그게……."

그 순간 완전히 흥이 깨졌다.

과거에 '지장 선생'이 했던 이야기가 진짜 경험담이었는지 창작이었는지는 알 수 없다. 하지만 지금 이 녀석은 가짜다.

디테일을 생각해 두지 않아 허점이 드러났다. 듣자 하니 모든 등장인물의 연표를 만들거나 비밀 설정까지 전부 만들어 내는 소설가도 있다는데. 그렇게 만들어 두고 일부만 말하는 것이다. 미리 세세한 설정을 다 만들어 두니 어떤 질문에도 바로 대답할 수 있고 모순이 생기는 일도 없다.

나는 시큰둥한 기분으로 하이볼을 마셨다. 옆자리의 도코카와와 또 행동이 겹쳤다. 도코카와가 토해 낸 한숨도 어딘가 울적하게 들렸다.

행각승이라는 창작자에 대한 실망. 그것도 있지만 나는 '새우등'도 불만스러웠다.

과거에 우리는 행각승의 이야기에 철저하지 못한 세부 사항이나 비현실적인 말장난 같은 허점이 보여도 잠자코 귀 기울여 그의 이야기를 즐겼다(물론 사건은 언제 터지냐고 가벼운 투정을 부린 적은 있다). 그저 느긋하게 이야기에 몸을 맡기고만 있어도 재미있는 수수께끼와 추리를 들을 수 있다는 믿음이 있었기 때문이다.

신뢰 관계. 그럴지도 모른다. 과거의 행각승과 우리 사이에는 신뢰 관계가 있었다.

그것을 이 자리에서 처음 보는 그들에게 바라는 것은 과할지도 모른다. 그래도 솔직하게 말하면…….

닥치고 들어.

그런 심정이었다.

도코카와가 《구석의 노인 사건집》에 대해 했던 말을 떠올렸다. 과거에 우리는 이야기보따리를 풀어내는 지장 선생의 말을 일방적으로 듣기만 했다. '구석의 노인'에 나오는 기자처럼. 말하자면 저들 세 청년은 '닥치지 않는 기자'인 셈이다.

"앗, 아아."

행각승이 손뼉을 쳤다.

"생각났습니다. 말씀처럼 그런 이름의 섬에 그런 이름의 나비였던 것 같네요."

맥이 빠진다. 아무래도 '새우등'의 말이 빨라서 제대로 알아듣지 못한 것 같았다.

"그래요? 아니, 하늘색 날개라는 특징과 세토 내해라는 정보만으로 결론에 도달해 버려서 다른 해석도 있지 않을까 검토해 보고 있었는데……."

"야, 적당히 해. 스님도 난처해하잖아."

'정장'이 그렇게 타이르자 '새우등'이 시무룩한 표정을 지었다. 그리 고약한 성격은 아닌 것 같은데, 나비에 강한 집착이라도 있는 걸까?

그렇다면 행각승이 이야기를 잘못 선택한 셈이다. 보헤미안 드림 첫 잔 분량만큼 행각승과 '새우등' 일행의 대화 초반부를 놓친 우리는 그 맥락을 모르지만, 이야깃거리는 손님을 잘 보고 골라야 한다.

그나저나 눈앞의 '행각승'은 과거의 '지장 선생'과 생긴 건 똑같아도 화술은 영 딴판이다.

그렇다면 하이볼을 비우고 얼른 가게에서 나가면 되는데……도입부를 들으면 아무래도 뒤가 궁금해진다.

화술이야 그렇다 치고, 내용은 어떨지.

안주 삼기에는 그 정도 관심이 적당하다.

6

다시, 지장 스님의 이야기.

"이거, 큰 결례를 범해서 죄송합니다."

남자는 포획한 나비…… 뭐였더라…… 아아, 그렇다, 아사기왕나비를 채집통에 조심스레 넣으며 빙그레 웃었다. 빈틈이라고는 찾아볼 수 없는 미소였는데, 그래서 어딘가 수상쩍은 인상도 있었다.

"그 나비를 어쩌시려고요?"

"집에서 표본으로 만들 겁니다. 오늘 저녁에는 시작하려고요. 곤충 핀으로 전시판에 꽂아서 이 주 정도 말리는 거예요. 핀을 꽂는 요령은……."

나는 벌레를 좋아하지 않는다. 그 이상 들으면 속이 메스꺼워질 것 같아 말을 잘랐다.

"실례지만 성함이?"

"아아, 인사가 늦었습니다. 저는 이 부근에 사는데 구로사와 다이고라고 합니다. 선생님은 행각승으로 보이는데 이런 곳에서 대체 뭘 하고 계십니까?"

"오랜 벗을 찾아왔습니다. 분명 이 근방에 산다고 했는데."

친구 이름을 대자 구로사와가 "아하." 하고 알겠다는 듯이 말했다.

"운이 좋다고 해야 하나 나쁘다고 해야 하나."

"좋다고 하시는 이유는?"

"제가 그 친구 옆집에 살거든요. 안내해 드릴 수 있지요."

"아하. 나쁜 이유는?"

"그 친구 분이 여행 중이라 안 계시거든요."

이럴 수가. 맥이 풀릴 뻔했는데 구로사와가 씨익 웃었다.

"어떠십니까, 이것도 무슨 인연인데 저희 집에서 하룻밤 묵으시는 건."

"그건 죄송한데."

"천만에요. 어차피 다른 손님도 있거든요. 스님 같은 분이 계시면 오히려 차분해질 것 같아서요."

거듭 사양했지만 구로사와가 띠 가사를 맨 내 목덜미에 팔을 두르며 "자, 이쪽입니다." 하고 등을 떠밀었다. 약간 막무가내인이 남자에게 당황하면서도 초대에 응하기로 했다.

끔찍한 현장에 들어가는 줄도 모르고.

구로사와의 집은 바닷가에 있는 커다란 펜션이었다. 제법 규모가 커서 이런 곳이라면 내가 갑자기 굴러들어도 방이 남아돌 것이다.

야외 우드 데크에 사람들이 여럿 모여 있었다. 저들이 구로사와가 말한 '손님'일까?

"친구분 댁에 잠깐 들러 보시겠어요?"

"아니요."

물론 구로사와가 거짓말을 했을 가능성도 있지만 일단 믿기로 했다. 그보다 눈앞의 사람들에게 관심이 갔다.

삼십 대로 보이는 남자 하나가 일어나서 구로사와에게 말을 걸었다. 검은 테 안경이 주먹코 위에 걸려 있었다.

"어라, 그쪽 분은?"

내 복장이 어지간히 신기했는지 남자가 자꾸 안경을 매만지며 나를 위아래로 뚫어져라 쳐다보았다.

"방금 숲속에서 만난 행각승이십니다."

구로사와가 활달하게 대답하더니 우리가 만난 경위를 설명했다.

"아하, 그랬군요. 찾아갈 상대가 자리를 비웠다니, 운이 없었네요. 인사가 늦었지만 저는 오카바 겐이치로라고 합니다. 소설가입니다."

"구로사와 씨는 가끔 이렇게 돌발 행동을 한다니까."

그렇게 말한 건 커다란 선글라스를 낀 여성이었다. 아마 사십 대일까. 구로사와를 바라보는 시선이 어딘가 냉랭했다.

"뭐 어때서? 행각승은 수행 때문에 전국을 돌아다니잖아. 분명 재미있는 이야기를 들려줄 거야."

구로사와가 손바닥을 펼쳐 여성을 가리켰다.

"이쪽은 타미이 유리 씨. 인터넷 쇼핑으로 유명한 회사 사장님인데 혹시 모르십니까?"

나는 어중간한 미소를 지었다.

"재미있는 얘기라. 흥, 글쎄올시다."

그렇게 말하며 콧방귀를 뀐 것은 노란 머리 남자였다. 코에 피어싱을 했다. 이십 대 후반으로 보이는데, 태도 때문에 훨씬 어려 보였다.

"차림새만 행각승일지도 모르잖아요. 이런 식으로 시주를 받거나 하룻밤 묵을 곳을 바라는 걸지도 모르죠. 의외로 돈 욕심이 있다거나."

남자는 그렇게 말하면서 어째선지 구로사와 쪽을 쳐다보았다.

"조, 자네 같은 사람하고 똑같이 취급하면 안 되지."

구로사와가 실실 웃으며 말하자 남자가 혀를 크게 찼다.

"쳇, 그렇게 부르지 말라니까요." 그가 나를 흘겨보았다. "아사기 유즈루라고 합니다. 양보하다 할 때 '양(讓)' 자를 쓰고 뜻으로 읽는데 구로사와 씨가 장난삼아 '조'라고 음으로 부르는 것뿐이에요."

그가 조목조목 설명했다. 걱정하지 않아도 처음 만난 상대를 익살스러운 별명으로 부를 생각은 없었다.

"아사기 씨는 무슨 일을 하십니까?"

"……부동산 경영을."

거들먹거리는 태도는 여유의 발로일까? 부모가 물려준 부동산을 굴려서 생활한다는 인상이었다. 하지만 그런 본인의 처지를 탐탁지 않게 여기는 것 같았다.

보아하니 나이대도 직업도 전부 제각각이다. 가족이나 친척도 아닌 것 같다. 구로사와와는 어떤 관계일까?

"그나저나 아까 나비를 잡으시던데, 그게 취미인 겁니까?"

내가 물어보자 아사기가 노골적으로 얼굴을 찌푸렸다.

"으엑. 그걸 묻다니. 한 번 물어보면 얘기가 끝나지 않는데."

"예?"

"잘 물어보셨습니다." 구로사와가 대답했다. "제 나비 컬렉션을 한번 보여 드리죠."

구로사와가 유리의 어깨에 손을 얹었다.

"그러고 보니 전에 갖고 싶다던 나비를 구해서 당신한테도 보여 주고 싶었어. 함께 보러 갈까?"

유리가 몸을 움찔 떨었다.

"음……, 그럼 같이 가 볼까."

"다른 분들은 어떠십니까?"

대답은 '노'였다.

그건 그렇고 묘한 집단이다.

의혹은 커져만 갔다.

펜션은 2층 구조였는데 위층이 객실이었다. 아래층 안쪽 방으로 안내받은 나는 문을 연 순간 저도 모르게 외마디 소리를 질렀다.

벽에 나비 표본이 잔뜩 걸려 있었던 것이다.

표본은 유리 케이스 안에 들어 있었다. 유리 케이스는 직사각형으로 30㎝×50㎝ 정도 되는 크기였는데 하나의 케이스 안에 크고 작은 다양한 나비가 전시되어 있었다. 큼직한 나비가 대여섯 마리 떡하니 든 것도 있고, 자그마한 나비가 스무 마리쯤 잔뜩 든 것도 있었다. 케이스는 전부 열 개. 전시 규모는 아담할지도 모르지만 개인 취미로 소유한 것 치고는 훌륭했다.

"어떤 기준으로 전시하신 겁니까?"

"서식 영역이나 종류별로 나눴습니다. 대부분 구입한 것들인데 아까처럼 채집해서 직접 표본으로 만들기도 하죠."

전시실과 서재를 겸한 방인지 안쪽 벽에 나비 표본이, 문에 가까운 벽에는 책장이 있었다. 방 한가운데에 서재 책상이 있고 컴

퓨터가 자리를 차지하고 있었다.

책상 위에 뭔가 기묘하게 생긴 장식품이 있었다. Y 자로 갈라진 가지를 조립해서 마치 거치대처럼 만든 물건이었다.

"이 나무는?"

"아아." 구로사와가 고개를 끄덕거렸다. "유목으로 만든 거치대입니다. 이런 재주가 있는 친구가 있거든요. 이 가지에 표본에 쓰는 핀으로 나비를 장식해 두면 마치 살아 있는 것처럼 보여서 재미있어요."

"모처럼 표본으로 만든 나비를 밖에 내놓으시는 겁니까?"

내가 그렇게 묻자 구로사와는 살짝 기분이 상한 것 같았다.

"저는 어디까지나 취미로 나비를 모으는 거니까요. 어떻게 다루든 제 마음입니다."

그렇게 말한다면 할 말이 없다. 유리가 울적하게 한숨을 내뱉는 소리가 들렸다.

"그래, 이거야. 당신이 갖고 싶다던 나비."

구로사와가 그렇게 말하더니 실실거리며 중앙의 케이스에 들어 있는 나비를 가리켰다. 파란색과 검은색이 두드러지는 나비로 날개색이 무척 화려했다.

"베아타 미이로 네발나비. 중남미에 서식하는 나비인데 '하늘을 나는 보석'이라고도 불리지. 마니아들 사이에서도 고가에 거래돼. 찾느라 고생했어."

"그래요……."

유리가 찾아 달라고 억지라도 부린 줄 알았는데, 침울한 표정이었다.

나는 나비에 문외한이다. 하지만 색색의 나비가 전시되어 있는 풍경은 눈이 즐거워서 자연히 동심을 되찾았다.

휑하니 비어 있는 케이스가 문득 눈에 들어왔다. 오른쪽 끝에 있는 케이스다. 물론 원래 어떤 상태였는지는 모르지만, 질서정연하게 전시되어 있는 나비들 사이에 뻥 뚫린 자리가 있어 묘하게 보였다.

"여긴 일부러 비워 두신 겁니까?"

그렇게 묻자 구로사와의 심기가 더 언짢아진 것처럼 보였다.

"아뇨……, 거기 있었던 한 마리는 최근 다른 수집가에게 양도해서."

"호오."

돈으로 바꿨다는 뜻일까? 아니면 그냥 같은 취미를 가진 사람이니 선의로 양도한 걸까? 그것까지 따지고 들면 심기를 점점 더 언짢게 해서 오늘 잠자리가 사라질 것 같아 그만두었다.

7

“왜 안 물어보셨어요!”

뜻밖에도 이번에는 ‘안경’이 따지고 들었다.

“그걸 물어봤으면 이것저것 알아냈을지도 모르는데!”

“아니, 아니.” ‘정장’이 쓴웃음을 흘렸다. “말이 그렇지, 모처럼 굴러들어 온 잠자리를 마다할 사람이 어디 있어?”

자꾸 끼어들어서 말을 끊는 이유가 뭘까? 겨우 캐릭터도 눈에 들어오고 디테일도 보이기 시작했는데.

“저기.”

‘정장’이 냅킨과 펜을 내밀며 조심스레 부탁했다.

“괜찮으시면 여기에 등장인물들 이름 좀 적어 주시겠어요?”

“예?”

행각승의 입이 헤 벌어졌다.

“아니, 전 소설을 읽을 때도 이름을 잘 기억 못해서. 게다가 이렇게 귀로만 들으면 다 잊어버려요. 그래서 지금 나온 사람들 이름 좀 적어 주실 수 없나 하고.”

“아아, 그런 말씀이군요.”

행각승이 얌전히 냅킨과 펜을 들었다.

나 참, 또 중단되었네.

이 기회에 화장실에 다녀오기로 했다. 나이 탓인지 요즘은 유독 화장실에 자주 간다.

화장실 벽에 몇 십 년 전 일본 영화 포스터가 붙어 있어 깜짝 놀랐다. 가게 분위기와 그다지 어울리지는 않는데, 사장 취향일까? 〈위험한 일은 돈이 돼〉라는 제목이었는데 주연 배우인 시시도 조가 한 손으로 권총을 치켜들고 다른 손으로 귀를 막고 있다. 활극 느낌의 빨간 폰트도 어쩐지 시원스러웠다.

그 시절 영화 청년으로서 느끼는 향수다.

자리로 돌아와 도코카와에게 물어보았다.

"시시도 조가 나온 〈위험한 일은 돈이 돼〉 말인데, 원작이 있었죠?"

"쓰즈키 미치오예요. 《종이 덫》이었나."

이런 건 도코카와가 전문이다.

"다 썼습니다."

행각승이 냅킨을 가리켰다.

우리도 무심결에 들여다보았다.

구로사와 다이고   펜션 주인

오카바 겐이치로   소설가

타미이 유리   인터넷 쇼핑몰 사장

아사기 조   부동산 경영

어라?

아사기의 이름이. 분명 '유즈루'라고 읽는다고 했을 텐데, '조'라는 건 어디까지나 별명 아니었나?

앗!

그러고 보니 이야기를 시작하기 전에 행각승도 화장실에 다녀왔다. 우리가 가게에 들어온 직후였다.

그도 화장실에서 시시도 조의 포스터를 본 것이다.

조라는 발음에서 연상해 그만 착각한 게 아닐까? 황당한 실수다. 황당한 실수지만 무의식의 흐름을 생각하면 그럴 수도 있다.

이런 부분까지 어설프다니.

(현)행각승의 미덥지 못한 모습에 기가 막혔지만 이왕 여기까지 왔으니 끝까지 듣고 싶다.

내 예상이 맞는다면 분명 구로사와가 죽겠지.

8

다시, 지장 스님의 이야기.

내가 구로사와의 펜션에 도착한 당일에 있었던 또 한 가지 일을 짚고 넘어가야 한다.

전시실 겸 서재에서 나와 우드 데크로 돌아가니 오카바가 혼자 있었다.

"어라, 아사기 씨는요?"

"산책 좀 다녀오겠다네요."

"그런가요."

오카바는 주위를 두리번두리번 살피더니 목소리를 낮추어 내게 물었다.

"그래서요?"

"예?"

"당신은 무슨 짓을 저지른 겁니까?"

"무슨 짓…… 그게 무슨 말씀인지?"

"숲속에서 우연히 만났다니 거짓말이죠? 둘러대지 않아도 돼요. 어차피 우리 모두 비밀이 있는 사람들이니. 다 똑같은 처지잖아요."

"저기, 정말 무슨 말씀인지."

내가 거듭 부정하자 오카바가 요란하게 한숨을 내뱉었다.

"에이. 뭐야. 정말 아니에요? 그 행각승 차림도 진짜고요?"

"진짜고 자시고, 전 정말 수행 중인 몸이라."

"아아, 그런 설명은 됐다니까요. 뭐야, 괜히 기대했네."

오카바가 부루퉁한 얼굴로 말했다.

정신이 번쩍 들었다. 공통점도 없어 보이고, 나이대도 제각각인 손님들. 별안간 그 정체를 알 것 같았다.

"그렇군요. 여러분은 그 '비밀' 때문에 구로사와 씨에게 초대를 받은 거군요. 혹시……."

"그래요, 간단히 말하면, 그런 거죠."

비밀을 가진 사람들을 불러 모은다. 상상할 수 있는 것은 공갈이라는 구도였다.

다만 제 입으로 말하는 이 남자의 속셈을 모르겠다.

"그러니까 이런 날에 구로사와 씨 펜션에 모여 있는 거죠. 정말, 골치 아파 죽겠다니까요."

오카바의 얼굴을 뚫어져라 쳐다보자 그가 한 걸음 펄쩍 물러났다.

"아차. 제 '비밀'이 뭔지는 말 안 할 겁니다. 거기까지 알려 줄 의리는 없으니까요."

방금 전에는 내 비밀이 뭔지 알아내려 하지 않았나? 황당하게 생각하고 있으려니 오카바가 또 말을 이었다.

"전 남들 비밀은 너무 궁금하거든요. 소설가라 그럴까요? 어쨌거나 그래서 당신 비밀을 캐내려고 했던 거죠. 당신은 어디를 어떻게 봐도 묘한 손님이니까요."

당사자를 눈앞에 두고 묘한 손님이라고 말하는 이 남자의 됨됨이는 모르겠지만 일단 잠자코 들었다.

"제가 조사한 바로는 조라는 남자는 약 이 년 전 내부 거래에 가담한 증거를 약점으로 잡힌 것 같아요. 작년에도 똑같이 이 저택에 초대받았는데, 그때 알게 되었죠. 언제 구로사와 씨가 돈을 요구할지 몰라 마음 졸였는데, 작년에는 기분이 좋았는지 잘 넘어갔어요. 올해는 어찌 될지……. 그건 그렇고 내부 거래는 범죄니까, 그 사람도 다혈질이지만 구로사와 씨 상대로는 신중해질 수밖에 없는 거죠.”

“오호라.”

“그래서 제가 궁금한 건 타미이 사장이에요. 그 사람이 대체 어떤 약점을 잡혀서 여기에 있는지, 궁금해 죽겠다니까요.”

나는 천천히 고개를 끄덕거렸다. 이 남자의 속셈을 알 것 같다.

“미리 말씀드리지만 저는 아무 도움도 못 드립니다.”

“하하, 알아요, 알아. 그냥, 당신도 일단 들으면 궁금해할 것 같아서. 호기심 왕성한 성격이죠? 그렇지 않고서야 갑자기 이런 초대를 받고 정체 모를 집까지 따라올 리 없죠.”

정답.

오카바의 인간성이야 어쨌든 그 관찰안에는 탄복할 수밖에 없었다. 오카바는 또 한마디 덧붙였다.

“제 감인데, 구로사와 씨는 당신을 파수꾼으로 쓸 생각이에요.”

“파수꾼이요?”

“그렇잖아요? 우리를 초대했으니 당연히 어느 정도는 경계하겠죠.”

듣고 보니. 아무 상관 없는 나를 초대해 완충재로 쓸 심산인가? 오카바가 말하는 '파수꾼' 역할까지 해낼 자신은 없는데.

"기대하고 있을게요."

그런 기대에는 부응하고 싶지도 않다.

9

이튿날 아침, 나는 여자 비명 소리에 잠에서 깼다.

타미이 유리의 목소리일까? 나는 침대에서 어기적어기적 일어나 비명 소리가 들린 1층으로 내려갔다.

오카바의 말처럼 '파수꾼'으로 임명된 건 아니지만 적어도 2층 침실에서 귀를 기울이며 유사시에 대비하고 있었다. 그런데 갑자기 강렬한 졸음이 쏟아져 비명 소리를 들을 때까지 쿨쿨 자고 말았다.

유리는 구로사와의 전시실 겸 서재 앞에서 다리가 풀렸는지 털썩 주저앉아 있었다.

"무슨 일입니까?"

"저, 저거……."

유리가 떨리는 손으로 방 안을 가리켰다.

뒤이어 다른 숙박객들도 도착했다. 오카바는 소설 소재라도 될 것 같은지 스마트폰으로 사진을 찍기 시작했다.

우려가 현실이 되고 말았다.

서재 책상 앞에 구로사와가 누워 있었다. 그 가슴에는 나이프가 꽂혀 있다.

기묘한 것은 시체 주변의 풍경이었다.

구로사와의 시체를 수많은 나비가 에워싸고 있었던 것이다.

크고 작은 나비를 다 치면 그 숫자만 80마리쯤 될까? 살펴보니 누군가 벽에 걸려 있던 유리 케이스를 전부 열어 한 마리도 남김없이 모든 나비를 꺼내 놓았다.

나비는 표본용 핀으로 바닥에 꽂혀 있었다. 어째서 이런 짓을 했는지 알 수는 없지만, 범인의 공작이리라.

마치 수십 마리의 나비로 구로사와의 시체를 치장해 놓은 것 같았다.

10

“그게 꽂힐까요?”

‘새우등’이 말했다.

“예?”

“바닥 말이에요. 어떤 재질인지는 모르겠지만 곤충 핀이 들어가려면 최소한 나무나 합판이어야 하잖아요?”

행각승이 입을 뻐끔거렸다.

거기까지 생각 못 했나?

그렇다면 시체를 치장한 상황, 그 아이디어 하나만 믿고 돌진했다는 뜻이다.

"……카펫입니다."

"어?"

무심코 중얼거렸다.

내 목소리에 놀랐는지 행각승이 뒤를 돌아보았다.

"깜빡 잊고 말씀을 안 드렸는데." 행각승이 변명처럼 말했다. "구로사와 씨 방에는 두꺼운 카펫이 깔려 있었습니다. 거기에 핀을 꽂아 둔 거죠."

누가 봐도 즉흥 아이디어로 들렸지만 '새우등'은 얌전히 물러났다.

"아아, 그렇다면 이해가 되네요."

'새우등'은 그렇게 말하면서 또 냅킨을 내밀었다.

"죄송합니다, 그 나비 표본 말인데, 이름을 전부 적어 주실 수 있을까요?"

행각승이 고개를 가로저었다.

"시간이 걸려서 어렵겠습니다."

잘 받아쳤다는 투였다.

세 청년의 대화 방식에 적응했는지, (현)행각승도 만만치 않은 기세다. 이렇게 되면 또 다른 재미가 있다.

"하지만 갑자기 졸음이 쏟아졌다는 게 마음에 걸리네요. 너무 작위적이라고 할까." '안경'이 말했다.

행각승이 자비로운 미소를 지었다.

"그건 이 뒷이야기에서 밝혀집니다."

흠.

온통 트집만 잡혀 낭패를 당할 줄 알았는데, 조금씩 여유를 되찾은 모양이다.

시체까지 나왔다. 마침내 이야기도 점입가경에 들어섰다.

11

다시, 지장 스님의 이야기.

지역 경찰이 도착해 조사를 받게 되었다.

형사의 이름은 사사키라고 했다.

"구로사와 씨를 어제 처음 만나셨다고요?"

"아침까지 자고 있었다는 게 사실입니까?"

몇 번이고 똑같은 질문에 "예.", "그렇습니다."라고 대답했다. 그러고 있으려니 또 졸음이 엄습해 왔다.

나는 어쩔 수 없이 오카바에게 들은 이야기를 했다. 구로사와에게 약점을 잡힌 사람들이 모여 있다는 것. 그들에게 동기가 있을지도 모른다는 것.

사사키가 고개를 끄덕였다.

"저희도 그 정도 정보는 파악하고 있습니다."

무어라?

"오카바 씨에게 들은 건 아사기 유즈루 씨 약점뿐이었던 거죠? 내부 거래에 가담했을지도 모른다고."

"예."

"오카바 씨 본인과 타미이 씨 정보는 전혀 모른다?"

"그렇습니다."

사사키가 볼펜 뒤로 미간을 문질렀다.

"그럼 상황은 별로 달라지지 않는군요."

"그런가요?"

"예. 구로사와 씨 서재 책상 서랍이 엉망이었어요. 협박 재료를 모조리 가져간 것 같습니다."

자기 것만 처분하고 싶었겠지만, 그것만 빼내면 바로 범인이 들통난다. 그래서 다른 사람의 자료도 처분한 것이리라. 아니, 모두 범인일 수도 있지만.

"그럼 그들이 협박당했다는 건 어떻게 아셨습니까? 오카바 씨가 말했습니까?"

"설마요. 오카바 씨는 저희 상대로는 입을 다물고 있습니다.

서랍 바닥이 이중이었는데 거기에 수첩을 감춰 두었더군요. 이니셜과 요구 금액만 적혀 있는 매몰찬 기록이었지만.”

협박 이유는 역시 알아내지 못했나.

“사인은 뭡니까?”

“나이프에 찔려 과다 출혈로 사망. 달리 눈에 띄는 외상은 없습니다. 흉기로 쓰인 나이프를 본 적은?”

“글쎄요. 정말 어제 처음 와서.”

“어젯밤 22시부터 23시 사이에 알리바이는 있습니까?”

“없다고 말씀드렸잖습니까. 자고 있었다니까요.”

그 시간대가 사망 추정 시각인가. 단순한 형사다.

“어제 갑자기 졸음이 쏟아졌다고 하셨는데 그럴 만했습니다.”

“무슨 말씀이신지?”

“주방 쓰레기통에서 수면제 약봉지를 발견했습니다. 당신 커피에만 탄 것 같더군요.”

세상에.

사사키 말로는 다른 숙박객들은 갑자기 졸음을 느끼는 증상이 없었다고 한다. 협박이 동기라면 나는 동기가 없으니 죄를 뒤집어씌울 수도 없다. ‘파수꾼’ 역할을 저지하려고 내게만 약을 탄 모양이다. 참고로 약을 탈 기회는 누구에게나 있었다.

사사키가 나를 뚫어져라 쳐다보았다.

“그 나비 공작에는 관여하지 않았겠지요?”

“공작이라면, 시체 주위에 나비가 잔뜩 있었던…….”

“맞습니다.”

“어째서 제가 관여했다고 생각하십니까?”

사사키가 눈을 껌뻑거렸다. “글쎄요. 그런 의식이 있나 싶어서.”

행각승이라는 신분을 오해하는 것 같다.

“그럼 또 물어볼 게 있으면 부르겠습니다.”

사사키는 그렇게 조사를 끝내고 나를 보내 주었다.

우드 데크에는 오카바가 있었다. 유리는 내가 나올 때쯤 조사를 받으러 갔고, 아사기는 방에 틀어박혀 있다고 했다.

“조사는 어땠어요?”

오카바가 흥미진진한 눈으로 나를 쳐다보았다.

수첩 이야기는 말하지 않는 게 낫겠지.

어젯밤 행동에 대해 물어보자 오카바도 자느라 아무것도 몰랐다고 한다. 물어보니 유리와 아사기도 알리바이는 없다나.

“어째서 나비를 유리 케이스에서 전부 꺼내서 그렇게 뿌려 놓았을까요?”

“흠, 확실히 그건 신경 쓰이는 문제죠.”

“오카바 씨, 현장 사진을 찍었죠? 데이터 있습니까?”

“데이터는 경찰에 넘겼지만 복사해 뒀습니다.”

빈틈이 없다.

오카바는 노트북을 열어 사진을 띄웠다.

구로사와가 카펫 위에 반듯하게 쓰러져 있고 피는 그대로 카펫을 적시고 있었다. 시체를 끌거나 건드렸다면 다른 곳에 묻었을 텐데, 그런 혈흔도 없었다. 확인한 바로는 나비에는 피가 묻어 있지 않았다.

그렇다면 범인은 피해자를 찔러 죽이고 어떠한 이유로 유리 케이스에서 나비를 전부 꺼내 이렇게 늘어놓았다는 뜻이다.

나비는 대자로 뻗어 있는 구로사와 주위를 에워싸듯이 놓여 있었다. 가랑이 쪽 카펫에도 나비가 핀으로 꽂혀 있다. 구로사와의 실루엣을 따라 배치한 것 같았다.

유리 케이스에서 나비를 꺼내서 카펫 옆에 쭈그리고 앉아 핀으로 꽂는다. 특수한 도구는 필요 없다. 숫자는 80마리나 되지만 시간으로는 십 분 내지 십오 분이면 끝날 작업 아닐까?

오카바가 턱을 어루만졌다.

"시체를 장식하고 싶었던 걸까요?"

"그렇다면 너무 페티시한 동기인데요."

"유리 케이스를 비우고 싶었던 건지도 모릅니다."

"그럴 수도 있겠지만 열 개나 필요한 이유가 뭘까요? 게다가 케이스가 필요했던 거라면 그냥 죄다 꺼내서 바닥에 버려두면 될 텐데."

"나비에 이목을 집중시키고 싶었다거나? 혹은 그중에 구로사와 씨가 불법적으로 손에 넣은 귀한 나비가 있었던 거죠. 경찰에게 그걸 고발하고 싶어서 나비를 밖에 꺼내 놓았다거나.”

“흠. 하지만 그렇다면 그 나비만 밖에 꺼내 놓으면 그만이잖아요. 구로사와 씨 옷에 핀으로 꽂아 두었으면 훨씬 눈길을 끌었을 텐데요.”

“전부 그런 불법적인 수단으로 손에 넣은 나비라거나…….”

“어제 제가 만났을 때처럼 직접 채집하는 것도 있고 구입한 것도 있는 것 같았어요. 전부 불법적인 수단으로 손에 넣은 나비는 아닐 겁니다.”

나는 오카바의 추리에 장단을 맞추었지만 오카바가 범인이라면 이런 곳에서 굳이 답을 말할 리는 없다. 적당히 흘려들으며 범인의 목적이 무엇인지 계속 상상했다.

“그래도 특정한 나비를 노렸다는 상상은 괜찮은데요.”

“그래요?”

“네, 가령…… 이건 이름이 뭔가요?”

나는 시체 왼손 옆에 있는 나비를 가리켰다. 오렌지색 날개에 잎맥처럼 검은 줄기가 뻗어 있다. 이 나비도 색이 아름다웠다.

“……다나우스 플렉시포스.”

“예?”

12

"예?"

'안경'이 행각승의 반응을 그대로 따라 했다.

"다나우…… 예? 뭐라고 했죠?"

"그것도 좀 써 주시겠어요?"

'정장'이 등장인물표를 적은 냅킨을 내밀었다. 행각승은 쓴웃음을 지으며 나비 이름을 적었다.

"야, 의심 좀 하지 마." '새우등'이 말했다. "굳이 오카바 씨하고 일대일로 대치하는 장면에서 꺼낸 이름이니 분명 무슨 복선일 거야."

그 발언이야말로 의심하고 있다는 말 같은데.

나는 또 끼어들고 싶었지만 세 청년의 기세는 누그러질 줄을 몰랐다.

"하지만 다나우스 어쩌고 하는 나비는 들어 본 적도 없어. 호랑나비, 배추흰나비, 보통은 그런 이름 아니야?"

"그건 일본에서 지은 이름이야. 다나우스 플렉시포스는 학명이고. 라틴어로 그리스 신화에서 따왔지. 일본 명칭은……."

"자자, 그 이야기도 나중에 나옵니다."

행각승의 이마가 땀으로 젖어 있었다.

어쩐지, 행각승이 안쓰러워졌다.

13

다시, 지장 스님의 이야기.

"……다나우스 플렉시포스."

"예?"

"아니, 실은 이 나비는 구로사와 씨에게 들은 적이 있거든요. 다른 나비 이름은 하나도 모릅니다."

갑자기 마음을 닫기라도 한 것처럼 오카바의 입이 무거워졌다.

구로사와가 그 나비의 이름만 가르쳐 줬다니, 뭔가 특별한 의미가 있었던 걸까? 하지만 다나우스 뭐라는 나비가 아무리 특별해도 70마리가 넘는 다른 나비까지 꺼낼 이유는 되지 않는다.

내 사고는 또다시 장벽에 부딪쳤다.

펜션 안을 어슬렁거리는데 사사키가 누군가와 함께 사건 현장으로 들어갔다. 감식 작업은 끝났을 터였다.

'KEEP OUT' 테이프 밖에서 두 사람의 행동을 살펴보았다.

"……아아, 아아, 아까워라."

"시체는 옮겼지만 나비는 그대로 두었습니다. 시체의 혈액이 굳어 있어서 나비에 묻지는 않았어요."

"그럴지도 모르지만 이 컬렉션은 전부 증거품이 되는 거죠?"

사사키가 신음했다.

“그렇게 되겠지요.”

“그래서 아깝다고 한 겁니다.”

“이 나비들을 보고 뭔가 알아내셨습니까?”

“서식지나 가치도 제각각이라 딱 개인 수집가가 모았다는 느낌이네요. 상자에서 몇 번 꺼내서 구경했는지 보존 상태가 나쁜 것도 있어요.”

그렇군. 사사키는 나비 전문가를 어드바이저로 데려온 것 같았다. 이대로 엿듣고 있으면 필요한 정보를 얻을 수 있을지도 모른다.

“특별한 의도는 찾아보기 힘들다는 말씀이군요.”

“예. 수집한 구로사와 씨는 물론이고 이런 행동을 한 범인에게서도. 굳이 말해 본다면 남미에 서식하는 나비가 많다는 점일까요. 아그리아스라는 종류…… 일본 명칭으로는 미이로 네발나비라고 하는데, 아그리아스는 전부 모은 것 같군요.”

“전부라 하면?”

“종 안에서 변이가 다채로운 나비거든요. 날개 색에 따라 여섯 종류로 분류하는 게 일반적입니다.”

사사키는 관심이 있는 건지 없는 건지 허, 하고 한숨을 토했다.

“아그리아스라는 건.”

남자가 여섯 종류를 전부 순서대로 가리켰다. 어떤 것은 오른쪽 다리 옆에 있었고, 어떤 것은 머리 쪽에 있었다. 무슨 의미가 있을 것 같지는 않았다.

"그 밖에 저게 붉은무늬 제비나비, 저게 아킬레스 모르포, 저게 베아타 미이로 네발나비, 저건 큰멋쟁이나비, 공작나비……."

그렇게 열거한들 다 기억하지도 못한다. 나는 이쯤에서 남자의 이야기를 따라가려는 노력을 포기했다.

"아."

그때 사사키가 나를 발견했다.

"당신, 이런 곳에서……!"

들키고 말았지만 나는 뻔뻔하게 그곳에 머물기로 했다.

"질문이 있는데요."

나는 성큼성큼 다가오는 사사키를 무시하고 나비 전문가에게 물었다.

"뭔가요?"

"다나우스 플렉시포스라는 건 어떤 나비입니까?"

남자가 눈을 크게 떴다.

"신기하군요."

"뭐가요?"

"물어본다는 건 나비 지식이 없다는 뜻인데, 굳이 학명으로 말씀하실 줄은."

"학명?"

"일본에서는 오카바 왕나비, 제왕얼룩나비라고 부르죠. 전 세계 열대 및 아열대 지방에 서식하는 독 나비입니다.”

“독…….”

사사키가 달려와 내 어깨를 붙들었을 때, 젊은 경찰이 뛰어들어 왔다.

“사사키 씨, 조회 결과가 나왔습니다.”

사사키가 내 어깨에서 손을 뗐다.

“빨랐군.”

“예. 사사키 씨가 발견한 납품서와 일치했습니다. 우드 아티스트 Y씨는 그저께 낮, 택배 회사에 짐을 맡겼다고 합니다. 택배 업자는 배달 시간을 어제 14시부터 16시 사이로 지정받아 짐을 운반했고, 14시 5분에 구로사와 씨에게 배달했습니다.”

어제, 내가 구로사와를 만난 것은 15시쯤이었던가.

“우드 아티스트가 납품한 건 서재 책상 위 나뭇가지 거치대죠?”

내가 묻자 젊은 경찰이 깜짝 놀라는 표정을 지었다. 옷차림을 보고 놀란 게 틀림없다.

“예. 일 년에 한 번 교체해서, 정기적으로 제작 의뢰를 받는다고 합니다.”

“그 전에 쓰던 거치대는 발견되었습니까?”

“예. 처분할 예정이었는지 뒤뜰에 내놓았더군요. 가지에 구멍이 잔뜩 뚫려 있었어요.”

“구로사와 씨는 케이스에서 꺼낸 나비를 핀으로 가지에 꽂아 두는 걸 좋아했던 것 같습니다. 나비가 가지에 머무는 것처럼 보여서 재미있었다나.”

“그랬구나!” 나비 전문가가 버럭 외쳤다. “어쩐지 보존 상태가 나쁘다 했어. 그런 어린애 장난을 하다니.”

사사키가 턱을 어루만지며 나직하게 신음했다.

“어쩌면 그렇게 된 일일지도.”

“그렇게 된 일이라니요?”

사사키는 내가 관계자가 아니라는 사실도 잊고 거침없이 설명하기 시작했다.

“아니, 옛날에 구로사와 씨에게 협박당한 어떤 사람을 알아내 사정을 들었거든요. 그 사람은 오해로 구로사와 씨에게 협박당해서 경찰에 피해 신고까지 했어요. 하지만 구로사와 씨가 직접적으로 행동한 건 없어서 입건되지는 않았죠.

구로사와 씨가 그를 이 펜션에 초대해 홰 모양 거치대에 꽂은 나비 한 마리를 보여 줬다는 거예요. 이름은 잊어버렸는데, 전체적으로 갈색을 띠고 가장자리는 노란색, 그리고 하늘색 반점이 있었다더군요.”

“기베리 네발나비.” 전문가가 말했다. “흔히 신선나비라고 부르죠. 하지만 이상한데. 여기 나비 중에는 없어요.”

“예, 그럴 만도 한 게, 구로사와 씨는 이야기 도중에 자기가 착각했다는 걸 깨닫고 얼굴이 시뻘게져서는 그 나비 표본을 짓뭉

개 가루로 만들어 버렸다는 겁니다."

"끔찍한 짓을!"

전문가가 비명을 질렀다.

그 에피소드가 머릿속에서 열쇠가 되었다.

아하.

그렇다면…….

"두 가지만 물어봐도 되겠습니까?"

"뭔데요?" 젊은 경찰이 말했다.

"지금 서재 책상 위에 있는 홰에 핀을 꽂은 흔적이 있었습니까?"

"예, 구멍이 하나 있었습니다."

"그럼 두 번째 질문. 이건 사사키 씨에게. 구로사와 씨의 오해로 협박당했다는 그분, 혹시 이런 이름 아닙니까?"

내가 이름 하나를 말하자 사사키가 눈을 휘둥그레 떴다.

"맞습니다. 어떻게 알았습니까?"

"그렇다면 범인은 그 사람이 틀림없습니다."

14

"여기서 문제 편 끝, 그런 겁니까?"

'새우등'이 실실 웃으며 말했다. 여유가 철철 넘치는 표정이 마음에 들지 않는다.

나는 이야기에 양념을 더하려고 끼어들었다.

"범인은 어째서 나비를 전부 꺼내서 늘어놨을까, 그게 최대 수수께끼겠네요."

내 의도를 헤아렸는지 도코카와가 말을 받아 주었다. "정말 기묘한 수수께끼예요. 문제 편 마지막에 나온 홰나 구로사와 씨 에피소드도, 정보가 증가한 느낌이에요."

"전 알아냈어요." '새우등'이 말했다. "스님이 말씀하셨다는 그 '이름'을."

"엇?"

"'기베' 맞죠?"

행각승이 눈을 크게 떴다.

"그런데 이상하단 말이죠. 용의자를 한 사람으로 좁힐 수가 없어요. 추리는 틀리지 않았을 텐데……."

'새우등'이 혼잣말처럼 중얼거렸다.

아이고야.

내버려두면 해결 편의 재미마저 빼앗기겠다. 나는 황급히 끼어들었다.

"정말 그런 이름이었어요?"

"아, 예. 그랬습니다."

"아저씨는 몰랐어요?"

‘새우등’이 약을 올렸다. 혹시 내 속셈을 꿰뚫어 보았나 싶었지만 재빨리 고개를 가로저어 부정했다.

당연히 알지. 알다마다. (현)행각승이 열거한 나비 이름에는 일정한 규칙이 있었다. 그가 하는 말이 ‘지어낸 이야기’라고 해도 어디까지나 귀로 듣는 사람을 위해 ‘지어낸 이야기’니, 이유도 없이 영문 모를 나비 이름을 열거했을 리 없다.

그러니 기베라는 이름도 충분히 예상할 수 있었다. 하지만 그건 그거고, 자고로 추리란 논리정연하고 품격 있는 인물의 입으로 듣고 싶은 법이다.

“거기서부터는 지장 선생께 듣고 싶군요.”

그렇게 말하자 가게 안 어디선가 숨을 훅 삼키는 소리가 들렸다. 신경은 쓰였지만 따지고 있을 겨를은 없다.

“……알겠습니다.”

행각승이 어딘가 안도한 목소리로 말했다.

“방금 지적하신 대로 옛날 구로사와 씨에게 협박당했다는 그 증인의 이름은 기베였습니다. 그리고 구로사와 씨가 그에게 보여 준 나비의 이름은 기베리 네발나비. 그래요, 기베, 라는 음이 들어가죠.

제가 주목한 건 현장에 있던 나비 이름에서 한 가지 공통점을 깨달았기 때문입니다. 그래요, 나비 이름에 용의자들의 이름이 들어 있었던 겁니다.”

“오오.”

‘정장’이 눈앞의 ‘인물표’를 손가락으로 톡톡 두드렸다.

“오카바 씨는 오카바 왕나비.

타미이 씨는 베아타 미이로 네발나비. 중간에 ‘타미이’가 들어가죠.

아사기 씨는 아사기 왕나비고요.”

행각승이 끄덕거렸다.

“현장에는 그 외에도 나비 표본이 많았습니다만, 일부에만 그런 법칙이 있었죠. 우연일 리 없습니다.”

그러자 ‘안경’이 반박했다.

“하지만 거기까진 흔한 추리소설 같은 작위성이 느껴지는데요. 요컨대 다잉 메시지 같은 거잖아요? 말장난이죠. 이 경우 피해자가 특정한 나비를 움켜쥐고 있었던 건 아닌 것 같지만.”

나는 내심 쓴웃음을 흘렸다.

추리소설 같다고 하면 어떡해?

“다잉 메시지라는 건 어떤 의미로 핵심을 꿰뚫는 표현일지도 모릅니다.” 행각승이 말했다. “하지만 보통 다잉 메시지는 죽기 직전에 떠올리는 법인데 이건 훨씬 전부터, 피해자가 직접 고안했던 겁니다. 의도적으로 그런 이름을 가진 나비를 모았던 거지요.”

“무슨 목적으로 그랬을까요?”

내가 뒷이야기를 채근했다.

"구로사와 씨가 돌아가셨으니, 이유는 상상해 보는 수밖에 없지만 기베 씨 이야기를 참고하면 어느 정도 예측이 가능합니다.

다시 말해 구로사와 씨에게 나비는 협박 상대…… 모두에게서 돈을 뜯어내려 했으니 '채무자'라고 불러 볼까요……. 즉 그런 '채무자'의 상징이었을 겁니다. 핀으로 고정해 케이스 안에 넣어 두었다가 언제든지 꺼내 보거나 구경할 수 있죠."

"어휴, 병적인 페티시즘이네요."

'정장'이 우웩 혀를 내밀었다.

"'채무자'를 집에 불러 돈을 요구할 때는 네 운명은 내 손아귀에 달려 있다고 과시하듯 '채무자'에 해당하는 나비를 밖으로 꺼내 홰 거치대에 꽂아 둡니다. 기베 씨를 협박할 재료가 없다는 걸 깨달은 순간 기베리 네발나비를 망가뜨린 건 자기 마음대로 되지 않는 상대에게 화가 나기도 했을 테고 표본이 더 이상 쓸모없었기 때문입니다. 저와 타미이 유리 씨가 사건 전날 현장 서재에 들어갔을 때 유리 케이스 안에 한 군데가 비어 있었던 건 원래 기베리 네발나비 표본이 있던 자리였겠지요."

행각승은 계속 설명했다.

"그런데 피해자가 그런 '취미'를 가진 사람이었다면 홰 거치대에 다른 의미가 생깁니다."

"허……, 어떤?"

도코카와가 고개를 갸웃거렸다.

"홰는 사건 당일 14시 5분에 펜션으로 배달된 새 제품이었습니다. 그리고 나무에는 딱 한 군데, 핀을 꽂았던 구멍이 있었지요."

"앗!"

도코카와가 깜짝 놀라 소리쳤다.

"그렇군요, 구멍이 딱 하나였다는 게 포인트죠?"

행각승이 바로 그렇다는 듯이 고개를 한껏 끄덕거렸다.

"예. 즉 사건 당일 밤, 피해자는 '채무자' 중 한 사람을 방으로 불렀습니다. 한 사람씩 모두 차례대로 부를 생각이었겠지요. 그때 홰에는 '채무자'의 이름이 들어가 있는 나비가 꽂혀 있었습니다. '채무자'들을 이 집에 소집한 이상 차례대로 말할 예정이었겠지만, 구멍이 하나였던 걸로 봐서 피해자는 가장 처음 불러낸 '채무자'에게 살해당했다는 뜻이 됩니다."

"잠깐만요." '새우등'이 말했다. "증거가 그것뿐이라면 두 번째 이후로 불러낸 사람이 범인일 수도 있잖아요. 같은 구멍에 정확하게 핀을 꽂으면 그만이니까요."

하긴, 맞는 말이다.

자, 스님, 어떻게 반박하시겠어요?

마치 심판이라도 된 기분이라 점점 재미있어졌다.

"그건 불가능합니다. 아무리 같은 자리에 꽂으려 해도 각도나 깊이는 달라질 수밖에 없어요. 구멍이 커질 수도 있지요. 그런 소견이 있었다면 사사키나 감식 직원이 발견했을 겁니다. 게다가 처분 예정이었던 낡은 홰에 구멍이 잔뜩 있었다고도 했죠. 평소 같은 자리에 반복적으로 핀을 꽂는 습관은 없었다는 걸 알 수 있습니다."

예상 가능한 반론이라 대처할 수 있었다고 봐야 할까? 적어도 이번은 (현)행각승이 득점했다.

"지금까지 나온 정보를 정리하면 마침내 범인이 피해자의 시체를 나비로 장식한 이유가 보이기 시작합니다."

"오오."

'새우등'이 몸을 앞으로 내밀었다.

"나이프를 지참했으니 어느 정도는 계획적 범행이었겠지요. 하지만 범인은 구로사와 씨의 특수한 버릇을 몰랐습니다. '채무자'의 이름을 나비 이름에 빗대는 것이었죠. 구로사와 씨를 살해하기 직전, 피해자에게 직접 들었던 게 아닐까요?

그렇다면 피해자의 상황은 이렇게 됩니다. 카펫 위에는 바로 누운 구로사와 씨. 그리고 서재 책상 위 홰에는 범인의 이름이 들어가 있는 나비 표본이 꽂혀 있죠."

"아앗!"

'안경'이 무릎을 탁 쳤다.

"그야말로 변칙적인 다잉 메시지로군요! 죽기 직전에 남긴 게 아니니 다잉 메시지의 정의에서는 벗어나지만, 결과적으로는 범인을 가리키는 형태가 되었어요."

“범인에게는 몹시 당혹스러운 상황입니다. 구로사와 씨가 자신의 독특한 ‘버릇’을 누군가에게 털어놓지 않았다는 보장도 없죠. 그대로 나비를 남겨 두면 피해자가 살해당하기 직전에 만난 사람이 자기라는 걸 들키고 맙니다…….”

“실로 절체절명인 셈이군요.”

내가 말하자 행각승이 고개를 끄덕였다. ‘정장’이 끼어들었다.

“하지만 그렇게 큰 위기도 아니지 않아요? 지금까지 나온 추리만으로는 오카바 왕나비, 베아타 미이로 네발나비, 아사기 왕나비 중에서 어느 나비였는지 범위를 좁힐 수 없지만, 전부 원래 유리 케이스 안에 있었던 나비들이잖아요. 그럼 빈자리에 돌려놓으면 그만일 텐데.”

“그래요. 하지만 범인은 그럴 수가 없었습니다.”

“어째서요?”

“나비에 대한 지식이 없었기 때문입니다.”

앗, 하고 ‘정장’이 외마디 탄식을 흘렸다.

“구로사와 씨는 서식지나 종류를 기준으로 나비를 전시했다고 했습니다. 저는 정확히는 모르지만, 범인도 구로사와 씨가 어떠한 기준에 따라 나비를 전시했다는 사실은 알고 있었어요. 하지만 운 나쁘게도 사건 당일 유리 케이스에는 빈자리가 두 군데 있었습니다.”

“범인을 가리키는 나비와, 기베리 네발나비.” 내가 말했다.

"바로 그렇습니다. 그리고 범인은 어느 쪽이 나비가 있던 원래 자리인지 몰랐죠. 어차피 확률은 50퍼센트. 색깔이나 크기를 근거로 감만 믿고 돌려놓는 방법도 있지만 범인은 모 아니면 도라는 도박을 하고 싶지 않았어요. 안목 있는 사람이 봤다가 부자연스러운 점을 알아차리고 자기 이름을 알아낼까 봐 우려했던 거죠."

행각승이 한 박자 쉬고 말했다.

"그래서 범인은 자기를 가리키는 나비를 다른 나비들 사이에 숨기기로 한 겁니다."

"옳거니, 그렇게 이어지는 거군요."

도코카와가 신음했다.

"케이스 안에 돌려놓을 수 없다면 다른 나비들을 케이스에서 모조리 꺼내 버리면 된다……."

"발상의 전환이죠. 카펫에 핀을 꽂은 건 표본용 핀으로는 벽에 꽂을 수 없어 카펫에 꽂는 게 가장 좋은 방법이었으니까. 그리고 괜히 시체를 움직이면 불필요한 흔적을 남길 수도 있으니, 시체를 에워싸듯 나비를 배치한 겁니다."

'새우등'이 지적한 문제까지 해답 속에 빠짐없이 담아냈다. 그저 감탄스러웠다.

"잠깐만요." '새우등'이 또 물고 늘어졌다. "나비를 감추고 싶었을 뿐이라면 그 표본만 몰래 가져가거나 망가뜨려도 되잖아요?"

"그래서야 아까 했던 이야기로 돌아갈 뿐입니다. 구로사와 씨의 ‘버릇’을 누군가가 알고 있다면 ‘그곳에 없는’ 범인의 이름을 가진 나비가 부각되고 말아요. 몰래 가져가거나 망가뜨리는 행위는 오히려 사태를 악화시킵니다.”

‘새우등’이 신음과 함께 물러났다.

“지금까지 한 설명으로 범인의 조건이 판명되었습니다. 범인은 구로사와 씨가 불러낸 ‘채무자’ 중 한 사람이면서 어느 케이스에 나비를 돌려놓아야 할지 몰랐던 인물이라는 뜻이 됩니다.”

“알리바이 유무로는 판가름할 수 없으니 실제로는 후자의 조건이 관건이겠군요.”

내 말에 행각승이 기쁜 표정으로 끄덕거렸다.

“바로 그렇습니다. 그렇다면 구체적으로 따져 볼까요?

먼저 오카바 씨. 현장 사진에 찍힌 오카바 왕나비를 가리켰을 때 그는 반사적으로 다나우스 플렉시포스라는 학명으로 대답했습니다. 아마 오카바 왕나비라는 이름 속에 자기 이름이 들어 있다는 것을 알고 괜히 찝찝했거나 수사진 귀에 들어갈까 봐 얼버무린 거겠지요. 어쨌거나 반사적으로 학명을 말할 정도니 오카바 씨는 분명 나비에 대한 지식이 있습니다. 따라서 용의자에서 제외하겠습니다.”

정말 그럴까? 근거가 희박한 소리로 들렸지만 그것이 ‘해답’이라면 어쩔 수 없다.

의외로 ‘새우등’도 별말 없었다.

"다음으로 타미이 유리 씨입니다. 나비 관련 지식이 있었는지
는 불확실하지만, 그녀는 사건 당일 낮에 현장에 들어갔습니다.
저와 함께요. 그때 저와 타미이 유리 씨는 원래 기베리 네발나비
가 있었을 오른쪽 끝 유리 케이스에 빈자리가 있는 걸 봤습니다.
다시 말해 만약 유리 씨가 범인이라면 두 개의 빈자리 중 하나
는 자기 이름과 상관없다는 걸 알았을 겁니다. 구로사와 씨가 베
아타 미이로 네발나비를 꺼내기 전부터 오른쪽 끝에는 빈자리
가 있었으니까요. 그렇다면 유리 씨가 취해야 할 가장 합리적인
행동은 베아타 미이로 네발나비가 원래 있었을 빈자리에 나비를
돌려놓는 것입니다."

행각승이 두 손바닥을 펼쳤다.

"이상의 추리로 오카바 씨와 유리 씨 두 사람을 소거할 수 있
었습니다. 그래서 저는 남은 한 사람, 아사기 유즈루 씨가 범인
이라고 지적했습니다."

15

그렇군.

나는 고개를 끄덕끄덕 흔들었다.

현장의 기묘한 장식품에서 출발해 소거법 추리로 범인을 한

사람으로 좁힌다. 나비 이름이나 피해자의 도착적인 취미 등 자질구레한 요소가 많아서 마음에 들지 않지만 제법 재미있는 이야기였다. 이것이 (현)행각승의 경험담이든, 혹은 창작이든.

술안주로는 충분했다. 살짝 긴장되는 순간도 있었고 세 청년 때문에 속이 터지기도 했지만 그것까지 포함해 즐거운 밤이었다.

나는 눈앞의 하이볼 글라스를 한번에 비웠다. 계산을 부탁하고 가게에서 나가려는데 '새우등'이 입을 열었다.

"잠깐만요."

나는 그만 벌렁 자빠질 뻔했다.

어이어이, 아직 더 남았어?

"남은 한 사람이라고 하셨는데, 아직 용의자가 한 명 더 남아 있어요."

"엇?"

행각승이 어깨를 움찔 떨었다.

"이 사람 말입니다."

'새우등'은 행각승에게 써 달라고 한 인물표를 가리켰다.

'아사기 조　　　부동산 경영'

우와.

무심결에 표정에 드러났을지도 모른다. 완전히 꼬투리 잡기 아닌가?

"양보할 '양'이라 쓰고 조라는 별명으로 불린 '아사기 유즈루' 씨하고 스님이 종이에 쓴 '아사기 조' 씨, 이 사건에는 두 명의 등장인물이 있잖아요."

"자, 잠깐만요." 행각승이 창백한 얼굴로 인물표를 들여다보았다. "용의자는 세 명뿐이고 이건 그냥 실수로 잘못 쓴 거예요."

나는 그 원인까지 알고 있다. 화장실에 붙어 있던 〈위험한 일은 돈이 돼〉 포스터. 주연 배우인 시시도 조의 존재.

"세 명이라고 한 번이라도 말씀하신 적이 있습니까?"

"어?"

말한 적 없다.

행각승은 아직 깨닫지 못한 눈치지만, 한 번도 그렇게 말하지 않았다. (현)행각승의 이야기가 알아듣기 힘들었던 이유도 실은 그런 이유에서다. 첫 만남을 설명할 때 이 세 사람이 오늘 밤 손님이라고 말하면 그만 아닌가? 그런 다음 한 명 한 명 묘사해 소개했다면 '정장'도 인물표를 요청하지 않았을지 모른다.

게다가 아사기가 이야기 속에 별로 나오지 않는 것도 허술했다. 대화 장면은 대부분 오카바와 사사키가 상대였고, 범인 소거 조건을 위해 사건 전에 함께 전시실 겸 서재에 가는 역할도 유리가 맡았다. 처음부터 끝까지 실제 상황이라면 사람들과 교류할 때 정도의 차이가 날 수도 있지만, 지어낸 이야기라면 제어할 수 있는 불균형이다.

'새우등'은 행각승의 그런 허점을 지적한 것이다.

'새우등'의 입가에 체셔 고양이처럼 짓궂은 미소가 걸려 있었다. 이것이 단순히 언어유희에 지나지 않는다는 것도 충분히 알고 있을 것이다. 알면서 어떻게 대답할지 반응을 즐기는 것이다.

행각승에게는 안 된 일이지만 이번 판은 '새우등'의 반칙승으로 봐야 할까. 플롯의 약점이 까발려진 셈이니까.

역시, 다른 사람이었다.

당연한 결론이긴 하지만 그제야 받아들일 수 있었다.

과거의 꿈이 돌아올 리 없다.

진짜든 가짜든 상관없었다. 그저 상쾌하게 속여만 준다면 그것으로 만족했다. 과거의 '지장 선생'에게는 마법 같은 화술이 있었다. 지어낸 이야기처럼 보이는 허점마저도 어딘가 애교가 있었다.

나답지 않게 감상에 빠졌다.

오랫동안 지켜 온 가게를 닫은 날이다. 나도 마음이 약해졌나 보다.

더 이상 (현)행각승의 낭패를 보기 괴로웠다. 도코카와와 고갯짓을 주고받은 나는 가게에서 나가려고 자리에서 일어나려 했다.

바로 그때였다.

"과연, 재미있는 이야기군요."

아까 그 노인이 카운터 옆에 서 있었다. 구석 테이블석에 부인으로 보이는 여성과 함께 앉아 있던, 그 노인.

노인은 싱글싱글 웃으며 행각승 옆에 앉았다. 그 자리에 있던 사람들 모두 어리둥절한 기색이었다. 글라스를 닦고 있던 마스터조차 손길을 멈췄다.

"물론 이 행각승께서 만난 사건의 범인은 '아사기 유즈루' 씨, 이 사람이 확실하겠지요. 실제로 휘말린 사건이라면 경찰이 꼼꼼히 조사해서 다른 증거도 확보해서 입건했을 테니까요. 그렇지요?"

"예, 예에……."

(현)행각승이 눈을 껌뻑거렸다.

"그렇다면 말이야, 거기 젊은 친구. 자네 말은 결국 훼방일 뿐, 말하자면 그냥 말장난에 지나지 않아. 이 이야기가 창작이라고 가정하고 덤비는 거지."

"하아."

'새우등'이 약간 불만스러운 한숨을 토했지만 노인이 하고자 하는 말은 알아듣는 눈치였다.

기묘한 분위기의 노인이었다. 이 자리에 있는 사람들을 설득할 수 있을 것 같은.

"이것도 인연이니 내가 그 '말장난'에 어울려 드리지. 두 명의 '아사기'가 있다고 한다면 범인은 누구일까? 이쪽 행각승을 주인공으로, 뒷이야기를 받아 볼까나.”

노인이 서툴게 윙크했다.

“제법 재미있는 장난 아니겠소?”

16

노인의 이야기.

장면은 아직 살인 현장이 된 서재 안이다. 그곳에는 나, 형사 사사키, 나비 전문가, 이렇게 세 사람이 있었다. 젊은 경찰은 뭔가 조사할 게 있어 그곳을 떠났다.

나는 지금까지 추리한 내용을 그대로 두 사람에게 말해 주었다. 하지만 사사키는 얼굴을 찌푸릴 뿐이었다.

“하지만 스님, 아직 그 추리만으로는 사건을 해결할 수 없어요.”

“그게 무슨 말씀입니까?”

사사키의 말에 나는 고개를 갸웃거렸다.

“그렇잖습니까. 이 사건에는 아사기 유즈루와 아사기 조, 두 명의 ‘아사기’가 있으니까요.”

그렇다. 내가 어제 이 펜션을 찾았을 때, 데크에는 네 명의 인물이 있었다. 오카바, 유리, 그리고 아사기가 둘. 두 사람 다 우연히 부동산 경영자라는 공통점이 있었다. 성까지 같다니 희한한

388

우연이지만 혈연은 없다는 것 같았다. 아사기 유즈루는 말수는 적어도 대화에 참여했지만, 아사기 조는 시종일관 말이 없었다.

"이름이 아사기인 이상 역시 아사기 왕나비에 해당하는 거겠지요?"

"확실히. 시체 주변을 에워싼 나비들 가운데 아사기 왕나비가 두 마리 있었습니다. 하지만 그중 한 마리는……." 나비 전문가가 말했다.

전문가가 무슨 말을 하려는지 알 것 같아 손을 들어 제지했다.

"구로사와 씨는 저를 만났을 때 아사기 왕나비를 잠자리채로 잡았습니다. 추측하건대 두 아사기 씨 중 한 명은 이 펜션에 갑자기 불려 온 사람이겠지요. 그래서 구로사와 씨는 아사기 왕나비를 한 마리 더 잡아야 했습니다."

이것으로 구로사와가 "이건 얼마든지 있어도."라고 말한 의미도 알 수 있었다. 구로사와를 만났을 때 내가 아사기 왕나비를 가리키며 희귀한 나비냐고 물었을 때 했던 대답이다. 아사기 왕나비라면 여러 마리 있어도 된다. 그런 뜻으로 한 말이었던 것이다.

"하지만…… 그래서 뭘 알 수 있단 말입니까?"

사사키가 고개를 갸웃거렸다.

"결국 알아낸 건 현장에 아사기 왕나비 표본이 두 개 있었다는 것. 그게 전부입니다. 어느 아사기 왕나비가 어느 아사기 씨를 가리키는지는 모르죠. 이래서야 범인을 좁힐 수가……."

거기까지 말한 사사키가 외마디 소리를 질렀다.

"앗! 알겠습니다. 아사기 씨는 둘 다 범인이 아닌 거군요. 그렇잖아요, 아무리 나비에 대한 지식이 없어도 같은 나비인지 아닌지는 알 수 있죠. 그리고 서식지나 종류를 기준으로 진열했다면 두 마리의 아사기 왕나비는 나란히 있었을 겁니다.

그렇다면 유즈루와 조, 둘 중 누가 구로사와 씨를 만나러 갔어도 같은 나비 옆에 돌려놓으면 혐의를 벗을 수 있어요. 그러므로 둘 다 범인이 아닙니다. 맞죠, 그렇죠?"

나는 천천히 고개를 저었다.

"아니요, 그렇지 않습니다."

"뭐라고요?"

"아사기 왕나비 표본 두 개가 케이스 안에 나란히 있었을 리 없기 때문입니다. 이 자리에 아사기 왕나비가 두 마리뿐이라는 게 그 근거. 그리고 구로사와 씨가 두 번째 아사기 왕나비를 조달한 게 저와 마주친 어제 15시경이기 때문입니다."

앗, 하고 그제야 나비 전문가가 반응했다.

"옳거니! 갓 잡은 나비였구나. 그렇다면 명백하지!"

나비 전문가가 카펫 옆에서 몸을 웅크렸다.

"자, 보세요. 아까 말씀드리려다 깜빡했는데 이 나비만 다 마르지 않았죠."

"뭐라고요?"

사사키가 전문가 옆에서 몸을 숙여 나비를 보았다.

전문가가 가리킨 것은 어딘가 축 처져 보이는 아사기 왕나비였다. 날개도 접힌 채로 중력을 못 이기고 늘어져 있다. 커다란 나비 밑에 가려져 있어서 지금까지 눈치채지 못했다.

전문가가 빠르게 말했다.

"표본을 만들려면 나비 몸통에 침을 꽂아 전시판에 날개를 펼쳐 놓고 말려야 합니다. 기후가 건조한 나라라면 하루이틀 만에 마르기도 하지만, 일본에서는 이 주 정도 걸리죠."

"그 말씀은?"

"사건 당일 채집한 아사기 왕나비는 채 마르지 않았던 겁니다."

나는 고개를 끄덕였다.

"구로사와 씨는 저녁에 표본 작업을 할 거라고 했습니다. 그 말대로 작업했다면 어젯밤 또 한 마리의 아사기 왕나비는 날개를 활짝 펼치고 건조를 기다리는 상태로 전시판에 놓여 있었을 겁니다."

"유리 케이스에는 없었다……."

사사키가 중얼거렸다.

그렇다. 넣을 수 있는 상태가 아니었다는 뜻이다.

"그럼 여기서 짚고 넘어갑시다. 오카바 씨가 이 년 전 내부 거래에 대한 소문을 주워들은 건 작년에 여기서 상대를 만났기 때문입니다. 따라서 그때 오카바 씨가 언급한 아사기 '유즈루' 씨는 옛날부터 구로사와 씨와 알고 지내는 '채무자'라는 뜻이 됩니다. 그는 기존의 아사기 왕나비 표본에 해당합니다.

자연히 아사기 '조' 씨는 갓 잡은 아사기 왕나비, 즉 전시판 위에 있던 아사기 왕나비에 해당하는 거지요.”

이로써 범인의 조건이 드러났다.

“자, 보다 구체적으로 사건 정황을 상상해 볼까요?

책상 위에 있던 홰에는 곤충 핀 자국이 있었습니다. 즉 구로사와 씨는 만나는 상대에 해당하는 나비를 홰에 꽂았다는 뜻입니다. 그런데 전시판에서 작업 중인 표본은 홰에 꽂을 수 없어요. 아직 완성되지 않았으니까요. '채무자'의 상황을 상징적으로 표현하고 상기시킨다는 의미로는 사실 전시판에 꽂힌 상태가 더 적합하다고 할 수도 있겠지만요.

그렇다면 홰에 꽂혀 있던 건 완성된 표본, 즉 유즈루 씨를 상징하는 나비일 수밖에 없습니다.”

나머지는 아까 했던 이야기와 똑같습니다.

범인은 자기 이름을 가리키는 나비를 감추려고 다른 나비도 케이스에서 꺼내 늘어놓았습니다.

전시판에서 나비를 떼어 낸 것은 마르지 않은 상태인 줄 몰라서 그랬겠지요. 자기 나비와 똑같은 종류라는 걸 알았는지도 모릅니다. 그래서 더더욱 그 나비도 다른 나비들 틈에 섞어 두기로 한 거죠.

따라서 아사기 유즈루가 범인이라는 똑같은 결론이 나옵니다.

17

바에 있던 사람들은 다들 뭐에 홀린 기색이었다.

이번만큼은 '새우등'도 찍소리도 못 하는 눈치였다.

그럴 만도 했다.

'나'로 등장하는 행각승과 구로사와가 처음 만났을 때, 구로사와가 잡으려던 나비에 '아사기 왕나비'라는 이름이 붙은 것은 행각승이 예상하지 못한 일이었기 때문이다.

행각승에게 '아사기'는 한 명뿐이었고, 두 번째 아사기 왕나비를 잡은 묘사는 단순히 불필요한 복선이었다. "이건 얼마든지 있어도."라는 말 역시 부자연스럽게 끝났으므로 불필요한 복선으로 남고 말았다. 애초에 단순히 나비 수집가라는 이미지를 심어주기 위한 대사였으리라.

그렇다면 문제의 나비가 어째서 아사기 왕나비로 확정되었는가 하면, 바로 '새우등'이 끼어들어 나비 종류와 이야기의 무대를 확정지었기 때문이다.

그 시점에서는 포획한 나비에 대한 정보도 날개색뿐이었다. 솔직히 아사기 왕나비 말고 다른 해석도 가능했을 것이다. 하지만 '새우등'의 참견에 부주의하게 "그렇다."라고 대답해 버린 탓에 불필요한 복선이 사실로 확정되고 말았다.

노인은 그 점을 알고 있었다.

따라서 노인의 추리는 그 자체가 '새우등'의 훼방에 대한 본보기인 셈이다. 상대가 깐 불필요한 복선을 역으로 이용해 소거법 추리에 집어넣는다. 곡예 같은 수법이지만 즉흥적으로 그런 생각을 해내다니, 대단한 실력이다.

'새우등'도 이것이 본보기임을 뼈저리게 깨달았으리라. 귀까지 새빨개져서 고개를 푹 숙이고 있었다.

"아이고, 제가 미처 몰랐네요. 훌륭한 마무리입니다."

'새우등'의 얄미운 말투에 나와 도코카와는 무심코 얼굴을 마주 보고 피식 웃었다.

그나저나 말투도 그렇고 질문도 그렇고 '새우등'에게서는 추리 소설 애호가의 냄새가 난다. 조금 심술궂은 면도 있지만 의외로 나쁜 녀석은 아닐지 모른다. '정장'이나 '안경'은 알면서 어울려 주는 느낌일까?

'새우등'이 고개를 꾸벅 숙였다.

"스님, 무례하게 군 점 사과드리겠습니다. 디테일을 따지는 나쁜 버릇이 있어서."

"아니요. 개의치 않습니다." 행각승이 고개를 저었다.

"재미있는 이야기 덕분에 멋진 밤이 되었네요." '새우등'이 웃었다. "어르신 솜씨에도 반했습니다."

그가 노인을 바라보며 말했다. 노인은 그저 어깨만 으쓱할 뿐이었다.

이 순간의 분위기만큼은 노인의 솜씨가 맞을지도 모른다. '정장'과 '안경'의 얼굴에도 미소가 어렸다.

각자 계산하고 가게를 떠날 때가 되었다. 시간도 이미 늦었다. 먼저 세 청년이 계산하고, 행각승이 계산하려는 걸 내가 막았다.

"마스터, 이분 것도 제가 계산할게요."

"엇?"

행각승이 눈을 동그랗게 떴다.

"재미있는 이야기를 들려주신 값입니다."

"아니, 그런, 저는……."

저런, 허세가 완전히 빠졌네.

어떻게든 이야기꾼처럼 굴어 보려던 태도가 싹 묻혀 버리고 말았다. 행각승은 고개를 깊이 숙이고 내 호의를 받아들였다.

행각승은 그렇게 가게를 떠났다.

"재미있는 밤이었어요. 다른 사람이었던 건 아쉽지만."

도코카와가 후후 웃었다.

"예……."

나는 그렇게 말하며 옆에 앉아 있는 노인을 보았다. 부인으로 짐작되는 여성은 뒤쪽 테이블석에서 생글생글 웃으며 아직 잔을 기울이고 있었다.

"방금 전 추리, 정말 훌륭했습니다."

"추리? 천만에요. 그냥 말장난이지요."

"재미있는 이야기를 들려주신 사례로, 아까 스님에게 그런 것처럼 제가 대신 계산해도 되겠습니까?"

예전처럼.

나는 그 말을 꾹 삼켰다.

이상하다는 생각이 든 것은 내가 (현)행각승을 '지장 선생'이라고 불렀을 때였다. 그때 가게 안에서 숨을 삼키는 소리가 들렸다. 이 노인이 낸 소리였던 것이다.

'지장 선생'은 우리가 과거에 그를 부를 때 쓰던 호칭이었으니까.

노인의 얼굴에 자글자글한 주름이 진하게 퍼져 갔다.

"그래도 되겠습니까? 그럼 감사히 받아들일까요."

"아까 그 스님은 이 가게에 자주 오나요?"

노인은 대답하려다가 잠깐 침묵하더니 다시 입을 열어 이렇게 말했다.

"아니, 오늘이 처음입니다."

마스터라면 또 몰라도 손님에 지나지 않는 노인이 그런 말을 하는 것은 이상하다. 이미 인정한 것이나 다름없었다.

나는 상상의 나래를 펼쳤다. 아까 그 (현)행각승을 보았을 때, 무엇보다 놀란 이유는 과거의 행각승과 생김새가 똑같았기 때문이다. 그렇기에 과거의 행각승이 나이를 먹지 않고 눈앞에 나타난 줄로 착각했다.

하지만 행각승의 아들이라고 생각하면 얼굴이 닮은 것도 어느 정도 이해할 수 있다. 나이는 약 스무 살 차이. 우리와 '에이프릴'에서 만났을 때 이미 자녀가 있었으리라.

우리가 옛날에 했던 상상의 속편이다. 행각승은 추리소설가 지망생이고, 창작 훈련으로 '에이프릴'에서 자기가 고안한 미스터리 소설의 줄거리를 이야기했다. 그리고 아들이 똑같은 길을 목표로 하자 시험 삼아 말해 본 것이다. 아버지가 옛날에 했던 재미있는 수행 방법이 있는데 어때, 해 보지 않겠느냐…….

이 상상이 맞는다면 (현)행각승이 시종일관 낭패한 기색을 보이며 손님들의 참견에 당황한 것도 이해가 간다. 오늘 처음 타자석에 선 것이다. 노인이 구석 자리에 있었던 건 감독할 요량이었거나, 그냥 재미있어서. 하지만 오늘 손님은 너무 끈질겨서 결국 타석에 서서 '사건'을 해결했다…….

도코카와에게 시선을 던지니 미소를 지으며 끄덕거렸다.

분명 그도 알아본 것이다.

눈앞에 있는 노인의 정체를. 그가 바로 그 사람임을.

하지만 그걸 소리 내어 말하면 그는 다시 손바닥 안에서 사라지고 말 것이다. 도코카와는 행각승이 추리 작가 지망생이었을지 모른다는 말을 한 것을 줄곧 후회했다. 그래서 나도, 도코카와도, 알면서도 입 밖에 내지는 않는다.

가만히 계산서만 받아 들고 즐거운 이야기에 감사를 표했다.

그때처럼.

노부부와 함께 가게를 나섰다. 돌아가는 방향은 정반대였다.

"그럼 저희는 이만."

노부부가 등을 돌렸다.

그 뒷모습을 향해 물어보았다.

"이 가게, 단골이십니까?"

노인은 고개를 돌려 나를 향해 빙그레 웃었다.

"오늘은 우연히 왔습니다. 아니……그냥 우연은 아니겠군요. 두 가지 이유를 든다면."

그가 손가락을 하나 세웠다.

"이 근방에 있는, 오랜 지인의 가게가 문을 닫는다는 이야기를 들어서. 그리고……."

그는 그대로 '풀스 메이트'라는 간판을 가리켰다.

"말장난을 좋아하거든요."

주요 참고 문헌

《세상에서 가장 아름다운 나비 도감-꽃과 물가를 찾아다니다》 (운노 가즈오/ 세이분도신코샤)

《필드 가이드-일본의 나비》 (일본 나비류 보전협회 편저/ 세이분도신코샤)

《나비의 학명, 그 어원과 해설》 (히라시마 요시히로/ 규슈대학 출판회)

Special Thanks

《행각승 지장 스님의 방랑》 (아리스가와 아리스/소겐추리문고)
본문 및 도가와 야스노부 해설
《구석의 노인 사건집》 (바로네스 오르치/소겐추리문고)
본문 및 도가와 야스노부 해설
《브라질 나비의 비밀》 (아리스가와 아리스/고단샤 문고)

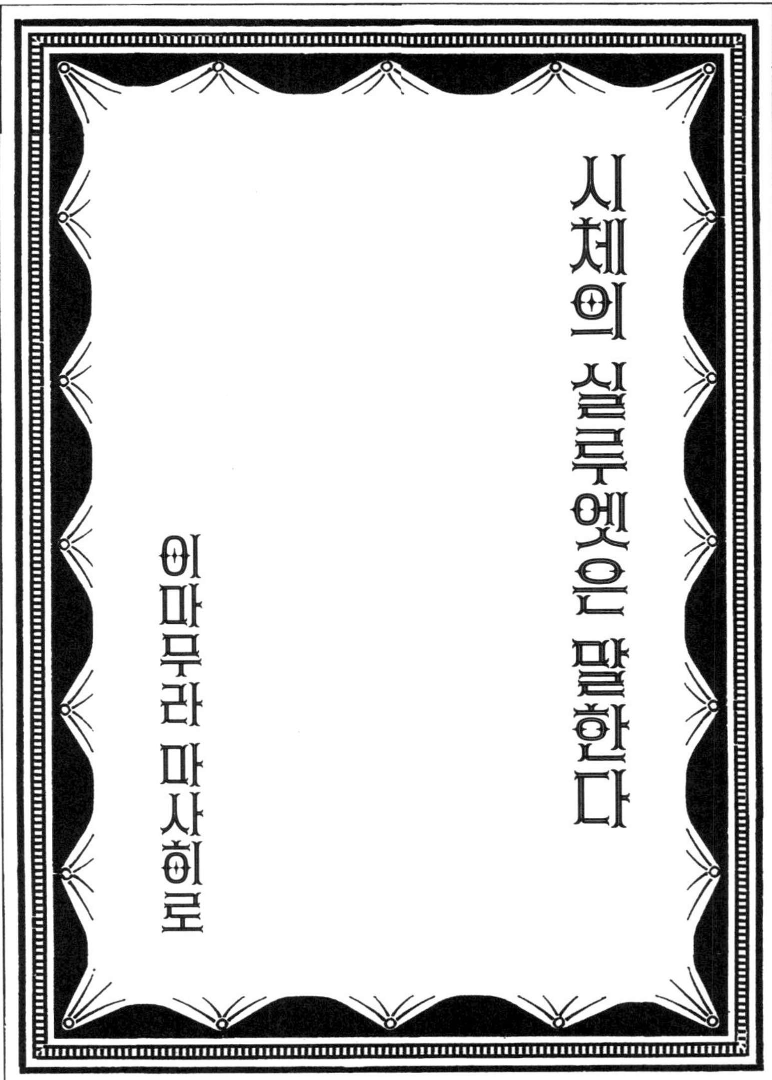

시체의 실루엣은 말한다
히무라 마사히로

이마무라 마사히로

1985년 나가사키현 출생. 2017년 《시인장의 살인》으로 아유카와 데쓰야상을 수상하며 데뷔. 2018년 같은 작품으로 본격 미스터리 대상 '소설 부문' 수상. 다른 저서로 《마안갑의 살인》, 《네메시스》, 《흉인저의 살인》, 《디스펠》, 《탐정 아케치는 사건을 찾아 달린다》.

신입생들의 앳된 목소리가 샘솟는 4월이 지나고 황금연휴로 늘어지는 5월병도 잠잠해져 6월에 접어들면 캠퍼스 안은 이윽고 평온을 되찾는다. 학생들의 옷차림도 긴팔은 줄어들고 본격적인 무더위에 대비해 가벼운 복장이 날로 눈에 띄기 시작한다. 이런 변화도 삼 년째 학교를 다니다 보면 계절을 알려 주는 소소한 정취다.

평온은 좋다. 바로 지난달, 기소 지방 산속 마을에서 기묘하기 그지없는 소동*에 휘말렸던 신세라 그 가치를 더더욱 곱씹게 된다.

그런데 그 평온 때문에 부각되는 문제도 있다.

우리 에이토대학 추리소설 연구회는 안타깝게도 올해 새 멤버

---

* 학생 아리스 시리즈 네 번째 장편 《여왕국의 성》을 뜻한다.

를 확보하지 못했다. 동호인들의 임의 단체라 무겁게 생각할 필요는 없는데, 어쨌거나 신진대사가 막혀 버린 추리연은 다섯 명의 멤버 중 세 명이 4학년이 되어 모두 얼굴을 맞댈 기회가 눈에 띄게 줄었다. 이 결락 때문에 평온해야 할 나의 일상은 영 메말라 있었다.

"모치 선배들, 오늘은 올까?"

점심시간에 학생회관으로 가는 길에 합류한 아리마 마리아가 옆에 나란히 서자마자 그렇게 물었다. 가슴께에 커다란 로고가 있는 하얀 티셔츠와 하늘색 데님. 옷차림이 시원스러워 그녀의 특징인 불그스름한 세미롱 헤어도 상쾌해 보였다.

마리아가 말한 '모치 선배'는 추리연 선배인 경제학부 4학년 모치즈키 슈헤이, '들'이란 같은 경제학부 4학년 오다 고지로를 가리킨다. 두 사람은 추리연의 명물 콤비지만 끝내 취업 활동이라는 벼랑 끝에 내몰린 탓에 요즘은 한자리에 모이지 못하고 있다.

참고로 같은 4학년 선배로 문학부 에가미 지로 부장도 있는데, 이쪽은 '들'에 포함되지 않는다. 2년 휴학과 네 번의 유급을 되풀이해 내년 3월에는 대학에서 쫓겨날 처지지만 에가미 선배는 취업 활동에 의욕을 불태우는 기색이 전혀 없어, 마음만 먹으면 쉽게 만날 수 있기 때문이다. 지금까지 이름이 나온 네 명에 아리스가와 아리스, 즉 나를 포함한 게 추리연 전체 멤버다.

"모치 선배는 모르겠지만 노부나가 선배는 어제까지 합동 기업 설명회였을 거야. 회장이 나고야였던가.”

노부나가란 추리연에서 오다를 부를 때 쓰는 별명이다. 그는 부모님의 기대도 있어 고향인 나고야에서 취직자리를 찾고 있다.

무심결에 청바지 뒷주머니에서 스마트폰을 꺼내서 며칠 전 오다와 주고받은 메시지를 확인했다. 스마트폰이라는 건 오묘한 물건이라 편리해서 좋긴 하지만 무슨 일이 있을 때마다 바로 찾게 된다. 독서나 집필을 방해할 때도 많고, 종이책 매출이 떨어지는 요즘 세태도 포함해, 소설가를 지망하는 입장에서 이 기계의 보급을 무턱대고 환영할 수만은 없었다.

“두 사람 다 빨리 정해져야 할 텐데. 아리스 너는 새 작품 아직이야?”

내 마음을 읽었나 싶은 타이밍에 마리아가 물었다. 그녀와 선배들에게는 지금까지 쓴 습작을 몇 편 보여 주고 감상과 조언을 받았다. 그런데 지금 쓰는 작품은 절반쯤 써 놓고 벌써 한 달째 진전이 없다. 어느 정도 집필에도 적응해서 그냥 쓰는 게 아니라 전보다 더 참신하고 독자들도 인정해 줄 작품을 쓰고 싶다는 욕심이 생겼다. 그래서 지금 이 구상으로 계속 써서는 안 될 것 같다는 고민이 생긴 것이다.

“모처럼 생각해 낸 설정이니 서둘러 소비하지 않고 소중하게 써 나가고 싶어.”

“벽에 부딪혔으면 일단 끝까지 써 내려가는 게 편하지 않아?”

슬럼프라고 할 정도는 아니었지만, 악의 없는 한마디에 왜소한 프라이드가 자극을 받아 얼마나 고생하는지 알지도 못하면서, 그런 마음으로 반론하고 말았다.

"그렇게 생각하면 에가미 선배한테도 똑같이 말해 봐."

이래서야 엉뚱하게 질투하는 꼴이다. 곧바로 부끄러워져서 한마디 덧붙였다.

"마리아도 읽어 보고 싶잖아, 《적사관 살인 사건》."

《적사관 살인 사건》이란 에가미 선배가 집필하고 있다는 장편 미스터리다. 본인 입으로 말한 적이 있으니 쓰고 있긴 할 텐데, 내가 입부하기 전부터 상황에 진전이 없다고 하니 추리연 사이에서는 작은 도시전설이다.

다행히 마리아는 이 화제를 덥석 물었다.

"그거 〈적사병 가면〉하고 《흑사관 살인 사건》을 합친 제목이지? 어떤 이야기가 나올까?"

상상할 수도 없다. 여러 살인 사건을 해결로 이끈 에가미 선배니까 그런 경험을 기발한 아이디어 재료로 써서 백 년 넘게 계속 짓고 있는 사그라다 파밀리아처럼 지금도 계속 구상하고 있는지도 모른다.

우리는 가라스마 대로를 지나 학생회관으로 들어갔다. 그곳 2층, 라운지 안쪽 테이블이 추리연의 아지트다.

계단을 올라가 입구에서 안을 들여다보니 우리가 애용하는 테이블에 긴 머리를 어깨까지 늘어뜨린 남자가 앉아 있었다. 벤치에 기대어 멍하니 대각선 맞은편 빈자리를 바라보고 있다. 에가미 선배다. 다른 테이블에서 시끄럽게 떠드는 학생들과 달리 그저 조용히 앉아 있을 뿐, 주위에 관심을 보이는 기색도 없다. 그 모습을 보고 동물원의 인공 바위산에서 꾸벅꾸벅 조는 사자를 떠올렸다.

"야아."

우리를 발견한 에가미 선배가 한손을 슬쩍 들었다.

"혼자 계세요?"

"응. 점심 전부터 있었는데 모치도 노부나가도 못 봤어."

"아쉽다. 막상 없으면 아쉽다는 게 이런 상황이군요."

마리아가 본인들이 들으면 당장 잔소리를 퍼부을 발언을 했다.

전에는 다음 날 학생회관에 몇 시쯤 모일 수 있는지 스마트폰으로 연락하기도 했다. 하지만 누군가가 오지 못한다는 걸 알게 되면 어째선지 약속한 것도 아닌데 바람을 맞은 듯한 일말의 섭섭함을 느끼며 학교에 오게 된다. 나만 그렇게 생각한 건 아닌지, "어차피 이럴 바에야 만남을 기대하며 모이는 게 즐겁잖아."라는 결론을 내려서 추리연에서는 중요한 연락 외에는 스마트폰을 쓰지 않게 되었다.

물론 에가미 선배는 온갖 핑계로 여태 스마트폰은커녕 휴대전화조차 없지만.

"아!"

한동안 셋이서 최근에 읽은 해외 미스터리에 대해 정보를 교환하는데 문득 고개를 든 마리아가 밝게 외쳤다.

입구 쪽을 보니 낯익은 들쭉날쭉 콤비, 모치즈키와 오다의 모습이 보였다. 오랜만에 부원이 모두 모인 것이다.

"바쁜 모양이네, 둘 다."

부장이 위로의 말을 건넸다.

"에가미 선배가 너무, 안 바쁜 거라고요."

마른 체형에 안경을 쓴 모치즈키가 잠시 버벅거리며 반박하자 땅딸막한 체형에 짧은 머리의 오다도 "거기 두 사람도 남 일이 아니야. 취업 활동은 계획적으로, 알아들었어?"라고 했다. 역시 이 두 사람이 모이면 대번에 떠들썩해진다.

나는 오다에게 물었다.

"나고야는 어땠어요?"

"단팥 토스트를 먹으면 추억이 되살아날까 싶었는데 그렇지도 않더라. 솔직히 나고야역에만 붙어 있어서 고향이라는 생각도 안 들었어. 그러고 보니 된장소스 돈가스나 기시멘 우동 같은 대표 음식들이 나고야역에 집중되는 건 어쩔 수 없지만 관광객이고 주민이고 거기에만 모여드는 건 어떻게 좀 안 되나."

"……그런 소릴 하는 걸 보니 취업 활동은 순탄하지 못했던 모양이네요. 선물도 안 사온 것 같고."

약간의 심술을 담아 그렇게 말해 보았는데 오다가 으쓱거렸다.

"안심해라. 배는 채울 수 없지만 추리연에 어울리는 이야기를 선물로 가져왔어. 겸사겸사 모치도 데려왔으니 마음껏 지혜를 빌려 봐."

"사람을 멋대로 선물 취급하지 마."

모치즈키가 따지고 들었지만 본격 미스터리 마니아인 그의 눈에는 벌써 호기심이 묻어났다.

나는 기뻐하는 마리아와 얼굴을 마주 보고 에가미 선배의 반응을 살폈다.

장로가 말했다.

"훌륭한 부원이로군. 당장 들어 볼까?"

오다가 참가한 합동 기업 설명회는 나고야역에서 적당히 가까운 복합 빌딩 전시장에서 열렸다. 아이치현을 중심으로 도카이 지역과 인연이 깊은 기업이 50곳 이상 모여 각각 부스를 열어 기업 및 채용 정보를 설명한다고 했다.

물론 4학년에게 6월은 설명회 개최 시기치고는 늦은 편이라 참가자는 대부분 입사 내정을 받지 못한 초조함이 있다. 다들 진지한 표정 뒤로 눈에 보이지 않는 만원 전철에 몸을 밀어 넣으려 하는 숨 막히는 열기가 회장을 채우고 있었다. 오다도 각오를 다잡고 기업 부스 방문에 열을 올렸다.

보조 가방이 팸플릿으로 가득 차서 빌딩 카페테리아에서 잠시 쉬기로 했다. 편의점만 한 공간에 하얀 원형 테이블과 의자가 쭉 놓여 있고, 그와 마찬가지로 어색한 면접용 정장을 입은 취업 전사들이 앉아 있었다. 오다도 자판기에서 캔 커피를 사서 빈 의자에 앉았다. 다만 취업 준비생들의 긴장과 불안이 뒤섞인 독특한 정적 속에서는 영 마음이 편하지 않았다. 그래서 고속 열차에서 읽으려고 가져온 문고본을 가방에서 꺼냈다.

로스 맥도날드의 《위철리가의 여인》.

벌써 몇 번째 읽어서 내용은 전부 머릿속에 있다. 평정심을 찾고 싶을 때는 이런 책이 좋다. 글자의 바다에 들어가 편안한 휴식에 몸을 맡기기를 몇 분. 누군가 눈앞의 의자를 잡아당겨 앉기에 고개를 들어 보니 상대가 앗, 하는 표정을 지었다. 길쭉한 얼굴에 올리브색 피부. 가운데 가르마를 탄 머리카락은 마치 곤충이 활짝 펼친 날개처럼 윤기가 감돌았다.

오다도 바로 알아보았다. 어느 기업 부스에서 옆자리에 앉았던 남자다. 분명 도카이 지역을 중심으로 스테이크 레스토랑 사업을 하는, 도쿄증권거래소 프라임 시장에 상장한 레스토랑 체인 기업이었다. 한창 기업 설명을 듣고 있는데 옆에서 달칵달칵 소리가 나서 쳐다보니 볼펜 잉크가 떨어져 끙끙거리는 것 같았다. "쓸래요?" 하고 오다가 필통에서 예비 볼펜을 꺼내 주자 미안한 기색으로 손짓하며 "고마워."라고 대답했다. 그것도 간사이 사투리 억양이라 괜히 더 기억에 남아 있었다.

"아까는 고마웠어."

"뭘. 덕을 쌓는 것도 취업 활동 아니겠어."

"혹시 간사이 사람?"

"거긴 양식장. 고향은 이쪽. 오다라고 해."

이어서 에이토대학이라고 말하자 상대는 고바야시라고 자기소개를 했다.

예상대로 간사이 사립대학인 S대 학생으로 오사카에 산다고 한다. 잠시 서로 취업 활동 정보를 교환했는데 고바야시의 시선이 오다가 손에 든 문고본에 멎었다.

"이런 곳에서도 독서라니, 책을 좋아하는구나."

"이래 봬도 사 년째 추리소설 연구회 소속이야."

공인을 받지 않은 임의 동아리라는 건 비밀이다.

고바야시는 조금 놀란 듯 눈을 크게 떴다.

"이거 또 기막힌 우연이네. 나도 미스터리 연구회 멤버거든. 뭐, 연구는 이름뿐이라 대단한 활동을 하는 건 아니지만. 언젠가 소설을 쓰고 싶었는데 결국 좌절했고."

"나도 비슷한 처지야."

무심코 "가끔 진짜 사건도 마주치지만."이라고 떠들 뻔해서 이미 비운 캔 커피를 마시는 척하고 있으려니 고바야시가 심각한 표정으로 쳐다보았다.

"그런데 오다 씨, 혹시 수수께끼에 관심 있어? 수수께끼라기보다 암호 해독이려나. 전에 친구가 장난을 쳤는데 아직도 진상을 몰라서 답답해 죽겠거든."

고바야시의 설명은 이러했다.

시기는 작년 11월. 고바야시는 어느 보험 회사 인턴십을 신청했다. 내용은 실제로 도쿄 본사에 가서 사흘간 직업 체험을 하는 것이었다.

직업 체험 자체는 별 탈 없이 끝났고 고바야시는 처음 경험하는 사회인의 세계에 시달려 녹초가 된 몸을 끌고 도쿄에서 오사카의 아파트로 돌아왔다. 하지만 집에 들어간 그는 깜짝 놀랐다.

바닥 한가운데에 하얀 분필 같은 걸로 그린 커다란 사람 실루엣이 있었던 것이다. 마치 살인 사건 현장에 시체의 위치를 그려 놓은 표식처럼 생겼다. 옆에는 작은 숄더백이 떨어져 있고 물티슈와 스마트폰 같은 물건들이 튀어나와 있었다.

하얀 실루엣에는 얼굴이 없어서 위아래는 분간할 수 없었지만 두 다리는 힘없이 뻗어 있는 것처럼 보였다. 고바야시가 볼 때 왼쪽 팔은 똑바로 늘어져 있고 오른쪽 팔은 팔꿈치를 접어 귀 옆에 손을 짚고 있는 자세였다.

무엇보다 고바야시를 놀라게 한 것은 오른쪽 손끝에 글자가 남아 있었다는 점이다.

"언뜻 보면 쓰러진 사람이 죽기 전에 남긴 메시지…… 즉 다잉 메시지 같았던 거야."

누가 그런 짓을 했는지는 금방 알 수 있었다.

현장에 남아 있던 숄더백이 눈에 익었기 때문이다. 비토라는
이름의 두 살 많은 친구로, 고바야시가 인턴십으로 도쿄에 간 것
도 알고 있었다.

고바야시가 메모장에 당시 메시지를 적었다. 오다는 메시지를
바라보며 물어보았다.

"비토 씨한테는 직접 확인했어?"

"물론. 장난을 쳤다는 건 바로 시인했는데 메시지가 무슨 뜻인
지는 가르쳐 주지 않더라."

"이거, 하얀 분필로 그린 사람 형태는 피해자를 나타낸다 치고, 범인의 이름을 알아내라는 뜻이겠지?"

"다른 의도가 있다면 나도 알고 싶어."

고바야시가 한숨을 쉬었다.

"메시지는 어떤 식으로 적혀 있었어? 매직으로? 바닥을 긁어서?"

"빨간 도료였어. 집에 있던 물건이 아니라 숄더백에 넣어서 가져온 물건이야. 처음 봤을 때는 피인 줄 알고 벌벌 떨었어. 분필로 그린 실루엣도 그렇고 싹 지워져서 망정이지."

"그 밖에 현장에 특이한 점은?"

태연하게 '현장'이라고 말한 게 민망했지만 다행히 고바야시는 아무렇지 않은지 손으로 턱을 짚으며 말했다.

"창문은 전부 닫혀 있었고 문도 잠겨 있었어. 숄더백 옆에 떨어져 있던 건 스마트폰인데 화면도 깨졌고 전원도 켜지지 않았어."

"바닥에 떨어져서 고장 난 거야?"

"아니, 일종의 장식품이었을 거야. 비토 씨에게 메시지를 보냈더니 바로 답장이 왔으니, 평소 쓰는 스마트폰 말고 일부러 다른 걸 준비했겠지. 그렇게까지 한 이유는 모르겠지만. 그리고……그래, 달력 날짜가 바뀌어 있었어."

"달력?"

"책상 바로 옆쪽 벽에 일력을 걸어 뒀거든. 세미나 교수가 어느 회사에서 받았다는데, 그냥 평범한 거. 내가 도쿄로 출발한 날짜 그대로여야 하는데 이틀 뒤, 그러니까 도쿄에서 돌아온 날짜로 바뀌어 있었어.”

뭔가 의미가 있을 것 같다고 생각한 오다는 자세히 물어보았다.

“뜯어낸 달력은 어디에 있었어?”

“내가 항상 그러는 것처럼 구겨서 바로 옆 쓰레기통에 버려 놨더라.”

고바야시는 어깨를 으쓱 움츠렸다.

지금 당장 생각나는 단서는 그게 전부라고 했다.

“그냥 장난이라고 하기에는 너무 정성스러운데. 그 사람, 미스터리에 조예가 있었던 것 아니야?”

“아아. 비토 씨는 미스터리 연구회 오…….”

고바야시가 말을 잇지 못하고 얼굴을 찌푸렸다.

“부장이었던 사람이야. 지금은 작은 출판사에서 일해. 미스터리하고는 전혀 상관없는 곳이지만.”

거기까지 말했을 때 다음 프로그램인 취업 상담 시간이 다가와 두 사람은 연락처를 교환하고 자리를 떴다.

“우리 부원한테도 물어볼게. 요즘 너무 평온해서 낙이 없을 테니까 분명 신나서 달려들 거야.”

“고마워. 난 아무리 생각해도 모르겠어서, 다른 사람의 추리를 들어 보고 싶었어.”

두 사람은 취업 전선의 건투를 빌며 그렇게 헤어졌다.

“그 메시지가 이건가요?”

우리는 오다가 나고야에서 가져온 메모지를 들여다보았다.

암호라고 부르기에는 너무 단순한, 글자 두 개로 보였다.

“푸를 청(靑)에, 재주 재(才)일까요?”

마리아의 말에 모치즈키가 대답했다.

“‘재’보다는 가타카나 ‘오(オ)’에 가까운 것 같은데. 아니면 쓰다 만 목(木).”

다잉 메시지로 받아들인다면 피해자는 ‘아오키[靑木]’라고 쓰려다가 숨이 끊어졌다고 생각하는 게 자연스럽다. 그러고 있는데 우리를 보는 오다와 시선이 부딪쳤다.

“아리스 너, ‘아오키 씨라고 쓰려다가 숨이 끊어진 게 아닐까’라고 생각하는 거 아니겠지?”

생각은 자유다. 말도 하지 않았는데 먼저 구박하다니.

“피해자가 마지막 힘을 쥐어짜서 남기는 게 다잉 메시지잖아요. 암호라고 생각하는 것보다 평범하게 읽는 게 당연하죠. 문제로는 시시하지만.”

“문제를 제공해 준 고바야시에게 사과해.”

오다가 스마트폰을 만지작거리더니 화면을 내밀었다. 나고야에서 돌아온 다음에도 고바야시와 연락을 주고받았는지 이미 몇 가지 답을 검토한 상태였다. 고바야시의 프로필 사진은 수상한 마술사처럼 생긴 검은색 얼룩무늬 가면이었다.

"아오키라는 이름의 지인은 중학교 동급생밖에 없고, 지금은 생각나는 사람이 없다고 했어."

"아오바야시[青林]나 아오모토[青本]일 가능성도 있죠."

"그렇게 나오시겠다? 부정만 하면 재미없으니 말해 주겠는데 아오사이[青才]라는 이름은 전국에 40명 정도 있다는 모양이야. 아쉽게도 고바야시가 아는 사람 중에는 없지만."

영양가 없는 대화는 그만하라는 듯이 모치즈키가 끼어들었다.

"그런 이름에 해당하는 지인이 있다 한들 그게 정답이면 문제로서 큰 문제야."

무슨 소리를 하는 건가 싶지만, 뜻은 알겠다.

메시지가 그렇게 읽힌다는 이유로 범인이라고 단정할 수는 없다.

마리아도 수긍했다.

"이런 장난을 친 비토 씨는 원래 미스터리 연구회 부장이었죠? 그럼 조금 더 복잡한 답을 준비해 두지 않았을까요?"

그렇지만 고바야시가 준 메모를 믿는다면 '青'이라는 한자는 완성된 형태로 적혀 있어서 다른 기호로 해석하기는 어려울 것 같았다. 그렇다면 두 번째 글자 '才'의 해석을 확대해 보는 수밖에 없다. '青' 옆에 있다고 해서 꼭 한자라는 보장은 없다. 그렇다면?

그때까지 침묵하고 있던 에가미 선배가 천천히 입을 열었다.

"고바야시 씨 얘기로는 집에 몇 가지 이상한 점이 있었다고 했지. 그것까지 포함해서 고민해 봐야 하지 않을까?”

“에가미 선배, 혹시 벌써 수수께끼를 푼 건 아니겠죠?”

모치즈키는 별로 기쁘지 않은 기색이었다.

아무래도 미스터리를 좋아하는 사람은 수수께끼를 고민하는 과정이나 책을 읽고 나서 느낀 감정을 누군가와 공유하지 못하면 즐거움이 반감하는 모양이다.

물론 독서는 기본적으로 혼자 하는 행위지만 미스터리는 작가가 곳곳에 설치한 복선을 찾아내거나 논리적 해결을 끌어내기 위해 작품에 설정된 현실성의 수준을 해석하는 등, 그 작품에서는 신이라 할 수 있는 작가와 사고의 캐치볼을 즐기는 측면이 있다. 혼자서 하는 것 같지만 거울 뒤편에 존재하는 작가와 추리의 즐거움을 공유하는 것이다.

이른바 메타 독서라 부르는, 작품 내용 밖에 있는 사정이나 관례를 통해 범인을 맞혀도 작가가 기뻐하지 않는 것은 그런 공유가 없기 때문이리라.

그런 얘기는 됐고.

에가미 선배가 손을 살래살래 저었다.

“과대평가하지 마. 지금은 생각이 사방팔방으로 뻗어 나가서 탄탄한 답이 안 떠오르네. 정리 차원에서 너희 생각을 마음껏 얘기해 주면 좋겠어.”

그러고 보니 1학년 때 갔던 야부키산 여름 합숙. 그곳에서 벌어진 살인 사건*에서도 현장에 남아 있던 다잉 메시지를 두고 토론한 적이 있었다.

진짜 살인에서는 남겨진 메시지를 자의적으로 해석하는 수밖에 없으니 범인을 알아내는 데 도움이 되지 않는다는 결론을 내렸던 것 같다. 다만 이번은 비토가 장난으로 만들어 낸 현장이니 유용성을 얼마나 인정할지가 관건이다.

그때, 방금 전 에가미 선배가 말한 '이상한 점'이 머릿속을 스쳤다.

"아……."

무심코 흘린 소리를 오다가 민감하게 주워들었다.

"아리스, 뭔가 떠올랐구나. 냉큼 말해."

"잠깐만 기다려요. 이번 현장을 어디까지 현실과 접목해야 할지 혼란스러워서."

네 사람의 표정을 보니 내 의도가 전달되지 않은 것 같아 한 가지 예를 들기로 했다.

"분필 선으로 그린 피해자는 '누구'였을까요? 고바야시 씨 앞으로 낸 수수께끼인 이상 다잉 메시지의 답은 그가 아는 인물이겠지요. 하지만 분필로 그린 실루엣에는 얼굴이 없으니 꼭 고바야시 씨와 면식이 있는 사람이라고 할 수는 없어요. 그렇다면 범

● 《월광 게임―Y의 비극 '88》에서 일어난 사건

인 역시 고바야시 씨가 모르는 인물일 가능성이 있어요.”

“잠깐, 잠깐. 그건 이상하잖아.”

모치즈키가 바로 지적하며 말을 이었다.

“어째서 고바야시 씨 집에서 생판 모르는 사람이 살해당해? 이유가 없잖아.”

“맞아요, 그러니까 처음부터 ‘이 현장은 고바야시 씨의 집이 아니라 어딘가 다른 아파트라고 상정하라’는 전제를 두었을 가능성은 없을까 생각해 봤어요.”

이 말에는 마리아도 여우에 홀린 듯한 표정을 지었다.

“다른 곳에서 모르는 사람이 살해당한 사건이라는 뜻? 그 범인을 알아내라고?”

너무 힘차게 비약했나.

“죄송해요, 흘려들으세요.”

“아니, 재미있어.”

뜻밖에도 오다가 가세했다.

“확실히 다잉 메시지에 사로잡혀서 현장과 피해자를 특정해야 한다는 걸 잊고 있었어. 본격 미스터리는 물론이고 하드보일드에서도 꼭 필요한 과정이지.”

오다가 팔짱을 끼고 오른손 집게손가락으로 팔을 톡톡 두드렸다.

“그렇지만 재미없는 답이 나오겠네. 먼저 피해자의 정체, 현장에 비토 씨가 쓰던 숄더백이 떨어져 있었지. 그게 사건과 무관할

리 없어. 분필로 그린 실루엣은 비토 씨라고 생각하라는 뜻이지.”

“아니, 다른 사람일 가능성도 남아 있어요, 노부나가 선배.”

마리아가 이때다 끼어들었다.

“바로 **범인**이죠. 피해자와 마찬가지로 범인의 얼굴도 모르니까 비토 씨가 피해자와 다투다가 현장에 숄더백을 두고 갔다고 생각해 볼 수도 있어요.”

조금 재미있는 발상의 전환이다. 나는 감탄했다.

처음부터 당당하게 이름이 알려진 인물이 피해자가 아니라 범인. 미스터리에 조예가 있는 사람이라면 생각해 낼 법한 장치다.

하지만 모치즈키의 반응은 떨떠름했다.

“비토 씨가 범인이라면 피해자가 남긴 메시지가 너무 서툴러. 다른 사람도 아닌 고바야시 씨가 메시지를 보고 비토 씨를 떠올리지 못하니까.”

“으음, 그런가.”

마리아는 토론에 참가할 수 있어 만족했는지 아쉬운 기색은 없었다.

우선 피해자는 비토 씨라고 생각하는 게 좋겠다는 결론을 내리고 오다가 이야기를 진행했다.

“이어서 현장을 살펴보자. 비토 씨는 고바야시가 집을 비운 틈에 일부러 장난을 쳤어. 이 집에서 사건이 발생했다고 생각하라는 의도로 해석해야 하지 않을까?”

이번에도 흔해 빠진 의견이지만 나는 한 가지 마음에 걸리는 점이 있었다.

"애초에 비토 씨는 어떻게 고바야시 씨 집에 들어갔을까요? 고바야시 씨가 도쿄에서 돌아와 보니 집이 그렇게 되어 있었던 거죠?"

"평소에 우편함에 여벌 열쇠를 숨겨 두었던 게 아닐까?"

오다는 아무 말도 듣지 못한 것 같았다.

누가 고바야시의 집에 들어갈 수 있었는가, 그건 중요한 문제다.

"방금 피해자를 비토 씨로 간주하자고 했잖아요. 고바야시 씨 집에서 비토 씨가 살해당한 사건이라면 가장 먼저 의심받는 건 고바야시 씨예요. 그래서야 다잉 메시지로 범인의 이름을 남기려 했던 비토 씨의 행동과 모순되어요."

고바야시의 집에서 살해당하고 고바야시를 범인으로 지목하는 건 너무 의미 없는 행동이다.

"하지만 다른 사람이 범인이라고 하면 범인과 비토 씨가 고바야시 씨 집에 들어간 방법이 문제가 되죠."

마리아가 고개를 갸웃거렸다.

"두 사람을 초대한 고바야시 씨가 편의점이든 어디든 잠깐 간 사이에 사건이 벌어진 게 아니고?"

"그런 상황이면 누가 범인인지 더더욱 뻔하잖아. 다잉 메시지를 남길 이유가 없어."

“아아, 그런가.”

마리아가 수긍하는 것을 보고 뒷말을 이어 나갔다.

“그래서 아까 말한 의문점으로 돌아가는 거예요. 여긴 고바야시 씨 집이 아니라고 보는 게 맞지 않을까 하는.”

“이론적으로는 그렇지만 착안점이 빗나갔는지도 몰라.”

에가미 선배가 긴 머리를 쓸어 올리며 말했다.

“출제자인 비토 씨는 일부러 고바야시 씨 집에 들어가 이 상황을 만들어 냈어. 이건 다잉 메시지를 보여 줄 상대가 고바야시 씨이기 때문이라고 봐야겠지. 만약 고바야시 씨에게 보내는 게 아니라 그가 모르는 곳에서 장소에서 일어난 사건을 문제로 내고 싶었다면 이런 생고생을 감수하진 않았을 거야.”

그때 모치즈키가 손을 들고 끼어들었다.

“무슨 비유가 아닐까요?”

“비유?”

“과거의 어떤 사건에 비토 씨와 고바야시 씨가 얽혀 있었던 거예요. 비토 씨는 그때 상황을 재현해서 고바야시 씨를 자극하려는 걸지도.”

엘러리 퀸 신봉자 같은 해석이지만 에가미 선배는 고개를 저을 뿐이었다.

“대전제를 잊었군. **이건 고바야시 씨가 노부나가에게 한 이야기야.** 숨기고 싶은 과거로 이어지는 일이라면 떠벌리고 다니지 않겠지."

"지당한 말씀입니다."

모치즈키가 물러났다.

탈선을 거듭하고 말았다. 일단 토론 내용을 정리해 보자.

출제자인 비토는 고바야시에게 하고 싶은 말이 있어서 고바야시의 집에 장난을 쳤다. 현장에 남아 있는 물품으로 보아 피해자는 비토 본인이라고 생각해야 한다. 그 전제하에 에가미 선배 말처럼 고바야시 집에서 벌어진 사건이라고 생각한다면 다잉 메시지의 존재로 볼 때 고바야시는 범인이 아니다.

그렇지 않다면 이런 생고생을…….

"맞아, 생고생!"

나는 소리를 질렀다.

빈사의 피해자가 다잉 메시지를 남긴다는 전형적인 상황 때문에 중요한 모순을 간과했다.

"요즘은 스마트폰이 있잖아요. **다잉 메시지는 필요 없어요**. 신고하거나, 누군가에게 문자라도 보내면 그만이죠. 피해자는 어째서 그러지 않았을까요?"

"아리스, 그새 잊었네. 스마트폰은 화면이 깨져서 전원도 안 들어왔잖아."

마리아가 냉정하게 지적하며 말을 이었다.

"아마 비토 씨도 그 논쟁을 회피하려고 일부러 다른 스마트폰을 준비해서 현장에 남겨 두었을 거야."

"창문을 열고 소리치면 되잖아. '범인은 아리마 씨입니다!' 하면 끝인데."

"남은 힘이 없었던 거지. 미스터리의 통념까지 부정할 셈이야?"

통념보다 논리가 우선이라고 받아치려다 입을 다물었다. 훗날 다잉 메시지를 이용한 작품을 쓸 가능성이 있다. 미래의 내 목을 조르는 짓은 피해야지.

그때 오다가 좋은 생각이 떠올랐다는 듯 손뼉을 쳤다.

"지금 아리스가 한 말에서 힌트를 얻었어. 스마트폰이 망가져서 다잉 메시지를 쓴 건 그렇다 치고, 고바야시가 그 뜻을 못 알아듣는 이유 말이야."

"알려 주세요, 노부나가 선배."

"내게 맡겨. 사실 살해당한 **비토 씨는 범인의 이름을 몰랐던 거야**. 그런 녀석이 어째서 고바야시의 집에 들어갔는지는 묻지 마. 강도든 뭐든 어때. 어쨌거나 비토 씨는 누군지 알 길 없는 범인의 단서를 남기기 위해 그 **외형적 특징**을 글로 남겼어."

외형적 특징이란 말이지. 그렇다면 아오키나 아오바야시 같은 이름을 가진 인물이 떠오르지 않는 것도 당연하다.

모치즈키가 뒷말을 재촉했다.

"그래서 '青才'가 나타내는 범인의 특징이 뭔데?"

"파란 옷을 입은 남자다!"

침묵이 테이블을 감쌌다.

"파란 옷을 입은 여자도 되잖아."

모치즈키를 시작으로 나와 마리아, 에가미 선배가 뒤를 이었다.

"파란 옷을 입은 아저씨도 되겠네요.", "아주머니라도 상관없고.", "할아버지, 할머니도 끼워 줘."

합쳐 보니 다행히 어린이는 용의자에서 제외될 것 같다.•

"시끄러워! 이건 그냥 예시야!"

총공격을 받은 오다가 분통을 터뜨렸다.

"하지만 말은 되잖아. 범행 순간의 복장이나 신체적 특징을 나타내는 거라면 고바야시가 모르는 것도 당연해."

말'만' 된다고 해야 하나. 가능성으로는 재미있는 이야기지만 범인을 알아낼 단서로는 부족하다.

아오키나 아오바야시를 찾는 거나 파란 옷이 특징인 인물을 찾는 거나 별 차이 없지 않나. 하다못해 현장에 용의자가 찍힌 사진이라도 굴러다니면 좋을 텐데.

"맞다, 현장에 있던 스마트폰 속에 푸른 옷을 입은 범인의 사진이 있었던 건 아닐까요? 범인이 그걸 알고 스마트폰을 부순 거예요."

"스마트폰은 부숴 놓고 정작 다잉 메시지는 그대로 뒀다고?

• 일본어에서 남자(오토코), 여자(온나), 아저씨(옷상), 아주머니(오바상), 할아버지(오지−짱), 할머니(오바−짱)는 전부 '오(オ)'로 시작하며 어린이는 '고도모'이다.

단서를 차별하다니 이해할 수 없는데.”

모치즈키가 내 의견을 바로 기각했다.

토론은 또다시 목적지를 잃고 방랑하기 시작했다.

모치즈키가 “역시 비토 씨와 고바야시 씨 사이에 트러블이 있었던 거야. 그래서 고생한 비토 씨가 이번 현장을 눈앞에 들이밀며 ‘너 때문에 나는 이런 고생을 했다’고 불만을 쏟아 내려 한 거지. 그런데 고바야시 씨는 잘못했다는 생각이 없어서 의도가 전달되지 않은 거야.”라고 하자 오다는 “전달되지 않았다면 내 가설하고 도긴개긴이잖아.”라며 이미 끝난 얘기를 다시 꺼냈다.

결국 다잉 메시지가 가리키는 것이 사람 이름이든 외형적 특징이든 불만이든, 고바야시를 거의 모르는 우리가 아무리 추리해 봤자 정답은 알 수 없다는 막다른 골목에 갇혀 체념이 감돌기 시작했을 때였다.

“그러고 보니 달력은 무슨 의미가 있었던 걸까?”

마리아가 중얼거렸다. 이틀 치가 뜯겨 있었다는 일력이다.

모른다고 대답하기도 지쳐 버린 우리가 입을 다물고 있자 마리아가 포기하기엔 이르다는 듯이 힘차게 말했다.

“맞아요, 메시지 뜻을 알아내려고 열심히 고민했지만 그거 하나로 전달된다면 살인 현장을 꾸밀 필요가 없잖아요. 암호 퀴즈로 종이에 써서 주면 그만인걸. 우리가 모르는 정보가 뭔가 더 있는 거예요. 어쩌면 고바야시 씨도 놓쳤을지 몰라요.”

"그렇더라도 벌써 반년도 더 된 일이야. 고바야시도 새로운 추가 정보는 없을걸."

"지금까지 인간관계에서 원망을 산 적이 없는지 되돌아보라고 한다거나."

"어떻게 물어보란 거야? 면접 연습 핑계로 대학 생활 추억이나 들려 달라고?"

오다가 난처한 얼굴로 짧은 스포츠머리를 문질렀다.

"그건 출제자인 노부나가 선배가 알아서 할 문제죠. 사회에 나가면 나이도 자란 환경도 다른 사람들을 매일 상대해야 하니까 예행연습이라고 생각하세요."

억지를 부리는 마리아를 안쓰럽게 보고 있으려니 에가미 선배가 도움의 손길을 내밀었다.

"지금 있는 정보만으로는 부족하다는 의견에는 나도 찬성이야. 하지만 잠깐 만난 상대에게 미주알고주알 캐묻는 건 노부나가도 어렵겠지. 그래서 말인데 내가 지금 하는 이야기를 중심으로 고바야시 씨를 한번 떠보도록 해."

"떠보라고요……?"

불온한 표현에 오다가 눈썹을 찌푸렸다.

"정보가 부족하다고 말했지만, 다시 정확하게 표현할게. 나는 고바야시 씨가 **의도적으로 숨긴** 정보가 있다고 봐. 수수께끼에 불필요한 정보라고 생각했는지도 모르지만. 아마 **비토 씨는 여**

성일 거야. 그리고 **고바야시 씨의 연인이거나 헤어진 사이겠지.**"

"지, 진짜요?"

오다가 놀라서 몸을 젖혔다.

"어디에 힌트가 있었어요? 전혀 몰랐는데."

마리아가 물었다.

"이야기 중간에 몇 가지 설명이 빠져있는 점이나 일부러 두루 뭉술하게 말하는 듯한 부분이 있었어. 그걸 종합해 보니 비토 씨가 고바야시 씨의 연인이라고 생각하는 게 자연스러웠지. 먼저 첫 번째, 아까 아리스가 말했는데 고바야시 씨가 없을 때 비토 씨가 어떻게 집에 들어왔는지 똑바로 말하지 않은 점. 이건 비토 씨가 여벌 열쇠를 받을 만한 사이였다고 생각하는 게 빨라."

에가미 선배가 집게손가락에 이어 가운뎃손가락을 세웠다.

"두 번째는 고바야시 씨가 노부나가에게 수수께끼를 풀어 달라고 했을 때 다른 사람의 추리를 들어 보고 싶었다고 한 점. 고바야시 씨는 미스터리 연구회 소속인데 어째서 부원들에게 물어보지 않았을까? 이런 수수께끼가 있으면 미스터리 연구회 사람이라면 분명 군침을 흘리며 달려들 텐데. 만약 누가 알면 치정 트러블이라고 오해를 살까 봐 싫었던 게 아닐까? 더군다나 비토 씨는 원래 부장이었어. 가까운 사람일수록 더 알리기 싫은 일도 있잖아."

설명을 들으면 자명한 일처럼 느껴지니 신기한 일이다. 오다가 머리를 부여잡고 신음했다.

"그러고 보니 비토 씨가 남자라는 말은 한 마디도 안 했어. 설명할 때도 '미스터리 연구회 오……'라고 어색하게 말을 끊었지. 어쩌면 미스터리 연구회 O̤G̤라고 말하려고 했던 건지도 몰라. 반사적으로 여성이라는 걸 숨긴 거야."

OG가 아니라 '부장이었던 사람'이라고 말한 것으로 보아 고바야시도 거짓말은 하기 싫었을 것이다.

에가미 선배가 "더 있어."라며 세 번째 손가락을 세웠다.

"노부나가가 메시지가 어떤 식으로 적혀 있었는지 물었을 때. 고바야시 씨는 '빨간 도료'라고 대답했지? 하얀 실루엣 쪽은 분필이라고 했는데, 어째서 도료라고 두루뭉술하게 표현했을까? 매직이든 크레용이든 구체적으로 설명할 수 있을 텐데. 숄더백에 들어 있고 바로 여성과 연결 지을 수 있는 도료라면…… 립스틱이겠지."

그 말을 들은 마리아가 눈썹을 찌푸렸다.

"집에 애인 시체 그림과 립스틱 메시지가 남아 있었다……. 어쩐지 갑자기 애증이 느껴지는데요. 처음 만난 사람에게 의논하기에는 확실히 무거운 얘기일지도."

다잉 메시지 퀴즈는 어중간한 형태로 막을 내리는 수밖에 없겠다고 생각했는데, 예상하지 못한 방향으로 굴러가기 시작했다.

"알겠어요. 고바야시의 사생활을 캐묻는 것 같아 내키지는 않지만 한배를 탄 처지…… 아니, 그쪽이 억지로 태운 배니까. 어떻게든 정보를 끌어내 볼게요."

오다의 말을 신호로 그날 활동은 마무리되었다.

돌아가는 길에 마리아와 중간까지 함께 걸었다.

오랜만에 모두 모여 추리 놀이로 머리를 써서 그런지 기분 좋은 피로감으로 거리의 소음들이 아득하게 느껴졌다. 내년에는 모치즈키와 오다가 졸업하고, 에가미 선배는 대학에서 교칙에 따라 쫓겨난다. 이제 똑같은 광경은 누릴 수 없게 될 텐데, 나는 여전히 그날을 똑바로 상상할 수 없었다. 물론 그보다 더 먼 앞날도.

"에가미 선배, 내년에 어쩌려는 걸까?"

마리아의 의문은 지금까지 몇 번이나 나온 이야기였다.

취업 활동에 이미 한 바퀴는 뒤처진 모치즈키, 노부나가와 비교해 봐도 에가미 선배는 별다른 변화가 없다. 마치 "학생 신분이 아니면 대학에 오기 힘들어지겠네." 정도로 생각하는 것 같았다.

"의외로 다시 입학하려고 가을부터 수험서를 펼칠지도 몰라."

나는 반쯤 진심으로 말했다.

에가미 선배는 고등학생 때 가족이 뿔뿔이 흩어지는 불운을 겪었고, 형을 잃었다. 어떤 점술에 광신적으로 빠진 어머니는 그 아들의 죽음을 예언했고, 그것도 모자라 자기가 병으로 죽기 전에 에가미 선배의 죽음까지 예언으로 남겼다.

'서른 살까지 살지 못한다. 아마도 학생인 채로 죽게 될 것이다.'

에가미 선배는 그 말에 저항하듯이 유급을 반복하고 있다.

그렇기 때문에 다시 입학시험을 치르지 않을까 하는 생각을 해 보았다. 예언을 완전히 타파하려면 그냥 학교를 떠나기보다 학생이라는 신분을 유지할 수 있는 길을 모색할 테니까.

오후의 무더위를 견디며 옆에서 나란히 걸어가는 마리아에게 그런 생각을 말해 보았다.

"아리스, 들어 줄래? 하지만 아무한테도 말하면 안 돼."

그러더니 내 대답은 기다리지도 않고 이야기를 시작했다.

"에가미 선배는 돌아가신 어머님 말씀에 맞춰 주고 있는 게 아닐까 싶어. 단순히 예언을 부정하고 싶은 거라면 졸업해 버리는 게 제일 확실하잖아. 아들의 죽음을 유언으로 남기다니 끔찍한 일이지만 그건 어머니가 이 세상에서 마지막으로 남긴 말이기도 해. 어머니와 아들에게 마지막 남은, 슬픈 인연인 거야."

예언에 나오는 시간이 지나면, 어머니와의 인연은 끝난다.

좋은 어머니는 아니었을지도 모른다. 가족이 붕괴한 원인이었을지도 모른다.

그래도 그 말은, 살아 있는 어머니의 마지막 잔재다.

그렇기에 에가미 선배는 미워하지도, 내치지도 않고 가만히 지켜보기로 한 걸까?

죽은 사람을 상대로는 싸울 수도, 관계를 수복할 수도 없으니까.

마리아의 생각이 맞는지 틀린지 나는 모른다. 에가미 선배에게 물어봐도 감쪽같이 얼버무리겠지.

그러니까 이렇게 대답하는 수밖에 없다.

"……괜찮아. 아무한테도 말 안 할게."

이튿날 학생회관. 2교시가 휴강이 된 나와 마리아가 라운지를 살피러 가니 에가미 선배의 모습은 아직 보이지 않았다. 1층 식당에서 조금 이른 점심을 먹고 돌아가자 의외로 모치즈키와 오다, 들쭉날쭉 콤비가 먼저 자리를 잡고 있었다.

생기 넘치는 오다의 안색을 보니 고바야시 쪽에서 새로운 수확이 있는 것 같았다.

"이왕이면 에가미 선배가 올 때까지 조금 더 기다리자."

모치즈키가 그렇게 어르는 동안에도 오다는 새 정보를 메모한 바인더 노트를 초조하게 다시 훑어보고 있었다.

정오가 지나 학생들이 늘어나기 시작했을 때 에가미 선배가 모습을 드러냈다.

"기다렸어? 설마 꼴찌일 줄이야."

에가미 선배가 자리에 앉자마자 오다가 헛기침을 하고 입을 열었다.

"결론부터 말하면 에가미 선배의 추리가 맞았어요. 고바야시는 비토 씨와 사귀고 있었습니다. 엄청 놀라더라고요. 보충 정보가 많아서 다시 처음부터 설명하는 게 나을 것 같아요."

먼저 사건의 계기, 고바야시가 참가한 인턴십은 작년 11월 4일부터 6일까지 열렸다.

4일 새벽, 고바야시는 알람 시계 소리에 깨서 아침 식사를 했다. 그리고 채비를 하기 전에 분리수거일이라는 게 생각나 집 안 쓰레기를 전부 모았다. 그가 사는 아파트는 11층짜리 건물로 1층 현관에 자동 잠금장치가 달려 있다. 쓰레기 수거장은 정면 입구 바로 옆이라 고바야시는 쓰레기봉투와 키홀더를 챙기고 집 현관문은 잠그지 않고 밖으로 나갔다.

쓰레기를 버리고 건물 현관으로 돌아오는 길에 무의식적으로 주머니를 뒤져 키홀더를 꺼냈다. 그런데 이중 고리에 어중간하게 걸려 있던 집 열쇠가 홀더에서 빠져서 발밑 하수구 철판 사이로 도랑에 떨어지고 말았다. 하필 타이밍도 나빠서 옆 빌딩을 관리하는 노인이 호스로 건물 앞 아스팔트를 호쾌하게 물청소하는 바람에 열쇠는 눈 깜짝할 사이에 떠내려가 콘크리트 덮개로 가려진 배수로로 사라지고 말았다.

고바야시는 아연실색했지만 바로 정신을 차렸다. 곧 도쿄에 갈 시간이었다. 다행히 집은 잠가 두지 않았으니 준비하러 돌아갈 수 있다.

쓰레기를 버리러 온 다른 주민의 뒤를 따라 건물 입구를 통과하고, 집으로 돌아와 간신히 예정대로 출발할 수 있었다. 도쿄로 가는 길에 고바야시는 연인 비토에게 연락을 취했다. 교토의 출판사에서 일하는 그녀는 고바야시의 집 여벌 열쇠를 가지고 있었다.

메시지를 보내서 오늘 아침에 있었던 일을 설명하고 인턴십에서 돌아올 때까지 여벌 열쇠를 오사카의 아파트 주소로 우편 발송해 달라고 하자 바로 알겠다고 답장이 왔다. 고바야시는 안심하고 의기양양하게 상경했다. 그런데.

"도쿄에서 돌아와 우체통을 확인하니 부재중 배달 통지서가 들어 있었다고 합니다. 부탁한 대로 비토 씨가 열쇠를 보냈겠거니 하고 일단 집에 들어가려 했죠. 현관문은 출발했을 때 그대로 잠그지 않은 상태일 테니까요. 그런데 들어가려고 했더니 어째선지 문이 잠겨 있었다는 거예요."

여기까지 단숨에 말한 오다가 반응을 살피듯 입을 다물자 에가미 선배가 물었다.

"확인하고 싶은데, 고바야시 씨는 아파트에 들어갈 때 쓰레기를 버리러 갔을 때처럼 다른 주민하고 함께 건물 현관을 통과한 거지?"

"그렇습니다."

"좋아, 계속해."

잠겨 있는 문 앞에서 고바야시는 고개를 갸웃거렸다. 아파트 관리인이 문이 잠겨 있지 않은 걸 알고 대신 잠근 걸까? 아니,

그렇다면 입주자인 그에게 연락했을 것이다.

비토가 일부러 교토에서 오사카까지 와서 문을 잠갔을까? 만약 그렇다면 사용한 열쇠를 택배로 보내지 않고 우체통에 그냥 넣어 두면 된다. 혼란스러웠지만 일단 택배 회사에 다시 배달을 요청해 무사히 열쇠를 받았다. 그리고 겨우 문을 열어 방에 들어가 보니.

"어제 설명한 것처럼 집 안이 그런 상태였다고 해요. 저희에게 말하지 않았던 건 다잉 메시지에 사용된 립스틱뿐이고 다른 건 전부 있는 그대로 설명했다고 했어요."

"비토 씨가 다잉 메시지의 답을 가르쳐주지 않았다는 것도 사실이야?"

오다가 거북한 표정으로 끄덕였다.

"현장을 발견한 그날 바로 고바야시가 '네가 그런 거야? 무슨 뜻인지 전혀 모르겠어'라고 메시지를 보냈더니 비토 씨가 '그것도 맞아'라는 답장을 보냈다고 해요. 그런 다음, 그게……."

"헤어졌어?"

이번에는 에가미 선배도 놀란 표정을 지었다.

"그런 모양이에요. 비토 씨가 메시지 앱 계정도 지워 버려서 대화 이력은 남아 있지 않지만 상대방이 먼저 헤어지자고 했다는 것 같아요. '지금까지 고마워. 가방에 들어 있는 돈은 청소 비용으로 써. 빌려준 책도 돌려줄 필요 없어'라는 게 마지막 말이었다고."

즉 그 장난은 단순한 수수께끼가 아니라 두 사람의 관계를 좌우하는 의미가 있었다는 뜻인가.

나는 비토라는 사람이 궁금해졌다.

"꽤 독특한 분 같네요. 비토 씨가 어떤 사람인지는 물어보지 않았어요?"

"고바야시도 내켜 하지는 않았지만 물고 늘어져서 간신히 들었어."

오다의 목소리도 무거워졌다.

비토는 고바야시보다 두 살 연상, 학년도 2년 선배에 과거 미스터리 연구회 부장이었다. 차분하고 냉랭한 인상의 여성이지만 남을 잘 돌봐서 후배들에게 인기가 많았다고 한다. 고바야시가 2학년 때 고백해서 사귀기 시작했다. 현재 미스터리 연구회는 일 년에 한 번 평론지를 내는 것을 제외하면 평소에는 그냥 편하게 모여 잡담을 나누는 느긋한 동아리인데, 비토가 부장이었을 때는 미스터리 마니아가 많아서 회지에도 오리지널 소설이 상당수 실릴 정도로 전문적인 동아리였다고 한다. 비토는 그중에서도 열렬한 본격 미스터리 신봉자였고, 특히 범인 찾기 논법이나 트릭에는 일가견이 있었다. 후기 퀸 문제 등을 통해서도 논쟁이 오가는 주제이지만 작중에서 전개되는 이론 체계가 탐정이라는 특별한 존재에게 유리하게 설정되지 않고 독자도 동등한 결론에 도달할 수 있는 회로를 갖추고 있는지, 그녀는 기회가 있을 때마다 부원들에게 열변을 토했다고 한다.

고바야시가 취업 활동을 시작하자 점점 서로 시간이 어긋나서 직접 만날 기회는 한 달에 한 번 정도였지만 비토에게 별다른 기색은 없었다. 오다는 그렇게 끝을 맺었다.

"비토 씨가 만약 에이토대학에 있었다면 친하게 지낼 수 있었을 것 같아."

모치즈키가 그렇게 말하며 웃다가 바로 진지한 표정으로 물었다.

"고바야시 씨 이야기는 믿을 만해? 또 거짓말을 했다거나 숨기는 사실이 있을지도 몰라. 특히 남녀 관계에서는 한쪽 이야기만 듣는 건 문제가 있잖아? 이 정보만으로 추리해도 공평하다고 할 수 없는데."

"뭐 어때요. 모처럼 노부나가 선배가 애써 주셨으니 한 번 더 머리를 써 보자고요."

마리아의 말에 에가미 선배도 찬동했다.

"그래. 진상은 비토 씨밖에 모르는 상황이지만 노부나가 덕분에 부족했던 퍼즐 조각이 고개를 내밀었어. 지혜를 짜낼 가치는 있을 것 같네. 그 전에."

에가미 선배가 오다가 들고 있는 메모를 긴 손가락으로 가리켰다.

"한 번 더 열쇠에 대해 정리해 보자. 열쇠는 고바야시 씨가 떨어뜨린 것과 비토 씨가 가지고 있던 것, 전부 두 개가 틀림없지?”

“복제가 어려운 딤플 키라 틀림없다고 했어요.”

“관리 회사는 당연히 여벌 열쇠를 가지고 있을 텐데, 고바야시 씨가 열쇠를 분실한 시점에 연락했는지는 들었어?”

“도쿄에서 돌아와서 전화로 사정을 설명했다고 했어요. 열쇠 복제에 상당한 돈과 시간이 들었다고 했고.”

고바야시가 도쿄에서 돌아올 때까지 관리 회사는 열쇠 분실을 몰랐다는 뜻이다.

“좋아, 다음. 비토 씨가 가진 열쇠의 동선을 조금 더 확실하게 짚어 보자. 먼저 11월 4일 새벽에 고바야시 씨가 열쇠를 도랑에 빠뜨려서 잃어버렸다. 이때 이미 하나는 비토 씨가 확실하게 가지고 있었지. 이틀 후, 즉 6일에 고바야시 씨가 귀가했을 때 문이 잠겨 있었다는 말은 비토 씨가 집에 찾아와 잠갔다는 뜻이야. 그건 구체적으로 언제지?”

오다가 메모장에 시선을 던졌다.

“부재중 배달 통지서에 따르면 6일 오전에 배달원이 열쇠가 든 택배를 들고 한 번 방문했어요. 접수 정보는 5일, 비토 씨의 교토 자택 근처 소인이었다고 해요. 열쇠를 사용한 건 그보다 이전이었을 테니 4일이나 5일 이른 시간이겠죠.”

기대한 대답이었는지 에가미 선배가 고개를 한 차례 끄덕였다.

“어제 이야기로는 집에 있던 캘린더가 어째서인지 고바야시 씨가 도쿄에서 돌아오는 날짜로 바뀌어 있었다고 했지. 즉 6일이야.”

“네. 반년 지난 현재 모습인데, 사진을 보내 줬어요.”

오다의 스마트폰에는 벽 쪽에 설치한 책장과 책상 사이, 사람 머리 높이에 붙어 있는 일력이 찍혀 있었다. 책장에 꽂혀 있는 건 대부분 빛바랜 자국도 없는 국내 문고본이었는데, 약간 널찍한 맨 위 선반에 책등이 낡은 책이 두 권 보였다. 어쩌면 비토 씨가 안 돌려줘도 된다고 한 책이 아닐까?

“분필 실루엣은 바닥 중앙에 있었지. 여기서라면 피해자가 손을 뻗어도 캘린더에 닿지 않겠어. 역시 6일 날짜에는 다잉 메시지가 나타내는 것과는 다른, 뭔가 특별한 뜻이 있다고 생각해야 할 거야.”

에가미 선배가 강조해서 나도 수첩에 크게 메모했다.

> **11월 4일**
>
> 새벽, 고바야시가 열쇠를 떨어뜨리다. 비토에게 연락. 문은 잠그지 않음.
>
> ?
>
> 비토, 오사카의 고바야시 집을 방문하다. 현장을 꾸미고 문을 잠그고 떠나다.
>
> **11월 5일**
>
> 비토, 열쇠를 교토에서 택배로 발송하다.
>
> **11월 6일**(일력과 동일한 날짜)
>
> 고바야시 귀가. 열쇠 부재중 배달 통지서 수령. 문은 잠겨 있었다.

비토의 근무 형태는 모르겠지만 고바야시의 연락을 받고 적어도 다음 날에는 오사카까지 찾아왔으니 그냥 장난이라고 부르기에는 노력을 많이 들였다. 방금 전에 들은 비토의 견실해 보이는 이미지와도 맞지 않는다.

선봉에 나서듯 마리아가 입을 열었다.

"먼저 이번 일, 사건이라고 부를게요, 이 사건 직후에 이별을 통보한 점, 그 내용으로 보아 사건이 두 사람의 관계에 마이너스 영향을 주었다는 건 확실하겠죠."

마리아가 다른 사람들을 쭉 둘러보아서 모치즈키가 우리 의견을 대표했다.

"마이너스인지는 단언할 수 없지만 적어도 호전되지는 않았어. 좋아, 계속해."

"네. 비토 씨가 다잉 메시지에 담은 의미가 추리의 초점인데, 여기서 어제도 언급한 문제가 튀어나와요. 메시지 내용이 사람 이름처럼 단순한 게 아니라 비토 씨의 마음이거나 두 사람의 과거에 얽힌 비밀일 가능성이 있다는 점이죠. 이 경우 저희가 답을 확인할 방법이 없어요."

오다가 강하게 끄덕거렸다.

"그건 그래. 비토 씨가 이런 불만을 품고 있었던 게 아니냐고 고바야시에게 따져 묻는 건 금기야. 그렇지 않아도 어제 전화로 하도 오래 붙들어서 귀찮은 녀석에게 의논했다고 생각할 텐데."

"하지만 아까 얘기를 듣고 크게 착각하고 있었다는 걸 깨달았어요. 정말 이 다잉 메시지는 **피해자가 쓴 게 맞을까요**?"

어제의 토론은커녕 대전제를 무너뜨리는 소리를 하네.

내 시선에서 불만을 읽었는지 마리아가 선수를 쳤다.

"합당한 이유가 있어. 비토 씨는 열렬한 본격 미스터리 신봉자고 후기 퀸 문제도 열심히 고민했다잖아. 다잉 메시지가 갖는 모순도 당연히 머릿속에 있었을 거야."

마리아의 말대로 비토의 정보를 업데이트한 다음 그녀가 얼마나 고심해서 현장을 만들어 냈는지 상상해 봐야 한다.

"다잉 메시지의 일부, 혹은 전부가 **범인의 손을 탄 게 아닌가** 하는 문제로군."

만약 범인이 현장에 오래 머물렀거나 나중에 다시 현장으로 돌아왔을 경우, 피해자가 메시지를 남긴 것을 알게 된다. 위조나 조작된 메시지가 아니라고 단언할 수 없다.

"범인이 위조했다면 다른 사람이 의심을 살 만한 내용을 쓰지 않았을까? 아직까지 고바야시 씨는 그걸 보고 아무 이름도 떠올리지 못했어. 효과 없는 조작이라니, 그야말로 본격 미스터리 신봉자가 용납할 것 같지 않은데."

오다의 의문에 마리아가 "고바야시 씨가 덜렁이라 그런 걸지도."라고 실례되는 소리를 했다.

가정에 가정을 거듭하는 것은 무의미하다고 생각하면서 나도 반론을 제기했다.

"범인이 다잉 메시지의 일부만 위조하는 건 심리적으로 있을 수 없는 일이야. 마리아가 범인이라면 네 이름에 획 하나 더 그어 놨다고 안심하고 현장을 떠날 수 있겠어? 차라리 못 알아보도록 덧칠하는 게 나아. 메시지 전부가 가짜일 경우도 그래, 거기 드는 수고와 불필요한 증거를 남기는 리스크만 커질 뿐이야."

반박할 근거가 떨어졌는지 마리아는 두 손을 들어 항복을 표했다.

그러자 모치즈키가 뜻밖의 말을 했다.

"자살이라는 건 어때? 범인은 우연히 자살한 비토 씨를 발견하고 **타살로 꾸미기 위해** 메시지를 위조한 거야. 실제로는 결백하니 아리스가 말한 리스크와도 거의 상관이 없지."

"비토 씨가 굳이 고바야시 집에서 자살했다고?"

오다가 이해할 수 없다는 듯이 말했다.

"연인이었으니 가능성이 없다고 할 수는 없잖아."

조금 시간을 들여 모치즈키의 가설을 머릿속에서 굴려 보았다.

메시지가 누구를 지칭하는지 모른다는 수수께끼는 남지만, 위조 이유와 리스크 문제에서는 가장 합리적인 답 같았다.

그리고 한 가지 더, 나는 자살설을 뒷받침하는 단서를 언급했다.

"비토 씨가 문을 잠갔던 건 단순히 방범 문제인 줄 알았는데 **안에서 벌어진 일이 자살**이라는 걸 전하고 싶었던 건지도 모르겠네요."

완벽하다고 할 수는 없지만 우리가 아는 한정적인 정보에서 최적의 진상에 도달하지 않았을까? 모두가 그런 분위기에 한숨 돌리려 했다. 그런데.

"그럴까? 자살설로는 설명되지 않는 점이 있어."

에가미 선배가 메모를 노려보며 말했다.

"잊었어? 일력은 6일을 가리키고 있었어."

그게 어떻다는 말인가. 곤혹스러워하는 우리에게 에가미 선배가 찬찬히 설명해 주었다.

"일력을 뜯은 건 누구일까? 이건 두 가지 가능성을 생각해 볼 수 있어. 하나는 문제 속의 범인이 어떠한 이유에서 증거를 은멸하려고 이틀 치 종이를 찢었을 가능성. 또 하나는 출제자인 비토 씨가 6일이라는 날짜를 **사건 발생일로 설정**하고자 강조했을 가능성."

문제의 안과 밖, 어느 위치에 있는 인물의 의도로 그렇게 되었는지 묻는 건가?

"만약 전자일 경우 찢어 버린 이틀 치 종이는 깨끗하게 처분해야 해. 하지만 고바야시 씨 말로는 그 종이는 평소 그가 그러하듯 쓰레기통에서 발견되었지. 증거 은멸이라고 생각하기는 어려워. 참고로 피해자가 일력에 손이 닿지 않는 거실 한복판에 쓰러져 있었으니 범인을 알아낼 단서로 찢어 버렸을 가능성도 배제해도 돼. 이러한 사실에서 정답은 후자, **6일에 사건이 발생했다고 생각하라**는 출제자 비토 씨의 의사 표시라고 생각하는 게 타당하겠지."

에가미 선배의 설명에 이상한 점은 없다. 그래도 역시 우리는 에가미 선배가 말하는 '설명되지 않는 점'이 뭔지 감을 못 잡고 있었다.

"아까 정리한 내용을 떠올려봐. 비토 씨는 5일에는 이미 **열쇠를 택배로 발송해서**, 6일에는 **아무도 열쇠를 건드릴 수 없었어.** 6일에 고바야시 씨의 집에서 자살 사건이 있었다고 한다면 다잉 메시지를 위조한 범인은 **어떻게 문을 잠갔을까?**"

순간 실제 비토의 행동과 피해자로서의 비토의 행동이 뒤섞여서 머릿속이 엉망이 되었다. 모치즈키도 마찬가지였던 모양이다.

"아니, 어라? 비토 씨는 문을 잠그고 나서 택배를 보냈으니까……."

"그건 **실제로는 비토 씨가 죽지 않았으니** 그렇게 생각한 거야. 6일에 고바야시 씨가 귀가했을 때, 잠겨 있는 집에서 **정말로 비토 씨가 죽어 있었다**고 상상해 봐. 열쇠는 죽은 후에는 발송할 수 없어. 다시 말해 비토 씨가 교토에서 열쇠를 보낸 다음에 고바야시 씨 집에 왔다는 건 확정적인 사실이야. 그럼 대체 누가 6일에 문을 잠글 수 있었을까? 그 시점에서 고바야시 씨는 아직 관리 회사에 연락하지 않았으니, 관리 회사는 제외해야지."

에가미 선배가 말하는 '사건 속에서 비토 씨가 취한 행동'을 정리해 보려고 아까 써 둔 메모를 수정했다.

> **11월 4일**
>
> 새벽, 고바야시가 열쇠를 떨어뜨리다. 비토에게 연락. 문은 잠그지 않음.
>
> ?
>
> ~~비토, 오사카의 고바야시 집을 방문하다. 현장을 꾸미고 문을 잠그고 떠나다.~~
>
> **11월 5일**
>
> 비토, 열쇠를 교토에서 택배로 발송하다.
>
> **11월 6일(일력과 동일한 날짜)**
>
> 비토, 오사카의 고바야시 집을 방문해, 자살하다.
>
> 누군가가 비토의 시신을 발견, 메시지를 위조한 뒤, 문을 잠갔다?
>
> 고바야시 귀가. 열쇠 부재중 배달 통지서 수령. 문은 잠겨 있었다.

이렇게 되나? 확실히 5일 시점에 열쇠는 배송업자의 손에 넘어갔다.

누군가가 열쇠를 입수하려면 교토에서 보낸 택배 발송을 뒤로 늦추는 수밖에 없다.

"비토 씨는 자살한 6일 시점에서는 아직 택배를 발송하지 않고 열쇠를 숄더백에 넣어 가져왔던 게 아닐까요? 그거라면 범인이 메시지를 위조하고 그 열쇠로 문을 잠그고, 교토에서 발송하면……."

"아리스, 그것도 불가능해. 6일에 교토에서 발송하면 같은 날 고바야시 씨가 돌아왔을 때 부재중 배달 통지서가 와 있을 리 없어."

그런가. 6일 고바야시가 귀가하기 전에 열쇠가 한 번 배달되었던 것은 틀림없는 사실이다.

아니, 문제는 그게 아니다. 모치즈키가 비통하게 호소했다.

"에가미 선배, 너무 복잡하게 생각하는 거 아니에요? 6일에 사건이 발생했다면 비토 씨가 자살이 아니라 타살이라 해도 똑같은 문제가 생겨요. 범인은 문을 잠글 수 없잖아요!"

에가미 선배가 진지한 표정으로 끄덕였다.

"맞아. 고바야시 씨도 눈치채지 못했지만, 비토 씨가 만들어낸 이 현장에는 **처음부터 밀실 수수께끼가 섞여 있었던 거야.**"

문제가 커졌다.

원래는 다잉 메시지 해독이 핵심이고 대단한 수수께끼는 아닐 줄 알았다. 그런데 문제는 어느새 메시지 해독에서 벗어나, 피해자의 신상에 일어난 일은 물론이고 하나의 열쇠를 둘러싼 밀실 수수께끼까지 우리 앞에 놓였다. 이 얼마나 중층적인 작품인가. 이것을 과거 미스터리 연구회 부장이었던 여성이 생각해 냈다니, 탄복을 금치 못했다.

물론 우리 추리연에도 착실하게 진상에 다가가는 사람이 있다.

"모치가 자살설을 주장한 건 다잉 메시지의 필연성을 '타살로 꾸민다'는 이유로 설명할 수 있기 때문이야. 하지만 지금 우리는 비토 씨 사후에 현장이 밀실로 만들어졌다는 걸 알아냈어. 이건 명백히 자살설과 모순되는 행동이지. 타살로 꾸미고 싶은데 현장을 밀실로 만드는 멍청이는 없어. 이건 역시 타살이야. 그렇게 생각하면 어째서 범인이 고바야시 씨 집을 현장으로 선택했는지도 설명할 수 있어. 비토 씨만 열쇠를 가지고 있었다는, 밀실을 성립시키는 조건이 완성되었기 때문이야."

"잠깐만요, 에가미 선배."

모치즈키는 본격 미스터리 팬이지만 갑작스러운 밀실의 등장에 곤혹스러워 했다.

"만약 에가미 선배 말처럼 전부 비토 씨가 계산한 거라면 대단해요. 그 방침에 따라 추리하는 것에 이견은 없어요. 다만 삐딱한 사고방식일지도 모르지만 밀실 트릭을 추리하기엔 '외부의 눈을 의식한 단서'가 너무 적지 않나요?"

모치즈키가 무슨 말을 하고 싶은지 이해할 수 있었다.

소설에서는 일반적으로 현장에 가지 못하는 독자를 위해 트릭의 핵심이 되는 단서를 '여기에 주목'하라는 듯이 묘사하는 법이다. 열쇠 머리에 난 흠집이라거나, 문을 부수고 가장 먼저 현장에 들어간 인물의 동작이라거나, 부자연스럽게 젖어 있는 바닥이라거나. 그것을 바탕으로 추리함으로써 독자는 무수한 가능성에서 작가가 설치해 둔 장치를 취사선택할 수 있다.

이번 경우, 우리가 알고 있는 정보는 문과 창이 잠겨 있었다는 밀실 상황의 증언뿐, 밀실을 만든 방법을 알아낼 단서가 없다.

뭔가 도구를 써서 문 밖에서 잠갔는지, 밀실 밖에서 실내에 있는 비토를 살해했는지, 혹은 고바야시가 모르는 사이 열쇠가 뒤바뀐 건지, 가능성을 좁힐 수 없는 것이다.

비토가 본격 미스터리 마니아라면 이것은 있을 수 없는 과실이다.

물론 이 문제도 고바야시가 집에 있던 단서를 놓쳤을 가능성은 있다.

다만 에가미 선배의 생각은 달랐다.

"만약 비토 씨가 내 상상대로 걸출하다면 밀실의 단서를 반드시 남겨 뒀을 거야. 아까 모치가 자살설을 내놓았을 때도 알아챘겠지만 추리할 단서가 적은 건 분필로 그린 시체 실루엣밖에 없어서 사인을 모르기 때문이야. 이 점을 조금 더 깊이 파고들어 보자. 자살이 아니라 살인이라는 건 아까 설명했어. 다잉 메시지를 위조하는 건 범인에게 아무 의미가 없다는 것도 아리스가 설명해 줬지. 의심할 여지 없이 살해당한 피해자가 쓴 메시지라고 한다면 사인의 조건은 어떻게 되지?"

에가미 선배가 빤히 쳐다보길래 나는 강의에서 지명당했을 때처럼 신중하게 입을 열었다.

"피해자가 메시지를 썼으니, 즉사는 아니었다는 뜻이 돼요."

에가미 선배가 칭찬하듯 눈웃음을 지었다. 바로 마리아가 뒷말을 이었다.

"현장 상황으로 볼 때 독살이나 출혈을 수반하는 것도 아니었을 거예요. 끈 같은 흉기도 안 보였으니 교살도 아닐 것 같고요."

모치즈키가 신음했다.

"아아, 그런가! 출혈이 없어서 가지고 있던 립스틱으로 메시지를 썼던 거구나."

피를 흘리지 않는 죽음. 구타일까? 두개골 내부 출혈이라면 현장에 혈흔이 없는 것도 설명할 수 있다.

거기까지 생각했을 때 아까 나눈 밀실 트릭 이야기가 머릿속을 스쳐 지나가, 나는 크게 외쳤다.

"그래, 심장 눌림증처럼 **사망까지 시간이 걸려서 가능한 밀실 트릭**이야!"

에가미 선배가 멋들어지게 손가락을 튕겼고 한 박자 늦게 이해한 나머지 세 사람이 탄식했다.

"심장에 꽂힌 흉기를 뽑지 않고 그대로 둔 건지, 아니면 머리를 세게 맞은 건지는 알 수 없어. 어쨌거나 비토 씨는 **바깥 복도에서 범인에게 습격당했고 열려 있던 문으로 실내로 피신해 안에서 문을 잠갔어.** 그리고 남은 힘을 쥐어짜 다잉 메시지를 쓴 뒤에 숨을 거두었어. 등에 흉기가 꽂혀 있는 상태거나 구타로 내출혈을 일으킨 경우라면 바닥에 혈흔이나 흉기가 남지 않아. 이렇게 생각하면 집, 날짜, 열쇠, 모든 상황에 설명이 가능해져. 이게 바로 출제자인 비토 씨가 생각한 사건 구도의 정답이겠지.”

분필로 그린 시체, 달력 날짜, 잠겨 있는 문. 이렇게 단순한 요소로 꾸며 낸 현장에서 추리를 거듭해 정말 해답에 도달하다니.

에가미 선배를 만나고 이런 식으로 놀라는 게 대체 몇 번째일까?

“비토 씨가 고바야시 씨 아파트를 방문한 이유는 뭘까요?”

“단정할 수는 없지만 열쇠를 발송하고 나서 문이 열려 있다는 게 생각나 걱정되어서 찾아갔을 거라고 생각해 볼 수는 있겠지.”

“그렇구나……. 남은 문제는 다잉 메시지의 의미인데, 그거야말로 비토 씨에게 물어보는 수밖에 없겠네요. 우연히 바깥 복도에서 습격당했으면 저희가 모르는 인물의 범행일 가능성이 높고.”

내 말에 어째선지 오다가 얼굴을 잔뜩 찌푸린 채로 침묵했다.

왜 저러는 걸까 생각하는데 모치즈키가 가볍게 말했다.

“구체적인 의미는 모르겠지만 비토 씨의 목적은 뚜렷하잖아.”

“목적?”

“응. 고바야시 씨는 추리 능력을 테스트당한 거야. 그리고 해답에 도달하지 못했어. 그래서 비토 씨는 정이 떨어져서 이별을 통보한 거지.”

그럴까? 이런 수수께끼 풀이는 어디까지나 지적 유희지, 사람의 무언가를 판별할 시험으로 사용하는 건 반대다. 이런 놀이는 아무리 정밀하게 짜낸 문제라도 도전자가 예측하지 못한 방향으로 추리를 전개하기 때문에 매력적인 것이다.

비토는 자기가 깔아 놓은 길에서 탈선하는 생각을 허용하지 못할 정도로 꽉 막힌 이론주의자였던 걸까?

"모치, 미안하지만 그건 아닐 거야."

오다가 무겁게 입을 열었다.

"이건 말을 해야 하나 말아야 하나 고민했는데, 사실은 고바야시하고 비토 씨의 관계를 조금 더 자세히 들었어. 두 사람의 속사정이라 수수께끼하고 상관있다고 판단되면 말할 셈이었어. 고바야시 말로는 이 일이 있기 전부터 두 사람의 관계는 머지않아 끝날 거라는 예감이 있었대."

"……누구한테 달리 좋아하는 사람이라도 생긴 거야?"

"아니, 고바야시는 부정했고, 비토 씨에게 그런 낌새가 있었던 것도 아니래. 고바야시는 '그냥 흐지부지, 그렇게밖에 말 못 하겠다'고, 정말 설명하기 어려워하는 기색이었어. 구체적인 불만 하나 듣지 못했어. 아마 일 년 넘게 사귀면서 느낀 바가 있었다거나, 비토 씨가 사회에 나가 거리가 멀어졌다거나, 본인들만 알 수 있는 이유겠지."

모치즈키가 조심스레 말했다.

"같은 말을 반복하는 것 같지만 그건 고바야시가 하는 말이잖아. 비토 씨는 그에게 큰 불만이 있었고, 이 문제가 최후통첩이었던 걸지도 몰라."

"그야 뭐, 부정은 못 하겠네."

오다가 그 이상은 따져 봤자 무의미하다는 듯 의자에 기대어 머리 뒤로 깍지를 꼈다.

두 사람의 대화를 듣고 마리아가 중얼거렸다.

"그럼 만약 고바야시 씨가 정답을 맞혔다면 비토 씨는 계속 사귈 작정이었을까? 사람의 애정이라는 게 그렇게 쉽게 정반대의 평가를 내릴 수 있는 거야?"

적적한 그 목소리에 어제 돌아가는 길에 나눈 이야기가 되살아났다.

'어머님 말씀에 맞춰 주고 있는 게 아닐까 싶어.'

"비토 씨는 고바야시 씨가 물어봤을 때 '그것도 맞아'라고 대답했죠?"

네 사람의 시선에 내가 입 밖으로 소리 내서 말했다는 걸 깨달았다.

생각을 정리할 시간이 없다. 서툴러도 기세로 밀어붙이자.

"고바야시 씨는 해답에 도달하지 못했지만 **틀리지도 않았던 것** 아닐까요? 비토 씨는 그저 고바야시 씨가 내린 답을 확인하고 싶었을 뿐이고."

"그게 테스트하고 뭐가 달라?"

모치즈키의 말에 고개를 저었다.

"비토 씨도 고바야시 씨하고 마찬가지였던 거예요. 머잖아 두 사람의 관계가 끝날 걸 예감했죠. 하지만 상대를 싫어할 정도로 큰 불만은 없었다는 점에서도 두 사람은 똑같았어요. 그 모순이 비토 씨의 신조를 크게 뒤흔든 거예요. 비토 씨는 열렬한 본격 미스터리 신봉자였고 특히 트릭이나 논법 같은 이론 체계에 일가견이 있어서 거기에 이르는 회로를 중요시했어요. 간단히 말해 **논리적으로 명시되지 않는 일을 싫어했던 것** 아닐까요?"

아무도 이의를 표하지 않았다. 조금 더 들어 줄 모양이다.

"고바야시 씨는 이별의 이유를 '그냥 흐지부지, 그렇게밖에 말 못 하겠다'라고 표현했어요. 하지만 비토 씨는 그걸 참을 수 없었던 거죠. 어쩌면 성실한 비토 씨는 명확한 이유도 없이 교제를 끊는 건 몰인정하다고 생각했는지도 몰라요. 그래서 **두 사람의 관계가 이미 파탄 났다는 증거**를 보여 주려 했어요. 그것도 눈에 보이는 형태로. 그럴 때 고바야시 씨에게 열쇠를 잃어버렸다는 연락을 받았죠."

열쇠 아이디어는 전부터 미스터리 평론 소재로 생각해 두었던 건지도 모른다.

어쨌거나 갑자기 찾아온 기회를 살리기 위해 비토 씨는 고바야시 씨의 집을 찾았다.

"비토 씨에게 고바야시 씨가 정답에 도달할 수 있는지는 두 번째 문제였어요. 저희가 어제부터 논쟁한 것처럼 이 수수께끼에는 추리의 갈림길이 몇 개나 나오니까요. 그래서 중간에 다른 방향으로 추리를 전개해도 상관없었던 거예요. 비토 씨는 그저, 고바야시 씨가 **자기가 낸 수수께끼에 얼마나 어울려 줄지** 확인하려 했던 거예요. 하지만 고바야시 씨가 보낸 메시지는……."

'네가 그런 거야?'
'무슨 뜻인지 전혀 모르겠어.'

그 단 두 줄의 문장이야말로 고바야시의 안에서 어느새 식어버린 비토에 대한 관심을 명시화한 것이었다. 비토는 그것을 보고 마침내 이별을 결심할 수 있었던 게 아닐까?
간신히 이야기를 마치고 크게 한숨을 쉬었다.
문득 에가미 선배를 쳐다보니 아직 메모에 시선을 떨어뜨리고 있어서 조금 불안해졌다.
"지금 한 이야기, 이상한 부분이라도 있었어요?"
"아니, 그게 아니라. 나도 어렴풋이 고바야시 씨 반응이 열쇠일 거라고 생각은 했는데, 네 설명이 훌륭해서 감탄하고 있었어. 덕분에 다잉 메시지의 의미도 답을 찾을 수 있을 것 같아."
"정말이요?"
흥분하는 우리 앞에서 에가미 선배가 펜을 쥐었다.

"풀이는 단순해. 먼저 아오키[靑木]를 알파벳으로 써."

메모장에 AOKI라는 글자를 적었다.

"다잉 메시지에서는 '키[木]'의 마지막 한 획이 모자랐으니 알파벳 철자에서도 마지막 하나, 즉 I를 지워. 그러면 남은 건 AOK. 이 의미, 방금 아리스 얘기를 듣고 이해했어. 이거야."

날카로운 필적이 두 개의 단어를 만들어 냈다.

ALL OK

"영어 표기로는 이걸 A-OK라고 줄여서 쓰기도 해. 올 오케이, 즉 '**뭐든 괜찮아**'. 비토 씨는 본격 미스터리에 조예가 깊고 다잉 메시지가 무수한 해석을 낳는다는 걸 충분히 알고 있었어. 그래서 누굴 범인이라고 지적해도 상관없었어. 아리스 말처럼 그 답에 이르기까지 얼마나 노력을 할애하는지가 중요했던 거야."

너무나 깔끔한 마무리.

마지막 순간까지, 수수께끼를 향한 비토의 신념에 압도당했다.

모치즈키 말대로 만약 그녀가 에이토대학에 있었다면 지금까지 우리가 경험한 일들에 어떤 영향을 주었을까? 그녀를 떠나보낸 S대 미스터리 연구회가 지금은 단순한 소설 애호가들의 태평한 모임이 되었다는 건 애석하기 그지없는 일이다.

"그래서 어떻게 할 거야? 고바야시 씨한테 말할 거야?"

모치즈키가 묻자 오다는 힘없이 고개를 저었다.

"조금 더 수수께끼에 대해 고민했어야 했다고 말할 수는 없잖아. 비토 씨도 그런 결말을 예상하고 행동했을 테니까. 열쇠의 행방과 밀실 부분, 그리고 다잉 메시지에 이런 해석이 가능하다고 전하는 게 고작이야."

마리아도 끄덕거렸다.

"그게 나아요. 두 사람은 이미 새로운 길을 걷고 있으니까요."

다른 멤버도 이견이 없다는 표시로 맞대고 있던 고개를 들었다.

기나긴 수수께끼 풀이가 일단락되자 에가미 선배가 "한 대 피우고 올게."라고 말하며 라운지에서 나갔다. 이 학생회관에서도 흡연 구역이 분리된 뒤로 에가미 선배는 상당히 불편을 겪고 있다.

마리아와 모치즈키는 지난 가을에 나온 앤서니 호로비츠의 신간에 대해 이야기하기 시작했다.

나는 오랜만에 중노동에 시달린 머리를 식히려고, 고바야시에게 보낼 메시지를 스마트폰으로 느릿느릿 썼다가 지우기를 되풀이하는 오다를 옆에서 바라보았다. 저래서야 상당히 긴 메시지가 될 것 같다. 에이토대학 추리연은 귀찮은 녀석들만 모인 집단이라고 오해하지 않아야 할 텐데.

그때 우연히 오다가 입력하는 화면에서 상대방 아이콘에 시선이 멎었다.

"노부나가 선배, 상대는 고바야시 씨 맞죠?"

"그런데, 왜?"

"프로필 사진이 달라진 거 아니에요?"

어제는 거무스름한 가면이었는데 바다를 감싼 저녁노을 사진으로 바뀌어 있었다.

"오늘 아침에 보니까 이렇게 되어 있더라."

오다는 딱히 개의치 않고 글짓기 작업으로 돌아갔다.

고바야시는 어째서 이 타이밍에 프로필 사진을 바꾸었을까? 우리가 비토의 수수께끼에 도전한 이틀 동안 그도 여러 기억을 더듬었으리라는 상상은 어렵지 않다. 어쩌면 그 전에 쓰던 프로필 사진도 비토와의 추억이 얽혀 있는 걸까?

검은 가면. 뭔가 마음에 걸린다.

'빌려준 책도 돌려줄 필요 없어.'

책. 그렇다, 분명 일력 사진에 함께 찍혀 있었다.

"죄송해요, 일력 사진 다시 한번 보여 주실 수 있어요?"

갑자기 왜 그러느냐고 불평하는 오다에게 졸라서 스마트폰을 빌렸다.

그 사진을 찾아 책장 구석에 꽂혀 있는, 책등이 낡은 두 권의 책을 확대했다.

현대교양문고,《흑사관 살인 사건》.

소겐추리문고,《포 소설 전집(3)》.

고바야시는 오다와 미스터리 연구회 이야기를 했을 때, 언젠가 소설을 쓰려 했지만 좌절했다고 말했다. 만약 이 두 권이 비토에게 빌린 책이라면 이것을 참고로 소설을 쓰려 했던 걸까?

《포 소설 전집(3)》에는 그 유명한 〈적사병 가면〉이 실려 있다.

혹시 고바야시가 전에 쓰던 프로필 사진은 두 작품의 제목에서 아이디어를 딴 걸까?

그건 둘 다 에가미 선배가 쓰는 소설의…….

"야, 다 봤어?"

화면을 들여다본 채로 얼어붙은 나를 오다가 걱정스럽게 쳐다보았다.

이런 건 단순한 우연과 망상의 산물일 뿐이다.

고바야시, 비토와 비슷한 동아리에 있다고 해서 우리가 꼭 같은 길을 걷는 것도 아니다.

선배들이 대학을 떠나고, 나나 마리아와 입장이 달라진다 해도 우리는 분명 괜찮을 것이다. 몇 년이 흘러도. 분명.

"왜 그래, 아리스?"

담배를 피우러 갔던 에가미 선배가 시원스러운 표정으로 돌아왔다.

나는 웃으려고 조금 노력을 들이며 그에게 말했다.

"빨리 소설을 써 주세요, 기다리고 있으니까요."

아리스가와 아리스의 해설

해설이라고 제목은 붙였지만 그리 대단한 건 아니고 이 헌정 기획이 성사되기까지의 경위를 조금 설명드리면서 각 수록 작품에 대해 작가분들을 향한 고마움을 담아 원작자의 시점에서 감상을 기록해 보겠습니다.

기획 제안자는 《올 요미모노》 편집장인 이시이 잇세이 씨였습니다. 작금의 미스터리 업계를 견인하는 작가들 가운데 아리스가와 작품과 친숙한 세대가 많다는 점에 착안해 "음악가들의 세계에서 종종 보는 헌정 기획을 해 볼 수 있지 않을까."라는 생각이 떠올랐다고 합니다.

조사해 보니 2024년이 아리스가와 데뷔 35주년. 그렇다면 그 기념 기획으로 해야겠다 싶어 시작했다는 것입니다.

이런 기획을 해도 되겠느냐고 타진이 들어왔을 때는 깜짝 놀랐습니다. "그런 건 초인기 작가나 전설적인 컬트 작가에게나 성립하는 것 아니냐."라고 대답했는데 이시이 씨가 괜찮다고 해서 그럼 괜찮으려나…… 하고 승낙했더니 순식간에 참여 작가가 정해졌습니다.

인기도 실력도 전부 갖춘, 잡지 목차에 있으면 이름에서 빛이 나는 분들뿐입니다. 당연히 모두 엄청 바쁘죠. 이런 호화 멤버들이 용케 수락했다 싶습니다. 저로서는 고마운 한편 다들 별나다 싶어 놀라기도 했습니다.

엄격한 본격 미스터리 작가도 있고, 본격도 포함해 폭넓은 작풍을 보이는 분도 있습니다. 저와의 관계나 친밀도도 다양했지요. 편집부가 어떻게 그분들을 설득했는지는 모르겠습니다.

'들어가며'에서 언급한 두 잡지에 각 2회에 걸쳐 일곱 편이 실렸고, 기획의 일환으로 《올 요미모노》에는 이치호 미치 씨와 저의 대담을 비롯해 아오사키 유고 씨, 이마무라 마사히로 씨, 오리가미 교야 씨의 정담도 게재되었습니다.

이 기획 자체나 멤버 이름을 들었을 때보다 더 놀란 것은 완성된 작품을 읽었을 때였습니다. 퀄리티가 제 예상을 훨씬 뛰어넘었습니다. 그래서 큰 호평에 힘입어 앤솔러지로 묶을 수 있게 되었습니다.

이하 각각의 작품에 대해 말씀드리겠습니다. 내용을 상세히 언급하는 부분도 있으므로 본편을 먼저 읽어 주세요.

유일무이한 입장에서 쓰는 감상평이지만, 원작자이기 때문에 오히려 맹점이 있을지도 모릅니다. 독자 여러분께서는 그 경우 "아리스가와는 해석 능력이 부족해."라고 웃어넘기고 재미로 즐겨 주세요.

〈끈, 밧줄, 로프〉, 아오사키 유고

앞서 말한 정담에 따르면 아오사키 씨는 원고 의뢰를 받고 그 자리에서 히무라 시리즈(작가 아리스 시리즈)를 골라서 직감적으로 개성은 드러내지 않고 철저한 완전 복제 2차 창작을 쓰기로 결심했다고 합니다.

실로 그런 작품입니다. "아리스가와 아리스의 히무라 시리즈는 어떤 미스터리야?"라고 묻는다면 "이런 느낌입니다." 하고 이 작품을 내밀어도 좋을 정도. 단어 선택도 졸작 《수사 선상의 노을》에 맞췄다는 만큼 페이지를 딱 펼쳐 봐도 정말 그런 느낌입니다. 본격 미스터리로서 완성도는…… 머리가 팽팽 잘 돌아갈 때의 제가 생각난다고 할까요?

사건 개요의 설명, 관계자 조사로 얻는 정보, 수수께끼를 제시하는 방법, 단서의 음미와 추리 전개. 전부 훌륭하게 복제해서 높은 재현도에 혀를 내두르고 있다가 마지막 한 문장에 깜짝 놀랐습니다. 수수께끼를 풀어내고 바야흐로 소설로 '끝날 수 있는 상태'가 되었을 때 그렇게 라쿠고 만담처럼 마무리 대사를 넣는 경우가 아리스가와 작품에서는 종종 있습니다.

아오사키 씨는 자신의 작가성을 죽이고 썼다고 했지만 사실은 그렇지 않습니다. 이 정도로 교묘하게 완전 복제할 수 있는 건 아오사키 씨와 제가 둘 다 엘러리 퀸을 본보기 삼아 미스터리를 써 왔기 때문일 것입니다.

저는 엘러리 퀸 작품에 심취해 있지만 엘러리 퀸을 그대로 따라 하는 게 아니라 조금 빗나간 방향으로 글을 씁니다. 그 빗나간 각도가 아오사키 씨에게는 선명하게 보이는 것 같습니다. "이렇게, 맞죠?" 하고요.

예, 바로 그렇답니다.

〈클로즈드 클로즈〉, 이치호 미치

철벽같은 장르의 벽을 가볍게 뛰어넘는 소설의 마술사 이치호 씨는 미스터리나 호러라는 장르 소설의 틀 안에서도 자신의 소설 세계를 관철합니다.

이 작품은 수수께끼 풀이의 흥취가 가득한 본격 미스터리지만, 다루는 문제는 살인 사건이 아닙니다. 학교 안에서 교복 도난 사건이 발생했으니 '일상 미스터리'라고 하기도 애매하죠. 분류가 무슨 상관이겠습니까. 서른넷의 히무라와 아리스가 고등학교에 등장하는 청춘 미스터리라고 표현할 수 있을지도 모릅니다.

아리스의 이웃인 여고 영어교사 마노 사오리의 부탁으로 히무라와 아리스가 수사에 나섭니다. 여기서 마노 선생님을 기용할 줄은…….

언젠가 여고를 무대로 한 애거서 크리스티 《비둘기 속의 고양이》 같은 미스터리를 쓸지도 모른다고 생각해 마노 사오리를 선생님으로 설정했는데, 좀처럼 아이디어가 떠오르지 않아 포기했습니다. 제가 잊어버린 배턴을 이치호 씨가 가볍게 주워서 화려하게 결승선까지 주파해 준 것 같습니다. 덕분에 '히무라와 아리스 in 여고 이야기'를 즐길 수 있었습니다.

수수께끼 해결을 통해 숨겨져 있던 드라마를 부각시키는 솜씨도 뛰어납니다. 그 부분은 역시 이치호 씨라는 말밖에 못 하겠습니다.

여기 나오는 히무라와 아리스는 제가 그리는 두 사람보다 발랄하고 젊게 느껴졌습니다. 그들은 나이를 먹지 않지만 작가인 저는(처음에는 동갑이었는데) 지금은 서른 살 이상 차이 나는 연장자가 되고 말았으니까요……. 이치호 씨 필력으로 젊음을 되찾아 두 사람도 기뻤을 겁니다.

〈히무라 히데오에게 바치는 괴담〉, 오리가미 교야

타이틀은 《히무라 히데오에게 바치는 범죄》(같은 제목의 작품을 수록한 단편집)를 패러디한 것이지만 범죄와 괴담은 천지 차이.

사실 괴담은 범죄사회학자의 활약 분야가 아닙니다.

괴담 같은 불가사의한 수수께끼를 히무라가 논리적으로 풀어가는 스타일로, 이것은 본격 미스터리에서 자주 보는 패턴입니다. 큰 인기를 끈 '기억술사 시리즈' 등을 통해 호러 작가로 확고한 지위를 구축한 오리가미 씨다운 접근법을 썼습니다.

작가 스스로 정담에서 "호러 작가로 기대를 받는 것 같다."고 생각해 저의 다른 시리즈 탐정 하마지 겐자부로(심령 현상을 전문으로 다룹니다)를 선택하려 했다고 합니다. 담당 편집자가 "가장 좋아하는 작품은?"이라고 물어서 히무라 시리즈를 골랐다고요.

무대는 도쿄의 한 빌딩에 있는 바. 마침 둘 다 도쿄에 나가있던 히무라와 아리스는 그곳에서 쓰지라는 서점 직원의 괴담을 듣게 되는데…… 시작부터 매력적입니다. 그 도입부에 나오는 행방불명된 프리랜서 기자는 〈붉은 달, 폐역 위에서〉라는 아리스가와 호러 단편에서 인용한 것입니다.

읽어 보면 공포가 만들어 낸 허상 같은 수수께끼를 들려주고 끝나는 작품이 아닙니다. 훌륭한 괴담을 차례로 들려주고(매직미러가 얽힌 이야기도 있어요) 수수께끼를 풀어 갑니다. 그런 반복 속에서 '괴기, 환상'의 그림자가 오히려 점점 더 짙어지는 게 최고예요.

굉장히 풍요로운 미스터리를 읽었다고 기뻐하고 있었더니, 마지막에 '심령 탐정'이 이야기에 등장해 교토도 오사카도 아닌 도

교의 바를 무대로 삼은 이유를 알 수 있었습니다. '전화번호가 특이한' 하마지 겐자부로의 사무소는 미나미신주쿠에 있거든요.

〈블랙 미러〉, 시라이 도모유키

알리바이 트릭을 테마로 한 《매직미러》를 놀라운 방식으로 비튼 트릭 소설입니다. 제가 쓴 오리지널은 1990년에 출간되었는데 프로 작가로서 세 번째로 쓴 작품입니다. 히무라와 아리스를 낳기 전에 쓴 NON 시리즈 장편을 골라 주셔서 일단 기뻤습니다. 이 작품에 애착이 강하거든요.

NON 시리즈지만 히무라가 단독으로 등장합니다. 원작에는 그가 가나가와 현경 수사에 참여하는 사건은 나오지 않습니다. 그리고 이 히무라 말인데, 샤프해서 박력이 있어요.

작중에 몇 가지 가공의 미스터리 작가와 작품 제목이 나오는데, 전부 제가 쓴 이런저런 작품에서 인용한 것입니다. 대체 제 작품을 얼마나 봐 준 건지. 물론 다른 분들의 작품을 읽을 때도 같은 생각을 했습니다.

계속 읽어 가다 보면 정통 알리바이 증명 문제인데…… 굉장히 어려운 트릭이 밝혀집니다. 제가 이 아이디어를 생각해 냈다면 '기획물에서 써 버리기엔……'하고 아까워했을 게 틀림없습니다. 철벽 알리바이의 형태는 원작 소설과 비슷한데, 완전히 당했습니다.

'나'라는 화자가 소설을 쓰기 시작하는 장면에서 그의 정체가 시라이 도모유키 본인이라는 걸 알 수 있습니다. '내'가 쓰기 시작한 소설은 곧 제34회 요코미조 세이시 미스터리 대상을 아쉽게 놓쳤지만 데뷔작이 된 《인간의 얼굴은 먹기 힘들다》입니다. 이 작품을 강하게 추천한 심사위원이 바로 미치오 슈스케 씨와 저였습니다. 《매직미러》를 크게 변형하면서 마지막에 자기 이야기에 빗대는 기교에 갈채를 보냅니다.

〈아리스가와 아리스 안티의 수수께끼〉, 유키 하루오

데뷔 35주년 기념 기획인데 타이틀에 '아리스가와 아리스 안티'라는 게 의표를 찌릅니다.

무슨 일인가 싶어 읽어 보니 아리스가와를 싫어하는 작중 인물에게 아리스가와의 소설은 "읽으면 수명이 줄어들 정도로 재미없다."느니, 그 존재가 "출판계 최대의 어둠"(왠지 멋진 문장이에요)이라고 욕을 먹는 것으로도 모자라 저서까지 모조리 불에 타버리니 무례하기 짝이 없어 화가…… 날 리 없지요.

그렇게까지 싫어하는 이유는 뭘까? 그렇게 싫다면서 전부 읽은 이유는? 작중에서는 그 수수께끼를 검증하는데, 헌정 기획에 이런 설정을 넣었다는 사실 자체가 메타 레벨의 수수께끼로 독자들 앞에 튀어나옵니다.

유키 씨는 원고 의뢰 미팅을 하다가 이 아이디어를 얻었다고 합니다. 그리고 "이런 제목을 써도 될까요?" 하고 걱정되어 제게 승낙을 받은 다음 집필했습니다. 당연히 승낙해야죠. 답이 너무 궁금하잖아요.

해결 파트에서 훌륭하게 뒷수습(?)을 해 주고, 작중에서 "데뷔 35주년 축하드립니다."라고 축하도 해 주시고, 마음이 따뜻해졌습니다. 그 "축하드립니다."는 부족한 필연성이 절묘함을 더하는 대사였어요.

반전이 충격적인 《방주》로 큰 인기를 얻은 유키 씨는 굉장히 재능이 많은 작가입니다. 이 작품에서는 세련된 논리를 보여 주었어요. 헌정 기획을 위해 새로운 재능 하나를 살짝 보여 준 느낌입니다.

〈행각승 지장 스님의 낭패〉, 아쓰카와 다쓰미

본격 미스터리 작가로서 높은 수준의 작품을 차례로 발표하면서 서평가, 평론가로서도 건필을 자랑하는 아쓰카와 씨는 행각승 지장 스님을 재료로 고르셨습니다.

화려한 캐릭터도 아니고 등장한 작품도 적은 탓에 아리스가와가 가진 탐정 중에서는 수수한 존재입니다. "지장 스님을 써 주시는구나." 하는 기쁜 마음과 동시에 비평가의 안목을 가진 아쓰카와 씨다운 선택일지도 모른다는 생각도 들었습니다.

저는 각각 다른 탐정이 등장하는 시리즈를 몇 개 쓰고 있는데,

완결된 건 이것뿐입니다. 《행각승 지장 스님의 방랑》이라는 연작 단편집 한 권이라 애초에 시리즈라 부를 수 있는지 미묘하지만요.

히무라 시리즈가 탄생하기 전에 쓴 작품이라 탐정을 바꿔서 히무라 시리즈로 고칠 수 있는 작품도 있습니다. 지방의 작은 바를 무대로 한 안락의자 탐정 작품으로 전부 행각승이 지어낸 이야기가 아닐까 의심하게 만드는 경계선이 있는 게 특징입니다.

아쓰카와 씨는 이 작품의 후일담으로 복잡한 수수께끼 풀이를 선보이는데, 그 사건은 히무라 시리즈 단편 〈브라질 나비의 비밀〉*을 연상시킵니다. 그야말로 시리즈를 초월한 아리스가와 작품의 저글링입니다.

더욱이 이십 년 넘는 세월이 지났는데도 옛날과 변함없는 모습으로 돌아온 행각승의 수수께끼를 담아 그 문제를 해결함으로써 제가 원작을 완결 지을 때 그린 세계관을 한 걸음 더 앞으로 나아가게 했습니다. 아쓰카와 씨답게 몹시 비평적입니다. 어디까지 염두에 둔 걸까요?

〈시체의 실루엣은 말한다〉, 이마무라 마사히로

에이토대학 추리소설 연구회(EMC) 멤버가 등장하는 작품이 마

● 피해자가 수집한 색색의 나비가 천장에 꽂혀 있는 사건 현장이 나온다.

지막에 왔습니다. 탐정은 에가미 지로. 제가 《월광 게임》으로 도쿄소겐샤에서 데뷔한 이래로 계속 쓰고 있는(또는 좀처럼 완결을 못 내고 있는) 시리즈입니다.

정담에서 이마무라 마사히로 씨가 말씀하신 내용에 따르면 원고 의뢰를 승낙했을 때 "도쿄소겐샤 출신이기도 한 제게는 에가미가 등장하는 작품을 기대하실 것 같아서, 그런 점에서도 망설일 이유가 없었습니다."라고 합니다.

이마무라 씨도 아오사키 씨와 마찬가지로 아유카와 데쓰야상을 수상한 도쿄소겐샤 출신 작가인데, 작중에 미스터리 마니아 대학생을 등장시킨 점은 저와 같습니다. 그 접점을 아는 독자도 많아 외부의 기대를 의식했겠지요. 사실 저도 몰래 기대하고 있었습니다.

원작은 80년대 말부터 90년대 초 무렵의 이야기로, 이제는 고전적인 느낌이 되고 말았습니다. 이마무라 씨가 그런 것도 맛깔나게 재현할까 궁금했는데, 시대색으로 따라가지 않겠습니다, 이건 다른 작가가 쓴 리얼 타임 버전입니다, 라고 선언하는 것처럼 시작하자마자 스마트폰이 나옵니다.

아오사키 씨의 완전 복제와는 정반대 방향으로 에가미 시리즈를 지금 쓴다면 이런 작품일 거라는 형태를 보여 주었습니다. 헌정 기획이기에 가능한 스타일입니다. EMC 멤버의 추리가 어지러이 넘나드는 토론이 재미있는데, 다잉 메시지가 나오는 것도 이 시리즈다워요. 기대에 훌륭하게 부응해 주셨습니다.

쓰고 싶은 말은 더 많지만 지면이 모자랄 것 같아 이 정도로.

이토록 대담한 헌정 기획에 훌륭한 작품을 써 주신 참여 작가 여러분께 다시 한번 감사드립니다. 시간과 노력을 얼마나 들이셨을지.

기억을 잃고 내 소설을 읽어 본다면 어떤 느낌일지 생각한 적이 있는데, 상상이 되질 않았습니다. 내 취향에 맞는 이야기로 가득하니 엄청나게 재미있을까? 내가 쓴 글이라는 우호적인 편견이 사라지면 허점이 눈에 띄어 낮게 평가하게 될까?

아무리 생각해도 알 길이 없을 줄 알았는데, 이번 기획 덕분에 유사 체험을 할 수 있었습니다. 아리스가와 아리스 미스터리는 재미있잖아. 그렇게 기뻐하다가 정신을 차렸습니다. 전부 내가 쓴 작품이 아니잖아…….

"다 훌륭한 작품들뿐이라 아리스가와 아리스의 미스터리도 어쩐지 재미있을 것 같다."고 생각하는 분이 계셔서 참여 작가분들의 책을 살 때 소재로 쓰인 제 책도 한번 봐 주신다면 다행입니다.

끝까지 읽어 주셔서 고맙습니다.

말미가 되었지만 이 기획을 만들고 과감하게 실현해 주신 《올 요미모노》 이시이 잇세이 편집장과 하치우마 요시코 씨 그리고

《별책 문예춘추》아사이 아이 편집장(당시), 분슌문고 편집부 다카하시 준이치 씨 그리고 이 책이 완성될 때까지 도움 주신 모든 분들께 감사드립니다.

아리스가와 아리스

이 서적은 분순문고 오리지널입니다.

게재 지면

〈끈, 밧줄, 로프〉, 《올 요미모노》, 2024년 7, 8월호
〈클로즈드 클로즈〉, 《올 요미모노》, 2024년 5월호
〈히무라 히데오에게 바치는 괴담〉, 《올 요미모노》, 2024년 7,
8월호
〈블랙 미러〉, 《별책 문예춘추》, 2024년 5월호
〈아리스가와 아리스 안티의 수수께끼〉, 《별책 문예춘추》,
2024년 5월호
〈행각승 지장 스님의 낭패〉, 《별책 문예춘추》, 2024년 7월호
〈시체의 실루엣은 말한다〉, 《올 요미모노》, 2024년 7, 8월호

아리스가와 아리스에게 바치는 일곱 가지 수수께끼

1판 1쇄 발행 2026년 3월 25일
1판 2쇄 발행 2026년 4월 28일
지은이 아오사키 유고, 이치호 미치, 오리가미 교야, 시라이 도모유키, 유키 하루오,
아쓰카와 다쓰미, 이마무라 마사히로 | **옮긴이** 김선영 | **펴낸이** 최원영
편집부장 윤영천 | **편집부** 윤정원 이지윤 복다은 | **북디자인** 형태와내용사이
본문조판 양우연 | **국제업무** 박진해 조은지 이지현 박지현 | **마케팅** 김민원 조은걸
펴낸곳 (주)디앤씨미디어 | **출판등록** 2002년 4월 25일 제20-260호
주소 서울시 구로구 디지털로 32길 30 코오롱디지털타워빌란트 1301-1308호
전화번호 02.333.2513 | **팩스** 02.333.2514

ISBN 979-11-92738-75-8 03830

정가 18,500원